HEYNE <

D1927323

Das Buch

Die Milchstraße im 49. Jahrhundert. Die Erde ist das Zentrum der Liga Freier Terraner, der mehrere tausend besiedelte Welten angehören. Der wichtigste Repräsentant der Liga ist Perry Rhodan, jener Mann, der die Menschheit zu den Sternen führte.

Durch einen Zufall stößt Rhodan auf ein riesiges Raumschiff, das mit nahezu Lichtgeschwindigkeit durch das All rast. Es ist eine Sternenarche, bewohnt von Menschen, die vor über 55.000 Jahren ihre Reise angetreten haben. Bald erweist es sich als Teil einer ganzen Flotte von Schiffen. Doch der Zweck der Archen bleibt im Dunkeln. Wer hat dieses gewaltige Projekt initiiert? Zu welchem Zweck? Und wie kann es sein, dass ihre Kommandanten Zellaktivatoren tragen, die sie unsterblich machen?

Rhodan tritt eine mentale Reise in die ferne Vergangenheit an. Er wird Zeuge des Baus der Archen – und findet die Spur ihres Schöpfers. Sie führt nach Akon, in das Blaue System ...

Der Autor

Innerhalb weniger Jahre ist der Name Leo Lukas in der Science-Fiction-Szene zu einem Markenzeichen für rasante, mit Ironie gespickte Romane geworden. Inzwischen gehört der Wiener zum festen Team der PERRY RHODAN-Serie. Und als Kabarettist ist Lukas in ganz anderen Kreisen bekannt. Bei hunderten Auftritten auf Bühnen und im Fernsehen konnte er sein Talent beweisen.

Der Umschlagillustrator

Der 1964 in Stuttgart geborene Oliver Scholl gestaltete bereits als Jugendlicher Risszeichnungen für die PERRY RHODAN-Serie. Seit Anfang der 90er Jahre arbeitet er als Production Designer in Hollywood, unter anderem für Science-Fiction-Filme wie *Independence Day, Godzilla* und *Time Machine*.

Perry Rhodan

LEMURIA

LEO LUKAS

DER ERSTE UNSTERBLICHE

Roman

PERRY RHODAN
LEMURIA
BAND 4

Mit einem Anhang
von Hartmut Kasper

Originalausgabe

WILHELM HEYNE VERLAG
MÜNCHEN

Das Umschlagbild ist von Oliver Scholl
Die Zeichnungen auf den Seiten 5 und 6
sind von Sascha Döpper

Umwelthinweis:
Dieses Buch wurde auf chlor- und
säurefreiem Papier gedruckt.

2. Auflage
Redaktion: Klaus N. Frick/Frank Borsch/Sascha Mamczak
Copyright © 2005 by Pabel-Moewig Verlag KG, Rastatt
Copyright © 2005 des Anhangs by Hartmut Kasper
Copyright © 2005 dieser Ausgabe
by Wilhelm Heyne Verlag, München
in der Verlagsgruppe Random House GmbH
www.heyne.de
Printed in Germany 2005
Umschlaggestaltung: Nele Schütz Design, München
Satz: C. Schaber Datentechnik, Wels
Druck und Bindung: GGP Media GmbH, Pößneck

ISBN-10: 3-453-53015-2
ISBN-13: 978-3-453-53015-7

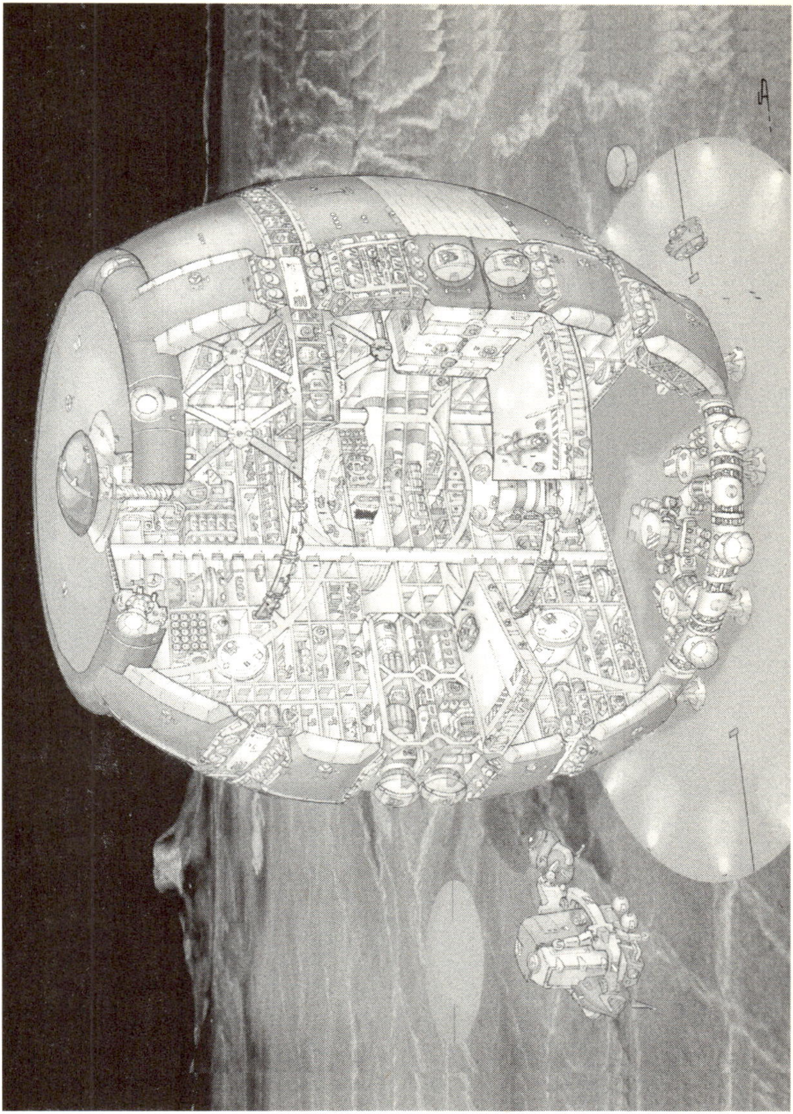

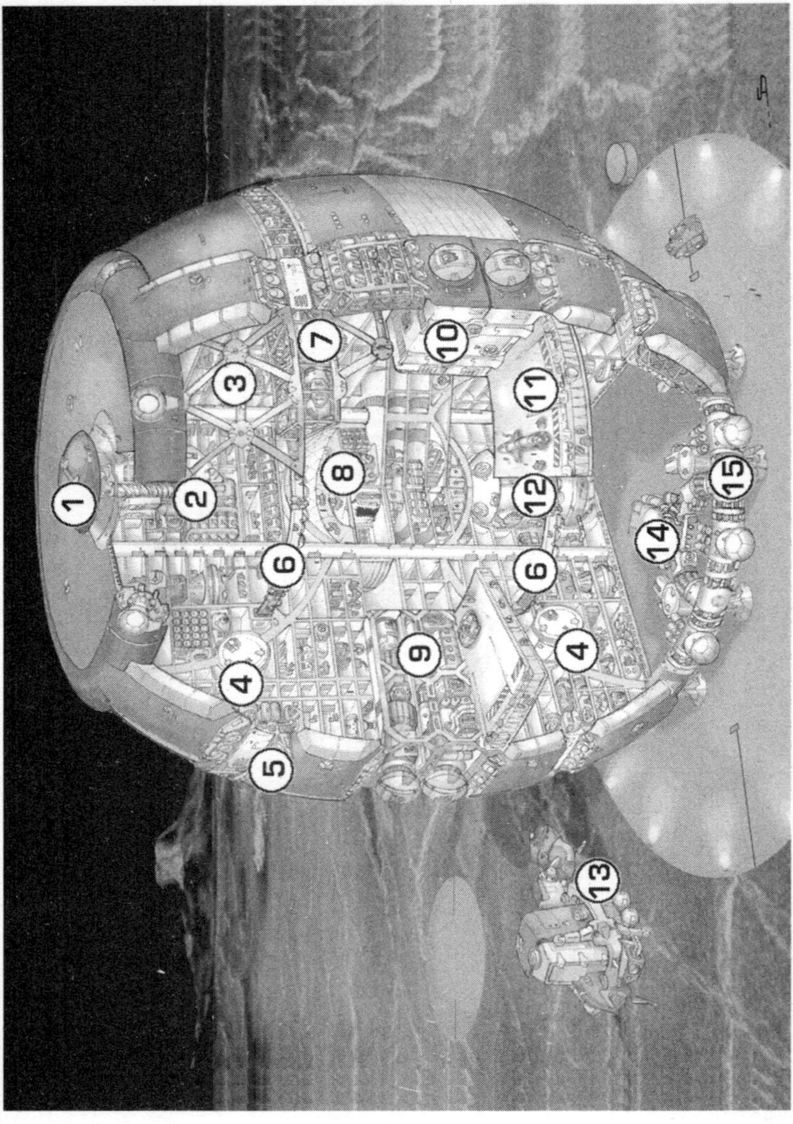
1
2
3
4
4
5
6
6
7
8
9
10
11
12
13
14
15

LAS-TOÓR

Akonischer 215-Meter-Kugelraumer

Es handelt sich um einen akonischen Explorer, keine reguläre Flotteneinheit.
Im Gegensatz zu den terranischen Kugelraumern fehlt den Raumschiffen der Akonen der typische Äquator-Ringwulst. Die Impulstriebwerke befinden sich im Bereich der abgeplatteten Pole.
Die LAS-TOÓR durchmisst maximal 215 Meter. Da die Polkappen stark abgeplattet sind, ergibt sich eine Schiffshöhe von 170 Metern bei einem Durchmesser der Polplatten von jeweils 131 Metern.
Das Schiff fliegt mit einer Besatzung von 42 Personen. Die Mindestbesatzung, um die LAS-TOÓR einsatzbereit zu halten, liegt bei acht Personen.

Beiboote: Zwei Shifts (Flugpanzer),
vier schnelle Jäger,
Gleiter und Lastenplattformen für den planetaren Verkehr

Bewaffnung:
Defensiv: Prallschirme, HÜ-Schirm, Paratron-Schutzschirm
Offensiv: Transformkanone auf der Nordpolfläche;
zwei schwere Desintegratorgeschütze, zwei Thermostrahler und vier Impulsgeschütze

Legende

1. Abstrahlpol der Transformkanone
2. Transformkanone und Magazin
3. Stützstruktur der Schiffshülle und äußeren Aggregate
4. Gravitraf-Ringspeicher
5. Grigoroff-Projektoren
6. Verteiler der Andruckabsorber
7. Metagrav-Aggregatband
8. Innere Sicherheitszelle mit Zentrale, Transmitter, Lebenserhaltungssystemen, Messe und Medostation
9. Versorgungseinheiten für Waffenbatterie aus Impulsgeschütz und Desintegrator
10. Waffenbatterie mit Thermostrahler und Impulsgeschütz
11. Hangardeck mit Jäger
12. Hyperenergie-Zapfer (Hypertrop)
13. Schwerlastgleiter im Anflug
14. Nugasreaktor des Protonenstrahltriebwerks
15. Abstrahldüsen

»Wann immer Menschen das Paradies gesucht haben, haben sie die Hölle gefunden.«

MARIO VARGAS LLOSA

»Du kannst dir die Welt, in die hinein du geboren wirst, nicht erwählen, nicht im Mindesten bestimmen, wann, wo und als was *du startest; sondern du bist determiniert durch Ort und Zeit deiner Geburt. Jedoch:* Wer *du wirst, und* wie *du lebst bis zu deinem Tod – das zumindest liegt in deiner Hand.«*

WORTE DES HÜTERS

»Ich bin ein Teil von jener Kraft, die stets das Gute will und stets Verwirrung schafft.«

HEINZ GOETHE

Prolog

Das Puppenspiel

Sehr groß und weit ist das Universum und vorwiegend schrecklich leer, aber auch voll der Wunder.

Ich habe Tage benötigt, um diesen Satz auszuformulieren. Stundenlang habe ich allein über den ersten Beistrich gebrütet. Idiotisch, da niemand außer mir dieses Diarium jemals lesen wird. Nur für mich verfasse ich es, es darf auf keinen Fall in fremde Hände geraten. Besser wäre, alles sofort wieder zu löschen, Wort für Wort, Buchstabe für Buchstabe; noch besser freilich, es gar nicht erst zu schreiben. Weder das eine noch das andere brächte ich übers Herz. Denn das Diarium stellt mein einziges Gegenüber dar, meine einzige Stütze, meinen einzigen Trost seit Jahrhunderten. Ich war und bin umtriebig, gesellig, selten allein, doch immer einsam. Keiner und keinem kann ich mich anvertrauen, egal, wie nah wir uns stehen; niemandem kann ich beichten, niemand um Vergebung bitten außer mich selbst.

Sehr groß und weit ist das Universum und vorwiegend schrecklich. Leer, aber auch voll der Wunder: Winzige Eilande treiben, zitternd wie Seifenblasen, in der kalten Unendlichkeit. Dünn gesät, von enormen Distanzen getrennt, ohne nennenswerten Schutz den kosmischen Gewalten preisgegeben, trotzen sie gleichwohl, hoffnungslos optimistisch, Tag für Tag aufs Neue der tödlichen

Ödnis des Alls. Verstreute Oasen, Asyle, Hospize, Refugien, Eremitagen, Lebenserhaltungssysteme ... Ihre Bewohner wissen wenig bis gar nichts voneinander. Ebenso ignorant egozentrisch missachten sie die Gefahr, die doch alle zusammen bedroht. Sie verstehen nicht, die Zeichen zu erkennen, geschweige denn, sie zu deuten. Ich hingegen darf mich ihnen nicht offenbaren, will ich sie, und alle ihresgleichen – die gesamte Menschheit! –, retten vor der Auslöschung.

Oft ist es schwer, und Schwermut erfasst mich. Manchmal drohe ich an meinem Wissen zu ersticken, fürchte zu zerplatzen unter dem Druck der Verantwortung. Da ich nicht schreien darf, schreibe ich. Sonst wäre die Last, das Joch längst untragbar geworden, unerträglich sogar für mich, einen Unsterblichen.

Ach, nicht zu altern: welch Gabe, welch Gnade, welch Fluch! Meine wertvollste Verbündete, die Zeit, ist zugleich mein schlimmster Feind. Viele Generationen sah ich kommen, reifen und vergehen, Zwergenreiche wie riesige Imperien. Ich aber blieb, hielt mich gerade, auf Kurs, im Zaum. Immer. Schrie nicht, sondern schrieb.

Schrieb.

Schrieb, und beharrte. Geduldig, gemessen, gefasst. Schnürte mich selbst ins Korsett stählerner Disziplin. Arbeitete leise, kleinweise, am großen Werk. So unauffällig wie möglich, ohne jemals ganz hervorzutreten, baute ich auf, fädelte ein, stellte die Weichen. Nun ist es beinah vollbracht, die Saat kurz davor aufzugehen; bald, schon bald werde ich ernten. Ich sollte frohlocken. Doch ich, der ich kaum Schlaf benötige, fühle mich zu müde dazu.

Grund zur Freude bestünde durchaus. Bislang verlief alles wunderbar nach Plan. Regelrecht unkompliziert. Eine Schlüsselfigur in meinem Spiel, Perry Rhodan, als Terranischer Resident einer der mächtigsten Männer dieser Ära, befand sich zur richtigen Zeit am richtigen Ort. Die NETHACK ACHTON wurde entdeckt, durch einen »Zufall« mit äußerst geringer statistischer Wahrscheinlichkeit. Bald darauf stieß Rhodan, ganz wie ich es erwartet hatte, auch auf die Überreste der LEMCHA OVIR. Und wegen des mysteriösen, aus dem Wrack geflohenen Haluters bat er seinen langjährigen Mitstreiter Icho Tolot um Unterstützung. Somit ist die Bühne bereitet, haben alle wesentlichen Personen ihre Plätze eingenommen.

Ich selbst verfolge die Ereignisse aus nächster Nähe. Eines gewissen Schauders kann ich mich nicht erwehren, während ich beobachte, wie die Beteiligten agieren. Im Glauben, frei, autark und souverän ihre Entscheidungen zu treffen, vollziehen sie doch haargenau, was ich vorab schon wusste. Strotzend vor Selbstbewusstsein und Eigensinn gleichen sie dennoch Marionetten. Dass ich nur einen Teil der Fäden in Händen halte und bloß sporadisch gegensteuernd einzugreifen brauche, macht das Ganze noch um vieles unheimlicher für mich. Oft blinzle ich, um mich zu versichern, dass ich nicht träume. Auch habe ich zuweilen Anfälle, in denen ich für Sekundenbruchteile vermeine, den Bodens unter den Füßen zu verlieren. Fühle ich mich körper- und schwerelos, leicht- und scharfsinnig, durch- und hellsichtig. Als erlebte ich ein tagelang währendes Deja-vu, eine sich selbst erfüllende Prophezeiung: Alles geschieht, weil es geschehen *muss*, weil es in gewisser Weise bereits geschehen *ist*.

Denn wir stehen am Beginn und am Ende zugleich. Eins bedingt das andere. Die Kausalität wirkt in beide Richtungen. Was war, wird sein; was sein wird, ist schon gewesen ... Obwohl die Gesetze der Logik weiter ungebrochen Gültigkeit besitzen, könnte man schnell irre werden, Überblick und Orientierung verlieren, schwindeln, taumeln, straucheln. Dieser Gefahr bewusst, halte ich mich, indem ich schreibe, eisern gerade auf Kurs, im Zaum.

Und fest an dir, o Diarium, geliebte Krücke, treuer Freund, Helfer in der Not! Wenn Zweifel mich bedrücken, lese ich die selbst verfassten Zeilen: Sehr groß und weit ist das Universum. Sehr klein und engstirnig sind wir, die darin um nacktes Überleben und ein Stückchen Glück ringen. Das Schicksal scheint zu erlauben, dass ich uns dies ein wenig einfacher und sicherer gestalten kann. Der Menschheit aller Epochen Wohl ist in meine Hand gegeben. Nur mir, mir ganz allein bietet sich eine einmalige Chance. Ich habe mich, vor langer, langer Zeit, entschlossen, sie zu nutzen.

Jetzt gilt es, den letzten Stein einzupassen, welcher paradoxerweise auch der erste ist. Mit höchster Vorsicht! Zwar sieht es gut aus, ganz so, als würde das Werk gelingen. Rhodan, Tolot und die übrigen Protagonisten bewegen sich artig in die vorgesehene Richtung. Es gibt bis zum heutigen Tag – dem 25. April 1327 der so genannten »Neuen Galaktischen Zeitrechnung« – keinerlei Indizien dafür, dass sie Verdacht geschöpft hätten.

Trotzdem ...

Ich schlottere innerlich, giere dem Kommenden entgegen. Überprüfe zum hundertsten Mal, ob sich nicht doch irgendwo ein fataler Fehler eingeschlichen hat. Rufe mir akribisch jede meiner Berechnungen, jeden meiner Schritte ins Gedächtnis. Ganz ruhig. Beherrscht. Konzentriert. Jedes Detail versuche ich zu reflektieren, unvoreingenommen zu hinterfragen, als wäre es vollkommen neu für mich.

Ich versenke mich ins Gespinst meiner Gedanken. Um den Plan zu begreifen, zu begründen wie auch zu vollenden, muss ich zurückgehen, sehr weit zurück ...

1

Die Heilige Queste

Zur Herbstsonnenwende, im Garten Ehedem

»Im Anfang erschuf ich den Himmel und die Hö-hölle.«

Der Majittri stotterte. Sein heiseres Gelalle hatte mit Sprache kaum mehr etwas gemein. Es klang eher wie das Röcheln der sechsrädrigen Schubtiere, wenn sie eine schwere Last über die Hügel hievten. Egal, Boryk und die anderen hörten sowieso nicht hin. Sie kannten die Litanei auswendig. Von der Krippe auf war sie ihnen eingebläut worden, abwechselnd mit Rute und Süßriegel.

»Himmel und Hölle aber lagen wüst und ohne Leben. Fi-Finsternis bedeckte den Abgrund, und nur mein Geist schwebte über den Wassern ...«

Boryks Lippen bewegten sich automatisch mit, ob er wollte oder nicht. Dabei war die Litanei so ziemlich das Letzte, das ihn momentan interessierte. Er schwitzte und fror erbärmlich. Die Kiesel, auf denen er kniete, bohrten sich in seine Haut. Von Atemzug zu Atemzug steigerte sich der Schmerz. Vor allem aber hatte Boryk Angst. Angst, jeden Augenblick umzukippen, Balance und Körperspannung zu verlieren, zu schwächeln, zusammenzuklappen. Mit dem Gesicht voran auf die heißen Steine zu fallen, unfähig, sich abzufangen, da man ihm die Hände hinter dem Rücken gefesselt hatte. So war es Brauch, so verlangte es das Ritual. Boryk hätte liebend gern darauf verzichtet, und auf das Gestammel des Majittri erst recht.

»Denn ich hatte die Wasser über die Erde ko-kommen lassen, um alles Fleisch, in dem Lebensodem war, zu vertilgen. Alles auf der Erde sollte ausgerottet werden. Denn die Erde war vor mir verderbt und hatte sich gefüllt mit Mordtat. Ich habe die Erde gesehen: Verderbt war sie, denn alles Fleisch ha-hatte seinen Wandel auf Erden verderbt. Die Bosheit der Menschen war groß, und alle Gedankengebilde ihrer Herzen richteten sie immerfort nur auf das Böse. Die Kinder, die sie geba-baren, waren verderbt und gebärdeten sich wie Gewürm. Und da sie keine Gnade in meinen Augen fanden, vertilgte ich sie und ersäufte sie in den Wassern der F-Flut.«

In Boryks Bauch rumorte es. Er hatte gefastet, wie ihm aufgetragen worden war, drei Tage und Nächte lang. Na ja, fast. Ein paar Schlucke und Süßriegel hatte er sich dann doch vergönnt, als Durst und Hunger ihn gar zu sehr gequält hatten.

Nun machte er sich deswegen Vorwürfe. Die Zeremonie würde noch lange dauern. Was, wenn er in dieser unnatürlichen, verkrampften Haltung seinen Stoffwechsel nicht zu kontrollieren vermochte? Wenn er sich beschmutzte, befleckte vor aller Augen?

Dann konnte er seine Initiation vergessen. Immer schon der Schwächste seines Jahrgangs und ständig in Gefahr, als lebensuntüchtig eingestuft zu werden, würde er statt über die Vulkanklippen gen Jenseite schnurstracks in den Vertilgerschlund wandern.

Ausgemerzt noch vor der ersten Bewährung ... Der schmählichste vorstellbare Tod. Und doch war das nicht die schlimmste von Boryks Ängsten.

»Sodann befahl ich: Es werde Licht, damit es scheide zwischen den Finsternissen. Und ein Firmament ward zwischen den Wassern, zwischen Wasser u-unterhalb des Firmamentes und Wasser oberhalb des Firmamentes, zwischen Himmel und Hölle. Und ich stellte fest, dass das zi-zi-ziemlich gut war.«

Links und rechts von Boryk knieten Gujnar und Rautsh. Seinen Krippbrüdern schien die Tortur viel weniger auszumachen als ihm. Stolz hatten sie die Brust herausgereckt, die Köpfe erhoben, die glänzend blauen Augen weit geöffnet. Sie lächelten siegesgewiss. Spürten sie denn die Hitze nicht, die von den rot glühenden Steinen im Weihrauchbecken ausging und Haarspitzen und Brauen versengte? Den eisigen Wind, der an ihren dünnen weißen Hemdchen riss? Empfanden sie denn gar keine Furcht vor dem, was ihnen bevorstand?

Nein, gab sich Boryk zur Antwort. *Wahrscheinlich sind sie schlicht und einfach zu blöd dazu.*

Gleich darauf schämte er sich seines Gedankens. Wie kam er dazu, sich den Zwillingen überlegen zu fühlen? Ausgerechnet er, der mit Abstand Schmächtigste des Jahrgangs! Der kleine, dürre Boryk, der eher wie ein unterernährter Fünfjähriger wirkte denn wie ein Junge an der Schwelle zum Mannsein.

An der Schwelle, die er in Bälde überschreiten sollte ...

»Hernach befahl ich, dass sich die Wasser sammelten und trockenes Land erscheine. Und das Land grü-grünte und brachte Grünes hervor, Kraut, das Samen bringt nach seiner Art, und Bäume, die Früchte bringen nach ihrer Art. Und ich installierte Leuchten am Firmament, damit sie erhellen Himmel und Hölle und scheiden zwischen Abend und Morgen, zwischen dem Licht und der Finsternis, und damit sie als Zeichen dienen für die Festzeiten und Tage, Wochen, Monate und Jahre. Ich finde, die Beleuchtung ist mir wirklich recht hübsch gelungen, be-besonders die Monde. Jedenfalls, danach sprach ich: Lasset uns Menschen machen nach unserem Ebenbilde ...«

Die Zeremonie näherte sich ihrem Höhepunkt. Während der Majittri unablässig weiter rezitierte, wurde seine Stimme mehr und mehr von sirrenden, schnalzenden

Geräuschen überdeckt. Die umstehenden Erwachsenen peitschten mit ihren langen Ruten die Luft. Boryk bekam eine Gänsehaut. Seine Eingeweide revoltierten. Er kniff die Arschbacken zusammen.

Nicht jetzt, bitte bitte nicht jetzt ...

»Als Mann und Frau schuf ich sie, als Bein von meinem Bein und Fleisch von meinem Fleisch, und blies in ihre Nase meinen Lebenshauch. So wurden sie le-lebende Wesen. Ich setzte die Menschen in den Garten Ehedem, welchen ich für sie angelegt habe zwischen dem Meer und dem hohen Gebirge, und erteilte ihnen den Auftrag: Seid fru-fruchtbar und mehret euch, und macht euch die Erde untertan!«

Das war das Stichwort. Die Erwachsenen fielen ein, wobei sie den Kreis enger und enger zogen: »Seid fruchtbar und mehret euch! Seid fruchtbar und mehret euch! Seid fruchtbar ...«

Die Ruten pfiffen. Mit jedem Wort prasselten Schläge auf Boryks Rücken, Schultern und Arme. Die Großen gaben ihr Bestes. Lauter und lauter schrien sie; härter und härter schlugen sie. Gelegentlich vermeinte Boryk, in dem Wirbel aus Gebrüll und Rutenstreichen die Stimme seiner Mama zu erkennen, oder die charakteristische Züchtigungstechnik eines seiner Väter. Es stand außer Frage, dass sie sich ebenfalls an dem Ritual beteiligten und dabei keineswegs zurückhielten; ganz im Gegenteil. Sie liebten ihren Sohn schließlich, trotz seiner Mängel. Ihn zu schonen, wäre ein Ausdruck von Missachtung gewesen, von mangelndem Vertrauen in seine Reife und Duldungsfähigkeit.

»Seid fruchtbar! – Seid fruchtbar! – Seid fruchtbar!«

Irgendwann bemerkte Boryk überrascht, dass er keine Schmerzen mehr empfand. Er registrierte die Stellen, an denen seine Haut unter den Hieben aufgeplatzt war, ebenso wie die scharfen Kanten der Kiesel und die heißen, aus dem Rauchbecken aufsteigenden Schwaden. Doch waren dies bloße Beobachtungen; er fühlte nichts dabei. Blut rann in seine kurze, lederne Hose. Seine Mutter weinte und lachte zugleich. Feuchte Wunden verklebten mit den Fetzen des Hemds ... Wieder eine unbestimmte Zeit später ließen Qualm und Hitze allmählich nach. Fast bedauerte er es, als dann auch die Rufe leiser und die Schläge schwächer wurden. Ein Film aus rotem, salzig und metallisch schmeckendem Schweiß lag über seinem Gesicht, trübte, vermengt mit Ascheflocken, seinen Blick. Die schemenhafte Gestalt rechts neben ihm schwankte hin und her, vor und zurück. Dann sackte sie in sich zusammen wie ein Ballon, aus dem schlagartig alle Luft entwichen war. Erst etliche flache, keuchende Atemzüge später wurde Boryk klar, dass Rautsh in Ohnmacht gefallen war.

Rautsh, der um fast einen Kopf größere und viel stärkere Rautsh, hatte vor ihm das Bewusstsein verloren!

Mit diesem Gedanken breitete sich ein ungeheures Glücksgefühl in Boryk aus. Jäh kehrten auch die Schmerzen zurück. Wie eine schwarze Welle schlugen sie über ihm zusammen. Er öffnete den Mund, wollte schreien. Doch er kam nicht mehr dazu.

Das bleiche Licht der Mitternachtsmonde lag über dem Festplatz, als Boryk erwachte. Er hob den Kopf, versuchte sich aufzurichten. Tränen schossen in seine Augen. Alles, wirklich alles tat ihm weh. Jede kleinste Bewegung löste neue Qualen aus. Auf allen vieren kroch er zum Tümpel und ließ sich ins Wasser plumpsen. Das war sehr kalt, doch auch erquicklich und belebend. Boryk prustete. Sein Herz hämmerte in der Brust.

Während er die Überreste des Hemds ablöste, wobei etliche der verkrusteten Striemen auf seinem Oberkörper erneut zu bluten anfingen, schwand die neblige Mattigkeit, und sein Kopf klärte sich. Die erste Stufe hatte er überstanden – um den Preis, dass er sich fühlte, als wäre er unter einen Mähdrescher geraten. Immerhin hatte er nicht versagt, wie er befürchtet hatte, sondern durchgehalten, sogar länger als Rautsh.

Boryk grinste. Das würde dem alten Großmaul gar nicht schmecken ...

Er stieg aus dem Tümpel, schüttelte sich, stöhnte leise, blickte sich um. Die mit Lautsprecherboxen behängten Menhire hinter dem erkalteten Weihrauchbecken warfen bläuliche Schatten auf den festgetretenen Lehmboden. Der Festplatz war verlassen. Abgebrochene Ruten lagen herum, weiße Stofffetzen, zahlreiche leere Mostkrüge und zerkaute Stummel von Zigarren. Morgen früh würden die Kinder und Jugendlichen ausrücken, um die kreisförmige Fläche zu säubern und aufzuwaschen.

Bis zu dieser Nacht war Boryk einer von ihnen gewesen ...

Er erschrak, als ihm bewusst wurde, dass seine Krippbrüder bereits aufgebrochen waren. Wieder einmal hatte er am längsten geschlafen. Und natürlich hatten Gujnar und Rautsh ihn nicht geweckt. Wer zuerst kommt, mahlt zuerst, sagten die Mühleningenieure. Einer von Boryks Vätern war deren Maherrot, weshalb Mama immer nur das allerfeinste Mehl für Brot und Süßriegel verwendete.

Ach, Mama ...

Ach, Süßriegel ...

An Essen zu denken, erwies sich als Fehler. Boryks Magen knurrte vernehmlich. Sogleich gesellte sich zum Hunger der Durst. Das Wasser des Tümpels zu trinken, war allerdings nicht ratsam. In ihn würde sich noch vor kurzem so mancher berauschte Erwachsene erleichtert haben.

Sehnsüchtig wandte Boryk seinen Blick zu den Dächern der Hütten, die hinter den Palisaden hervorragten. Dort drüben gab es Speis und Trank in Fülle, wohlige Wärme und Geborgenheit. Aber nicht für ihn, nicht in dieser Nacht. Nicht, bevor er erfolgreich von der Jenseite zurückgekehrt war. Er seufzte tief. Ihn fröstelte, und keineswegs nur, weil ihn eine Windbö gestreift hatte. Die Angst, dieser Aufgabe nicht gewachsen zu sein, hielt ihn wieder gepackt, mit kalten, spitzen Klauen. Mutlos ließ er die Schultern sinken.

Warum ging er nicht endlich los? Was hielt ihn noch hier?

Ins Dorf konnte er nicht, und wenn er es sich noch so sehr wünschte. Ihm stand nur eine Richtung offen: hinauf, immer weiter hinauf. Boryk schluckte, würgte, schluchzte. Er schämte sich seiner verdammten, feigen Unentschlossenheit und seiner kindischen Tränen. Wischte sie wütend ab, ballte die Fäuste. Versuchte, sich an die Tipps zu erinnern, die ihm seine Väter gegeben hatten: »Die ersten Schritte sind die schwersten, die ersten paar hundert Höhenmeter die anstrengendsten. Dann wird es leichter, ehrlich. Du wirst sehen, es ist halb so wild. Wir alle haben es geschafft, sogar der dicke Fosse.«

Aber es hatte auch andere Äußerungen gegeben im Vorfeld der Reifefeier, leise, hinter vorgehaltener Hand geraunte: »Ungefähr jeder Dritte kommt nicht wieder von der Heiligen Queste zurück, bleibt in den Bergen oder der Hölle verschollen ... Drum sei darauf bedacht, dich nicht vorzeitig zu verausgaben. Und lass in deiner Wachsamkeit niemals nach! Da oben haust zwielichtiges Volk und tollwütiges Getier ...«

Wieder andere hatten undeutlich von »natürlicher Auslese« und »Überleben der Fittesten« gemurmelt, und ihn dabei so unverhohlen missfällig von oben bis unten gemustert, als zählten sie *ihn* ganz sicher nicht zu den Geeigneten. Ja, als erwarteten sie geradezu von ihm, dass er auf der Strecke blieb und sie von seiner unnützen, ihre Augen beleidigenden Anwesenheit erlöste.

Boryk erwog ernsthaft, ihnen den Gefallen zu tun. Nur so weit emporzuklettern, bis er eine ausreichend tiefe Spalte gefunden hatte, in die er sich stürzen konnte. Dies erschien ihm verlockend: Der permanenten Angst und

Qual, dem beißenden Spott und geheuchelten Mitleid ein Ende zu setzen. In Frieden zu ruhen ... Je mehr er darüber nachdachte, desto besser gefiel ihm diese Lösung. »Erinnert ihr euch noch an den kleinen Boryk mit den großen Ohren und den krummen Beinen? Den Krippbruder von Gujnar und Rautsh? Er war nichts wert, zu nichts wirklich zu brauchen, eine Art Missgeburt, ja ja. Armer Kerl. Aber immerhin, er ist mit Stil abgetreten. Hat vorher noch die Lederhose ausgezogen und hingelegt, damit sie eins seiner jüngeren Geschwister tragen kann, und dann ... He Leute, was haltet ihr davon, wenn wir diese Spalte nach ihm benennen? ›Boryks Kluft‹, das klingt doch nicht schlecht, oder?«

Er war schon gut fünfzig, sechzig Meter hoch über dem Festplatz, als er plötzlich merkte, dass er sich in Bewegung gesetzt und den steilen Pfad in Angriff genommen hatte. Boryk blickte ungläubig auf seine nackten Füße. Prompt stolperte er über eine Wurzel, verlor das Gleichgewicht und musste sich am verkrüppelten Stamm eines Olivenbaums festhalten, um nicht den Hang hinunterzupurzeln. Wind, der nach Altöl und fauligen, halb vergorenen Früchten roch, klatschte ihm die schweißnassen Haare in die Stirn. Boryk blieb stehen um zu verschnaufen.

Unter ihm lag im blassvioletten Mondenschein das Dorf. Kein Rauch stieg auf, kein Fenster war beleuchtet. Alles schlief. Boryk wunderte sich mit einem Mal über sich selbst. Wie hatte er diesen Ort und die meisten der Bewohner verabscheut! Die Enge und Beschränktheit, die dumpfe Brutalität, das Desinteresse an allem, was über Essen und Saufen, Arbeiten und Fortpflanzung hinausging.

Jetzt aber erschien ihm die kleine, zwischen die Ausläufer des Gebirges geduckte Ansiedlung als das reinste Paradies.

Der Garten Ehedem ...

Hinter den Hütten der Familien und den Ställen der

Tiere erstreckten sich die Felder, Beerenhecken und Haine. Wandelten sich zu Wiesen und Savannen, mischten sich mit Sümpfen und Dünen. Dort, an jenem Strand, hatte er schwimmen gelernt; wie üblich als Letzter des Jahrgangs. Rautsh hatte keine Gelegenheit ausgelassen, ihn zu tauchen, ihn für ewig erscheinende Sekunden unter Wasser zu drücken. Todesängste hatte Boryk ausgestanden bei dem, was für die anderen ein harmloses Spiel gewesen war. Jedes Mal wieder hatte er gejapst und geheult, zum Gaudium seiner Krippbrüder. Und sich nichts flehentlicher gewünscht, als doch endlich, endlich erwachsen zu werden.

Seltsam: Nun, da es so weit war, sehnte er sich nach der Kindheit zurück ...

An der Küste stiegen diesige Schleier auf. Dennoch konnte Boryk bis zum Horizont sehen, wo das Meer sich hochwölbte und ins Firmament überging.

»Was liegt eigentlich hinter dem Horizont?«, hatte er einmal gefragt, und verdutztes, lang anhaltendes Gelächter geerntet. Die Geschichte hatte sich rasch herumgesprochen. Noch Monate später zog ihn Gujnar damit auf. »Wisst ihr, wo Boryk wohnt?«, pflegte er zu skandieren. Und die anderen Kinder und Halbwüchsigen antworteten im Chor: »Hinter dem Horizont!« Dann hielten sie sich wiehernd und gackernd die Bäuche, während Boryk vor Scham im Boden versinken wollte.

Was liegt eigentlich unter dem Boden?

Ärgerlich trat er gegen den verwachsenen Baumstamm. Manchmal glaubte er selbst, eine Missgeburt zu sein: schwach auf der Brust, aber dafür nicht ganz richtig im Kopf. Niemand sonst stellte solch dumme Fragen. Wozu? Die Welt war trefflich eingerichtet und enthielt exakt alles, was die Menschen brauchten. Damit gab man sich zufrieden, basta. Kein Wunder, dass er immer hinterherhinkte, wenn er auf diese Weise seine Zeit vertrödelte.

So auch jetzt. Die beiden Monde, deren Bahnen sich am Firmament um Mitternacht kreuzten, standen bereits wieder ein schönes Stück voneinander entfernt. In wenigen Stunden würden sie untergehen, im grünblauen Meer, dem bald darauf die helle Sonne entsteigen würde.

»Leg so viel wie möglich des Wegs noch in der Nacht zurück«, hatte ihm Fosse, sein Lieblingsvater, eingeschärft. »Das Tageslicht wird umso greller, je höher du kommst. Derart grell, dass es dir die Augäpfel verbrennt und du binnen kurzem erblindest. Also lass das Träumen sein und spute dich ausnahmsweise mal, Kleiner!«

Was würde Fosse wohl sagen, könnte er ihn in diesem Augenblick sehen? Boryk, der schon wieder zauderte – unfähig, sich vom Anblick des Dorfes zu lösen, obwohl er bereits einen beträchtlichen Rückstand auf die anderen hatte?

Was wird Fosse erst von mir denken, wenn sie ihm die Hose zeigen? Und erzählen, wo sie sie gefunden haben?

Und wie wird meine Mama die Nachricht aufnehmen?

Boryk presste die Lippen zusammen. Er stieß sich vom Ölbaum ab und ging weiter, mit größeren, grimmigeren Schritten als zuvor.

2

Doppeltes Doppelleben

14. März 1327 NGZ, Akon-System

»Merkt euch meine Worte: Aus dem wird noch was!«, dröhnte Mechtan von Taklir. Sein lautes, befehlsgewohntes Organ übertönte mühelos sämtliche Gespräche und Nebengeräusche. »Etwas Großes! Der ist zu Höherem berufen. Zu schade, dass alle meine Enkeltöchter schon verheiratet sind – und leider samt und sonders mit Luschen!«

»Großvater, bitte.«

»Aber ich gebe die Hoffnung nicht auf«, polterte der Takhan weiter, »dass sich einer von diesen Schöngeistern demnächst beim Philosophieren vor lauter Sinnverdrehen selbst den Hals bricht. Damit sein Platz für einen richtigen Mann frei wird. Har! Har!«

Die Raumoffiziere, die den Admiral der Siebenten Flotte im Halbkreis umstanden, stimmten pflichtbewusst in sein Lachen ein. Aykalie nicht; indigniert hob sie, bloß um ein Weniges, die linke Augenbraue.

Als er sah, dass sich seine Enkelin grämte, verstummte Mechtan abrupt. Mit einem knappen Kopfnicken entschuldigte er sich bei seinen Untergebenen und kam zu ihr herüber. Er ergriff sie am Unterarm und steuerte sie sanft, aber bestimmt, Richtung Terrasse.

»Nichts für ungut«, sagte er dabei, bedeutend leiser, zu ihr. »Diese Art Sprüche erwarten sie nun einmal von mir.

Du weißt, dass ich dem Glück meiner Kinder und Kindeskinder niemals im Wege stehen würde. Obwohl mir euer fataler Hang zu Zivilisten nicht sonderlich behagt. Ich habe auch keine Probleme mit deinem Liebsten, dem Existenzrhetoriker ...«

»Erkenntnistheoretiker.«

»Was auch immer. Unterhalte mich, wie gesagt, ab und an durchaus nicht ungern mit ihm. Oder besser: er unterhält mich. Wobei ich freilich nur jede fünfte Vokabel kapiere. Doch er scheint mir ein vernünftiger, manierlicher Bursche zu sein, und er macht dich glücklich – das ist das Wichtigste. Alles andere zählt nicht.«

Zärtlich, fast ein wenig unbeholfen umschloss er ihre Finger. Sie erwiderte den Druck. »Gib's zu, Großvater – lieber wäre dir trotzdem, ich hätte einen deiner Offiziere gewählt. Zum Beispiel Achab ta Mentec.«

»Du liest in mir wie in einem unverschlüsselten Speicherkristall.« Mechtan blinzelte ihr zu. »Ich verhehle nicht, dass ich euch zwei ganz gern verkuppelt hätte. Aber die Uninteressiertheit war ja immer eine beidseitige. Mir persönlich absolut unverständlich, wie ein gesunder Akone deinen Reizen nicht erliegen kann. Hatte den Guten sogar kurz im Verdacht, vom anderen Quadranten zu sein; wenn du verstehst, was ich meine.«

»Diesbezüglich kann ich dich beruhigen. Die Klatschtanten der diversen Paläste berichten in schöner Regelmäßigkeit von seinen Weibergeschichten. Pardon: amourösen Affären.«

»Ist dem so? – Freut mich. – Nicht, dass das andere ein arges Malheur wäre. Hat gewissermaßen Tradition in der Flotte. Einige meiner höchst dekorierten Kommandanten ... Na ja, lassen wir das. Nein, mich würde eher besorgen, wenn der Mann vor lauter Pflichteifer zu leben vergäße. Auf Dauer ungesund, so was.« Mechtan griff sich ein Bierglas von einem vorbeischwebenden Tablett und leerte es in einem Zug.

»Arbeitet er denn so viel?«

»Wie ein Vieh. Und dabei immer gepflegt, höflich, nonchalant. Vorbildlich distanziert. Allerbestes Führungsmaterial. Auf die Gefahr, mich zu wiederholen: Aus dem kann noch was werden.«

Sich zu einer psychoaktiven Blüte niederbeugend und vorsichtig deren köstliches Aroma inhalierend, sagte Aykalie: »Achab bedeutet dir viel.«

»Ich mache mir nichts vor. Sehe in ihm wahrscheinlich den Sohn, den ich immer gern gehabt hätte, und den das Schicksal mir verweigert hat, trotz all der Konkubinen. Jedoch« – der Takhan straffte sich, wobei sich seine Brustmuskeln unter der mit unzähligen Orden und Rangstreifen bedeckten Uniform abzeichneten – »bin ich ein viel zu alter Haudegen, als dass ich mich von Sympathien und Wunschvorstellungen blenden ließe. Achab ta Mentec beeindruckt mich tatsächlich fast täglich aufs Neue. Der besitzt den sechsten Sinn, und vielleicht noch einen siebenten dazu. Hast du gehört, woran er in letzter Zeit, neben seinen Pflichten als Maphan, getüftelt hat?«

Aykalie sah sich um, bedachte die Meute der Gesellschaftstiger und Salonlöwinnen mit einem verächtlichen Wimpernschlag. »Es kann sich kaum um etwas Besonderes handeln, wenn du mir hier in aller Öffentlichkeit davon erzählst.«

»O doch, Mädchen, o doch. Das ist ja grad das Tolle daran. Längst überholte, allen Mächten der Milchstraße bekannte Technologie. Ortungsschutz und umgekehrt Feinortung, basierend auf Neutrinos. Da schläft eigentlich jedem Hyperphysiker sofort das Gesicht ein. Damit köderst du kein neugeborenes Okrill-Baby hinter dem Felsen hervor.«

»Aber?«

»Es kommt darauf an, was man daraus macht. Schon jetzt, im Experimentierstadium, findet Achab damit Sachen, die ansonsten, selbst in Zeiten wie diesen, noch ewig und einen Tag verborgen geblieben wären.«

»Nämlich?«

»Muss abwarten, bis die ersten Messungen bestätigt worden sind. Er ist gerade damit zugange. Sieht aber ganz so aus, als hätten wir es mit einer Sensation zu tun, die das Blaue System erschüttern könnte.«

Aykalie horchte auf. Aus dem Saal erklang Musik und vielstimmiger, wenn auch nicht unbedingt wohlklingender Gesang. »Das gilt dir, Takhan«, sagte sie.

»Hatte schon so etwas befürchtet. Sie wollen mir einen weiteren Klunker umhängen, wegen des ach so gelungenen Flottenmanövers. Deiner Körperhaltung entnehme ich, dass du auf dem Sprung bist?«

»Ich habe meinem Ehemann versprochen, mir zumindest Teile seines Vortrags an der Akademie anzuhören.«

»Grüß ihn, bei aller gebotenen Wertschätzung, nicht von mir. Es war sehr schön, wieder einmal mit dir zu plaudern. Danke fürs Kommen. Du hast einem alten Soldaten eine große Freude bereitet.«

»Von Herzen gern, Mechtan. Von Herzen. Leb wohl!«

»Mach's gut, Kind.«

Sie umarmten sich. Hätte Aykalie nicht gewusst, dass ihr Großvater als härtester Kommiss-Knochen im gesamten Akonischen Reich galt, sie hätte glatt vermutet, dass er gerührt war.

Sie eilte zum Ausgang, glitt durch die Grüppchen der Möchtegerns und Auchdabeis wie ein schlankes Boot durch biegsames Schilf. Im Foyer legte sie den rechten Daumen auf das Eingabefeld des Transmitter-Terminals. Formulierte im Geist ihr Ziel. Trat in den flimmernden Bogen ...

... und daraus hervor.

Die trockene Nüchternheit der Akademie umfing sie wie ein Mantel aus Staub. Pelzig. Beklemmend. *Unter den Talaren der Mief von tausend Jahren*, hatten in Aykalies Studienzeit aufmüpfige Kommilitonen gespottet. Viele davon trugen mittlerweile selber besagte Talare und stolzierten darin um nichts weniger weihevoll und hochnäsig durch die Hallen als ihre Vorgänger.

Der Hörsaal, einer der kleineren, war weniger als zur Hälfte gefüllt. Es roch förmlich nach Langeweile. Nichtsdestotrotz benahm sich Jars von Aburrir, Aykalies Ehemann, auf dem Podium als präsentiere er einem viertausendköpfigen, begeisterten Publikum die wissenschaftliche Entdeckung des Jahrhunderts.

»... führt uns ohne weitere Umschweife zur zentralen, fundamentalen Frage«, dozierte er, glühend vor Eifer, mit der ihm eigenen feuchten Aussprache. »Welche da lautet: Beweist ergo die Praktikabilität von Zeitreisen, wie sie in der galaktischen Historie mehrfach unstrittig dokumentiert wurden, die Existenz eines freien Willens? Oder dient sie uns im Gegenteil als gewichtiges Signal für die unausweichliche Prädestination des Schicksals? Gestützt auf die kürzlich veröffentlichten Thesen meiner überaus geschätzten Fakultätskollegen Noioso, Boring und Uzun-Dalga, wage ich zu behaupten: weder – noch! Erst die vorsätzliche und nachweisliche Verursachung eines Zeitparadoxons würde die Waagschale der Erkenntnis sich in Richtung einer Anerkennung des Zufalls, soll heißen: der schrankenlosen Selbstbestimmtheit neigen lassen. Unser Hauptaugenmerk hat dabei dem Terminus ›nachweislich‹ zu gelten. Ich denke, ihr merkt, worauf ich hinauswill. Ein Zeitparadoxon verändert die Vergangenheit und damit logischerweise auch die Gegenwart. Wie also zweifelsfrei verifizieren, dass es sich um ein solches gehandelt hat? Hm? Eventuell ist danach, bedingt durch die Umgestaltung der Vorzeit, die Frage gar nicht mehr relevant – ja, es könnte sogar sein, dass in der dieserart modifizierten Gegenwart derjenige, der sie ursprünglich gestellt hätte, niemals geboren wurde!«

Jars von Aburrir schmunzelte, als amüsiere er sich selbst über seine geschliffen formulierte Pointe, und ließ den Blick Beifall heischend über die Zuhörerschaft schweifen. Dabei entdeckte er Aykalie, die ihm von der Galerie aus mit den Fingern zuwinkte. Er erwiderte die Geste; dann setzte er den Vortrag fort. Sobald er sich erneut in sein Thema verbissen hatte, huschte sie unauffällig hinaus.

Per Transmitter gelangte sie in ihre persönliche Kernwohnung. Diese bestand nur aus wenigen Räumen: Arbeitszimmer, Schlafgemach, Ankleidesalon, Bad. Da die Akonen die Transmittertechnik zu höchster Perfektion entwickelt hatten, war es unter Angehörigen der Oberschicht üblich geworden, gewisse Wohnbereiche quasi auszulagern. So befanden sich Aykalies Küche und Garten in einem Gehöft weit außerhalb der Stadt, ihr Studio an der Küste eines anderen Kontinents, ihre Galerie auf einer orbitalen Raumstation und ihre Bibliothek in einem Loft mitten im Buchhändlerviertel des Mondes Xölyar. Gemeinsam mit Jars unterhielt sie des Weiteren mehrere, über das gesamte Akon-System verstreute Wohn- und Empfangszimmer. Alle diese Räumlichkeiten waren durch Personentransmitter verbunden und daher mit einem einzigen Schritt zu erreichen, so mühelos und selbstverständlich, als trete man durch eine Tür.

Mit wenigen Handgriffen frischte Aykalie ihr Make-up auf. Dann tauschte sie das konservativ geschnittene, züchtig hochgeschlossene Cocktailkleid gegen eine hauteng anliegende, spiegelnde Hose, die ihre Figur betonte, und eine weich fließende Bluse, deren Stoff langsam zwischen verschiedenen Pastellfarben changierte und dabei auch manchmal kurz durchsichtig wurde. Als Schuhe wählte sie Stilettos, die nur aus lose geflochtenen, ultraviolett lumineszierenden Fäden bestanden. Die einen Dezimeter hohen, haardünnen Absätze wurden von Mini-Antigravfeldern gestützt; deren Projektoren und Speicherzellen saßen im unteren Saum der Hose.

Nachdem sie ihre Erscheinung ein letztes Mal im Spiegel überprüft und für zufrieden stellend befunden hatte, durchschritt sie den Transmitterbogen.

Ihr Geliebter erwartete sie in seinem Wintergarten. Wo dieser situiert war, entzog sich Aykalies Kenntnis; ein zum Schutz der Privatsphäre entwickeltes Syntron-Programm verhinderte, dass die Koordinaten des Zielorts via Terminal abgerufen werden konnten. Die Glasflächen, die drei der Wände und das Kuppeldach bildeten, waren bei ihren Besuchen stets auf opak geschaltet. Schwerkraft und Atmosphäre wirkten normal, konnten aber selbstverständlich auch künstlich erzeugt worden sein.

»Gehe ich recht in der Annahme, dass wir nicht viel Zeit haben?«, fragte sie mit heiterem Unterton, nachdem sie sich mit einem langen Kuss begrüßt hatten.

»Wie kommst du darauf?«

»Ich war vorhin bei Mechtans Manöverparty. Er harrt schon sehnlich der sensationellen Daten, die du ihm versprochen hast. Solltest du nicht mit deren Auswertung beschäftigt sein?«

Achab ta Mentec, in eine weite, seidene Freizeittoga gehüllt, deren kräftiges Orange reizvoll mit seiner hellbraunen, makellosen Haut kontrastierte, ließ sich, jungenhaft lächelnd, auf das breite Sofa sinken. »Längst erledigt. Ich hatte bloß keine Lust auf schneidige Ansprachen und heroische Trinkgelage. Außerdem ziehe ich, bei aller Wertschätzung, deine Gesellschaft der deines Großvaters vor.«

»Das will ich stark hoffen.« Sie setzte sich zu ihm, schmiegte sich in seinen Arm. »Obwohl ... Wenn die Sache derart wichtig ist, wie du dem Takhan weisgemacht hast ... kannst du dann diese Verzögerung mit gutem Gewissen verantworten?«

»Im Verhältnis zu fünfundfünfzigtausend Jahren sind einige Stunden vernachlässigbar, denke ich.«

»Fünfundfünfzigtau...? Worauf sind deine Neutrino-Orter gestoßen? Auf ein Artefakt aus der Lemurzeit?«

Er strich ihr mit dem Finger sanft über die Lippen.

»Lass uns diese Stunde nicht mit Dienstlichem vergeuden, Liebste. Noch heute werde ich Admiral Mechtan von Taklir ausführlich über meine Entdeckung informieren. Und keine Sorge, auch du erhältst einen Datenträger, sodass du als Erste dem Energiekommando Bericht erstatten kannst.«

Aykalie zog einen Schmollmund, fasste Achab an seinem grauen, leicht silbern schimmernden Haarzopf und beutelte ihn scherzhaft. »Ich hasse es, auf die Folter gespannt zu werden. Aber ich ergebe mich der Übermacht.«

Sie kosteten die gestohlene Stunde bis zur Neige aus. Ta Mentec war ein hervorragender Liebhaber, sensibel und zurückhaltend, wie sie es sonst nur von deutlich älteren, erfahreneren Männern kannte. Bei aller Leidenschaft vielleicht ein wenig zu abgeklärt; ihn ganz und gar aus der Reserve zu locken, war ihr noch nie gelungen. Aber das hatte wohl mit seinem Beruf zu tun, und nicht zuletzt mit der Natur ihrer Beziehung.

Ihnen beiden war klar, dass sie sich gegenseitig benutzten. Aykalie arbeitete für den akonischen Geheimdienst, das legendenumwobene Energiekommando. Zwar formte es nicht mehr, wie einstens, einen Staat im Staat, sondern stand unter der demokratischen Kontrolle des Regierenden Rates und seiner Organe; einen bedeutenden Einflussfaktor stellte es jedoch auch in der Jetztzeit dar. Dass Aykalie ein Doppelleben führte, wussten weder ihr Großvater Mechtan noch ihr erfreulich pflegeleichter Mann Jars, der Erkenntnistheoretiker, nicht aber -praktiker war. Gewöhnlich nahm ihr jedermann die reiche Erbin, Künstlerin und Galeristin ab. Schließlich gab es von ihresgleichen mindestens eine pro Adelsfamilie.

Achab ta Mentec aber – das »ta« zeichnete ihn als Angehörigen der adligen Mittelschicht aus; die höchsten Geschlechter führten ein »von« im Namen, die minderen ein »cer« – hatte sie praktisch auf Anhieb durchschaut. Wohl, weil er aus ähnlichem Stein gemeißelt war. Gleich ihr gab er sich nicht mit dem zufrieden, was seine Eltern, Ausbildner und Förderer für ihn arrangiert hatten; gleich ihr verfolgte er seine wahren Ziele lieber, ohne sich dabei mehr als geboten zu exponieren.

Sie waren rasch überein gekommen, ihre Zuneigung geheim zu halten. Auf diese Weise profitierten sie bedeutend mehr davon. Achab benötigte, um seine Karriere voranzutreiben, einen guten Draht zum Energiekommando. Im Gegenzug versorgte er Aykalie mit Flotten-Interna, die sie auch ihrem Großvater nicht so ohne Weiteres hätte abschwindeln können.

Was die politischen Ansichten betraf, lagen sie ebenfalls auf einer Wellenlänge. Sie verabscheuten Rassismus und Nationalismus. Dass sich Akon dem multiethnischen Forum Raglund angeschlossen hatte, begrüßten sie als Fortschritt. Wobei Achab keinen Zweifel daran ließ, dass die Akonen als eines der ältesten Kulturvölker der Milchstraße aus einer Position der Stärke heraus agieren sollten. Für ihn beinhaltete dies die Entwicklung neuer, eigener Technologien – und sei es auf der Basis uralter, gemeinhin als anachronistisch verworfener. Andererseits verfolgten sie beide die zunehmende Blockbildung in der Galaxis, insbesondere die neo-hegemonialen Bestrebungen des Kristallimperiums, mit großer Sorge. Ihre Sterneninsel entwickelte sich langsam, aber sicher zu einem Arkonbomben-Container. Und perverserweise gingen die gefährlichsten Impulse von jenen Völkern aus, die von gemeinsamen Ahnen abstammten: den Lemurern.

Lemuria. Die Wiege der Menschheit. Die auf Lemur stand, dem dritten Planeten des Solsystems, welcher später Larsaf-III, noch später Terra genannt wurde. Von wo aus wir Humanoide aufbrachen, diese Galaxis zu besiedeln und etliche weitere.

Vor etwa fünfundfünfzigtausend Jahren ...

Obwohl Aykalie darauf brannte zu erfahren, was Achabs experimentelle Ortungsanlagen entdeckt hatten, bedrängte sie ihren Liebhaber nicht. Wie immer trennten sie sich wortlos und ohne jegliches Tamtam. Sie hingen beide der zugegebenermaßen etwas abergläubischen Auffassung an, dass nur, wer nicht erhoffte, den anderen bald wiederzusehen, diesen umständlich verabschiedete.

Aykalie von Taklir schlüpfte in ihre Kleider. Maphan Achab ta Mentec strich seine Seidentoga glatt, trat zu einem Sekretär und entnahm der obersten Lade einen kleinen Speicherkristall, den er Aykalie überreichte. Sie steckte ihn ein, warf dem Geliebten eine Kusshand zu, dann war sie dahin.

3

Das klare Fieber, die Bestie, und noch eine folgenschwere Begegnung

In einem sollten sich die Ratschläge von Boryks Vätern bewahrheiten: Je höher er stieg, desto unbeschwerter kam er voran. Er bildete sich sogar ein, weniger zu *wiegen*. Oder handelte es sich dabei um erste Anzeichen von Delirium, Vorboten der Höhenkrankheit?

Leichter oder nicht, es war auch so noch kräftezehrend und schweißtreibend genug. Immer wieder versperrten Erdwächten von abgegangenen Muren den Pfad, erzwangen Umwege durch gefährliches Terrain. Boryk kletterte über hausgroße, wackelige Felsblöcke, an deren Zacken er sich die Handflächen und Fußsohlen aufschürfte. Eine Geröllhalde geriet unter ihm ins Rutschen; die Steinlawine hätte ihn ums Haar mit in die Tiefe gerissen. Jede Bewegung schmerzte, und Hunger und Durst wurden auch nicht weniger.

Kurz vor Tagesanbruch, in der dunkelsten Stunde, als die Monde bereits im Meer versunken waren, die Sonne aber noch nicht aufgetaucht, hatte er den ersten Vorgipfel der Vulkankette erklommen und überschritten. Erschöpft taumelte er in eine Mulde wenige Meter unterhalb des Grats, wo er sich kurz ausruhen wollte – und prallte zurück, weil er auf einen weichen Körper getreten war.

Boryks Schrei weckte Gujnar endgültig. »Was zum –

ach, du bist's. Kannst du nicht aufpassen, wo du hinlatschst, Trottel?«

Nun schob auch Rautsh den Kopf unter der dicken Plane hervor, mit der die beiden zugedeckt gewesen waren. »Leg dich von mir aus zu uns, Kleiner«, brummte er, »aber dann halt die Klappe und lass mich weiterschlafen.«

Boryk war versucht, die Einladung anzunehmen. Er hockte sich hin, wollte schon die müden Beine ausstrecken, doch irgendetwas irritierte ihn. »Ich hatte gedacht, ihr wärt schon längst über alle Berge«, sagte er leise zu Gujnar.

»Spinnst du? Hier ist Endstation.«

Er glaubte, sich verhört zu haben. »Wie ... Endstation?«

»Sag mal, bist du so dämlich, oder tust du nur so? Wir warten gemütlich zwei Tage ab, dann kraxeln wir wieder hinunter.«

Boryk starrte seinen Krippbruder völlig fassungslos an. »Aber ...«

»Ruhe jetzt!«, knurrte Rautsh unter der Plane hervor.

»Du hast's gehört«, flüsterte Gujnar. »Na komm, sei einmal in deinem Leben vernünftig. Ich gebe dir auch von unseren Vorräten ab. Wir haben genug Wasser und Süßriegel für drei.«

Boryk schwirrte der Schädel. Das sollte es gewesen sein? Eine Bergwanderung und ein Picknick?

»Nein. Das ... das geht nicht.«

»Klar geht das. Unser Onkel und seine Freunde haben es voriges Jahr genauso gemacht. Und sie waren bei weitem nicht die Ersten.«

»Aber ... aber sie haben erzählt, dass sie in den Himmel hinauf- und in die Hölle hinabgestiegen sind. Dass sie mit den Jenseitigen gekämpft haben, und ihnen die hübschesten Mädchen geraubt und mit diesen viele Stunden lang ... du weißt schon.«

»Nu – dann werden wir das eben auch erzählen, Dummerchen. Wer will uns hindern? Solange wir uns gegenseitig decken, kann uns kein Mensch das Gegenteil beweisen.«

Boryk war, als hätte man ihm den Boden unter den Füßen weggezogen. Die Mannwerdung, die Heilige Queste, das große Abenteuer – nur ein Bluff, eine gigantische Lüge, gestrickt aus Kameraderie und Prahlerei?

Nein. Er konnte sich einfach nicht vorstellen, dass Fosse damals ebenfalls geschummelt und geschwindelt hatte. Der Dicke war öfters einmal betüdelt, und sein Phlegma grenzte an Faulheit. Aber er hatte Boryk immer die Wahrheit gesagt. Immer.

Obwohl: Durfte er sich da wirklich so sicher sein? Erwachsene sahen Kinder nicht als vollwertig an, und ihn sowieso nicht.

»Egal. Es ist ... nicht richtig. Ich meine, in der Heiligen Folie steht ...«

»Mir reicht's!« Rautsh schlug die Plane zurück und sprang auf. »Schluss mit dem sinnlosen Geschwafel. Du hast keine Wahl, kleiner Trottel, begreif das endlich! Entweder du machst mit, oder ich prügle dich windelweich und werfe dich danach eigenhändig in die tiefste Schlucht, die ich finden kann. Ist das klar?«

Boryk antwortete nicht. Seine Kehle war wie ausgedörrt. Er brachte keinen Laut hervor.

»Ob das klar ist!«

Die Zwillinge, um einen guten Kopf größer als Boryk, bauten sich drohend vor ihm auf. In Gujnars Blick lag Mitleid, doch es stand außer Frage, dass er sich im Zweifelsfall nicht gegen seinen Bruder stellen würde. Rautsh bebte vor Zorn. Er bückte sich und hob einen großen Stein auf. Das Blitzen seiner Augen unterstrich, dass er die Drohung ernst meinte.

Tödlich ernst.

In diesem Moment geschah etwas mit Boryk. Etwas zerbrach in ihm wie eine dünne Schale; und etwas schlüpfte. Ihm wurde heiß von innen her. Ein wildes Fieber erfasste ihn, durchpulste ihn bis in die Fingerspitzen. Doch war es nicht mit Schwindel oder Dussligkeit verbunden, ganz im Gegenteil. Er empfand eine große Klarheit, hatte den Eindruck, noch nie in seinem Leben so scharf gesehen zu haben. Trotz des diffusen Lichts der Morgendämmerung konnte er jedes Äderchen, jedes Härchen, jede Pore im Gesicht seines Gegenübers ausmachen.

Rautsh zögerte, wippte auf den Zehenspitzen. Stierte auf ihn herab. Zum ersten Mal schlug Boryk nicht die Augen nieder, sondern hielt dem Blick seines Krippbruders stand.

»Leg den Stein weg«, sagte Boryk leise. Die Silben strömten wie von selbst aus seinem Mund. Als redete nicht er, sondern ein anderer, Fremder, soeben in ihm Erwachter.

Und Rautsh gehorchte.

Ungläubig, ratlos starrten alle drei. Etwas Ungeheures, Unerhörtes war passiert und passierte noch immer.

»Ich werde weitergehen«, erklärte der, der mit Boryks Stimme sprach. »Ihr werdet mich nicht aufhalten, auch später nicht verfolgen, sondern meines Weges ziehen lassen. Habt ihr mich verstanden?«

»Ja.«

»Ja ... Boryk.«

»Und jetzt schlaft weiter.«

Er hatte sich noch keine zehn Schritte von der Mulde entfernt, als hinter ihm zweistimmiges Schnarchen ertönte.

Die Sonne ging auf. Wie er befürchtet hatte, stach sie, da er ihr um viele hundert Meter näher war als in der Ebene, unangenehm grell in seinen Augen. Und dabei befand er sich erst auf ungefähr halber Höhe der Vulkanklippen. Der Pfad war nun kaum mehr erkennbar, sichtlich seltener begangen. Doch um einen Pfad handelte es sich; also folgte ihm Boryk. Schrittweise wichen Anspannung und Euphorie. Dafür stellten sich bohrende Kopfschmerzen ein; auch Hunger, Durst und Müdigkeit meldeten sich zurück.

Boryk stakste dahin, halb in Trance. Er konnte nicht fassen, was sich auf dem Vorgipfel ereignet hatte. Er hatte den Zwillingen die Stirn geboten. Mehr noch: Gujnar und Rautsh waren zurückgewichen, hatten es sich gefallen lassen, dass er ihnen Befehle erteilte. Und sie hatten ohne einen Muckser gehorcht! Nie hätte er das für möglich gehalten, in seinen kühnsten Träumen nicht.

Leider war das Gefühl der Macht, das er dabei empfunden hatte, inzwischen verflogen. Der neue, große Boryk hatte sich wieder zurückgezogen; der alte, kleine, begann an der Richtigkeit seiner spontanen Entscheidung zu zweifeln. Die Argumente seiner Krippbrüder hatten einiges für sich. Wozu Qualen auf sich nehmen, wofür sein Leben aufs Spiel setzen, wenn es auch einfacher ging?

Wenigstens erholen und stärken hätte er sich sollen! Wärme, Wasser und Süßriegel ... Seine Zunge klebte am Gaumen, sein Magen revoltierte. Der Wind piekte seinen nackten, wunden Rücken mit eisigen Nadeln. Unsicher setzte er einen Fuß vor den anderen, musste immer öfter die Hände zu Hilfe nehmen, so steil war der Weg. Höher und höher stieg er. Die Sonne tat es ihm gleich, doch bedeutend müheloser.

Ach, die Sonne hatte es gut. Sie glitt am Firmament entlang, und nichts behinderte ihre Bahn. Die Wolken wichen ihr aus. Um die dicke Rauchsäule, die aus dem höchsten Vulkankegel entsprang, schlug sie einen eleganten Bogen. Boryk hingegen, tausende Meter unter ihr, kämpfte sich über schmale, abschüssige Felsbänder und schroffe Stufen, die viel zu hoch für seine kurzen Beine waren.

Am frühen Nachmittag erreichte er nach mühseliger, fast senkrechter Kletterei den Sattel eines Passes. Hier blies der Sturm so stark, dass Boryk sich auf alle viere niederlassen musste, um nicht hinweggeweht zu werden.

Auf dem Bauch robbend, überwand er den schmalen Einschnitt zwischen zwei Klippen. Nachdem er auf der anderen Seite etwa 50 Meter weit abgestiegen war – an einigen ausgesetzten Passagen waren rostige Seile und Tritte angebracht, doch letztere lagen zu weit auseinander, als dass sie ihm viel genützt hätten –, breitete sich vor ihm eine sanft gewellte Hochfläche aus, etwa doppelt so groß wie Dorf und Festplatz zusammen. Niedrige, zerzauste, halb verdorrte Büsche bedeckten das Plateau. Der Weg schlängelte sich durch sie hindurch. Zwar verlief er nun fast eben und deutlich gangbarer, doch die Dornen der Gewächse zerkratzten Boryks Schenkel. Viele heile Stellen hatte er nicht mehr an seinem Körper ...

Das Vieh stand plötzlich vor ihm wie aus dem Boden gewachsen. Nie zuvor war er einem derart großen Tier begegnet. Allein das weit aufgerissene Maul maß gut drei Meter im Quadrat. Jeder einzelne der gelblichen Reißzähne war länger als Boryk. Er sah Steinbrocken in der Kehle des Tiers kullern und von gewaltigen Kiefern zermalmt werden. Diese Beobachtung steigerte seine Panik ins Unermessliche. Wenn es Felsen zu verschlingen und verdauen vermochte, um wie viel leichter erst ein schmächtiges Menschlein?

Vor wilden, tollwütigen Bestien war Boryk gewarnt worden, seit er denken konnte. Schon in der Kinderkrippe hatte man ihnen damit gedroht. »Wenn du nicht brav bist ... Dann kommen die Bestien und holen dich!«

Jetzt war es so weit. Hätte er doch auf Rautsh und Gujnar gehört und wäre bei ihnen geblieben! Aber nein, er musste den Helden spielen. Nun ereilte ihn die Strafe für seine Anmaßung. Er würde den Garten Ehedem niemals wiedersehen, und Fosse und seine Mama würden nie erfahren, was aus ihm geworden war.

Wie gelähmt stand Boryk, unfähig, ein Glied zu rühren oder auch nur nach Luft zu schnappen. Das Untier bewegte sich auf ihn zu, stampfende, blubbernde und kreischende Laute sowie schwarze Dampfwolken ausstoßend. Wie ein rollender Berg ragte es über ihm auf. Drei ganz oben am monströsen, verwachsenen Schädel sitzende, halbkugelförmige Augen warfen bläuliche Blitze. Schon begannen sich die beiden Zahnreihen um Boryk zu schließen ... Da löste sich seine Starre, und er warf sich zur Seite, gerade noch rechtzeitig.

Dann rannte er, was seine Beine hergaben. Die Bestie folgte ihm, walzte alles im Weg Stehende nieder, Büsche, Erdhügel, Felsen. Er meinte, ihren heißen Atem im Nacken zu spüren, so nah blieb sie ihm auf den Fersen. Er schlug Haken, doch sie ließ sich nicht abschütteln. Fauchend, zischend und schnaubend setzte sie ihm nach. Mehr als einmal vermochte er sich den schrecklichen, nach ihm geifernden Fangzähnen nur durch einen verzweifelten Sprung zu entziehen. Er war blindlings losgesprintet, in die erstbeste Richtung. Nun erkannte er, dass er ausgerechnet auf die steilste der Felswände zulief, die das Hochplateau umgaben. Hier führte kein Pfad hinauf, kein noch so winziger, halsbrecherischer Steig. Es gab kein Entkommen. Schon wollte er sich in sein Schicksal fügen, entmutigt anhalten, einfach umfallen, sich dem Untier ausliefern. Da entdeckte er am Fuß der Wand eine Öffnung. *Ein Höhleneingang, mit Sicherheit zu schmal für das Biest!* Mit letzter Kraft hechtete er hinein. Rollte sich ab. Kam wieder hoch, trat dabei so ungeschickt auf einen losen Stein, dass er umknickte und sich den Fuß verknickte. Mit vor Schmerz zusammengebissenen Zähnen humpelte er tiefer in die finstere Höhle, während hinter ihm die Bestie gegen die Felswand donnerte, sich im Eingang verkeilte und, grausig aufheulend vor Wut und Mordlust, die Öffnung mit den Zähnen zu erweitern anfing. Boryk zitterte am ganzen Leib, stürzte erneut, kroch weiter. Der Boden vibrierte unter dem rasenden Ansturm der Bestie ...

... und gab nach.

Boryk fiel ins Leere, in die endlose Dunkelheit.

Er prallte so hart auf, dass er fürchtete, sämtliche Knochen gebrochen zu haben. Benommen blieb er liegen, ein bibberndes Häufchen Elend, ein Bündel aus Angst und Pein.

Unbestimmte Zeit später erstarben, weit über ihm, die tierischen Laute wie abgehackt. Stille trat ein. Boryk hörte nichts außer dem Rauschen des Blutes in seinen Ohren.

Doch. Da waren ...

Stimmen.

Erst konnte er sie nicht verstehen. Dann kamen sie näher. Erklangen von oben, von unweit des Lochs, durch das er gestürzt war.

»... schwöre dir, ich habe keine Ahnung, wieso der Bagger verrückt gespielt hat. Er sollte organische Verbindungen aufspüren, sammeln und spleißen, weil gewisse Engpässe ...«

»Ich weiß, was ich angeordnet habe. Du bist sicher, dass die Befehle richtig formuliert waren?«

»He, ich mach das nicht erst seit heute! – Vorsicht, da ist die Decke eingebrochen.«

»Nicht schon wieder. Manchmal denke ich, jeden Moment rumpelt der ganze verdammte morsche Berg über uns zusammen. Hast du die Lampe bei der Hand?«

»Sicher.«

Ein Lichtstrahl streifte Boryks Gesicht. Geblendet schloss er die Augen. Er wollte sich bemerkbar machen, doch mehr als ein Krächzen brachte er nicht heraus. Auch rühren konnte er sich kaum; er war bis zur Hüfte unter Schutt begraben.

»Da unten ist was. Sieh doch, da liegt einer!«

»Wie kommt der ...? Das ist keiner von uns. Einer von den Flachländern. Was sucht der Bauerntölpel ... Oh. Verstehe. Das hatte ich ganz vergessen. Gestern war Herbstsonnenwende.«

»Ach du meine Güte. Läuft das immer noch?«

»Scheint so. Obwohl sich schon länger keiner mehr hierher verirrt hat.«

»Vielleicht kommt er von drüben?«

»Nein. Die werden im Frühling läufig, wenn überhaupt.«

»Was sollen wir mit ihm tun?«

»Ich fürchte, wir können ihn nicht einfach so liegen lassen. Da unten, auf dieser Ebene gibt es keinen Ausgang, nur eingestürzte und verschüttete Stollen. Außerdem ist er aller Voraussicht nach verletzt. Geh runter, ich sichere dich.«

»Warum ich?«

»Weil ich der Matekten bin und du bloß Especht, darum. Na los, bringen wir's hinter uns. Als ob wir, verflucht noch mal, sonst keine Sorgen hätten!«

Aus zusammengekniffenen Augenschlitzen beobachtete Boryk, wie ein fingerdickes Seil herabgelassen wurde. Wenig später ließ sich eine im Gegenlicht nur als schwarze Silhouette erkennbare, menschliche Gestalt daran herunter. Der Unbekannte landete breitbeinig, um nicht auf Boryk zu treten.

»Na, du? Bist du nicht noch ein bisschen zu klein für so einen weiten Ausflug? Verstehst du überhaupt, was ich sage?«

Boryk nickte. »Ich ... wurde heute ... sieben. Erwachsen«, fügte er flach und ein wenig beleidigt hinzu.

»Soso. Ganz ruhig bleiben, nicht bewegen, bis ich dich freigelegt habe. Matekten!«, rief die Gestalt nach oben. »Wirf mir die Lampe runter! Ich will ihn untersuchen, ob er transportfähig ist.«

Eine Art Fackel kam, sich in der Luft überschlagend, herabgeflogen. Der Fremde fing sie geschickt auf, hantierte daran herum und stellte sie dann auf einen Felsvorsprung. Nun wurde der ganze Raum in mildem Gelb erhellt.

Boryk fielen an dem anderen sofort dessen Stiefel auf.

Sie wiesen keine sichtbare Naht auf, auch keine Schnürsenkel. Die Hosenbeine wirkten ebenfalls wie aus einem Stück. Hier musste es unglaublich geschickte Schneider geben. Am Oberkörper hatte der Fremde – *die* Fremde, korrigierte Boryk sich errötend – eine mit kleinen Taschen besetzte Jacke, ähnlich denen, wie sie im Garten Ehedem nur die Tennoi trugen, die Schutzmänner. Doch war diese viel feiner gearbeitet, und solche Verschlüsse hatte Boryk noch nie gesehen. Die Haare der Frau, die etwa drei, vier Jahre älter als er sein musste, waren unter einem Helm verborgen. Um ihren Hals baumelte eine Brille mit merkwürdig dickem Rahmen.

»Ich heiße Duani«, sagte sie, während sie begann, den Schutt beiseitezuräumen. »Und du?«

»Boryk. Ich bin vor der Bestie geflüchtet, und dann ...«

»Bestie? Ach, du meinst den Bagger. Jetzt verstehe ich, er hat dich für eine besonders vielversprechende Rohstoffkonzentration gehalten! Und du hast natürlich keinen Kodegeber bei dir.«

Boryk begriff wenig von dem, was Duani sagte. Aber ihre Stimme gefiel ihm. Auch ihre Nase. Die hübsch weit abstehenden Ohren. Das kantige Kinn. Und die kräftigen Hände, mit denen sie ihm den Staub vom Gesicht wischte.

»Zufrieden? – Man möchte meinen, du hast noch nie eine Frau gesehen.«

»Doch. Drei Dutzend! Na ja, fast. Wenn man die Mädchen mitzählt.«

»So groß ist euer Dorf?«

»Mhm«, nickte er stolz. Wiewohl er nicht ganz sicher war, ob sie ihn nicht auf die Schippe nahm. Ihm fiel ein, dass Duani und ihr Matekten wahrscheinlich zu dem »zwielichtigen Volk« gehörten, vor dem er sich in Acht nehmen sollte.

Die Bewohner der Vulkanberge sind nicht wie wir, wiederholte er bei sich, was ihnen die Jittri in der Dorfschule beigebracht hatten. *Sie leben unkeusch und gottlos, weil sie sich nicht von der Heiligen Folie leiten lassen. Deshalb halten wir uns von ihnen fern, und sollten wir dennoch zufällig auf sie stoßen, verweigern wir den Kontakt. Niemand außer dem Maffan darf mit ihnen Handel treiben, und auch der nur zweimal im Jahr.*

Es war Boryk peinlich, als die Frau ihn mit feuchten, wohlriechenden Tüchern reinigte, die sie einer ihrer Jackentaschen entnommen hatte. Hernach tastete sie vorsichtig, fast zärtlich seinen Körper ab. Er kämpfte gegen eine Erektion an und verlor. Sie bemerkte aber nichts davon, sondern verlangte, dass er Finger und Zehen bewegte, schließlich Arme, Beine und Kopf.

»Also, entweder du bist ein besonders zähes Bürschchen, oder du hast unverschämtes Glück gehabt. Haufenweise Schrammen und Blutergüsse«, rief sie zum Loch hinauf, »und ein ziemlich geschwollener, verstauchter Knöchel, aber nichts wirklich Schlimmes, soweit ich das beurteilen kann. Ich denke, wir können das Risiko eingehen, ihn aufzuseilen.«

»Schön. Achtung, Geschirr kommt!«, erklang als knappe Antwort von oben.

Boryk, der sich inzwischen ächzend aufgerappelt hatte, zog den Kopf zwischen die Schultern und duckte sich. Es fielen aber keine Teller oder dergleichen herab, wie manchmal aus dem Dachfenster von Mamas Hütte auf Fosse, wenn dieser nächtens unflätige Lieder grölte, sondern ein Knäuel aus Stricken und metallenen Ösen. Duani fischte es zielsicher aus der Luft, entwirrte es und schnürte Boryk damit ein. Er begriff. Zurechtgerückt und festgezurrt, ergaben die Stricke eine Art Tragnetz, wie die Frauen im Dorf es für Kleinkinder benutzten. Zu guter Letzt knotete die, wie er dachte, nicht sonderlich zwielichtige Bergfrau einen Karabiner an das vom Loch herunterhängende Seilende und klinkte ihn in die Öse über Boryks Brustplatte.

»Du rührst dich nicht vom Fleck und wartest, bis ich hinaufgeklettert bin, klar? Dann ziehen wir dich hoch.«

So geschah es. Nachdem sie ihn oben wieder von dem Geschirr befreit hatten, wollte sich Boryk bei dem Matekten für die Rettung bedanken. Der alte, runzlige, jedoch erstaunlich rüstig wirkende Mann – er war ganz ähnlich ausstaffiert wie Duani – winkte ungeduldig ab. »Spar dir deine Puste. Du wirst sie noch brauchen, wenn du die Jenseite erreichen willst. Oder hast du genug, nimmst Vernunft an und kehrst zu deinen Rübenfeldern zurück?«

»Äh ...«

»Warte mal. Du willst ihn doch nicht in diesem Zustand wieder losschicken? Das Kerlchen ist total fertig. Erstens kann er kaum laufen, und zweitens schläft er vor Müdigkeit im Stehen ein.«

»Äh ...«

»Wir haben uns schon viel zu lang mit ihm aufgehalten, Espechl! Und wir müssen zu allem Überdruss den Bagger wieder flott machen, bevor wir uns unserer eigentlichen Aufgabe widmen können. Übertriebene Rücksichtnahme ist unangebracht. Niemand von uns hat diesen plattfüßigen Körnerfresser gezwungen, sich in Gefilden herumzutreiben, in denen er nichts verloren hat.«

»Äh ...« Boryk blickte von dem sichtlich verärgerten Matekten zur von dessen scharfen Worten eingeschüchterten Frau. Sie verkörperte alles, was Boryk sich momentan wünschte: Obhut, Nestwärme, Pflege, Verköstigung ... und vielleicht sogar noch mehr. *H-hm.* Der steinalte Bergler hingegen machte kein Hehl daraus, dass er ihm nichts davon vergönnte. Er meinte es gewiss nicht persönlich, sie waren einander ja unbekannt. Aber sie standen sich im Weg, und nur einer würde die Oberhand behalten.

Boryk war zu ausgepumpt, um sich mit Skrupeln herumzuschlagen. Tief in seinem Inneren fühlte er die Hitze aufwallen, das klare Fieber, heißer als hundert Weihrauchbecken voller Glutsteine. Er widersetzte sich dem Fieber nicht, im Gegenteil, bot ihm bereitwillig Raum. Ließ es fließen, aus sich heraus in sich einströmen, bis es ihn ganz und gar erfüllte. Bis jede Ader glühte, rot, golden, leuchtend.

»Höre, Matekten: Du wirst dich allein um die zahnbewehrte Bestie und euren Auftrag kümmern«, trug Boryks anderes, mächtiges Ich dem Alten auf. »Espechl Duani wird, gemäß deinem ausdrücklichen Befehl, den Mann aus Ehedem mitnehmen und ihn versorgen.«

»Gute Idee«, sagte der Matekten mit glasigem Blick. »Espechl Duani, nimm den Mann aus Ehedem mit und versorge ihn.« Er drehte sich ruckartig um und marschierte zum Ausgang der Höhle, wo das Gebiss des Bagger-Untiers klaffte.

»Das ist auch in deinem Sinn, nicht wahr?«, wandte sich Boryk an Duani. »Schön. Gehen wir. Würde es dir etwas ausmachen, mich zu stützen?«

4

Der Silberne Berg

»Es handelt sich tatsächlich um ein Raumfahrzeug«, sagte Achab ta Mentec. »Unbekannte Bauart. Sehr groß. Und aller Wahrscheinlichkeit nach rund fünfundfünfzigtausend Jahre alt. Oder mehr.«

Mechtan von Taklir schloss die Augen, ließ die Information auf sich einwirken. *55.000 Jahre.* Er wartete, bis sich seine Pulsfrequenz wieder hinlänglich normalisiert hatte, dann fragte er leise, fast flüsternd: »So alt? Bist du sicher?«

»Zu weit über neunzig Prozent, Takhan.«

»Brisant. Äußerst brisant.« Mechtan schnaufte. Dies war geeignet, nicht nur das Blaue System zu erschüttern, sondern die ganze Galaxis.

Ein Raumer aus grauer Vorzeit, aus der Epoche der gemeinsamen Ahnen von Akonen, Arkoniden und Terranern ... Dabei handelte es sich womöglich um einen unermesslich wertvollen Schatz; aber auch um eine ungeheuer gefährliche Bombe. Angesichts der angespannten Lage in der Milchstraße konnte ein derartiges Artefakt, auf das jeder der Machtblöcke mit einiger Berechtigung Anspruch erhob, sich rasch zu einem Politikum ersten Ranges auswachsen. Die Akonen sahen sich als legitime Erben, weil unmittelbare Nachfahren der Lemurer. Die Terraner, wiewohl als Volk ungleich jünger, stammten nicht nur vom Planeten Lemur, sondern bewohnten diesen immer noch. Die Arkoniden schließlich, entwicklungsgeschichtlich dazwischen liegend, stellten derzeit ganz einfach die stärkste Hegemonialmacht dar. Jemand – und Mechtan dachte dabei nicht von ungefähr an Imperator Bostich I. von Arkon – mochte die daraus fast automatisch erwachsenden Unstimmigkeiten zu einer ernsthaften Krise hochstilisieren, wenn es ihm in den Kram passte.

Es sind schon aus geringerem Anlass Kriege erklärt worden ...

Raumadmiral Mechtan von Taklir war Soldat mit Leib und Seele. Er hatte absolut nichts dagegen, als »Militarist« bezeichnet zu werden; betrachtete das eher als Ehrentitel. Er liebte seinen Beruf, liebte seine Siebente Flotte, die Schiffe ebenso wie die Mannschaften. Nicht bloß pflichtbewusst, sondern leidenschaftlich gern beschäftigte er sich mit Taktik und Strategie des Raumkampfs, offensiven und defensiven Waffensystemen, Logistik und Kommandostrukturen. Und jeden, der im Regierenden Rat für eine noch so winzige Kürzung des Militärbudgets zugunsten irgendwelcher abstruser sozialer oder kultureller Einrichtungen plädierte, verdammte er aus vollster Überzeugung als hirnverbrannten Phantasten, ja als Verräter am Akonischen Reich.

Doch bei all dem Säbelgerassel wollte Mechtan letztendlich bewaffnete Konflikte nicht führen, sondern im Gegenteil verhindern. *Wenn du den Frieden willst, rüste zum Krieg* – auf dieser uralten Devise fußte seine Weltanschauung, seine gesamte Existenz. Er war bereit, notfalls seine Untergebenen wie auch sich selbst für Akon zu opfern; hoffte jedoch inständig, dass es dazu niemals kam.

»Kann dieses ... dieses prähistorische Ding in nächster Zeit von jemand anderem aufgespürt werden?«, war daher, sobald er sich wieder im Griff hatte, seine erste Frage an Maphan ta Mentec.

»Theoretisch ja. Aber es ist äußerst unwahrscheinlich.

Arkoniden und Terraner verfügen zwar über die wissenschaftlichen Grundlagen dieser Technologie, haben sich jedoch schon seit einer halben Ewigkeit nicht mehr damit befasst. Warum sollten sie?«

»Du hast es schließlich auch getan.«

»Das ist richtig, aber ... ich bin ursprünglich von einem völlig anderen Ansatz ausgegangen. Und dann durch reinen Zufall darauf gestoßen. Präziser ausgedrückt, durch eine Verkettung mehrerer Zufälle. Wie es einem halt manchmal so ergeht in der experimentellen Physik. Du weißt, ich befasse mich seit längerem mit unkonventionellen Methoden des Ortungsschutzes. Dabei bin ich im Lauf der Jahre vom Hundertsten ins Tausendste gekommen. Die Chance, dass jemand ohne Kenntnis meiner Arbeiten zu auch nur annähernd ähnlichen Ergebnissen gelangt, würde ich als praktisch null beziffern. Du kannst natürlich jederzeit Einsicht in meine Forschungsunterlagen nehmen.«

»Danke, keine Details. Halte diese Fachausdrücke im Kopf nicht aus. Bei Wörtern wie ›Semi-Manifestation‹ hebt sich mir die Schädeldecke. Glaube ohnehin, dass niemand außer dir wirklich versteht, was du da eigentlich treibst. Ist im Prinzip auch egal; Hauptsache, es funktioniert. Du meinst also, die Gefahr einer Entdeckung sei derzeit nicht gegeben?«

»Ganz sicher nicht akut.«

»Gut. Sehr gut. Wir, und nur wir wissen also davon. Dabei muss es unbedingt bleiben, bis wir das Ding sichergestellt haben! Für alles, was mit dieser Causa zusammenhängt, gilt ab sofort höchste Geheimhaltungsstufe. Mobilisiere dein Geschwader, Maphan ta Mentec. Blödsinn, wir mobilisieren die ganze Siebente Flotte! Wir werden uns diesen Kahn aus nächster Nähe ansehen. Und wir werden an Bord gehen, Achab, wir beide, du und ich.«

Die Kopfschmerzen kannte er bereits. Es schien sich um eine ähnliche Nachwirkung zu handeln wie morgens bei Fosse, wenn dieser sehr spät und sehr polternd ins Familienbett getorkelt gekommen war. Boryks Lieblingsvater nannte das einen »Kater«: Weil es sich, wie er geschildert hatte, anfühlte, als wühle sich eines der gleichnamigen Nutztiere, die vor der Aussaat mit ihren Stahlkrallen die Erdkrume lockerten, quer durch seinen Schädel. Der Kater, unter dem Boryk litt, war so gewaltig, dass er es wahrscheinlich sogar mit der fürchterlichen Baggerbestie hätte aufnehmen können.

Duani hatte ihre Brille aufgesetzt und das Licht ihrer Fackel abermals verändert. Nun glomm es rötlich braun und so schwach, dass Boryk nicht viel sah außer trügerischen, sich bei jedem Schritt verändernden Schatten. Aber zu mehr, als neben oder, an engen Stellen, hinter ihr her zu trotten, war er ohnehin nicht imstande.

Sie drangen tiefer in die Höhle vor. Nachdem Duani mit einem abgegriffenen Zauberbrettchen, wie es im Dorf nur der Majittri besaß, gefuchtelt hatte, war ein doppelt mannshohes, sehr eckiges Felsstück zur Seite geglitten. Nun folgten sie einer sich spiralförmig aufwärts windenden Rampe. Der Untergrund war glatter noch als der festgestampfte Lehm des Festplatzes, sodass sie trotz Boryks lädiertem Knöchel flott weiterkamen. Ab und zu stapelte sich undefinierbares Gerümpel an den speckigen Wänden, aber sie hatten wenig Mühe, sich daran vorbeizuzwängen.

Unvermittelt erweiterte sich der Gang zu einer Halle, um ein Vielfaches größer als das Versammlungshaus im Dorf. Hunderte, nein tausende winzige, bunte Kerzen illuminierten diesen Raum. Boryk hielt den Atem an. Schöneres hätte er sich sein Lebtag nicht vorzustellen vermocht. Musiken erklangen, zwanzig, dreißig verschiedene zugleich. Gerüche überwältigten ihn, solche von schmorenden Wurzeln, simmernden Kräutern, brutzelndem Protein, und dazu eine Palette gänzlich unbekannter Aromen.

»Jaja, ich weiß schon. Viel zu gedrängt, viel zu stickig, viel zu laut«, sagte Duani, die ihre Brille abgenommen hatte und sich mit den hübsch kräftigen Fingern die Augen rieb. »Tut mir Leid, aber das ist das Optimum, das wir dem Silbernen Berg abringen konnten.«

Die Halle war bedeutend höher als breit und lang. Boryk erkannte, dass die hier lebenden Menschen sich, da die Horizontale nicht ausreichend Platz für ein Dorf bot, notgedrungen vertikal orientiert hatten. Die Behausungen türmten sich zellenartig übereinander wie die Waben in den Honigstöcken seiner fernen Heimat. Nur dass hier an Stelle der Kanülen, welche die süße, träge Flüssigkeit abtransportierten, fadenscheinige Leitern die Stockwerke verbanden. Duani bugsierte ihn, immer darauf bedacht, kein Aufsehen zu erregen, über unzählbar viele, bedenklich schwankende Sprossen in ihr privates Quartier. Es lag im obersten Viertel des bunt erleuchteten, senkrechten Dorfes und war viel kleiner als Mamas Hütte.

»Glaub nicht, dass mir nicht aufgefallen wäre, wie du den Matekten beeinflusst hast«, sagte Duani, sobald sie den schweren Eingangsvorhang hinter ihnen zugezogen und Licht gemacht hatte. »Wie auch immer du das angestellt hast – komm nicht einmal auf die *Idee*, es bei mir zu versuchen, Jungchen! Selbst wenn es dir gelänge – ich werde es hinterher merken und dich jagen, bis ich dich erwischt und dir jedes Haar einzeln ausgezupft habe, kapiert?«

Boryk nickte heftig. Eine solche Vergeltung wollte er keinesfalls provozieren, zumal ihm die Härchen an manchen, besonders empfindlichen Körperstellen erst vor kurzem gesprossen waren.

Er fiel auf die Liege, die von Teppichen bedeckt war, viel feiner gewebt, als es die kunstvollsten Weberinnen des Dorfes bewerkstelligen hätten können. »Durst. Hunger«, japste er. »Und mein Fuß tut so weh ...«

Duani gab ihm Medizin, die intensiv nach Waldbeeren schmeckte, und einen herrlich kühlen, erfrischenden Saft. Davon trank er zweieinhalb große Gläser. Dann schmierte sie seinen Knöchel mit Salbe ein und legte ihm einen Verband an. Gleich fühlte sich Boryk viel besser. Er sah sich in der kleinen Hütte um und konnte nirgends eine Feuerstelle entdecken. Das beunruhigte ihn ein wenig. Wo kochte die Espechl?

Als hätte sie seine Gedanken gelesen, sagte Duani: »Ich besorge uns jetzt was zu essen. Magst du roten Eintopf? Oder lieber Süßriegel?«

»Kann ich beides haben?«

Sie lachte glockenhell, dann tippte sie auf ihrem Zauberbrettchen herum. Was tat sie da? Boryk platzte fast vor Neugierde. Dutzende Fragen hätte er gewusst, doch er war zu müde, um sie zu stellen. Immer wieder fielen ihm die Augen zu. Nur sein knurrender Magen verhinderte, dass er auf der Stelle einschlief.

Er wartete schweigend, während Duani die Stiefel auszog und die Jacke ablegte. Darunter trug sie ein olivgrünes, ärmelloses, eng anliegendes Leibchen. Boryk bemühte sich, nicht auf die spitzen Brüste zu starren, die sich darunter abzeichneten. Er schrak zusammen, als ein lautes Summen ertönte. Duani glitt durch den Vorhang hinaus, zog ihn hinter sich zu. Boryk spitzte die Ohren.

»Drei Portionen, ist das richtig, Duani?«

»Ja. Ich habe Besuch.«

»Aus dem Flachland?«

»Woher weißt du das?«

»Man kommt herum als Austräger ... Und meine Kundinnen sind einem kleinen Plausch selten abgeneigt. Jemand hat dich und den jungen Mann mit der Lederhose gesehen. Solche Neuigkeiten verbreiten sich blitzartig im Silbernen Berg.«

»Na und? Was dagegen?«

»Nein, nein, wo denkst du hin. Das heißt ... Du weißt

schon, dass du dir nicht extra ein Bäuerlein einfangen musst, wenn du dein Lager mit jemandem teilen willst, hm? Ich bin bekannt dafür, meine Kundinnen rundum zufrieden zu stellen.«

»Danke, ich kann drauf verzichten. Und jetzt entschuldige mich bitte, der Eintopf wird kalt.«

Kaum hatte sie den flachen Korb auf dem Tischchen abgestellt und den Deckel gelüftet, verbreitete sich ein köstlicher Duft im ganzen Raum. Boryk konnte es fast nicht erwarten, bis Duani das Essen angerichtet und ihn mit einer Handbewegung eingeladen hatte zuzugreifen. Das Eintopfgericht schmeckte herrlich, obwohl er nicht definieren konnte, woraus es bestand; würzig und sämig, auf der Zunge zergehend, einfach unbeschreiblich gut. Er zwang sich, nicht zu schlingen, sondern kleine Stücke aufzunehmen und diese lang zu kauen.

Duani beobachtete ihn wohlwollend, während sie ebenfalls mit Appetit zulangte. »Tut gut, was?«

»Mhm.«

Auch die Süßriegel vertilgten sie restlos. »Du kannst das Bett haben«, sagte Duani dann, »aber nur, wenn du dich vorher gründlich duschst.«

Boryk tat wie geheißen. Er reinigte sich in der Hygienezelle, schlang das Handtuch um seine Hüften, plumpste dampfend auf die Liege und schlief, schlief, schlief.

Mechtan und Achab verbargen ihre Überraschung nicht, als sie Aykalie aus dem Transmitter in der Zentrale der UMBERIA treten sahen.

»Sonderbeauftragte von Taklir meldet sich zum Dienst«, rief sie, während sie betont zackig salutierte. »Na, meine Herren? Da staunt ihr, was?«

»Allerdings. Mir wurde zwar mitgeteilt, dass unser wissenschaftlicher Stab um einige Prähistoriker aufgestockt wurde«, sagte ihr Großvater, sichtlich um Fassung ringend. »Doch ich bin noch nicht dazu gekommen, mir die

Namensliste durchzusehen. Muss gestehen, dass ich nicht mit dir gerechnet habe, mein Kind.«

»Ich habe Kunstgeschichte studiert, mit dem Spezialfach Lemuria. Auf diesem Gebiet gibt es nicht viele Experten, also hat man auf mich zurückgegriffen.«

Hinter dem Rücken des Admirals verzog Achab seinen Mundwinkel zu einem feinen, spöttischen Lächeln. Er konnte sich unschwer zusammenreimen, dass bei Aykalies Bestellung in Wirklichkeit das Energiekommando die Fäden gezogen hatte.

»Mein nicht nur von mir überaus geschätzter Ehemann Jars von Aburrir ist übrigens als hochrangiges Mitglied der Akademie der Wissenschaften und Erkenntnistheoretiker mit Nebenfach Wahrnehmungspsychologie ebenfalls mit von der Partie. Um etwaige Besatzungsmitglieder zu betreuen, die unter einem Kulturschock leiden könnten.« Das sagte sie hauptsächlich, um Achab ta Mentec einen Dämpfer zu verpassen. Aber der ließ sich natürlich nichts anmerken.

Die UMBERIA, ein hochmoderner Schlachtkreuzer von 435 Metern Durchmesser, stellte das Flaggschiff seines kleinen Geschwaders dar, zu dem noch fünf weitere, baugleiche Kugelraumer gehörten. Seine experimentellen Neutrino-Aggregate waren in die Ortungssysteme der UMBERIA integriert. Aus diesem Grund hielt sich auch Mechtan von Taklir derzeit hier an Bord auf.

»Kann gar nicht ausdrücken, wie sehr ich mich freue, dich dabeizuhaben, Aykalichen«, dröhnte der Takhan. »Kommst auch genau zur rechten Zeit. Achab wollte mir gerade erste Bilder des unbekannten Raumobjekts zeigen.«

»Es handelt sich dabei um relativ ungenaue Hochrechnungen«, erklärte ta Mentec. Sachlich, formell, distanziert. Kühl geradezu; hätte sie ihn nicht auch gänzlich anders gekannt, Aykalie hätte geschworen, dass er sich zwar bemühte, sie korrekt zu behandeln, ihre Anwesenheit aber keineswegs goutierte. Sie hielt sich selbst für eine recht gute Schauspielerin; wie perfekt allerdings Achab Antipathie zu heucheln imstande war, flößte ihr mehr als bloß professionelle Hochachtung ein.

»Der Ortungsschutz, der dieses Raumfahrzeug über so lange Zeit vor den verschiedensten Mächten der Galaxie verborgen hat«, erläuterte Achab, »wirkt wohlgemerkt nicht im Sinne eines Deflektorfelds. Aus nächster Nähe ist, meinen bisherigen Berechnungen zufolge, sogar überhaupt kein Sichtschutz gegeben. Erst mit wachsender Entfernung wird jegliche herkömmliche Ortung erschwert. Das Bild fasert auf, verwischt und verschwimmt, verschwindet schließlich aus großer Distanz völlig.«

»Wieso vermagst du dann überhaupt etwas darzustellen, Maphan?«, fragte Aykalie, absichtlich mindestens ebenso frostig-reserviert wie ihr heimlicher Liebhaber.

»Ich bringe verwandte Technologie zum Einsatz, Hochgnädige. Damit lässt sich der Effekt zu einem gewissen Prozentsatz konterkarieren.«

»Uraltes Prinzip: Man braucht einen Dieb, um einen Dieb zu fangen«, warf Mechtan ein. »Oder so. Nicht wahr, Achab?«

Es versetzte Aykalie einen Stich in der Brust, als sie bemerkte, wie sehr ihr Großvater um Anerkennung und Zuneigung des um fast ein Jahrhundert jüngeren Mannes buhlte. Zum ersten Mal wurde ihr bewusst, was es für Mechtan bedeutete, keinen Stammhalter gezeugt zu haben.

Achab nutzt diese sentimentale Schwäche gnadenlos aus, dachte sie. *Er spielt auf Mechtan wie auf einer Klaviatur, manipuliert ihn nach Belieben. Der alte Sturschädel, vor dem der halbe Rat zittert, ist Wachs in Achabs Händen.*

Wieder mischte sich Bewunderung mit leichtem Gruseln. Aykalie fühlte sich aus ganz unterschiedlichen Gründen zu beiden Männern stark hingezogen. Sie hatte nicht gedacht, dass sich diese Konstellation als so heikel erweisen würde. Inständig hoffte sie, dass sie nie gezwungen sein würde, sich zu entscheiden, welchem von den beiden im Zweifelsfall ihre Loyalität galt.

»Ich hätte es nicht besser auf den Punkt bringen können«, lobte Achab. Der Kerl schaffte es, gleichzeitig in Mechtans Richtung gewinnend und in die ihre herablassend zu lächeln. »›Unser‹ Dieb hat zumindest einen Teil der Maskierung durchschaut. Der Rest sind Extrapolationen des Syntrons. Das Ergebnis ist, da auf Näherungswerten beruhend, also mit einer gewissen Vorsicht zu genießen.«

Er bewegte die Finger seiner rechten Hand in rascher Folge. Der Bordrechner reagierte, indem er ein Hologramm entstehen ließ, das ein Gutteil der Zentrale ausfüllte.

Eingebettet in ein Gitter aus Orientierungslinien und Maßangaben erschien das dreidimensionale Abbild des Artefakts.

Als er aufwachte, benötigte er einige Sekunden, um sich zurechtzufinden. Weiches Vlies umhüllte ihn. Feucht, kalt, klamm: Er musste viel geschwitzt haben. Gestank drang in seine Nase, sobald er sich streckte und zur Seite drehte. Aber er hatte doch geduscht, oder? Nichtsdestotrotz entströmten seinen Achselhöhlen und seinem Schritt Ausdünstungen, für die er sich schämte. Er zog das Laken über seinen Kopf – nur um zu bemerken, dass es von dunkelroten Flecken verunziert wurde, von getrocknetem Blut aus seinen vielen Wunden.

Er dämmerte abermals hinüber. Träumte von Rautsh und Gujnar, vom alten, runzligen Matekten und der schönen, lebensprallen Espechl.

Wo bin ich?, fragte er sich schlaftrunken, nachdem er erneut zu sich gekommen war. Er fokussierte seinen Blick. *Nicht im Dorf, nicht im Garten Ehedem.* Solche Zimmer gab es dort – daheim – nicht. Viel zu gerade die Linien, viel zu scharf die Kanten. Nicht von Menschenhand gemacht.

Viel zu unerbittlich blau das Licht, und zu ... metallisch die Luft. Aus den spiegelglatten Wänden, die ihn umgaben, ragten dünne, durchsichtige Regalbretter. Darauf waren Gewand und Ausrüstungsgegenstände gestapelt und eine Art Mineraliensammlung.

In der Mitte der seltsamen Hütte stand, dem Kopfteil seiner Liegestatt gegenüber, ein Lehnstuhl. Duani, die unter einer aus bunten Flicken zusammengesetzten Decke geruht hatte, öffnete die Augen und sah Boryk mitten ins Herz. »Ausgeschlafen?«

»Äh ... Schon. Ziemlich. Denk ich.«

»Und was jetzt?«

»Wo ist meine Lederhose?«

»Hinter dir.«

Er fischte sein einziges Kleidungsstück von der Lehne, schlüpfte hinein. Erhob sich, betastete seinen Knöchel, der viel weniger geschwollen war. Trat probehalber auf, vorsichtig zuerst, dann belastete er den Fuß mit seinem vollen Gewicht. Kaum Schmerzen. »Ich gehe weiter.«

»Ja?«

»Ja.« Was sonst sollte er tun? Im vertikalen Dorf würde er in zehn Jahren nicht heimisch werden. »Magst mich begleiten?«

Duani lachte, wohl weil es gar so kleinlaut und bettelnd geklungen hatte. »Ganz sicher nicht.«

»Ich komme zurück.«

Sie zuckte die Achseln. Eine peinliche Stille entstand. Unzählige Fragen lagen Boryk auf der Zunge, doch er wusste nicht, wo und wie er beginnen sollte. Schließlich rang er sich doch zu einer durch: »Hast du nie wissen wollen, was hinter dem Horizont liegt?«

»Du meinst unten, im Meer? Nein. Kann man denn nicht hinschwimmen?«

»Nur bis ein paar Dutzend Meter davor. Dann wird die Gegenströmung so stark, dass man bald das Interesse verliert.«

»Aha. Mich hätte eher interessiert, wer den Silbernen Berg ausgehöhlt hat, und vor allem, was sich in jenen Sektoren befindet, deren Zugänge uns verschlossen sind. Aber darauf kann niemand eine Antwort geben.«

Boryk schüttelte bedauernd den Kopf. »In der Heiligen Folie steht auch nichts darüber.«

Wieder schwiegen sie einige Atemzüge lang. Duani bürstete energisch ihre dunklen, fingerlangen, krausen Haare. Sie war so schön und schien ihm so vertraut, doch zugleich unerreichbar fremd. Etwas stand zwischen ihnen, und Boryk ahnte, was das war: die Macht, seine eigene, unheimliche, ihm selbst unerklärliche Macht, die er gegenüber seinen Krippbrüdern und später, im Beisein Duanis, auf den Matekten ausgeübt hatte. Er glaubte zwar nicht, dass sich die sehr selbstbewusst auftretende Especһl deswegen vor ihm fürchtete; aber ganz geheuer war er ihr jedenfalls nicht.

Er versuchte, in ihren großen, braunen Augen zu lesen, doch sie wich seinem Blick aus.

»Na gut. Äh ... dann gehe ich jetzt.«

»Wie du meinst. Reisende soll man nicht aufhalten ... Nein, warte. Kennst du überhaupt den Weg?«

»Ich denke, ich finde dorthin zurück, wo ihr mich aufgegabelt habt. Und dann ... hinauf, bis es höher nicht mehr geht. Ganz einfach.«

»So einfach ist das eben nicht, Kleiner! Du kennst dich da oben nicht aus, hast keinen blassen Schimmer von den Gegebenheiten im Vulkangebirge. Die Klippen sind tückisch. Ehe du dich versiehst, hast du dich verstiegen. Kommst nicht mehr rauf oder runter, weder vor noch zurück; probierst es notgedrungen dennoch, stürzt ab, brichst dir den Hals. Zack, aus, Ende. Steht das dafür? Das ist doch vollkommen hirnrissig!«

Sie hatte sich immer mehr in Rage geredet, am Ende fast geschrien, dabei die Haarbürste erbost in eine Ecke gepfeffert. Boryk stand der Mund offen. Mit einem derartigen Gefühlsausbruch hatte er nicht gerechnet. Duani bebte ja geradezu!

»Versteh doch: Ich habe keine andere Wahl«, versuchte er, leise und eindringlich, ihr seine Lage zu erklären. »Die Schöpfergottheit selbst hat die Heilige Queste angeordnet. In der Folie steht geschrieben: ›Immer zur Herbstsonnenwende sollen die siebenjährigen Jungmänner aufsuchen die Jenseite, mir zur Ehre, ihnen zum Ruhm. Zur Hölle sollen sie gehen, die Prüfung bestehen, auf dass mein Blick mit Wohlwollen auf sie falle und ich scheide zwischen Unkraut und Getreide, zwischen den Verderbten und den Auserwählten.‹«

»Meine Güte. Du nimmst das wirklich verdammt ernst, nicht wahr? Willst dich unbedingt beweisen, um jeden Preis.«

»Ja.« *Meine Mama, Fosse und alle anderen Väter sollen stolz auf mich sein*, fügte er in Gedanken hinzu. *Wenigstens ein einziges Mal.*

»Kleine Männer! Abgezwickte, pah! Das sind die Schlimmsten von allen«, schimpfte Duani, wobei ihr Busen reizvoll wogte. »Na schön. Ich muss verrückt sein, aber ich werde dir helfen. Pass auf: Es gibt noch einen anderen Weg zum Vulkangipfel. Nämlich nicht außen über die Klippen, sondern innen, im Berg, verstehst du? Er ist steil und ebenfalls nicht ungefährlich, doch immer noch beträchtlich einfacher zu begehen, vor allem für einen plattfüßigen, Rüben züchtenden, dickschädeligen Dummbeutel von zu kurz geratenem Flachlandbauern.« Bei den letzten Worten ihrer Standpauke hatte sich das Donnerwetter verzogen, ebenso schnell, wie es gekommen war; er sah, dass sie mit Mühe ein Grinsen unterdrückte. »Ich führe dich hin, du Spinner.«

Das Objekt war von merkwürdiger Form. Und groß, größer als jedes zeitgenössische Raumschiff der Akonen: volle 4165 Meter lang. Es basierte auf einem schlanken,

250 Meter durchmessenden Mittelzylinder. Daran waren vier ebenso dicke, 815 Meter lange Zylinder parallel angeflanscht. Unter ihnen – wenn man die Bugspitze als »oben« annahm – zog sich, etwa in der Mitte des Gebildes, ein 1100 Meter durchmessender Ring mit einem Querschnitt von 150 Metern um die Zentralsäule. Im heckseitigen Drittel befand sich eine auffällige Gitterstruktur.

»Bei dem Gitter dürfte es sich um die Projektion des Neutrino-Fangfeldes handeln«, erklärte Achab ta Mentec. »Meines Erachtens wird damit der Ortungsschutz erzeugt; damit und mit diesem Ausleger hier.«

Er deutete auf eine lange, schlanke Röhrenkonstruktion seitlich am Schiff, die im Bugbereich von einem ausgedehnten Spiralaufbau umlaufen wurde und im Heckbereich mit dem Gitter der Mittelnabe verbunden war. Zwischen den angeflanschten, kürzeren Zylindern und der Spitze hob sich ein weiterer, dünnerer Ring ab.

»Enthält vermutlich Antennen beziehungsweise ein Reservesystem für die Projektion von Neutrino-Fangfeldern«, sagte Achab.

»Ein reichlich schräges Gefährt«, kommentierte Aykalie. »Und kein sonderlich elegantes Design, wenn du mich fragst. Erinnert mich ein wenig an einen Mückengriller. Du weißt schon, diese Lampen, die in manchen Gartenanlagen hängen, um lästige Insekten abzuhalten.«

»Schönheit stand für die Konstrukteure wohl kaum im Vordergrund«, versetzte Achab und klang fast ein wenig beleidigt dabei. »Eher Stabilität, Funktionssicherheit und Dauerbelastbarkeit. Für die damalige Zeit, finde ich, eine mehr als beachtliche Ingenieursleistung.«

»He, du brauchst das hässliche Ding nicht zu verteidigen. Du hast es schließlich nicht gebaut.«

»Ich gebe Achab Recht«, sagte Mechtan begütigend. »Sehr beachtlich. Jeder der kleineren Zylinder allein besitzt einen Rauminhalt von vierzig Millionen Kubikmetern. Da lässt sich allerhand unterbringen. Würde mich nicht wundern, wenn es sich dabei um die Passagierbereiche handelte. Etwa zehntausend Leute fänden bequem darin Platz.«

»Also eher eine Art Raumstation?«, fragte Aykalie. Und, an Achab gerichtet: »Was bringt dich eigentlich zu der Annahme, das Ding sei fünfundfünfzigtausend Jahre alt – und von den Lemurern erbaut?«

»Ich konnte die Flugroute grob rekonstruieren. Das Objekt ist mit sehr hoher Wahrscheinlichkeit von Lemur gestartet. In Richtung östlicher Rand des Milchstraßenzentrums.«

»Nach ... Akon? Hierher?«

»Ziemlich genau sogar.«

»Bei der Blauen Sonne! Aber ... Moment! Vor fünfundfünfzigtausend Jahren war das Blaue System noch gar nicht besiedelt. Woher bei Vehraáto sollen die gewusst haben ...?«

»Woher bei Vehraáto soll ausgerechnet ich ...?«, erwiderte Achab, ihren Tonfall parodierend, die grauen, buschigen Augenbrauen spöttisch hochgezogen. »Ich fürchte, meine Entdeckung wird uns noch mehr als dieses eine Rätsel aufgeben.«

»Du sprichst ein großes Wort gelassen aus. Mysteriöse Sache«, polterte Aykalies Großvater. »Und heiß, verflucht heiß, das könnt ihr einem alten Schlachtross glauben. Nehme an, du konntest das Alter des Objekts mittels erweiterter Isotopenmessung bestimmen?«

»Nur indirekt. Weil das Schiff zwar vor fünfundfünzig Jahrtausenden gestartet ist, jedoch – aus der subjektiven Sicht postulierter Bewohner – keineswegs so lange unterwegs war. Sondern bloß etwa fünf- bis sechshundert Jahre.«

Mechtan stieß einen Pfiff aus. »Willst du damit andeuten, es handelt sich um einen Dilatationsflug? Alle Wetter!«

»Na klar!«, rief Aykalie, lauter als beabsichtigt, angesteckt von der Euphorie des Admirals. »Die Lemurer dieser Periode besaßen, nach allem, was wir wissen, noch keine Überlichttriebwerke!«

»Die Fahrt des Raumobjekts beträgt derzeit – und gemäß den vorliegenden Daten wohl schon länger – knapp Lichtgeschwindigkeit«, gab Achab einen weiteren Brocken Information preis. Genüsslich; ähnlich selbstverliebt dozierend wie Aykalies Ehemann Jars bei seinen Vorlesungen. Sie missbilligte das. Ihre Männer hatten sich gefälligst voneinander zu unterscheiden. Das war schließlich der Sinn der Sache.

Oder schauspielerte Achab schon wieder? War er mit voller Absicht in diese Sprechweise verfallen? Imitierte er Jars, um sie noch weiter zu reizen?

Das zahle ich dir heim, du Luder, schwor sie bei sich. *Ich habe noch keine Ahnung, wie, aber mir wird schon was einfallen.*

»Wir sollten also lieber nicht trödeln, wenn wir unsere Geschwindigkeit der des Objekts angleichen und an Bord gehen«, überlegte Mechtan laut. »Bei einem durch die Dilatation gegebenen Faktor von rund eins zu hundert wird auch so schon mehr als genug Realzeit verstreichen.«

»Ich habe einen vorläufigen Plan ausgearbeitet, der etwa sechseinhalb Stunden in Anspruch nimmt. Ausgehend von der zugegeben gewagten Annahme, dass das Artefakt über eigene Andruckabsorber verfügt und wir zusätzlich Neutralisatoren aus unseren Beständen installieren, die einen Wert von fünfzig Kilometern pro Sekundenquadrat kompensieren – wobei natürlich die Statik beachtet werden muss –, sollte das Objekt bei konstanter Abbremsung durch Traktorstrahlen in zirka hundert Minuten zum relativen Stillstand gebracht werden können. Wir werden die Leistung allerdings vorsichtig, schrittweise erhöhen, damit jeder Zwischenfall ausgeschlossen werden kann, und müssen auch eine gewisse Zeit für die Kontaktaufnahme und Verständigung mit einer etwaigen Besatzung einrechnen. Daher die sechseinhalb Stunden, welche sechshundertfünzig Stunden oder siebenundzwanzig Tagen Standardzeit entsprechen.«

»Damit ist sonnenklar, dass ich mit an Bord gehe«, sagte Aykalie bestimmt. »Keine Macht der Welt wird mich dazu bringen, fast einen Monat lang Däumchen zu drehen, bis dieses Manöver abgeschlossen ist. Das hielte ich nicht aus; ich würde schlichtweg wahnsinnig vor Anspannung und Neugierde.«

»Was wir auf keinen Fall riskieren wollen.« Mechtan zwinkerte ihr zu. »Nicht wahr, Achab?«

Der lächelte. »Wer bin ich, die Anweisungen meines Takhans in Zweifel zu stellen? Es wird mir eine Ehre und Freude sein, an der Seite zweier Hochgnädiger von Taklir einen Schritt in die Vergangenheit unseres Volkes zu tun.« Er verneigte sich knapp, doch dermaßen galant, wie es Jars nie in seinem Leben zustandebringen würde.

Jawohl, dachte Aykalie versöhnt, sich an dem Gefühl ergötzend, das warm aus ihrer Leibesmitte aufstieg. *So mag ich's, Bursche.*

5

Ein Fest in der Hölle, eine Offenbarung und ein Eid

Ach, *darum* wurde dieses Volk das zwielichtige genannt!

Boryk griff sich an den Kopf, ertastete die Brille, die ihm Duani zum Abschied geschenkt hatte. Die Welt außerhalb des Gartens Ehedem war verwirrend, doch manchmal lösten sich Rätsel sehr leicht und ganz nebenbei.

Besagte Brille, ein wahres Wunderwerk der Ingenieurskunst, ermöglichte es ihrem Träger, auch in fast völliger Dunkelheit zu sehen.

Sie schenkte ihm gewissermaßen ein zweites Augenlicht, eben das »Zwielicht«. Ohne sie hätte Boryk den Aufstieg durch den elendslangen, senkrechten, nur von schwachem Streulicht aus den gelegentlich abzweigenden Seitengängen erhellten Schacht unmöglich bewerkstelligen können.

Wieder einmal verfluchte er seine kurzen Beine. An der Wand des kreisrunden Schachts befanden sich Trittstangen. Doch lagen diese so weit auseinander, dass er nicht einfach Schritt über Schritt wie auf einer Leiter nach oben steigen konnte, sondern die jeweils nächste Stange gerade noch mit ausgestreckten Armen erreichte. Dann klammerte er sich daran fest, stemmte die Füße gegen die Schachtrundung und zog sich, mit dem lederbehosten Hintern über der gähnenden Leere baumelnd, höher, bis er seine nackten Zehen auf den eisernen Halt setzen konnte. Durchatmete. Und sich, mit schmerzenden Muskeln, nach der nächsten Sprosse streckte ...

Wer immer diesen Stollen angelegt hat, er oder sie hat dabei nicht an uns kleine Menschenkinder gedacht. Vielmehr an Riesen, mindestens doppelt so groß.

Und wieder eine Sprosse; und noch eine; und da war die nächste. Boryk saugte die stickige, staubige, Hustenreiz erregende Luft in seine Lungen, sah weder nach oben noch nach unten, immer nur auf die fingerdicken Bügel vor ihm. Er bemerkte wohl, dass er kontinuierlich an Gewicht verlor. Das war auch gut so; sonst hätte er diese Art der Fortbewegung keine fünfzig Meter weit durchgehalten. So aber hielten sich Ermüdung und Erleichterung die Waage. Irgendwann begann er gleichsam zu schweben, stieß sich aus der Hocke ab, hangelte sich weiter, gewann an Tempo, ließ einen, dann zwei, dann drei Bügel aus ...

Panik überkam ihn, als er vollends schwerelos wurde. Das geschah kurz vor Ende des Schachts. Noch vier, fünf Bügel weiter, und er musste sich schon mit aller Kraft anklammern, um nicht nach oben gezogen zu werden. Als er die Mündung erreichte, überwältigte ihn sogar das äußerst unangenehme, Schwindel erregende Gefühl, dass »oben« sich auf einmal zu »unten« gewandelt hatte.

Mit den Füßen voran landete er auf einem Gipfel. Dies war aber nicht die höchste Spitze des Vulkanbergs, im Gegenteil. Selbige Öffnung befand sich nämlich über ihm und hatte ihn gerade ausgespuckt. Er war soeben daraus herabgefallen wie auf Watte. Auf dunkle Wolken. Er stand auf Nebel, versank in Rauch. In der aus der höchsten Klippe entspringenden, fett schillernden Rauchsäule, die er gestern – war es wirklich erst einen Tag her, nicht länger? – aus weiter Ferne gesehen hatte!

Damit klärte sich unvermutet ein weiteres Mysterium, das ihn wochen- und monatelang zermürbt hatte. Wie sollte man die Jenseite erreichen können, wenn doch zwischen der höchsten Vulkanklippe und dem Firmament über tausend Meter lagen?

Antwort: Völlig losgelöst, befreit von allen irdischen Widernissen. Innerhalb der Rauchsäule. Butterweich absinkend – in Wahrheit: hinauf –, ohne einen Finger rühren zu müssen.

Boryk glitt durch die Schleier dahin. Die Leichtigkeit, die seinen Körper erfasst hatte, griff auch auf seinen Geist über. Er fühlte sich beschwingt, abgehoben, traumwandlerisch. In Ermangelung eines Spiegels konnte er seinen Gesichtsausdruck nicht überprüfen, doch er war ziemlich überzeugt, dass dieser dem entrückten Grinsen seines Lieblingsvaters Fosse nach einigen Krügen Starkmost alle Ehre gemacht hätte.

Der Korridor hingegen, in dem er sich unbestimmbare Zeit später wiederfand, übte eine ernüchternde Wirkung auf Boryk aus. Immer noch war er schwerelos, schwamm durch die unnatürlich reine, geruchsfreie Luft. Aber rings um ihn spannte sich Haut, als befände er sich in einem fluoreszierenden Darm. Aus purem Licht bestehende Zotten griffen nach ihm, und in ihn hinein. Betatschten, begrapschten ihn auf widerliche Weise, wühlten in ihm herum, kehrten sein Innerstes nach außen. Sie verursachten keine körperlichen Schmerzen, jedoch das Gefühl, vollkommen bloßgestellt zu werden, ohne sich im Mindesten dagegen wehren zu können.

Irgendwann endete die Tortur, und der grässliche Korridor wurde wieder zu einer Rauchsäule, in der Boryk abwärts glitt. Die Demütigung des eben Erlebten klang noch in ihm nach, sodass er sich nicht richtig darüber freuen konnte, sein Ziel erreicht zu haben.

Denn zweifellos befand er sich nun auf der Jenseite, in der Hölle. Die neblige Säule setzte ihn auf einem Gipfel ab. Ringsum erhob sich eine zerklüftete Gebirgskette, ganz ähnlich den Vulkanklippen drüben im Himmel. Doch am Fuße der Berge breitete sich nicht der Garten Ehedem aus, sondern ...

Ein See, gewaltig in seinen Ausmaßen. So weit Boryk sehen konnte, umgab das Wasser den Gebirgsstock auf allen Seiten. Vom Horizont trennte es nur ein Streifen Sandwüste. Am Firmament strahlte eine Sonne, die ihm ein klein wenig heller als die große Leuchte seiner Heimat vorkam. Das mochte aber auch Einbildung sein.

Hütten standen an den Ausläufern der Berge, am Seeufer und auf Pfählen im See selbst. Sie waren bewohnt, denn es stieg Rauch aus den Schornsteinen auf. Auch konnte er kleine Gestalten ausmachen, überwiegend weibliche, wie ihm schien. Boryk hätte sich am liebsten kopfüber von der Klippe zu ihnen hinuntergestürzt. Doch etwas sagte ihm, dass er zwar hier oben sehr wenig wog, spätestens unten in der Ebene aber wieder sein volles Gewicht zurückerhalten und sich alle Knochen im Leib brechen würde.

Beim Abstieg ermahnte er sich immer wieder zu Besonnenheit und Wachsamkeit. Vielleicht streunten ja auch hier halbwilde Tiere herum, die ihren Besitzern nur sehr eingeschränkt gehorchten, so wie drüben die Baggerbestie. Gottlob erwies sich seine Vorsicht als unbegründet, er bemerkte nichts Gefährliches. Er entdeckte auch keine Eingänge in den Berg, keinerlei Spuren, die darauf hindeuteten, dass hier oben jemals Menschen ansässig gewesen wären. Die Felslandschaft wirkte vollkommen unberührt, jungfräulich, trostlos. Nicht einmal nennenswerten Wind gab es.

Als er, viele Stunden später, lang nach Sonnenuntergang, endlich das Ufer des Sees erreichte, war er rechtschaffen müde. Einzig der Stolz darüber, das große Abenteuer bis hierher bestanden zu haben, hielt ihn noch auf den Beinen. Und die Angst, seine alte, allergrößte Angst. Vor dem, was als Nächstes auf dem Programm stand.

Kampf gegen die Höllenbewohner, Raub ihrer Frauen, und dann ...

Die beiden Monde am Firmament standen schon ganz

nah beieinander. Es musste kurz vor Mitternacht sein. Nichts rührte sich bei den Hütten am Ufer. Wie ausgestorben lagen die Gärten, Felder und Wiesen da, spiegelglatt die Oberfläche des Sees.

Und jetzt? Boryk war ratlos, wie er weiter vorgehen sollte. Er konnte ja nicht gut an irgendeine Tür klopfen und rufen: »Hallöchen, schönen Abend zusammen, vom Himmel hoch, da komm ich her, macht's euch was aus, liebe Leute, wenn ich kurz einige eurer Mädchen raube, damit diese mich endlich entjungfern?«

Andererseits …

Warum eigentlich nicht? Was konnte ihm passieren? Er besaß schließlich die Macht, ihnen seinen Willen aufzuzwingen. Hm. Aber durfte er sich wirklich darauf verlassen? Beide Male, an denen er die Macht bisher in sich hatte erwecken können, hatte er sich in einer Ausnahmesituation befunden. Auf dem Vorgipfel hatte ihn Rautsh mit dem Tode bedroht, war drauf und dran gewesen, ihn mit einem Stein zu erschlagen. Später, in der Höhle, hatte Boryk nackte Verzweiflung übermannt, weil der Matekten ihn, todmüde, halb verhungert und verdurstet, und trotz seiner Verletzungen und seines verstauchten Knöchels, wieder hinaus in die Bergwildnis schicken wollte.

War es ihm überhaupt gegeben, das klare Fieber einfach so hervorzurufen? Mutwillig, auch wenn er nicht bis zum Hals in Schwierigkeiten steckte?

Boryk schloss die Augen, horchte in sich hinein.

Nichts …

Oder nein, doch, da war etwas! Tief unten, am Urgrund seines Seins, flackerte eine winzige Flamme, kaum mehr als ein Glutfunke. Und doch barg dieses Flämmchen immenses Potenzial, beinhaltete es das Versprechen einer gewaltigen Feuersbrunst. Er konzentrierte seine Willenskraft, versuchte die Flamme anzufachen. Und es gelang! Hitze stieg in ihm auf, kochte hoch, pulsierte wie Lava in seinen Venen. Stärker als je zuvor glühte Boryk, selbst überrascht, ja überwältigt von der Macht seines Begehrens. Selbst wenn er gewollt hätte, hätte er es nicht mehr stoppen oder auch nur ein wenig drosseln können. Als sei ein Damm geborsten, schwappte das Fieber über ihn hinweg, und alle Hemmungen spülte es fort.

Breitbeinig stand Boryk da, die Fäuste in die Hüften gestemmt, und rief: »Wacht auf und tretet heraus aus euren Hütten, Leute vom See! Boryk aus dem Garten Ehedem ist vom Himmel zu euch herabgestiegen, damit ihr ihn feiert, ihm huldigt und ihm dient!«

Und sie gehorchten.

Drei Tage und Nächte dauerte das Fest, denn so lange ebbte Boryks Fieber nicht ab. Er aß und trank, wie er noch nie gegessen und getrunken hatte, ließ sich verwöhnen auf jede erdenkliche Weise; doch er schlief nicht, nicht eine Minute.

Die Menschen, die entlang des Seeufers wohnten, nannten sich Geneser. Der Brauch der Heiligen Queste war ihnen bekannt, doch übten sie ihn seit Längerem nicht mehr aus. Das hing wohl auch damit zusammen, dass in ihren Siedlungen eklatanter Frauenüberschuss herrschte, gerade umgekehrt wie im Garten Ehedem, wo auf eine Frau sechs, sieben Männer kamen. Da Jungen hier so rar waren, wollte man sie nicht den Gefahren des Gebirges aussetzen, und an Stelle der Mannwerdungs-Rituale veranstaltete man zur Frühlingssonnenwende eine Bootsprozession.

Boryk schnappte diese Informationen nebenbei auf, während er sich den Freuden des orgiastischen Festes hingab. Er gewann nicht den Eindruck, dass sich die Geneser und Geneserinnen sonderlich gegen seine Wünsche sträubten. Sie schienen im Gegenteil förmlich auf ihn gewartet zu haben. Er brauchte sie keineswegs ständig zu beeinflussen; das Allermeiste taten sie freiwillig, ja mit großer Begeisterung. Die Mädchen und Frauen rissen sich darum, ihm zu Willen sein zu dürfen. Die Väter führten ihm ihre Töchter zu, die Ehemänner ihre Gemahlinnen, und alle fühlten sich geehrt, wenn er sie auswählte und beglückte. Dutzende beschlief Boryk, und nie versagte seine Manneskraft.

Am Ende des dritten Tages spürte er, dass der Rausch nachzulassen begann, und er schickte die Geneser mit dem Auftrag, alles Vorgefallene zu vergessen, in ihre Hütten zurück. Er stieg etwa zwei Stunden bergan, fand eine geschützte Stelle und fiel sofort in tiefen, traumlosen Schlaf.

Der Kater, der ihn heimsuchte, als er wieder zu Bewusstsein kam, hatte eine Intensität, die der des Fieberfests entsprach. Nie hatte Boryk etwas nur annähernd so Grauenvolles durchlitten; nie hatte er sich derart schlecht gefühlt.

Er bereute zutiefst, was er getan hatte. Es gab keine Entschuldigung dafür. Dass er wie von Sinnen gewesen war, außer sich, nicht er selbst, konnte man nicht sagen. Nein, die ganze Zeit über hatte er sich seiner selbst bewusster, authentischer, echter gefühlt denn je. Der wahre Boryk war zum Vorschein gekommen, der Mann und Gebieter, machtlüstern, herrschsüchtig, egoistisch und rücksichtslos. Gut, die Geneser hatten es ihm erschreckend leicht gemacht; aber das war keine Ausrede. Er hatte ein abscheuliches Verbrechen begangen; hatte nicht bloß eine Frau, nicht bloß ein Mädchen missbraucht, sondern ein ganzes Dorf! Was immer die Schöpfergottheit mit der Heiligen Queste bezweckt hatte – das konnte es wohl nicht gewesen sein.

Kurz erwog Boryk, zurück zum See Geneset zu gehen und um Verzeihung zu bitten, Sühne anzubieten, Tilgung der Schuld, soweit das irgend möglich war. Doch er verwarf die Idee rasch. Er hatte den Genesern ja ihre Erinnerung an die Orgie genommen, auch das eine Sünde für sich. Sie waren Opfer, die nicht einmal wussten, welch Unrecht ihnen widerfahren war. Wenn er vor sie hintrat, würden sie ihm wahrscheinlich gar nicht glauben. Dieser hässliche Gnom, dieses schwächliche Bürschchen sollte sie alle in Bann geschlagen haben? Sie würden ihn für einen Aufschneider halten, für einen närrischen Angeber. Um seine Behauptungen zu beweisen, hätte er erneut seine unheimliche Macht einsetzen müssen. Das aber wollte er nicht; hätte es auch derzeit gar nicht gekonnt, nicht in diesem erbärmlichen Zustand.

Den ganzen Tag haderte Boryk mit sich, überhäufte sich mit Selbstvorwürfen. Er vermeinte, sterben zu müssen, so sehr hatte ihn der Kater in seinen Schaufelpranken. Den Freitod zu suchen, sich in eine Schlucht zu werfen, erschien ihm auch nicht richtig, da feige. Falls er einen Rest von Selbstachtung bewahren wollte, durfte er sich seiner Verantwortung nicht entziehen, sondern musste auf andere Weise Buße tun.

Schließlich setzte er den Aufstieg fort. Etwas Besseres fiel ihm nicht ein. Er schleppte sich, halb betäubt vor Kopfschmerzen, zum höchsten Gipfel, vertraute sich der Rauchsäule an. Landete im Korridor, ließ die grässliche Durchleuchtung über sich ergehen.

Und registrierte erst nach einigen Sekunden, dass das geisterhafte Licht abrupt erloschen war und sich unmittelbar neben ihm eine Tür öffnete, die er zuvor nicht einmal bemerkt hatte.

Eine unsichtbare Hand zog ihn hinein. Er schwebte einen Gang entlang, der von ovalem Querschnitt war, ähnlich manchen Stollen im Silbernen Berg. Ein Teil der Wand glitt zur Seite, eröffnete einen weiteren Durchgang. Boryk wurde von der Geisterhand in einen großen Raum geschoben, fast so hoch wie die Höhle, in der das vertikale Dorf errichtet worden war. Diese Halle aber war so gut wie leer, wenn man von seltsamen Bildern und vielen kleinen Lichtern an den Wänden absah. Ein einziges Möbelstück befand sich ziemlich genau in ihrem Zentrum, eine Art schwebendes Sofa, doch etwa vier Meter breit.

Auf dem Sofa ruhte eine Riesin.

Sie sah aus wie eine zu mehr als doppelter Größe aufgeblasene Menschenfrau, war undefinierbaren Alters und in einen dünnen, fleckigen, verschlissenen Morgenmantel gehüllt. Sie wirkte bis auf den unverhältnismäßig kleinen Kopf sehr füllig; Speckwülste hingen von ihren nackten Schenkeln. In der einen Hand hielt sie ein Zauberbrettchen, in der anderen eine bauchige Flasche mit einer roten Flüssigkeit.

»Ich hatte schon befürchtet, es würde überhaupt keiner mehr kommen«, sagte sie, gedehnt und etwas undeutlich, als wäre sie beschwipst. »In den Biosphären pfeift man, scheint's, immer öfter auf meine Gebote.« Sie lachte gellend auf, führte die Flasche zum Mund und saugte Flüssigkeit durch das Röhrchen. »Und die paar, die in letzter Zeit doch durch den Scanner gegangen sind, besaßen nicht einen Hauch von Parabegabung. Da wirst du verstehen, mein Junge, dass wir über dich ganz außerordentlich erfreut sind.«

Boryk verstand gar nichts. Aber er nickte sicherheitshalber so heftig, dass er in der Schwerelosigkeit einen Salto drehte, bis ihn die unsichtbare Hand wieder stabilisierte.

»Wer ... bist du?«, fragte er.

»Ich bin deine Schöpferin. Die, die alles geschaffen hat. Himmel und Hölle, die ganze Welt. Gefällt sie dir?«

»J-ja. Ja, sicher. Sehr!«

»Das ist würdig und recht. Ich habe einen Designpreis dafür bekommen. Einen Wettbewerb gewonnen, unter Tausenden Teilnehmern! Nicht zuletzt wegen der originellen Konzeption mit den zwei Biosphären, hat die Jury gemeint. Darum durfte ich sie bauen, die Welt, und höchstpersönlich als Kommandantin an Bord gehen und sie auf Kurs bringen. Man hat mir sogar ein irrsinnig wertvolles Geschenk gemacht, damit ich während des ganzen langen Fluges über sie wachen kann.«

Die Riesin klopfte auf ihre Brust, wo sich unter dem

dünnen Stoff eine Art Amulett abzeichnete. »Aber ich war keine gute Wächterin. Oder ich hatte schlicht und einfach Pech, was weiß ich. Es lebt niemand mehr, der mich kritisieren oder anklagen könnte. Niemand. Nur ich.«

Tränen rannen ihre Wangen hinunter. »Sie sind alle tot, alle gestorben wegen der Seuche, die wir nicht in Griff kriegten. Siebzehntausend Männer und Frauen. Kannst du dir überhaupt vorstellen, wie viele das sind? Siebzehntausend ausgesuchte, hoch begabte Lemurer. Die Seuche hat ihre Gehirne zerfressen, bis sie wahnsinnig wurden und sich gegenseitig umbrachten und das ganze Schiff zerstört hätten, hätte ich ihnen nicht Einhalt geboten. Die an Bord geborenen Kinder waren verderbt, armes, krankes Gewürm, trotz aller Hygienemaßnahmen. Überall die Erreger, überall. Es gab keinen anderen Ausweg, ich musste die Biosphären dekontaminieren. Ich ließ die Flut über sie kommen, bis nur noch mein Geist, hier in der Kommandozentrale, über den Wassern schwebte ... Warum erzähle ich dir das überhaupt, man wird dich die Geschichte doch wohl gelehrt haben.«

Boryks Blut rauschte in seinen Ohren. Viele Wörter, die die Riesin verwendete, hatte er noch nie gehört. Andere aber kannte er nur allzu gut.

Und also, da sie keine Gnade in meinen Augen fanden, vertilgte ich sie und ersäufte sie in den Wassern der Flut ... Danach sprach ich: Lasset uns Menschen machen nach unserem Ebenbilde. Als Mann und Frau schuf ich sie, als Bein von meinem Bein und Fleisch von meinem Fleisch, und blies in ihre Nase meinen Lebenshauch. So wurden sie lebende Wesen. Ich setzte die Menschen in den Garten Ehedem, welchen ich für sie angelegt habe zwischen dem Meer und dem hohen Gebirge, und erteilte ihnen den Auftrag: Seid fruchtbar und mehret euch, und macht euch die Erde untertan!

Die Riesin saugte wieder an der Flasche. »Ich wollte nochmals ganz von vorn anfangen, verstehst du? Also habe ich euch geklont, aus meinem eigenen Erbmaterial.

Nur kleiner, halb so groß, wegen der knappen Ressourcen. Das schien mir damals eine schlaue Idee. Ich hatte auch gehofft, dass ihr aufgrund der genetischen Veränderungen robuster gegenüber der Weltraumstrahlung sein würdet, die unsere zu lückenhaften Schirme nicht völlig abhalten können. Aber – sei mir bitte nicht böse – ihr wart kein wirklich durchschlagender Erfolg.«

Boryk schwirrte der Kopf, und nicht als Nachwirkung des schön langsam überwundenen Katers. Alles in ihm wehrte sich gegen die Erkenntnis, dass die Welt zwar ganz genau so beschaffen war, wie er es von den Jittri gelernt hatte – aber eben gerade deswegen völlig anders. Wer hätte gedacht, dass die Aussagen der Heiligen Folie wörtlich zu nehmen waren? Boryk hatte an die Schöpfergottheit geglaubt, doch als eine unendlich weit entfernte Wesenheit, die so gut wie nichts mit der irdischen Mühsal gemein hatte. Nun aber stand – beziehungsweise schwebte – er ihr gegenüber. Und sie entpuppte sich als ganz und gar nicht erhaben und souverän, sondern Mitleid erregend traurig; weniger als göttliche Herrscherin denn als armseliges, flennendes Waschweib, das zu oft in den Mostkrug geschaut hatte und nicht mehr ganz richtig im Kopf war.

»Die Seuche steckte nämlich bereits in mir, und also tragt auch ihr sie in euch. Einen Teil meiner Immunität«, wieder fasste sie nach dem Amulett zwischen ihren gewaltigen Brüsten, »habe ich euch vererbt. Aber eure Hirne sind schwach, und die meisten davon bar jeden parapsychischen Talents. Das so dringend benötigt wird, will ich das Schiff doch noch ans Ziel bringen! Du zumindest, Kleiner, stellst als Erster seit Jahren einen gewissen Hoffnungsschimmer dar. Der Scanner hat beim zweiten Durchgang erstaunlich hohe Werte im ultrahochfrequenten Spektrum gemessen, wenn auch geringfügig abweichend von der Norm. Doch ich bin zuversichtlich, etwas aus dir machen zu können.«

Ihre Wurstfinger huschten über das Zauberbrettchen. Gleich darauf schoben sich rings um Boryk aus den Wänden der Halle quaderförmige Behälter, wie übergroße, gläserne Särge. Dutzende, vielleicht hunderte. In jedem davon lag ein Mensch, obwohl die Behälter für Riesen gebaut schienen. Die Körper schwammen in durchsichtigem Gelee; Kabel und Schläuche verbanden sie mit der Rückwand.

»Das ist meine ganze Ernte, alles, was ich habe«, nuschelte die Göttin, deren flacher Schädel noch kleiner als Boryks war. »Der gesamte Ertrag von Jahrhunderten. Ausreichend, um das Schiff zusammen mit dem Bordrechner funktionstüchtig und einigermaßen auf Kurs zu halten. Viel zu wenig, um sie jemals wieder gezielt abzubremsen oder gar zu landen. Aber eventuell bringst du ja den Umschwung, und nach dir kommen mehr Psi-Begabte wie du. Hast du dich wohl ordentlich ausgetobt in Biosphäre Zwo?«

Wenn sie damit meinte, ob Boryk in der Hölle seinen Beitrag zur Fortpflanzung geleistet hatte, lag sie mehr als richtig. Er errötete vor Scham, hatte er doch seinen Samen in ein Gutteil der weiblichen Bevölkerung am Ufer des Sees Geneset verströmt. Etliche würden in fünf Monaten seine Kinder gebären. Dieser Gedanke erfüllte ihn, trotz der Reue über sein Vergehen, mit gewissem Stolz. Zugleich hatte er das dunkle Gefühl, dass er keinen seiner Sprösslinge je zu Gesicht bekommen würde, wenn es nach den Plänen der riesigen Göttin ging.

Er hatte während ihrer langen Rede überlegt, ihr seine Sünden zu beichten. Als Schöpferin der Welt und Verfasserin der Heiligen Folie stand sie schließlich noch über dem Majittri, oder nicht? Bei wem sonst sollte Boryk Vergebung erbitten, wenn nicht bei ihr? Doch etwas hielt ihn davon ab. Falls sie allwissend war, besaß sie ohnehin bereits Kenntnis von den Vorfällen in Himmel und Hölle. Und falls nicht, mochte es sich durchaus als Fehler herausstellen, ihr jedes Detail auf die fleischige Nase zu binden.

»Egal«, fuhr sie fort, nachdem sie einen weiteren Schluck genommen hatte. »Ich werde dir ohnehin Sperma abzapfen. Vielleicht kann ich mich dazu aufraffen, damit ein neues In-vitro-Programm zu starten. Wäre ich nur nicht so träge ... Das kommt von der Schwerelosigkeit, weißt du? Ach, du kriegst ja sowieso fast nichts mit. Genug geschwätzt. Ab ins Körbchen!«

Die Glassärge glitten lautlos zurück in die Wand. Nur ein einziger, leerer, blieb übrig.

Plötzlich begriff Boryk, welches Schicksal ihm zugedacht war. Und was die Prophezeiung der Heiligen Folie wirklich bedeutete: *Zur Hölle sollen sie gehen, die Prüfung bestehen, auf dass mein Blick mit Wohlwollen auf sie falle und ich scheide zwischen Unkraut und Getreide, zwischen den Verderbten und den Auserwählten.*

Von klein auf hatte er gehofft, eines Tages zu jenen Auserwählten zu gehören. Nun, da sich sein sehnlichster Wunsch erfüllte, war er ganz und gar nicht glücklich darüber.

»Aber ... wenn ich mich da hineinlege«, stammelte er, »dann ... ist mein Leben zu Ende. Das geht nicht, ich muss ja zurück, meine Mama und Fosse und die anderen warten auf mich im Garten Ehedem, und auch Duani vom Silbernen Berg habe ich versprochen ...«

Die Riesin lachte schallend. »Ach, bist du putzig! Richtig niedlich, dass du versuchst, mit mir zu diskutieren. Leider nützt dir alles nichts, kleines Männlein, du wirst nun einmal hier oben benötigt, damit die Para-Fähigkeiten deines Gehirns mithelfen, die Neutrinos zu kontrollieren. Aber sieh es positiv: Du stirbst ja nicht, sondern schläfst nur, tief und fest und lange Zeit. In gewisser Weise wirst du genau so unsterblich sein wie ich.«

Während ihrer letzten Worte spielte sie mit dem Zauberbrettchen. Boryk spürte, wie die unsichtbare Hand nach ihm griff und ihn in Richtung des Behälters zerrte, in dem das Gelee und die Schläuche unappetitlich schillerten.

Nein, nicht um alles in der Welt wollte er da hinein!

»Hör auf, mit deinen dünnen Ärmchen und Beinchen zu wedeln wie ein Käfer, der auf den Rücken gefallen ist! Du tust dir nur weh, schlägst dich an den Kanten auf und blutest mir womöglich die Zentrale voll. Sieh doch ein, dass es keinen Zweck hat. He, ich bin deine Urmutter. Ihr betet mich an, schon vergessen? Also sei dankbar, dass ich dir das Leben geschenkt habe, und versteh, dass ich mir jetzt etwas davon wieder zurückhole. Füge dich!«, brüllte sie plötzlich. »Bedenke, wen du vor dir hast, kleiner Affe! Ich bin die Naahkin dieses Schiffs, und ich und nur ich gebe hier die Befehle! Schluss jetzt, rein da!«

Bei seinen Vorgängern mochte ihre brutale Autorität gewirkt haben, und sie waren eingeschüchtert, unterwürfig und demutsvoll in die Särge gekrochen. Boryk aber hatte vor kurzem selbst geherrscht, wenn nicht wie ein Gott, so doch wie ein schier allmächtiger Maffan, drei Tage und drei Nächte lang. Auch wenn er sich dafür schämte, was er mit den Genesern und Geneserinnen angestellt hatte – das Gefühl der Macht schwelte noch in ihm. Der andere, frühere, nur wenig jüngere Boryk hätte nie und nimmer gewagt, gegen die Riesin aufzubegehren. Der neue, erwachsene aber, der das Ritual erduldet und die Vulkanklippen erklommen hatte, der der Bestie entronnen, durch die Hölle gegangen und daraus zurückgekehrt war, dieser Boryk bot seiner so genannten Göttin die Stirn.

Er rief das klare Fieber, und die Hitze stieg in ihm hoch und füllte ihn aus. »Lass mich los! Räum den Glassarg sofort wieder weg!«

Die Riesin starrte ihn ungläubig an. Ihre Finger verhielten über dem Zauberbrettchen. Auf dem feisten Gesicht bildeten sich Schweißperlen. Die fast leere Trinkflasche entglitt ihrer anderen Hand und schwebte durch die Halle davon. »Sag das noch mal!«

»Du wirst mich aus dieser Klaue lassen, die ich nicht sehen kann und die du wahrscheinlich mit dem Brettchen da befehligst. Und du wirst den Behälter wieder in der Wand verschwinden lassen!«

Er spürte, dass sie beeinflussbar war, doch ungleich schwieriger als Rautsh, der Matekten oder die Geneser. Boryk mobilisierte all seine Kraft, pumpte das Fieberfeuer geradezu in ihre Richtung. Trotzdem schaffte sie es, seinem Willen Widerstand zu leisten. Sie kämpften verbissen und wortlos. Die Riesenfinger bewegten sich, sehr langsam, doch in einem fort. Sobald Boryk nur ein wenig nachließ, rückte er ein Stück näher an den Sarg. Gewann er wieder die Oberhand, stoppte die Bewegung. So ruckelte er Meter um Meter dahin, auf das Verhängnis zu. Instinktiv wusste er, dass er verloren hatte, sobald er in Gelee und Schlauchgewirr versank.

So ging es nicht, begriff er.

Es reichte nicht aus, ihr etwas anzuschaffen. Dagegen verwehrte sie sich, im Bewusstsein, dass sie die Naahkin war, was so viel wie Oberste Wächterin bedeutete. Sie war seit undenklich langer Zeit gewohnt, dass sich alles ihr unterordnete, ja sie weigerte sich schlechthin, eine andere Position auch nur in Betracht zu ziehen, geschweige denn zu akzeptieren. Wenn er nicht letztlich doch in dem schrecklichen Glassarg enden wollte, musste er ihre Selbstsicherheit erschüttern. Er musste zuerst ihren Willen brechen, bevor er ihr den seinigen aufzwingen konnte.

Er begann sie zu beschimpfen, zu verfluchen. Dabei verwendete er die Anhaltspunkte, die sie ihm zuvor selbst geliefert hatte. »Eine schöne Göttin bist du!«, höhnte er. »Hässlich wie die Nacht, aufgeschwemmt und so verfettet, dass du dich kaum rühren kannst. Versteckst dich hier oben, weil du weißt, dass deine Geschöpfe dich anspucken würden vor Ekel. Nicht einmal Gujnar würde sich mit dir abgeben, und das heißt was! Und eine Versagerin bist du noch dazu. Vermochtest nicht zu retten, was dir anvertraut war, bist sogar zur Mörderin geworden an deinen Schutzbefohlenen. Ja, zur Mörderin! Schande über dich, Mörderin!«

Seine Hasstirade zeigte Wirkung. Die gläserne Lade fuhr zurück in die Wand – nur um umgehend wieder zu erscheinen. Aber wenigstens bewegte er sich momentan nicht darauf zu. Ihm kam sogar vor, als lockere sich der unsichtbare Griff.

Schweiß und Tränen vermischten sich im Gesicht der Naahkin. Ihre Unterlippe zitterte, Speichel floss aus den Mundwinkeln. »Möglich, dass deine Anschuldigungen eine gewisse Berechtigung besitzen«, gab sie heiser zurück. »Obwohl ich immer nach bestem Wissen und Gewissen gehandelt habe. Doch das tut nichts zur Sache. Du hast keine Chance. Selbst wenn du dieses Duell dank deiner Parakräfte gewinnst – wohin willst du vor mir fliehen? Mein Arm reicht überallhin in diesem Schiff. Ich gebiete über eine Armee von Robotern, die dich über kurz oder lang in jedem Schlupfwinkel aufstöbern, wo auch immer du dich verkriechst. Und vergiss nicht, ich habe alle Zeit der Welt.«

Ihre Rechte umklammerte das Brettchen, ihre Linke das Amulett. Das Schmuckstück, das ihr, wie sie behauptet hatte, Unsterblichkeit verlieh. Boryk sah keinen Grund, daran zu zweifeln. Dies war der Sitz ihrer göttlichen Fülle, das Kernstück ihres Selbst- und Sendungsbewusstseins.

Und zugleich ihre Schwachstelle.

»Wie ist es, schon so lange gelebt zu haben?«, konterte er. »Ich weiß, wie man sich fühlt, wenn man gefehlt und Schuld auf sich geladen hat. Um wie viel schwerer muss erst dich dein Gewissen drücken! Kannst du diese Last überhaupt noch ertragen, Mörderin? Bist du nicht gerade deshalb so schlaff und antriebslos und berauschst dich tagein, tagaus?«

Das saß. Er spürte augenblicklich am Wanken ihres geistigen Verteidigungswalls, dass er einen wunden Punkt getroffen hatte. Erbarmungslos setzte er nach.

»Ich kenne die Verzweiflung, die einen befällt, wenn das Leben keinen Sinn macht. Ich kenne sie gut! Wenn man sich als wertlos und unnütz empfindet, als wandelnde Beleidigung der Umwelt, als Missgeburt und Missetäter zugleich. Wenn man sich und die Welt am liebsten davon erlösen würde. Ich kenne das. Vor wenigen Tagen erst war ich versucht, meiner Existenz ein Ende zu setzen. Und auch du liebäugelst insgeheim mit diesem Gedanken, nicht wahr? Du wolltest schon längst alles hinschmeißen, warst nur zu feig und lasch. Dabei sehnst du dich so sehr danach, nicht länger zu leiden, wünschst dir nichts mehr, als endlich in Frieden ruhen zu dürfen. Die Stimmen ein für alle Mal zum Verstummen zu bringen, die unaufhörlich in dir schreien: Mörderin, Mörderin, siebzehntausendfache Mörderin!«

Gurgelnde, röchelnde, undefinierbare Laute entwanden sich dem Mund der Riesin. Sie schüttelte wild den Kopf. Tröpfchen stoben wie winzige Murmeln davon.

Boryk wurde auf einmal in Richtung des Sofas gezogen, hin zu ihr, weg von dem Sarg. Erleichtert ließ er gleichwohl nicht nach, sondern verstärkte seine Bemühungen noch. Auge in Auge rangen sie. Mitten ins Gesicht schleuderte er ihr seine Worte, unerbittlich einfühlsam: »Ich weiß, was dich bis jetzt davon abgehalten hat, dich von der Last und der Schwermut zu befreien. Dieses Ding, das an der Kette um deinen Hals hängt. Das Amulett, das du schon so oft verflucht hast. Nur das steht noch zwischen dir und dem Ende aller Qualen. Nimm es ab«, sagte er weich und glühend, all seine Fiebermacht in seine Stimme legend. »Das wolltest du doch schon tausendmal, oder etwa nicht? Leg es ab. Gib das blöde Ding weg. Gib es mir.«

Es war, als hielte die Welt den Atem an. Und vielleicht tat sie das in diesem Moment auch. Denn die Frau, die diese Welt erschaffen hatte, die Naahkin, die Riesin, die Göttin, nahm Abschied von ihr.

Ein seidig mattes Leuchten trat in ihre Pupillen, bevor sie langsam die Augen schloss, die Hände zum Hals hob und die Kette erfasste, über den Kopf zog. Und sie, mit einem unendlich befreiten Ausatmen, von sich warf.

Wie Boryk zurück in den Silbernen Berg gelangt war, hätte er hinterher nicht zu sagen gewusst. Er fand sich knapp unter dem Einstieg des senkrechten Schachtes wieder, wenige Sprossen nach der Stelle, an der die Schwerkraft einsetzte, an eine Trittstange geklammert wie ein Ertrinkender an ein Stück Treibmetall.

Lange Zeit hing er so da, gepeinigt von Schüttelfrost und Kopfschmerzen. Ausgepumpt, zu Tode erschöpft. Der mentale Kampf hatte ihm das Letzte abverlangt. Boryk glaubte, jeden Augenblick müsste sein rasendes Herz im Leibe zerspringen, so sehr hatte er Geist und Körper überstrapaziert. Es erschien ihm unvorstellbar, dass er sich von dieser Anstrengung je wieder erholen würde. Seine Lungen brannten, als hätte er statt Luft Feuer geatmet. Er vermochte kaum etwas von seiner Umwelt wahrzunehmen, trotz der Zwielicht-Brille.

In der Faust hielt er die Kette mit dem zwei Finger langen, kartoffelförmigen Amulett. Die Beute, das Zeichen eines Triumphes, dessen er sich nicht zu erfreuen vermochte. Schon wieder hatte er seine infernalische Begabung eingesetzt, und abermals bezweifelte er stark, dass es zum Guten gewesen war. Er hatte sich gerettet, ja; doch um welchen Preis?

Es gibt keine Gottheit mehr in Himmel und Hölle.

Dunkel erinnerte er sich, wie sie gestorben war: buchstäblich verfallen vor seinen Augen. Zu einer Wolke aus Staub, die ein schwacher Luftzug verweht hatte.

Es gibt keinen Gott mehr. Hat es je einen gegeben?

Was sollte er mit der Kette und dem Anhänger tun? Vielleicht war es am Gescheitesten, er öffnete einfach die verkrampften Finger und ließ den Talisman, der seiner Vorbesitzerin so wenig Glück gebracht hatte, in den Schacht fallen. In die Tiefe, wo die Baggerbestien für den Matekten der Bergleute nach Rohstoffen gruben.

Dann fiel Boryk ein, dass er keinen sonstigen Beweis für seine Abenteuer hatte. Dummbeutel, der er war, hatte er nichts aus der Hölle mitgenommen. Die Blumengirlanden, mit denen ihn die Geneserinnen geschmückt hatten, hatte er sich vom Leib gerissen, als er sich seiner Sünden bewusst geworden war. Und dabei hatte er sich so fest vorgenommen, für Duani ein Mitbringsel zu besorgen!

Duani.

Duani! Ihr würde er das Amulett schenken. Es sah irgendwie technisch aus, und sie liebte solchen Kram. Die Regale ihrer kleinen Hütte waren voll von obskuren Fundstücken.

Nicht mehr ganz so niedergeschlagen hängte sich Boryk die Kette um und machte sich an den Abstieg. Mit jeder Sprosse, die er überwand, erging es ihm besser. Sein Gewicht nahm kleinweise zu, doch das störte ihn nicht. Im Gegenteil, er begrüßte es, wieder Boden unter den Zehen zu spüren, und wenn es nur rostige Trittstangen waren. Zugleich schwor er sich, dass dies sein letzter Ausflug in die Schwerelosigkeit gewesen sein sollte.

Neue Lebenslust erfüllte ihn, als er in den Seitengang wechselte, fröhlich pfeifend durch die Stollen schritt und schließlich die Leitern zu Duanis Behausung im vertikalen Dorf emporkletterte. Wenn sie überrascht war, ihn wiederzusehen, bemühte sie sich rechtschaffen, sich es nicht anmerken zu lassen.

»Na, wie war's?«, fragte sie nur trocken.

Doch das Funkeln in ihren wunderschönen Augen strafte sie Lügen. Und nachdem sie gemeinsam roten Eintopf und Süßriegel geschmaust hatten und die Zeit zum Schlafengehen gekommen war, bot sie ihm das Bett an und legte sich zu ihm.

Irgendwie kam Boryk nicht dazu, Duani das Amulett zu überreichen. Zuerst vergaß er es einfach, wohl im Trubel der frischen Verliebtheit. Sie waren sich gegenseitig Geschenk genug. Und nachträglich erschien es ihm nicht mehr angebracht. Außerdem begann er sich daran zu gewöhnen. Obwohl es recht schwer an seiner Brust baumelte, legte er es so gut wie niemals ab.

Er blieb zwei Wochen bei Duani, ließ sich von ihr und dem Matekten in die Geheimnisse des Silbernen Bergs einweihen. Der Alte beäugte ihn anfangs ein wenig kritisch, doch schon nach kurzer Zeit legte sich sein Argwohn, und sie wurden gute Freunde. Boryk versprach zurückzukommen, sobald er seine Verhältnisse im Garten Ehedem geordnet hatte.

Und das tat er. Als er drei Monate später zurückkehrte, den schnaufenden Fosse im Schlepptau, trug er keine kurze Hose, sondern eine lange aus dem feinsten Leder, das die Gerberei am Fluss je produziert hatte. Darüber ein kunstvoll besticktes Hemd und eine Jacke mit den Insignien sowohl des Maffans als auch des Majittris von Ehedem. So herausgeputzt, hielt er um Duanis Hand an; nach einer Bedenkzeit von genau einer Minute gab sie ihm das Jawort.

Und dabei hatte er nicht im Mindesten nachgeholfen. Ehrlich!

Auch in Zukunft hielt er sich strikt an ihr Verbot, seine Gabe bei ihr anzuwenden. Selbst wenn sie, Sturköpfe einer wie der andere, sich stritten und Duani sich den vernünftigsten Argumenten unzugänglich gab, sah er davon ab, sie seinem Willen zu unterjochen. Sie versöhnten sich ja auch rasch.

Bei den übrigen Himmelsbewohnern war Boryk weniger zimperlich. Wenn er es für nötig erachtete, setzte er seine Macht ein, jedoch in Maßen, und immer erst nach reiflicher Überlegung. Die Geschehnisse am See Geneset waren ihm eine Lehre gewesen. Obwohl er sich nicht länger deswegen innerlich selbst zerfleischte, dachte er doch stets mit Schaudern daran zurück, an den Rausch ebenso wie an den nachfolgenden Kater.

Außerdem lernte er mit der Zeit, seine einzigartige Fähigkeit immer besser zu kontrollieren. Manchmal glaubte er fast, das Amulett der traurigen Göttin unterstütze ihn dabei. Oder lag es an seiner sehr glücklichen und befriedigenden Beziehung mit Duani, dass er sich ausgeglichener fühlte denn je?

Jedenfalls dachte er jetzt, auch wenn er nicht fieberte, viel klarer und zielorientierter. Umgekehrt übermannte ihn, wenn er seine Gabe einsetzte, die Gluthitze nicht mehr so eruptiv. Vielmehr vermochte er sie nahezu beliebig zu dosieren. Auch die Nachwirkungen gestalteten sich entsprechend angenehmer.

Duani und er feierten zwei Hochzeiten, eine im Silbernen Berg, mit Fosse als Boryks Beistand, die andere im Garten Ehedem, wobei der Matekten als Duanis Brautführer fungierte. Danach bauten sie sich eine Hütte etwa auf halbem Weg zwischen den beiden Siedlungen. So konnten sie hier wie dort ihren Pflichten nachgehen. Kein halbes Jahr war seit der Vermählung vergangen, als der Matekten aus Altersgründen zurücktrat und Boryk zu seinem Nachfolger gewählt wurde. Er vereinte nun alle drei höchsten Ämter des Himmels in seiner Person.

Er sollte sich, nicht zuletzt dank Duanis tatkräftiger Hilfe, als ihrer würdig erweisen. Sie förderten den Kontakt zwischen Flachländern und Bergvolk, wenn auch gemächlich; sie begingen nicht den Fehler, die Leute zu überfordern, indem sie das soziale Gefüge überhastet umkrempelten. In seiner Eigenschaft als Majittri hob Boryk die Beschränkungen für den Umgang mit den Zwielichtigen auf und schuf diverse Möglichkeiten für kulturellen Austausch. Aber niemand wurde gezwungen, davon Gebrauch zu machen.

Auch das Mannwerdungsritual wurde reformiert, die sinnlose Fasterei und Prügelei abgeschafft. Dafür machte Boryk klar, dass er es gern sah, wenn die Jungmänner die Queste auch tatsächlich absolvierten. Gut ausgerüstet, bepackt mit Gastgeschenken an die Geneser, voller Vorfreude auf die frauenreiche Jenseite, wurden sie von Bergführern über die Klippen bis zur Rauchsäule geleitet. Der gesamte erste Jahrgang seit dem Beginn von Boryks Regentschaft kehrte wohlbehalten zurück, mit Blumen bekränzt, noch tagelang selig grinsend.

Es war eine gute Zeit. Der Himmel prosperierte, und den Berichten der Jungmänner zufolge auch die Hölle. Jahre zogen ins Land. Gute Jahre. Doch allmählich mischten sich, zuerst fast unmerklich, in das Glück und die weitgehende Harmonie Misstöne.

Immer öfter oblag Boryk die Pflicht, ihm lieb gewordene Menschen zu bestatten. Der dicke Fosse war der Erste, dessen Leichnam er, im Rahmen einer mit viel Most begangenen Trauerfeier, dem Schlund des Vertilgers übergab. Bald darauf starb ein weiterer seiner Väter, dann seine Mama. Gujnar folgte, der sich zu einem durchaus passablen Jittri entwickelt hatte; Rautsh, der Boryk als persönlicher Tennoi treu gedient hatte.

Und schließlich Duani.

Ihr war schon aufgefallen, dass Boryk nicht in gleichem Maß alterte wie die Übrigen, lange bevor er es selbst festgestellt hatte. Seine Haare wuchsen und fielen aus, doch sie ergrauten nicht, während ihre schlohweiß wurden. Finger- und Zehennägel mussten geschnitten werden, doch in weit größeren Abständen als bei ihr. Duanis Haut erschlaffte, wurde spröd, faltig, runzlig; seine blieb makellos. Er hielt sich springfidel aufrecht, derweil sie immer gebeugter ging, am Stock, und selbst dann musste er sie stützen, wenn sie ihm zuliebe die Hütte verließ und den langen, weiten Weg hinunter nach Ehedem auf sich nahm. Er pflegte sie, als sie bettlägerig war, und als sie ihn bat, sie einmal noch den Silbernen Berg und das vertikale Dorf sehen zu lassen, da wusste er, dass es zu Ende ging. Alle vier amtierenden Tennoi – zwei davon Rautsh, ihrem Vater, wie aus dem Gesicht geschnittene Söhne – trugen die Sänfte. Auf dem Rückweg schlief Duani in Boryks Armen ein und erwachte nicht wieder.

Nach der Zeremonie vergrub er sich in seiner Hütte, ergab sich seinem Kummer. Er hatte damit leben gelernt, dass seine Wünsche erfüllt wurden, wenn er ihnen nur genügend Nachdruck verlieh. Doch von wem sollte er fordern, dass ihm Duani zurückgegeben würde? Und all die anderen, die er bestattet hatte? Es gab keine Göttin mehr in Himmel und Hölle, er selbst hatte sie getötet, oder Beihilfe zu ihrem Tod geleistet. Die Worte, die er zu der Naahkin gesprochen hatte, voller Lebensgier und Hass, begann er erst jetzt in ihrer vollen Bedeutung zu verstehen.

Er war mehr als einmal versucht, die Kette mit dem Talisman abzustreifen.

Da aber kein junger Boryk in Erscheinung trat, der ihm im richtigen Moment den Anstoß zu diesem Schritt versetzt hätte, lebte er weiter. Jahre zogen ins Land. Nicht ganz so gute Jahre wie die an Duanis Seite, doch erträgliche. Er regierte sein Volk mit Umsicht, wenngleich er sich nicht mehr ganz so oft wie früher in die täglichen Belange einmischte. Alles ging im Wesentlichen seinen Gang. Die Sonne tauchte aus dem schmalen Meer auf und wieder darin unter; die beiden Monde fuhren in ihren nur mit zusammengekniffenen Augen sichtbaren Geleisen am Firmament entlang.

Damit sie als Zeichen dienen für die Festzeiten und Tage, Wochen, Monate und Jahre ...

Intermezzo:

Eine Frage der Zeit

Sehr groß und weit ist das Universum, und vorwiegend schrecklich leer. Aber auch voll der Mysterien; wohl eines der größten und letztlich unbegreiflichsten stellt jenes Phänomen dar, das wir lapidar »Zeit« nennen.

Ich habe in meinem langen, Jahrzehntausende umspannenden Leben viele heiße Diskussionen über dieses Thema geführt, mit vielen klugen Köpfen verschiedenster Perioden. Physiker und Philosophen, Esoteriker und Mathelogiker, sorglos spekulative wie eisern empirische Wissenschaftler diversester Fakultäten – obwohl nicht selten untereinander zerstritten auf Mord und Totschlag, waren und sind sie sich in Einem einig: Dass wir Lemurer mit unserem leider so beschränkten Sensorium jenes Phänomen, das uns doch unmittelbar und fortwährend betrifft, wohl nie vollständig zu verstehen vermögen.

Aber wir können damit agieren, hantieren; ja, wir können die Zeit sogar unter Aufbietung allerhöchster Vorsicht *manipulieren*. Ich selbst habe dies bereits getan, in durchaus gravierendem Ausmaß. Und werde es wieder tun, wieder tun *müssen*. Denn nur, wenn ich die Gegenwart in eine ganz bestimmte Richtung beeinflusse, ermögliche ich die Vergangenheit und sichere so die Zukunft der Menschheit.

Das klingt paradox und ist nichtsdestotrotz wahr: In

den kommenden drei, vier Tagen entscheidet sich, was vor fünfundfünfzigtausend Jahren geschehen sein wird. Oder, wie es Deshan Apian, mein treuer Chronist, weiland aus anderem Anlass formuliert hat: *Wir Lemurer sind das, was wir waren. Und heute schaffen wir das Fundament dafür, was wir in Zukunft sein werden.*

Ja, liebes Diarium, einziger Vertrauter und Beichtvater, der du mir den guten Deshan ersetzt, seit er ebenfalls auf große Fahrt ging: Noch in dieser Woche erreichen wir den alles entscheidenden Wendepunkt unserer phantastischen, die gesamte Menschheitsgeschichte einschließenden Reise. Eines der beiden dafür unbedingt benötigten Instrumente befindet sich bereits in meinem Besitz. Das zweite wird demnächst aufgefunden werden. Ob es mir gelingt, es in meine Hand zu bekommen und für meine Zwecke einzusetzen, ist nur eine Frage der Zeit.

Aber ist nicht alles »*nur*« eine Frage der Zeit?

Die Ausgangsposition könnte ich mir gar nicht besser wünschen. Alle Voraussetzungen sind gegeben, alle Entwicklungen optimal in Gang gesetzt. Sämtliche Kugeln rollen wie auf einer schiefen Ebene, nein: wie in einem Trichter, fast zwangsläufig dorthin, wohin sie sollen. Meinen eigenen Part habe ich so angelegt, dass ich jederzeit eingreifen kann, jedoch niemand in mir den Drahtzieher vermuten würde. Ich will mir nicht schmeicheln, war eigentlich immer zu vernünftig für übertriebene Eitelkeit, ebenso wie, nebenbei bemerkt, für unverhältnismäßige Bescheidenheit. Doch kann meine Tarnung mit Fug und Recht als perfekt bezeichnet werden. Im Gegensatz zu damals, als ich notgedrungen die charismatische Führerfigur mimen musste – zeitweise sogar zwei auf einmal! – habe ich es jetzt und hier nicht nötig, eine Position in der ersten Reihe einzunehmen. Dank eines langfristig, bedachtsam und unauffällig aufgebauten Netzwerks von Beziehungen bin ich einflussreich genug. Man glaubt, mich und meine Motive zu kennen; manche meinen sogar, mich derentwegen verlachen zu können.

Sollen sie, nur zu! Herzlich gern, gute Unterhaltung! Niemand durchschaut mich, keiner und keine ahnt, was und wer wirklich in mir steckt. Ich verberge mich in aller Öffentlichkeit, nehme selbst im intimsten Rahmen meine Maske nicht ab. Entwickle schon lange keinen persönlichen Ehrgeiz mehr, ordne alles dem höheren, höchsten Zweck unter, verfolge meine Karriere ausschließlich nach diesem Gesichtspunkt. Bin mir wichtig – jedoch nur, was meine Schlüsselrolle im Kampf um das Überleben der Menschheit betrifft.

Halte diese meine Worte fest, o Diarium: Ich maße mir nicht an, die Welt oder gar das Universum retten zu können; mein Volk hingegen, mit all seinen mannigfaltigen Ablegern, sehr wohl. Und deshalb muss ich es versuchen.

Bloß noch drei, vier Tage ...

Ich wäre kein Mensch, lechzte, hungerte, schmachtete ich nicht der finalen Entscheidung entgegen. Nach außen hin spiele ich den Gelassenen, mit seinem Dasein als Nebenfigur Zufriedenen. Innerlich vibriere ich vor Aufregung. Um nicht zu schreien, schreibe ich. Ich bemühe mich, Disziplin und kühlen Kopf zu bewahren; mich gerade, auf Kurs, im Zaum zu halten; mich zu beruhigen, indem ich mir wieder und wieder einschärfe, dass es keinen Grund zur Besorgnis gibt, ich ganz im Gegenteil höchst zuversichtlich sein darf. Die Zeit und ihre Gesetze stehen auf meiner Seite. Das Ereignis, auf das es ankommt, von dem alles, wirklich alles abhängt, muss und wird eintreten. Unweigerlich, da es bereits eingetreten *ist* – und den Impuls für alles Folgende gegeben, die kausale Kettenreaktion erst ausgelöst hat.

Vielleicht irre ich mich. Vielleicht kommt doch alles ganz anders. Oder exakt wie geplant – und stellt sich trotzdem als fataler Fehler heraus. Wir werden sehen, und zwar bald.

Die Zeit, als Zukunft wie auch Vergangenheit, wird es uns weisen.

6

Rätsel über Rätsel

25./26. April 1321 NGZ, Akon-System

»Rhodanos. Endlich!«

Die Hauptzentrale der PALENQUE war geräumig, zehn Meter hoch und zwanzig im Durchmesser. Auch wenn alle Stationen voll besetzt arbeiteten und einige zusätzliche Besatzungsmitglieder sowie zwei der Sondergäste herumstanden, bekam man normalerweise nie das Gefühl, in seiner Bewegungsfreiheit eingeschränkt zu sein. Jetzt aber war es plötzlich sehr eng geworden, geradezu beklemmend, und die Zentrale schien auf einmal überfüllt.

Eine einzige Person hatte das bewirkt. Ihre bloße Präsenz drückte die anderen schlankweg an die Wand. Das Attribut »schlank« hätte freilich ganz sicher niemand verwendet, um den Koloss zu beschreiben, der gebückt durchs Schott getreten war und nun, zur vollen Größe von dreieinhalb Metern aufgerichtet, alle vier mächtigen Arme weit ausgestreckt, auf Perry Rhodan zustampfte.

»Willkommen, Tolotos! Die Freude ist ganz meinerseits.«

Pearl Laneaux, auf ihrem erhöhten Pilotenpodest ebenso atemlos erstarrt wie die übrige Crew, gewann sofort den Eindruck, dass sich hier zwei wahre Freunde nach längerer Trennung herzlich begrüßten. Zwei, die unermesslich viel zusammen erlebt hatten, und einander darüber hinaus auch persönlich in höchstem Maße schätzten. Eine kurze Umarmung, ein fröhliches Abklatschen der Handflächen, vielleicht ein kumpelhafter Puff an die Schulter, wenigstens aber ein fester Händedruck hätte gefühlsmäßig gut zu diesem Wiedersehen gepasst.

Nur, dass *diesen* beiden nichts davon möglich war. Perry Rhodan, etwa einsneunzig groß, drahtig, sportlich gut durchtrainiert, jedoch kein Hochleistungsathlet, aber eine mehr als respektable Erscheinung, blickte zu dem Neuankömmling auf wie ein Kleinkind zu einem ausgewachsenen Elefanten. Dessen fassgroße Fäuste hätten dem Terraner wahrscheinlich mit Leichtigkeit die Hand inklusive Unterarm zerquetscht; ein sanfter Boxhieb hätte ihn quer durch die Zentrale gewirbelt; und umarmen hätte Rhodan maximal eines der beiden säulenartigen Beine können.

So legte er nur die rechte Hand aufs Herz, lächelte und sagte dann, in die Runde blickend: »Darf ich vorstellen: Icho Tolot.«

Als wäre das nötig gewesen! Jedes Kind kannte den Haluter, einen der ältesten Mitstreiter Perrys und der Terraner. Im Lehrplan der Grundschulen bildete er seit vielen Generationen einen fixen Bestandteil als Musterbeispiel für verantwortungsvollen, ja geradezu demütigen Umgang mit großer persönlicher Macht. Bilder des schwarzhäutigen Giganten in seinem berühmten roten Kampfanzug zierten irgendwann die Wand jedes terranischen Kinderzimmers. Pearl hatte Dutzende davon besessen; als ihre Eltern sie erstmals für einen Abend ohne Babysitter allein gelassen hatten, war sie mit einer Tolot-Puppe im Arm eingeschlafen, in der festen Überzeugung, dass ihr nichts passieren konnte, solange der Haluter sie beschützte. Icho Tolot war *cool*, der große Bruder, den sich jede und jeder wünschte: nahezu unbesiegbar stark, jedoch auch dank seiner zwei Gehirne ein Geistesriese, vor allem aber extrem aufmerksam, sanftmütig, allzeit hilfsbereit. Und er sah auch noch, hatte man sich erst einmal an die drei roten, zwanzig Zentimeter durchmessenden, ausfahrbaren Stielaugen und das Raubtiergebiss gewöhnt, *verdammt scharf* aus ... Kein Wunder, dass Pearl die Luft weggeblieben war, als das Fabelwesen, für das sie als Heranwachsende so geschwärmt hatte, leibhaftig vor ihr stand. Und natürlich wirkte Tolot aus der Nähe noch ungleich beeindruckender als auf einem Bild oder Hologramm.

Alemaheyu Kossa drückte als Erster aus, was sie alle empfanden. »Mann, bist du heavy!«, entfuhr es dem Funker.

Der Haluter lachte, dass buchstäblich die Wände zitterten. Wobei er sich vornehm zurückgehalten hatte, sonst wären Pearls Trommelfelle jetzt nur noch rudimentär vorhanden gewesen.

»Das hat man mir schon öfter gesagt«, grollte Tolot, »also muss wohl was dran sein. Hallo allerseits! Erste Offizierin Laneaux, ich danke dir für deine Erlaubnis, an Bord kommen zu dürfen, und bitte um Verzeihung, dass ich nicht dich, sondern Perry zuerst gegrüßt habe.«

»Nicht der Rede wert«, brachte sie noch halbwegs fehlerfrei heraus. Sie war hin und weg. Dieses 39 Zentner schwere, in den Schultern zweieinhalb Meter breite Überwesen, dessen Planhirn die Kapazität einer Positronik hatte, nahm Rücksicht auf die Schiffshierarchie und hatte es der Mühe wert gefunden, sich vorab über die Verhältnisse an Bord zu informieren!

Pearl fühlte sich geschmeichelt.

Zurzeit befehligte sie die PALENQUE. Rhodan, obwohl als Terranischer Resident höchstes Exekutiv-Organ der Liga, legte Wert darauf, nur Gast an Bord des in Privatbesitz befindlichen Prospektorenraumers zu sein. Kommandantin Sharita Coho wiederum hatte Freischicht. Wie die meisten derjenigen, die an dem Einsatz im Asteroidengürtel des Ichest-Systems beteiligt gewesen waren, hatte sie sich in ihrer Kabine zur Ruhe begeben. Und Denetree, der Anachronismus, die lebende Lemurerin aus einer Zeit, die über 50.000 Jahre zurücklag, war kaum noch zu sehen. Wenn sie nicht schlief oder sich geradezu aufopfernd um die Lemurer kümmerte, unterzog sie sich Hypnoschulungen, weil es nicht ausreichte, die Sterne nur zu *sehen*; man musste auch *verstehen*, was man sah, meinte sie, und in dieser Hinsicht gab Pearl ihr völlig Recht.

Soeben hatten sie nach einem kurzen, erfreulich ereignislosen Flug Akon erreicht. Drei äußerlich ähnliche, jedoch grundverschiedene Kugelraumer hatten eine Parkposition am Rand des »Blauen Systems« bezogen: neben der PALENQUE das mit 215 Metern Durchmesser etwas größere akonische Forschungsschiff LAS-TOÓR sowie Tolots deutlich kleinere, jedoch weit schlagkräftigere HALUT.

»Ich hoffe, ihr gestattet, dass wir uns nun, da die Formalitäten erledigt sind, in den Besprechungsraum zurückziehen?«, fragte Perry Rhodan. »Tolot und ich sollten dringend unseren Informationsstand abgleichen, bevor wir Kontakt mit dem Regierenden Rat der Akonen aufnehmen.«

»Ja, selbstverständlich.« Pearl nickte; sie konnte ihren Blick kaum vom Idol ihrer Kindheit abwenden. »Fühlt euch wie, äh ... na, wie auch immer. Jedenfalls, ich habe keinerlei Einwände dagegen.« Sie spürte, dass sie errötete.

Dumme Pute, schalt sie sich, *nun reiß dich endlich zusammen!*

»Ich schon«, erklang eine rauchige Frauenstimme.

Aller Augen wandten sich der Sprecherin zu, die lässig an Kossas Funkpult lehnte. Die mandeläugige, braunhäutige Schönheit war selbst in dieser illustren Runde schwer zu übersehen. Sie trug einen extravaganten Freizeitanzug, dessen Oberfläche wie eine saftig grüne Wiese aus fingerlangen Grashalmen wogte. In unregelmäßigen Abständen blühten an immer anderen Stellen bunte Blumen auf; damit nicht genug, wurde sie von Bienen, Libellen und fluoreszierenden Schmetterlingen umschwirrt. Auf ihren Schultern spazierten winzige Marschiere-Viels hin und her, und in ihrem hoch aufgetürmten Haar zwitscherten Vögel.

»Eniva ta Drorar, Netzwerkspezialistin der LAS-TOÓR«, stellte sie sich mit einer leichten Verbeugung dem Haluter vor. »Ich befinde mich sozusagen als Austausch-Geisel in diesem dreckigen fliegenden Narrenkäfig.« Ihr näselnder, aristokratisch-arroganter Tonfall und der beleidigende Inhalt ihrer Äußerung wurden entscheidend dadurch entschärft, dass sie mit Alemaheyu Kossa Händchen hielt. »Oder, wenn man so will, als inoffizielle Botschafterin meines Volkes. Welches naturgemäß an der ganzen Affäre größtes Interesse hat. Soll heißen: Ich wäre, erlaubt mir die Bitte, bei eurem Gespräche gern die Dritte.«

»Von mir aus allemal«, sagte Rhodan. »Wir haben nichts zu verbergen. Nicht wahr, Tolotos?«

Täuschte sich Pearl, oder deutete da ein Unterton in Perrys Stimme an, dass er die Frage ernster meinte, als sie klang? Ein Hauch von Misstrauen, der leiseste Anflug einer Unstimmigkeit?

»Selbstverständlich nicht.«

»Gut. Danke. Ich möchte, wenn es euch nichts ausmacht, auch Solina Tormas zuziehen, sofern sie sich wach genug dafür fühlt.«

Das war rasch eruiert. Die Historikerin erklärte via Kabinenfunk, dass sie mehr als bloß ein paar Stunden Schlaf opfern würde, um diesem Briefing beiwohnen zu können.

Pearl Laneaux fühlte Eifersucht in sich auflodern. Lächerlich, irrational, und unbegründet dazu: Sie war schließlich über alles, was sie nicht ohnehin selbst miterlebt hatte, bestens informiert worden, teils von Perry, teils von Sharita. Außerdem durfte sie momentan die Brücke gar nicht verlassen.

Trotzdem rief sie den beiden Aktivatorträgern und der mobilen Frühlingswiese, nachdem sie Richtung Besprechungsraum verschwunden waren, in Gedanken hinterher: *Glaubt bloß nicht, dass ich ums Verrecken ebenfalls dabei sein will. Non, messieurs, je ne veux pas!*

»Wer fängt an?«

»Du, Rhodanos.«

»Gut. Da in der Galaxis ausnahmsweise einmal relative Ruhe herrscht und meines Wissens das Universum derzeit weder binnen eines verlängerten Wochenendes gerettet noch geerbt werden kann oder will, habe ich mich auf eine Art Goodwill-Tour in eines der letzten Niemandslande der Milchstraße begeben: den Ochent-Sektor.«

»Grenzt an die Einflussbereiche verschiedener Blues-Völker und der Akonen, hat sich aber bislang als viel zu uneinladend erwiesen, um Begehrlichkeiten zu wecken. Kaum lebenstragende Welten, hohe Häufigkeit von Hyperstürmen, strategischer Wert gleich null. Weiter!«

»In den letzten Jahren hat die Ochent-Wolke gleichwohl eine zunehmende Zahl von Prospektoren angezogen: Terraner, Blues, gemischte Crews, die nur die Aussicht auf den großen Fund eint, sowie neuerdings Akonen. Bislang haben die Prospektoren lediglich viel Arbeit und Kapital ins interstellare Vakuum gesetzt, doch die Wahrscheinlichkeit, dass sich das schlagartig ändert, wächst mit jedem Tag. Ein Vorkommen fünfdimensional strahlender Quarze ... die High-Tech-Hinterlassenschaften eines ausgestorbenen Volkes ... ein Erzvorkommen von hoher Reinheit ... jeder dieser Funde könnte ein Wettrennen der galaktischen Mächte auslösen und den unerklärten Kalten Krieg, der die Milchstraße im Griff hält, in einen Heißen umschlagen lassen.«

»Verstehe. Du hegtest die Absicht, eine Krise zu entschärfen, noch bevor sie ausbricht.«

»Irgendwas sollte ich in all der Zeit denn doch dazugelernt haben, oder?«

»Und wolltest zugleich, wie mein Planhirn errechnet, den Kontakt zu den Akonen suchen. Um das Forum Raglund, zu dessen wichtigsten Mitgliedern sie zählen, tendenziell auf die Seite Terras zu ziehen.«

»Richtig. Ein hochoffizieller Staatsbesuch hätte nichts gebracht, außer langweilige Ansprachen im Rahmen viel zu üppiger Bankette. Daher habe ich gewisse Fäden gezogen, um vor Ort, quasi unterm Volk, die Stimmung zu erkunden und gegebenenfalls aktiv werden zu können. Ein bisschen wie der gute alte Harun al-Rashid. Oh, entschuldigt bitte, das ist eine lokale Legende, die hier niemand kennen kann. Ich wollte damit ...«

»Der Kalif von Bagdad«, warf Solina Tormas ein. »Terranischer Sagenschatz. Er verkleidete sich als normaler Bürger und erfuhr so am Basar, was seine Untergebenen wirklich dachten. Allerdings stimmt die Analogie nicht ganz, da du ja nie ein Hehl daraus gemacht hast, wer du bist und was du vorhast.«

»Respekt.«

»Bedenklich stimmt mich«, sagte Eniva, »dass du, wenn Frau den Vergleich zu Ende denkt, den Ochent-Sektor als deinem Herrschaftsgebiet zugehörig betrachtest.«

»Ich herrsche nirgendwo, auch nicht auf Terra. Lasst uns die Metapher bitte nicht überinterpretieren. Ich hatte jedenfalls gehofft, als Passagier der PALENQUE mehr ausrichten zu können denn als Kommandant einer Flotte von Superschlachtschiffen.«

»Weiter.«

»Am vierten März stießen wir durch puren Zufall auf ein Generationenschiff. Auf eine Sternenarche, die vor einem halben Jahrhunderttausend von Lemur, also Terra, gestartet war und im Dilatationsflug, vor Entdeckung geschützt durch eine ebenso archaische wie geniale Anti-Ortungs-Einrichtung, die Milchstraße durchquerte.«

»Dummerweise«, sagte Solina, »waren wir mit der LASTOÓR gerade im selben Sektor zugange.«

»Ach was. Ich würde das eher als Glücksfall bezeichnen. Wir ergänzen uns doch wunderbar, oder etwa nicht?«

»Wer spricht? Der intergalaktische Diplomat oder der nach wie vor Suchende?«

Für einen sehr kurzen, sehr heftigen Moment trafen sich ihre Augenpaare. Perry senkte als Erster den Blick. *Ich fange mir hier ganz sicher nicht schon wieder etwas an,* ermahnte er sich.

Ein innerhalb ein und desselben Kulturkreises stärkerer Gegensatz als jener zwischen der exzentrischen, momentan als Inkarnation von Flora und Fauna gestylten, sich wie eine grasbewachsene Sünde auf ihrem Stuhl räkelnden Adeligen und der nüchternen, kerzengerade dasitzenden Historikerin war kaum vorstellbar. Solinas hellbeiger, pflegeleichter, da durch die Mikrostruktur Schmutz abweisender Overall mit den vielen kleinen, praktischen Taschen hing auf ihrer an sich tadellosen Figur wie nass gewordene und ungebügelt wieder getrocknete Sackleinwand.

»Weiter, bitte.«

»H-hm. In dieser Arche, der NETHACK ACHTON, gibt es eine kleine Kultstätte, eine Art Altar. Mit einer Heiligenfigur, die einen Haluter darstellt.« Perry blickte Tolot scharf an. Er hatte die Mimik und Körpersprache seines Freundes zu deuten gelernt. Was er nun sah, zeigte nichts als ehrliche Überraschung.

»Die Statue eines Haluters in einem Lemurerschiff? Schwer vorstellbar. Höchstens als Mahnung, als Schreckgespenst ...«

»*Dieser* Haluter wurde von den Bewohnern der Arche unter der Bezeichnung ›der Hüter‹ hoch verehrt«, erklärte Solina. »Du kannst dir denken, dass wir uns ebenfalls gewundert haben. Aber es gibt überhaupt keinen Zweifel an dieser Interpretation des Altars; auch Denetree, die du ja bereits kennen gelernt hast, hat sie bestätigt.«

»Denetree? Sie war das jüngste Mitglied des Einsatzkommandos, mit dem ich im Asteroidengürtel zusammengetroffen bin, nicht wahr?«

Perry nickte. »Sie stammt aus der NETHACK ACHTON. Aber es kommt noch besser und wird immer mysteriöser. Denetree verdanken wir den Hinweis auf eine zweite, im Ichest-System gestrandete Arche, die LEMCHA OVIR.«

»Das ist übrigens altlemurisch und bedeutet ›Hoffnungsstern‹«, warf Solina ein. »NETHACK ACHTON steht für ›Ferne Weiten‹.«

»Bei der Untersuchung der Wrackteile entdeckten wir auch Trümmer eines halutischen Kugelraumers.«

»Vielleicht wurde die OVIR von ihm aufgespürt, und sie haben sich gegenseitig zerstört? Das würde zu unserer traurigen gemeinsamen Frühgeschichte passen.«

Die Vorfahren der Menschenvölker und der Haluter hatten sich in einem furchtbaren, Jahrhunderte währenden Vernichtungskrieg um die Vorherrschaft in der Milchstraße beinahe gegenseitig ausgelöscht. Wobei die Aggression eindeutig von den damals als »Bestien« bezeichneten und diesem Namen alle Ehre machenden, sechsgliedrigen Kampfkolossen ausgegangen war.

»Eine nahe liegende Theorie, jedoch falsch. Alles spricht im Gegenteil dafür, dass jener ominöse ›Hüter‹ an die OVIR angedockt hatte und sich beim Absturz, der sich übrigens erst vor kurzem ereignete, an Bord befand.«

»Aber ihr habt den Hüter nicht aufgefunden?«

»Doch. Wir sind ihm auf dem Planeten Mentack Nutai über den Weg gelaufen. Ich habe ihn leider nur ganz kurz gesehen. Denetree hingegen hatte etwas länger Kontakt. Er hat ihr in der Eiswüste das Leben gerettet. Danach ist er mit der Space-Jet der PALENQUE geflüchtet und seither verschollen.«

»Gibt es eine Aufnahme von ihm oder ein nach Denetrees Erinnerung gezeichnetes Phantombild?«

»Mhm. Du kannst es sehen, mein Freund, wenn du in jeden beliebigen Spiegel schaust.«

»Willst du damit zum Ausdruck bringen ...?«

Rhodan runzelte wortlos die Stirn.

Tolot drehte erregt den mächtigen, halbkugelförmigen Schädel hin und her, in einer Geste, die verblüffend einem terranischen Kopfschütteln glich. »Unmöglich. Wann, sagst du, fand diese Begegnung statt?«

»Vor drei Tagen, am 23. April.«

»Deshalb verhielt sich Denetree mir gegenüber so merkwürdig ... Aber ich schwöre dir, Perry, ich war das nicht. Ich habe mich zu dieser Zeit auf Halut aufgehalten. Du hast mich dort selbst über Funk erreicht ...«

»Ich brauche keine Zeugen und Beweise, Tolotos. Dein Wort genügt mir. Aber du kannst dir vorstellen, wie verwirrt ich war und immer noch bin, wenn du diese Bilder betrachtest.«

Er wies den Raumservo an, das Besprechungszimmer abzudunkeln und die Aufzeichnungen zu projizieren, die die Kamera seines Multifunktions-Armbands in der Anlage unter dem Eis automatisch angefertigt hatte.

Zwei kurze, eine halbe Sekunde dauernde Sequenzen zeigten die Gestalt eines Haluters im roten Kampfanzug. Immer wieder hatte sich Rhodan diese Aufnahmen vorgespielt; als Standbild, in Zeitlupe, rückwärts, in zunehmend unschärfer werdenden Vergrößerungen.

»Der Syntron der PALENQUE bestätigt meine Wahrnehmung. Bei dem dargestellten Haluter handelt es sich um Icho Tolot. Wahrscheinlichkeit: achtundneunzig Komma dreiundvierzig Prozent.«

»Mein Planhirn kommt sogar zu einem noch höheren Wert«, grollte Tolot. »Unglaublich, aber wahr: Das bin beziehungsweise war ich! Andererseits: Ich *kann* es nicht gewesen sein. Abgesehen davon, dass ich mich nicht daran erinnere, habe ich mich Zehntausende von Lichtjahren entfernt befunden. Ich stehe vor einem unlösbaren Rätsel, Rhodanos. Niemand kann zur selben Zeit zweimal existieren. Es sei denn ...« Er brach unvermittelt ab.

»Ja?«

»Es sei denn, eine Zeitschleife wäre involviert.«

Anschließend berichtete Icho Tolot, was er seit seiner Ankunft im Ichest-System erlebt hatte. Wie auch Solina Tormas und die übrigen elf Insassen der »Kriecher« genannten Beiboote der PALENQUE, war er von einem Transmitterfeld ins Innere eines Asteroiden versetzt worden. In eine uralte Station der Lemurer, in der offenbar in der Spätphase des Krieges an einer Anti-Bestien-Waffe gearbeitet worden war. Tolot hatte die Wirkung dieser Waffe am eigenen Leib verspürt und war nur knapp mit dem Leben davongekommen. In letzter Minute hatte sich die funktionsgestörte Positronik der Station eines Besseren besonnen und die vermeintlichen Feinde ziehen lassen.

Da sie diesen Teil der Geschichte aus eigener Erfahrung kannte, glitten Solinas Gedanken ab. Tolots vorhin geäußerte Vermutung hatte sie elektrisiert. Eine Zeitschleife? Das würde fantastische Möglichkeiten eröffnen. Wie oft hatte sie sich schon gewünscht, mittels einer Zeitmaschine in die Vergangenheit reisen zu können? Doch nirgendwo in der bekannten Galaxis existierte eine entsprechende Technologie, obwohl schon die Lemurer Zeitexperimente angestellt hatten.

Nachdem Tolot geendet hatte, war die Reihe wieder an Perry Rhodan. Während des Einsatzes im Asteroidengürtel hatte er, erzählte der Terranische Resident, per Psycho-Verbindung zu einem aus dem Wrack der LEMCHA OVIR geborgenen Datenspeicher die Vorgeschichte der Archen erfahren. Mit den Augen des Chronisten Deshan Apian hatte er den Beginn der lemurischen Raumfahrt miterlebt und aus nächster Nähe verfolgt, wie ein geheimnisvoller lemurischer Zellaktivatorträger namens Levian Paronn den Bau und Start der Sternenarchen in die Wege geleitet hatte.

»Ein weiteres Rätsel«, sagte Perry: »Der Datenspeicher hat ausschließlich auf mich angesprochen, als wäre er auf mein charakteristisches Hirnwellenmuster geeicht gewesen. Woher aber sollte dieses einem Chronisten bekannt sein, der vor rund fünfundfünzigtausend Jahren gelebt hat?«

»Jener Paronn besaß einen Zellaktivator, sagst du?«

»Ja. Eiförmiges Modell, mit einer Kette um den Hals getragen. Keine Ahnung, wie er dazu gekommen ist. Aber möglicherweise können wir ihn das selbst fragen. Denn wenn alles gut geht, werden wir diesem ersten unsterblichen Lemurer schon bald gegenüberstehen.«

»Oho! Was bringt dich zu der Annahme?«

»In meiner Chronisten-Vision habe ich die Arche gesehen, mit der er selbst aufgebrochen ist. Das letzte von beinahe fünfzig Generationenschiffen, die ACHATI UMA.«

»›Unser Leben‹«, übersetzte Solina pflichtbewusst.

»Vor kurzem haben wir erfahren, dass die akonische Raumflotte bereits am 14. März eine weitere Arche entdeckt, aufgebracht und am 13. April mittels Flottentender ins Blaue System verfrachtet hat. Jere von Baloy, der Kommandant der LAS-TOÓR, hat uns freundlicherweise Bilder zur Verfügung gestellt. Er verletzt damit kein militärisches Geheimnis, alle akonischen Medien sind voll davon.«

Abermals trat der Holoprojektor in Aktion. »Das«, erklärte Rhodan, »ist die erwähnte Arche. Ich bin sicher, dass es sich um die ACHATI UMA handelt, um Levian Paronns Schiff. Es ist mir aus Apians Chronik so vertraut, als wäre ich selbst an Bord gewesen. Seht ihr die geschlossene Ringkonstruktion in der Rumpfmitte? Sie birgt unter anderem die Vorrichtungen für die Erzeugung und Justierung einer Vielzahl kleiner Neutrino-Fangfelder in Form von Propellerschaufeln. Paronn und seine Ingenieure haben also im Vergleich zur NETHACK ACHTON beachtliche Fortschritte erzielt. Dieser Bereich enthält ferner Andruckneutralisatoren, die bis acht Gravos wirksam sind, Bereitschaftsräume für die parapsychisch begabten Besatzungsmitglieder, damit diese im Fall eines Falles schnell eingesetzt werden können, sowie die Lebenserhaltungssysteme, hydroponischen Gärten und so weiter. Nachdem inzwischen der Andruck neutralisiert werden konnte, gibt es auch eine künstliche Schwerkraft. Es war also nicht mehr erforderlich, sie über eine Drehung und die resultierende Fliehkraft zu erzeugen. Daher auch eine andere Deckanordnung als etwa bei der ACHTON. Die Schwerkraft ist zum Heck hin gerichtet, sodass der Bug ›oben‹ ist. Hier, vor dem Zentralring, in den vier angeflanschten Zylinderkörpern sowie dem Rumpfmittelstück liegen die eigentlichen Wohnbereiche: insgesamt fünf, ausgelegt für jeweils zweitausend Personen.«

»Also eine geringere Besatzungsstärke als bei den früheren Generationenschiffen?«, fragte Eniva ta Drorar.

»So ist es. Das liegt daran, dass die späteren Archen zwar die fortgeschrittenere Technik bergen, diese aber noch nicht ausgereift genug war, ein wirklich riesiges Schiff zu umfassen. Hier wurde Bequemlichkeit gegen Größe getauscht. Die ACHATI UMA ging mit lediglich zehntausend Passagieren auf die Reise.«

»Für jeden Schiffsbewohner standen demnach im Schnitt rund zwanzigtausend Kubikmeter zur Verfügung«, rechnete Tolot blitzschnell, »was einem Würfel mit einer Kantenlänge von grob siebenundzwanzig Metern entspricht. Da die technischen Einrichtungen überwiegend in andere Schiffsbereiche ausgegliedert sind, ist dieses Volumen recht komfortabel und ließ der Besatzung die Möglichkeit, sich weiterhin zu vermehren.«

»Soweit Jere erfahren hat, sind die Bergung der Arche und der Kontakt mit der Besatzung ohne größere Schwierigkeiten verlaufen«, berichtete Solina. »Schiff wie Insassen waren in beträchtlich besserer Verfassung als auf der ACHTON. Angeblich sind alle an Bord geblieben. Sie werden psychologisch betreut und langsam auf den Kulturschock vorbereitet, der ihnen bevorsteht.«

An ihrem ganzen Körper kribbelte es. Sie konnte kaum erwarten, diesen Menschen gegenüberzutreten. Vielleicht hatte sich auf der ACHATI UMA ja die altlemurische Kultur viel unverfälschter erhalten als auf ACHTON und OVIR, deren Besatzungen mit ungleich größeren Schwierigkeiten zu kämpfen gehabt hatten.

»Wurde Levian Paronn erwähnt?«

»Nein. Das muss aber nichts bedeuten. Entweder halten Flotte, Rat und Energiekommando das geheim, auch gegenüber Jere von Baloy, oder Paronn hat sich schlicht noch nicht zu erkennen gegeben. Nach dem, was ich über ihn weiß, beherrscht er das Masken- und Verwirrspiel ganz ausgezeichnet.«

Rhodan sah auf das Chronometer seines Multifunktionsarmbands. »Jedenfalls müssen wir unbedingt an Bord von Paronns Arche. Inzwischen dürfte unsere geliebte Kommandantin Sharita wieder frisch und munter sein. Wie ich sie kenne, wird sie es sich nicht nehmen lassen, höchstpersönlich Drorah anzufunken und um Einfluggenehmigung ins Blaue System zu ersuchen.«

Tatsächlich befand sich Sharita Coho auf ihrem Kommandostand, als sie in die Zentrale zurückkehrten. Sie wirkte ausgeschlafen, jedoch alles andere als glücklich. Das lag wohl an dem Hyperfunk-Gespräch, das sie gerade führte.

»Was soll das heißen, ›weitere Annäherung wegen interner Staatsangelegenheiten auf Anweisung von höchster Stelle vorläufig verweigert‹?«, blaffte sie ins Holo. »Ihr werdet uns doch wohl nicht abschießen, wenn wir es trotzdem tun!«

Solina identifizierte als Gesprächspartner Mechtan von Taklir, den Admiral der Siebenten Flotte, mit dem sie bereits Bekanntschaft gemacht hatten. Er galt als Falke und Traditionalist, jedoch geradlinig und für einen Militär relativ vernünftig.

»Wir wollen nicht, doch wir würden. Also zwing uns nicht dazu«, antwortete der Takhan schroff. »Niemand kann daran gelegen sein, einen Konflikt zwischen Akon und Terra zu provozieren. Deine PALENQUE bleibt bis auf Weiteres wo sie ist, desgleichen der halutische Kugelraumer und die LAS-TOÓR. An deren Besatzung ergeht der Befehl, sich umgehend per Transmitter nach Drorah zu begeben. Und zwar vollzählig; das Schiff ist zu versiegeln und in der Obhut des Bordsyntrons zurückzulassen. Wiederhole ausdrücklich, dass dieser Befehl auch für die Besatzungsmitglieder gilt, die sich zurzeit in der PALENQUE aufhalten.«

Solina und Eniva ta Drorar sahen sich an. Die Netzwerkspezialistin verdrehte die Augen. »Unmöglich!«, flüsterte sie. »Ich muss mich unbedingt vorher umziehen. Auf Drorah ist animierte Natur *total* aus der Mode!«

Sharita Coho rang nach Worten. Perry Rhodan, der außerhalb des Erfassungsbereichs des Optikfeldes stand, deutete mit dem Zeigefinger zuerst auf sich, dann auf das Holo und hob fragend die Augenbrauen. Sharita nickte. »Ich erteile meinem Passagier Perry Rhodan die Erlaubnis, sich an dem Gespräch zu beteiligen«, sagte sie steif.

Doch auch der Terranische Resident vermochte den Admiral nicht umzustimmen. Mechtan von Taklir blieb stur: Order von höchster Stelle. Schließlich gab Rhodan auf.

»Vielleicht könnt ihr euch ja auf Drorah für uns verwenden«, sagte er feixend zu den beiden Akoninnen, nachdem der Takhan das Hyperfunkgespräch beendet hatte.

»Wir werden unser Möglichstes tun«, versprach Solina.

Sie verabschiedeten sich bedauernd von den Terranern, mit denen sie sich mittlerweile angefreundet hatten, und setzten zur LAS-TOÓR über. Dort herrschte natürlich helle Aufregung über den Befehl des Admirals. Jere hatte ebenfalls lautstark dagegen protestiert, jedoch genauso wenig ausrichten können wie Rhodan. Also machten sie sich daran, ihre Sachen zu packen.

Mit gemischten Gefühlen trat Solina Tormas wenig später durch den Lichtbogen des Transmitters.

7

Showtime

»Ich hätte zu gern Rhodans Gesicht gesehen, wie du ihm diese Abfuhr erteilt hast!«

»Ach weißt du, Aykalichen, so schlimm war das gar nicht. Er hat gebilligt, dass ich nur meine Befehle befolge, und damit hatte es sich. Der Mann ist Profi, der kann zwischen Funktion und Person unterscheiden. Wünschte, wir hätten mehr von seiner Sorte in unserer Flotte.«

»Das sagst du, ein ausgewiesener Terranerfresser?«

»Ich erkenne Führungsqualitäten, wenn ich sie sehe, mein Kind, und Rhodan hat welche. Für meinen Geschmack fasst er seine Leute viel zu weich an, und diese typisch terranische, schleimige Basisdemokratie, bei der jeder letzte Latrinenputzer um seine Meinung gefragt wird, kann ich sowieso auf den Tod nicht ausstehen. Aber Rhodan hat den terranischen Karren noch jedes Mal aus dem Dreck gezogen, auch wenn niemand mehr einen müden Galax darauf verwettet hätte. Er ist erfolgreich, nur das zählt. Verdammt fix im Kopf dazu, ›Sofortumschalter‹ nennen sie ihn, weil er sich flotter als die meisten auf neue Gegebenheiten einstellen kann. Denkt sozusagen schneller als sein Schatten. Haha, das ist gut!«

Mechtan von Taklir lachte ausgiebig über seinen eigenen Scherz. Aykalie stimmte ein. Ihr Großvater war seit Tagen bester Laune. Die Entdeckung der Sternenarchen hatte ihn, sobald man die Öffentlichkeit davon in Kenntnis gesetzt hatte, über Nacht zu einer Zelebrität ersten Ranges gemacht. Seither war er öfter in diverse Trivid-Shows als Stargast eingeladen worden als in all den Jahrzehnten davor zusammengenommen. Und auch wenn er es niemals zugegeben hätte: Der alte Haudegen genoss es, im Mittelpunkt des Interesses zu stehen. Nicht einmal Aykalies Ehemann Jars von Aburrir, der sonst sein Licht auch nicht gerade unter den Deflektorschirm stellte, schwelgte derart in seiner neu gewonnenen Berühmtheit wie Mechtan. In Kürze war ein weiterer Auftritt der beiden bei einem sehr beliebten Talkmaster eines der größten Netzwerke geplant.

Aykalie sah auf die Uhr: Die Sendung begann in fünf Minuten. »Was wird er jetzt tun, Rhodan, meine ich? Still dasitzen und mit seinem Zehenkäse spielen?«

»Manchmal glaube ich, du hältst dich in letzter Zeit zu oft in Offizierskasinos auf, meine Liebe. Wenn das deine Mutter gehört hätte! Zehenkäse! Haha, die Vorstellung, wie der Resident ... H-hm. Nun, viel mehr bleibt ihm nicht übrig. Eine militärische Konfrontation wird er nicht riskieren. Es darauf ankommen zu lassen und zu versuchen, mit dem Haluterschiff – das hat die beste offensive und defensive Bewaffnung – durch unseren Kordon zu brechen, würde vielleicht zu seinem rotäugigen Kumpel Atlan passen, aber nicht zu Rhodan, dem alten Friedensapostel. Wahrscheinlich wird er sich per Funk direkt an den Regierenden Rat wenden. Doch da wird er ebenfalls auf Granit beißen. Freilich müssen sie ihn per Transmitter einreisen lassen, wenn er das verlangt, das wäre sonst eine zu große Brüskierung eines hohen Staatsgastes. Aber an die beiden im stationären Orbit von Xölyar geparkten Archen kommt er nicht heran, die sind zur geheimen Staatssache erklärt worden und daher für ihn tabu. Denke, es ist Zeit für die Kriegsbemalung.«

Aykalie, die angeboten hatte, ihren Großvater für die

Sendung zu schminken, griff zur Puderquaste. Seit die Siebente Flotte bei Xölyar stationiert war, um die Archen zu bewachen und abzuschirmen, verbrachte er die Freischichten nicht an Bord seines Flaggschiffs, sondern in seinem Jagdhaus im wildreichen Hügelland von Dror-Wedonka.

Die Sendung begann. Der Haussyntron aktivierte den die gesamte Rückwand der Lounge einnehmenden Trivid-Schirm. Dahilm Drschat, der Showmaster, wurde vom Saalpublikum mit euphorischem Gejohle empfangen. Wie üblich begann er mit einigen Witzchen über ethnische Minderheiten, vornehmlich Abkömmlinge der Terraner oder mit diesen Verbündete.

»Was sagt ein Plophoser, der einen Meter vor sich auf dem Gehsteig eine Bananenschale liegen sieht? – ›Au weia, da wird's mich gleich ordentlich auf die Nase hauen!‹«

[Lachen, Applaus]

»Und ein Ertruser? – ›Wer hat da schon wieder nicht aufgegessen?‹«

[Lachen, starker Applaus]

»Und ein Swoon? – ›Schönes Fräulein, haben Sie heute Abend schon was vor?‹«

[Lachen, tosender Applaus, kurzes Musikstück der Live-Band]

Nach dieser Pflichtübung ging Drschat zu Kommentaren zum Tagesgeschehen über. Thema Nummer eins waren nach wie vor die Archen.

»Ich meine, etwas Positives hat die Sache«, sagte der hoch gewachsene, schlaksige Komiker und fuchtelte dabei in seiner charakteristischen Weise mit den langen Armen, als sei das ganze Studio voller Stechmücken. »Unsere hochgeschätzten Militärs können jetzt nicht mehr jammern, ihre Raumschiffe wären veraltet und müssten dringend durch neue ersetzt werden. Wie man sieht, halten die Dinger, wenn man sie nur gut pflegt, fünfzigtausend Jahre und mehr.«

[Lachen, etwas zögerlicher Applaus]

»He, Moment, nichts gegen die Raumflotte. Ich liebe die Raumflotte. Einige meiner besten Freunde sind in der Raumflotte. Heißere Darkrooms als an Bord eines Superschlachtschiffs findest du auf ganz Drorah nicht, sagen sie.«

[Vereinzelte, dafür sehr starke Lacher. Kamera schwenkt auf eine Gruppe von grinsenden männlichen Kadetten mit einem rosaroten Transparent, »Macht Liebe *und* Krieg!«]

Mechtan verzog das Gesicht zu einer Grimasse.

»Stillhalten!«, rief Aykalie. »Sonst wird das Make-up fleckig, und das sieht dann am Schirm aus, als hättest du eine ansteckende Krankheit. Sag mal, bist du sicher, dass du da hin willst?«

»Klar doch. Bringt mächtig Sympathiepunkte in der Bevölkerung. Außerdem ist der Typ wirklich witzig, findest du nicht?«

Sie wurde einer Antwort enthoben, weil der Syntron einen Anruf durchstellte, wobei er den Trivid-Ton abschaltete. Es war der Produzent der Sendung. Er fragte, ob der Admiral bereit sei, und kündigte an, dass er in drei Minuten drankäme.

Dahilm Drschat hatte sein Publikum inzwischen so weit angeheizt, dass es auch vor Vergnügen wieherte, wenn er sich bloß ans Ohrläppchen griff. »Ja, meine Lieben«, sagte er, »unsere Vorfahren sind in aller Munde, was nicht heißt, dass wir plötzlich zu Kannibalen geworden sind. Falls ihr den nicht verstanden habt, könnt ihr in unserem Info-Netz gegen eine geringe Gebühr eine Gebrauchsanweisung erhalten. Jedenfalls spricht alles über die Archenleute. Wir führen Verhandlungen, um einen oder eine von ihnen in die Sendung zu bringen, aber vorerst ist das nicht möglich, da sie unter Beobachtung stehen und erst raus dürfen, wenn sie mit Messer und Gabel zu essen gelernt haben«

[Gelächter, Pfiffe, »Ug, ug, ug!«-Rufe]

»Alles spricht über die Archenleute, wir aber sprechen mit Leuten, die tagtäglich mit diesen sprechen. Meine Damen und Herren, hier sind der Sprecher des wissenschaftlichen Betreuungsteams, Jars von Aburrir, und der ausgesprochen charmante Entdecker der Sternenarchen, Raumadmiral Mechtan von Taklir!«

Mechtan trat durch den Transmitter und erschien im selben Moment auf der Studiobühne. Neben ihm materialisierte Jars. Sie begrüßten einander und den Showmaster, dann nahmen sie an seinem, dem Kommandopult eines Raumschiffs nachgebildeten, Tisch Platz.

»Ma-Yidari von Aburrir, du kommst direkt aus dem hohen Orbit von Xölyar zu uns. Wie sieht's aus da oben, was tut sich an Bord der Archen, wie ist die Stimmung?«

»Erstens, überwiegend dunkel, wie überall im Weltraum; zweitens, nicht viel; und drittens, unterschiedlich.« Damit hatte Jars sofort die Lacher auf seiner Seite.

Aykalie freute sich für ihn. Er war ein guter Mann, wenngleich er nur im Rahmen seiner wissenschaftlichen Tätigkeiten wirklich aufblühte. Aber er gestand ihr ebenso viele Freiheiten zu, als er für sich selbst beanspruchte; auf diese Weise lebten sie, da die meiste Zeit getrennt, sehr glücklich zusammen.

»Im Ernst, die Besatzung der ACHATI UMA kommt wesentlich besser mit dem abrupten Ende ihrer langen Reise zurecht als die der NETHACK ACHTON. Dies gründet darin, dass sie sich, bedingt durch die günstigeren Verhältnisse in ihrem Schiff, zivilisatorisch gesehen bedeutend weniger weit von einer aufgeklärten, säkularisierten Weltsicht entfernt haben.«

Jars geriet sichtlich in Fahrt; seine grauen Augen blitzten, die pechschwarze, schulterlange Haarmähne vollführte bei jeder Kopfbewegung dekorative Wellenbewegungen, was ihm etwas leicht Entrücktes verlieh. Der Bildregisseur unterstützte den Effekt, indem er von oben blaue Lichtspitzen einsetzte und gelegentlich die Mimik digital um eine Spur verlangsamte. Dass dabei die Synchronizität von Wort und Bild verloren ging, schien ihn wenig zu kümmern. Offenbar war er der Meinung, dass dem hochgestochenen Geschwafel sowieso keiner zuhörte.

»Bei den UMA-Leuten sind wir bereits dazu übergegangen, ihnen partiell Informationen über die Historie der Galaxis seit ihrem Exodus sowie über die signifikantesten Varietäten der zeitgenössischen akonischen Kultur zur Verfügung zu stellen«, setzte Jars fort. »Wohldosiert und in interdisziplinärer Abstimmung, versteht sich.«

»Mit anderen Worten, ihr lasst sie nur das Beste sehen. Diese Sendung zum Beispiel«, sagte Drschat.

[Starker Lacher und Applaus.]

»Das, fürchte ich, würde die Ärmsten um ein paar Jahrhunderttausende zurückwerfen«, versetzte Mechtan grimmig.

Das Publikum tobte. Der Regisseur ergriff die Gelegenheit am Schopf und schaltete einen Werbeblock.

Aykalie war sich nicht sicher, ob Jars begriff, weshalb ihn ihr Großvater gern zu solchen Anlässen mitnahm und diesbezüglich sogar seinem erklärten Liebling Achab ta Mentec vorzog: Weil der Admiral sich einerseits mit dem Fachwissen seines Mitarbeiters schmücken konnte, andererseits aber neben dem meist akademisch weitschweifig argumentierenden Theoretiker als soldatisches Raubein, das eine einfache, klare, oft deftige Sprache sprach, beim Publikum gut wegkam.

Er benutzt ihn als Weißclown, um selbst in der Rolle des dummen Augusts Sympathiepunkte einzuheimsen, dachte Aykalie in Anlehnung an eine uralte lemurische Bühnentradition. *Und diese Strategie geht auf. Das Flottenkommando sollte seine breite Brust mit Orden tapezieren. Was er mit diesen Auftritten an positiver Öffentlichkeitsarbeit leistet, gerade bei den jüngeren, eigentlich gegenüber dem Militär kritisch eingestellten Zusehern, das könnten sie mit -zig sauteuren Image-Kampagnen nicht erzielen.*

Nachdem Avatare, Models und verarmte Halbprominente minutenlang die Vorzüge neuer Formenergie-Einrichtungsprogramme, Hypnoschulungen für Embryonen und Damenbinden mit eingebauten Mikro-Transmittern, die jeglichen Ausfluss sofort entstofflichten, angepriesen hatten, wurde die Sendung mit einer kurzen Musikeinlage und einem halblustigen Filmchen fortgesetzt, in welchem Dahilm Drschat einen Archenbewohner spielte, der versehentlich ein akonisches Sadomaso-Bordell aufsuchte.

Danach kam man auf die Auswirkungen des Archen-Fundes auf das Selbstverständnis der Akonen zu sprechen.

»Ich meine, bringt das Ganze nicht auch einen Kulturschock für *uns* mit sich?«, fragte der Showmaster. »Wir werden plötzlich von unserem hohen Ross heruntergeholt, oder etwa nicht? Wer lacht da bei ›heruntergeholt‹?«

[Kamera schwenkt zu den Kadetten, die sich gegenseitig auf die Schenkel klopfen.]

»Spaß beiseite, immerhin verstehen wir uns als unmittelbare Nachfahren und einzig legitime Erben der alten Lemurer. Und nun sind quasi jüngere Geschwister erschienen, die unseren Altvorderen noch viel näher stehen, nämlich nur wenige Generationen. Zwanzig, maximal fünfundzwanzig, wenn meine redaktionellen Mitarbeiter ausnahmsweise einmal richtig recherchiert haben«.

[Blick hinter die Kulissen des Studios, wo einige triefäugige, unterernährt wirkende Gestalten obszöne Gesten vollführen.]

»Rüttelt das nicht am kollektiven Selbstbewusstsein, Jars?«

»Mit Sicherheit, Dahilm. Die Witze, die du und deine Gagschreiber zu diesem Thema produzieren, sind ein direkter Ausdruck dieser Verunsicherung. Siehe vorhin ›mit Messer und Gabel essen lernen‹. So was kommt gut an, weil die Lemurernachfahren aus den Archen dadurch diminuiert werden, heruntergemacht, ins Lächerliche gezogen, sodass man sie nicht mehr Ernst zu nehmen braucht. Darüber hinaus ...«

»Jars von Aburrir, meine Damen und Herren! Takhan Mechtan von Taklir, deine Siebente Flotte hat einen Wachkordon um die Archen gezogen. Wer wird hier eigentlich geschützt – die Lemurer vor uns oder wir vor ihnen?«

»Hauptsächlich beide Seiten vor Typen wie dir«, knurrte Aykalies Großvater. Nachdem sich das frenetische Toben des Saalpublikums wieder gelegt hatte, sagte er sachlich: »Wir tun nur unsere Pflicht. Wir sorgen dafür, dass alles möglichst ruhig und in geordneten Bahnen abläuft. Intern wie extern. Hätten wir die Archen nicht so schnell wie möglich ins Heimatsystem geschafft, gäbe es gewiss schon brisante diplomatische Verwicklungen. So aber ist vorerst klar, dass Akon die Hand drauf hat. Selbstverständlich haben wir uns bereit erklärt, unseren Brudervölkern ...« – er setzte, den Mundwinkel ganz leicht verziehend, eine Kunstpause, gerade lang genug, dass die Zuschauer das Wort mit höhnischem Gelächter quittieren konnten – »also den Terranern, Arkoniden und, so sie Wind davon bekommen, den Tefrodern beizeiten die Ergebnisse unserer Forscherteams zur Verfügung zu stellen. Wir bieten ihnen keinerlei Anlass, beleidigt zu sein. Vielleicht borgen wir ihnen in einigen Wochen oder Monaten sogar den einen oder anderen Archenbewohner, wenn sie recht schön drum bitten.«

»Das klingt mir nach einer neuen Einkommensquelle für den Staatssäckel«, warf Dahilm Drschat augenzwinkernd ein. »›Archie-Verleih‹. Fünftausend Galax die Stunde, ermäßigte Wochenend-Tarife ...« Die Studioband intonierte die ersten Takte eines aktuellen Hits mit dem Refrain *Mein Herz ist zu vermieten, doch musst du mir was bieten.*

[Rhythmisches Klatschen, großes Hallo.]

»Jedenfalls wurde durch unsere raschen Maßnahmen die Gefahr eines intergalaktischen Konflikts gebannt. Und genau dafür sind wir von der Raumflotte schließlich da.«

»Admiral Mechtan von Taklir, meine Damen und Herren!«

Der Takhan sonnte sich in den stehenden Ovationen, die seinen Abgang begleiteten. Kaum aus dem Transmitter im Jagdhaus getreten, fragte er Aykalie: »Na, wie war ich?«

Sie wies den Syntron an, die aktuellen Umfragewerte einzublenden. Mechtan erfreute sich einer Zustimmungsrate von hochgerechnet beinahe 80 Prozent der Bevölkerung. »Fulminant. Noch zwei, drei solcher Auftritte, und ein Sitz im Regierenden Rat ist dir sicher, Großväterchen.«

»Schön blöd müsste ich sein, mir diesen Tort auf die alten Tage anzutun. Bin eh schon gefragt worden. Habe sie auf Jüngere verwiesen, was wohlwollend aufgenommen wurde.«

»Du meinst ...«

»Jars oder Achab, genau. Wer von beiden ist mir im Prinzip schnurz. Das sollen die sich untereinander ausmachen.«

U-oh, dachte Aykalie. Ihr Ehemann und ihr Geliebter in direkter Konkurrenz um einen Ratssitz – das konnte interessant werden.

8

Goldene Käfige (und wie man daraus entkommt)

Die Späher kehrten zurück und schilderten der Zentralrechnerin die Lage. Wenige Sekunden später setzte sie ihre Heere in Marsch. Wie eine rote Flut ergossen sich die Eroberer, viele Millionen an der Zahl, in die Peripherie des feindlichen Gebiets.

Euler frohlockte. Aufrüstung, Erkundung und Erstellung einer Expansionsstrategie hatten weniger Zeit in Anspruch genommen denn je. Ein untrügliches Zeichen dafür, dass sein Hofstaat aus dem Desaster des letzten Kriegs gelernt hatte. Er selbst war ebenfalls nicht untätig gewesen, hatte die genetischen wie auch biokybernetischen Programme einer weiteren Feinabstimmung unterzogen, außerdem zahlreiche Sektoren seiner eigenen Randgebiete auf Teufel komm raus vermint, um den unausbleiblichen Gegenangriff möglichst bald ins Stocken zu bringen.

Zunächst schien es, als wäre das gar nicht nötig gewesen. Die roten Truppen, kampfstark wie noch nie, metzelten nieder, was sich ihnen in den Weg stellte. In Pulks zu je einigen Tausend zusammengeballt, überwanden sie den Leerraum mit wahnwitziger Geschwindigkeit, semi-organischen Schlachtschiffen gleich, und warfen sich ungestüm auf die feindlichen Bastionen. Sie machten keine Gefangenen. Was sie nicht schon im Ansturm restlos vernichteten, plünderten sie unmittelbar darauf bis zum letzten Rohstoff aus. So schlugen sie tiefe Breschen in die Formation der Verteidiger und näherten sich, viel schneller noch als erhofft, im Zangenangriff der weißen Zitadelle.

Ein Schlachten war's und keine Schlacht zu nennen, dachte Euler befriedigt. Nur um gleich darauf misstrauisch zu werden. *Das läuft denn doch ein wenig gar zu einfach ...*

Und Wumms!, kam auch schon der Rückschlag. Was die Späher, die Zentralrechnerin und sogar Euler selbst für die Zitadelle gehalten hatten, entpuppte sich als Köder einer groß angelegten Falle. Hier befand sich mitnichten die weiße Königin, sondern ein schwarzes Loch, eine Schwerkraftsenke, wie sie dieses Mikroversum noch nicht gesehen hatte! In ihrem Sog vergingen Eulers Heerscharen schneller, als er »Piep!« sagen konnte. Zwei Drittel waren dahin, bevor die Zentralrechnerin endlich reagierte und zum Rückzug blies. Das verbliebene Drittel sah sich von einer Übermacht umzingelt. Aufgrund ihrer besseren Werte im Kampf Einheit gegen Einheit schafften sie, wenngleich unter hohen Verlusten, den Durchbruch. Die Hälfte davon wurde allerdings gleich darauf Opfer der eigenen Minenfelder. Mit dem traurigen Rest war die Zitadelle nicht mehr zu verteidigen.

»Okay, okay. Das genügt, ich gebe auf!«

Euler warf das Handtuch – Frottee, rot mit weißen Punkten – in Richtung seiner Gegenspielerin. Pi fing es auf, wischte sich damit den Schweiß von Stirn und Nacken und kam, tänzelnd und hüftschwingend, auf Euler zu. »Das war wohl wieder nichts, mein Süßer, hm?«

Er streckte ihr die Zunge heraus. Die Niederlage ärgerte ihn, viel mehr noch aber die sich daraus ergebende Konsequenz: Zusätzlich zu den Überstunden, die er sich beim letzten Fiasko eingefangen hatte, musste er jetzt auch noch für zwei Wochen Kochen, Abwasch und Müllentsorgung übernehmen.

»Das ist gemein«, schmollte er. »Und irgendwie nicht fair. Ich komme in den nächsten vierzehn Tagen vor lauter Maloche kaum dazu, Optimierungen an meinem Volk vorzunehmen, während du dich deinen blöden Weißen hemmungslos widmen und nebenbei noch auf der faulen Haut liegen kannst!«

»Tja, mein Bester, so was nennt man Kriegsfolgen. Der Gewinner kriegt alles, so ist das nun mal. Sei froh, dass ich deine Kapitulation überhaupt akzeptiert habe. Ich hätte deine Roten rückstandsfrei aus dem Mikroversum fegen können!«

»Grmblbmbl.«

Pi zog sein verzwicktes Gesicht zu sich herab und gab ihm einen Kuss. »Nimm's nicht so tragisch. Ich liebe dich trotzdem, auch wenn du eine strategische Niete bist. Deine anderen Begabungen sind mir wichtiger, ehrlich.«

Er erwiderte den Kuss, schleckte ihr dann unvermittelt mit der Zunge über die Nasenspitze. Sie hasste das, quietschte vor Empörung auf.

»Wer eine dicke Lippe riskiert, kriegt eine feuchte Nase.«

Sie stach ihn mit dem Zeigefinger in die Rippen, worauf er sie mit einem Dagor-Griff aushebelte. Kreischend balgten sie sich quer durch die halbe Station, bis sie außer Atem in der Ruhekabine landeten.

Ein Warnsignal ertönte.

Ach komm, nicht jetzt!, dachte Euler, während er von Pis Büstenhalter abließ. Die Versöhnung nach einem Krieg war meist das Beste daran, oft sogar noch schöner als das Blutbad davor.

»Du hast Dienst«, erinnerte Pi grinsend. Sie verschränkte die Arme hinter dem Kopf und schnurrte genüsslich.

»Als ob ich das nicht wüsste!« Er zog eine Schnute, brachte seine Kleidung wieder in Ordnung und schlurfte in den Empfangsraum. *Wie hat sie das bloß gemacht?*, zermarterte er sich den Kopf. *Einzelne Späher lassen sich düpieren, klar, aber alle auf einmal? Und ohne dass meine Königin et-*

was kapiert? Das Miststück muss völlig neue Botenstoffe und Nano-Module entwickelt haben! Dazu noch diese Schwerkraft-Falle ... typisch weibliche Verschlagenheit!

Das warnende Summen erklang abermals, lauter und eindringlicher.

»Jaja, bin schon unterwegs!«

Am meisten wurmte ihn, dass er in nächster Zeit automatisch weiter ins Hintertreffen geraten würde. Da jede Schlappe neue Aufgaben bedeutete, die seine Partnerin auf ihn abwälzte, musste ihm schon etwas wirklich Gutes einfallen, wenn er aus diesem Teufelskreis ausbrechen wollte.

Wenigstens wird dir nicht langweilig ...

Das war ihre größte Sorge gewesen, als Pi und er diesen Außenposten übernommen hatten, unmittelbar nach dem Abschluss der Ausbildung: Dass sie sich, ganz allein, auf sich und nur auf sich gestellt, in der täglichen Routine aufreiben könnten. Mehrere ihrer Lehrer hatten sie gewarnt. »Eure ausgezeichneten Abgangszeugnisse zählen wenig in einer solchen Situation«, hatten sie gesagt, »auch nicht eure Jugend und frische Verliebtheit. So wichtig dieser Geheimstützpunkt für den Terranischen Liga-Dienst ist, so nervenaufreibend kann die Isolation dort werden. Gut möglich, dass die vollen drei Jahre lang nichts, aber auch gar nichts passiert, das den täglichen Trott unterbricht. Also trefft rechtzeitig Vorkehrungen gegen Lagerkoller, sonst ...«

Nun, mehr als die Hälfte ihres Engagements hatten Pi und Euler Fülöp recht gut überstanden. Es sah nicht danach aus, als würden sich die verbleibenden 502 Tage problematischer gestalten. Wie zugleich erhofft und befürchtet, hatte sich im Blauen System – das immer noch so hieß, obwohl der Schutzschirm, dem es seinen Namen verdankte, längst erloschen war – nichts Wesentliches ereignet. Nicht aus Sicht der zweiköpfigen Besatzung von OUTLOOK XVIII, wie die offizielle Bezeichnung der TLD-Station lautete; von den Agenten wurde sie nur »AdW« genannt, wobei das »d« für »der« und das »W« für »Welt« stand. Sie befand sich auf Merzon, dem äußersten Planeten des Systems, einem öden Methanriesen. Dermaßen weit von der Sonne Akon entfernt, zog er seine elliptische Bahn, dass selbst dieses Gestirn, obwohl sehr hell und heiß und 250 Millionen Kilometer durchmessend – also das Hundertachtzigfache von Sol –, ihn nicht einmal ansatzweise zu wärmen vermochte. OUTLOOK XVIII war winzig, nicht viel mehr als ein dauerhaft in die Flüssiggasschichten von Merzon versenktes Beiboot, so adaptiert, dass es mit geringstem und damit praktisch nicht ortbarem Energieaufwand in dieser extremen Umwelt bestehen konnte. Das Betreten und Verlassen der Geheimstation war nur über Materie-Transmitter möglich. Im Grunde genommen *bestand* sie, abgesehen von den nicht gerade luxuriösen Räumlichkeiten für die beiden Diensttuenden, aus diesem nach allen Regeln der Kunst abgeschirmten Transmitter und den Aggregaten, die ihn und das Lebenserhaltungssystem speisten. In unregelmäßigen, aber großen Abständen tauchte ein getarntes TLD-Schiff nahe genug auf, um Nachschubgüter oder die Ablösung zu schicken. Da die Akonen zu Recht als *die* galaktischen Koryphäen auf dem Gebiet der Transmittertechnik galten und über entsprechend extrem hochgezüchtete Ortungssysteme verfügten, wurden die Sendungen so selten wie nur möglich durchgeführt. Aus demselben Grund war die Besatzung zum Ausharren auf dem engen Raum verdammt. Zwar konnte man sich von hier aus ins akonische Transmitternetz einklinken – was ja den eigentlichen Zweck und die einzige Existenzberechtigung des Stützpunkts darstellte. Wegen der geringen, jedoch keineswegs vernachlässigbaren Gefahr einer Enttarnung blieb dies allerdings ausgesprochenen Notfällen vorbehalten.

Das war das Fiese, Zermürbende an diesem Posten: Dass die pulsierenden Zentren des akonischen Reichs, der fünfte Planet Drorah – von den Terranern einstens Sphinx getauft – und sein merkurgroßer Mond Xölyar – alias Ramses – nur einen Schritt weit entfernt lagen, man aber genau diesen Schritt unter normalen Umständen nicht tun durfte.

Die zwei Eremiten, die sich hierher verpflichtet hatten, mussten sich mit dem Warten begnügen. Mit dem Warten der Anlagen und dem Warten ... tja, dem Warten.

Pi und Euler warteten seit fast 600 Tagen. Bis jetzt relativ unbeschadet, wie sie sich gegenseitig jeden Morgen beim kärglichen Frühstück versicherten. Sie hatten sich die Ratschläge ihrer Ausbildner und Agentenführer zu Herzen genommen und sich weder auf die umfangreiche, miniaturisierte Mediathek des Stützpunkts noch auf ihre Freude an der körperlichen Liebe verlassen. Sondern eingespart an Gepäck, was nur ging, um ein gemeinsames Hobby mit an Bord bringen zu können: ein Strategiespiel, das sie selbst während des Studiums entwickelt hatten und hier weiter vervollkommnen wollten. Aufbauend auf den Klassikern Go, Schach und Garrabo kämpften dabei zwei Parteien gegeneinander. Allerdings wurden diese von kybernetisch verstärkten Mikroorganismen gebildet, von Viren, denen eine hierarchische Struktur, ähnlich manchen Insektenvölkern, aufgepfropft worden war. Die Spieler hatten nur indirekte Eingriffsmöglichkeiten, quasi in den Friedenszeiten. Welche nie sehr lange währten ... Sämtliche Meinungsverschiedenheiten trugen Euler und Pi auf diese Weise aus. Und wenn nicht gerade der Dienstplan dadurch bestimmt wurde, so winkte dem Sieger ein beliebiger Sexwunsch.

Euler Fülöp seufzte. Auch was das betraf, war er momentan ziemlich im Rückstand ...

Das Summen wurde immer penetranter. Dennoch beeilte sich Euler nicht sehr. Die Passivortung von OUTLOOK XVIII registrierte jeden nennenswerten Impuls in weitem Umkreis. Erst kürzlich hatte sie am Rand des Systems eine ganze Serie von Abstrahlungen gemessen, insgesamt 48 an der Zahl. Vermutlich mit dem Ziel Drorah, dem Energieaufwand nach zu schließen. Irgendeine Crew auf Landurlaub. Derlei kam häufig vor; traditionellerweise hielten die Akonen den Raumschiffsverkehr innerhalb ihres Heimatsystems gering.

Der junge Agent trottete in den Empfangsraum. Und war schlagartig hellwach, als er die Signatur erkannte.

Ein terranischer Hochrang-Kode avisierte eine Sendung und erbat Bestätigung. *Außerplanmäßig!* Euler brauchte nicht in seiner Dienstdatei nachzusehen, um das zu konstatieren. Er hätte die beiden angekündigten Termine jederzeit auswendig hersagen können: 17. Oktober 1327 – Nachschub – sowie 3. September 1328 – Ablösung; das war genau in einem Jahr, vier Monaten, drei Wochen und vier Tagen.

Bei dieser Sendung handelte es sich also um die Sensation der Saison! Euler spürte, wie sich sein Herzschlag beschleunigte. Mit fliegenden Fingern überprüfte er penibelst jedes Detail der Kennung. Man wusste schließlich nie. Erst als absolut kein Zweifel bestand, dass es sich um eine echte TLD-Autorisierung handelte, gab er den Transport frei.

Der Lichtbogen flammte auf. Eine humanoide Gestalt materialisierte, verfestigte sich in Sekundenbruchteilen. Eulers Erregung steigerte sich ins Unermessliche.

Ein Besucher!

Der erste leibhaftige Mensch seit über eineinhalb Jahren, den TLD-Agent Fülöp außer seiner Angetrauten Pi zu Gesicht bekam ...

... war Perry Rhodan.

»Mein Name ist Achab ta Mentec«, stellte sich der Offizier vor. »Einige von euch kennen mich bereits. Ich gehöre der Siebenten Flotte an und bin beauftragt, alle Daten zusammenzutragen, die mit den Sternenarchen zu tun haben, und sei es auch nur im Entferntesten. Dazu bitte ich um eure Mitarbeit.«

Der sterile, fensterlose Versammlungsraum, in den bewaffnete Soldaten die Besatzung der LAS-TOÓR höflich, aber bestimmt eskortiert hatten, enthielt nicht den geringsten Anhaltspunkt für Solina Tormas, wo sie herausgekommen waren. Ob tatsächlich auf Drorah oder beispielsweise an Bord eines Schiffs, ließ sich nicht eruieren. Allerdings lag sie wahrscheinlich richtig mit der Annahme, dass sie sich in einer militärischen Einrichtung befanden.

»Es dauert nicht lange«, fuhr ta Mentec fort, der die Rangabzeichen eines Maphan trug. »Schon bald werdet ihr euch unter den Strahlen unserer Heimatsonne erholen können. Um euch nicht länger als nötig aufzuhalten, werden die Befragungen simultan von Avataren durchgeführt. Bitte scheut nicht davor zurück, ihnen auch Details mitzuteilen, die euch gänzlich unbedeutend erscheinen. Gebt jede Kleinigkeit zu Protokoll, die euch aufgefallen ist, egal ob an Bord eures Forschungsraumers oder im Außeneinsatz. Alles könnte in Zusammenhängen, die wir zur Stunde noch nicht zu überblicken vermögen, Wichtigkeit erlangen. Sobald wir eure Aussage aufgenommen haben, dürft ihr auf den Planeten. Ja, Kapitän?«

»Wenn wir aber lieber zurück auf die LAS-TOÓR wollen?«, rief Jere von Baloy.

Zustimmendes Gemurmel erklang.

»Ich bedaure, darauf habe ich keinen Einfluss. Diese Vorgehensweise wurde vom Flottenkommando angeordnet. Ich kann nichts versprechen, nur an eure Loyalität zu Akon appellieren.«

Wie weit ist es damit eigentlich noch her?, fragte sich Solina in Gedanken. *Die gemeinsam mit Perry Rhodan und den Terranern erlebten Abenteuer haben so manche für felsenfest gehaltene Überzeugung ins Wanken gebracht.*

Abgesehen davon identifizierte zumindest sie sich zwar

mit Akon, nicht aber mit seinem, immer noch stark dem Adel verpflichteten politischen System. Dazu hatten dessen Repräsentanten ihr in ihrem bisherigen Leben wenig Veranlassung gegeben. Dem Militär wiederum brachte sie herzliche Abneigung entgegen. Wie Jere von Baloy war sie der Meinung, dass das Akonische Reich seit Jahrtausenden in seiner Entwicklung durch die astronomisch hohen Ausgaben im militärisch-industriellen Etat gehemmt wurde. Auch die Allergie gegen Uniformen und soldatisches Gehabe teilte Solina mit ihrem Kapitän. Allerdings musste sie diesem Maphan ta Mentec zugestehen, dass er sich rechtschaffen bemühte, keinen Kasernenhofton anzuschlagen, sondern im Gegenteil beste Manieren und einigen Charme an den Tag legte.

»Ich danke euch in meinem Namen und in dem der Raumflotte für euer Verständnis«, sagte er. »Bitte nehmt nun einzeln in den Kabinen Platz.«

Die Wand hinter ihm, die offensichtlich aus Formenergie bestanden hatte, verschwand und gab den Blick auf einen langen Gang frei, ähnlich dem eines Hotelflurs. Links und rechts öffneten sich in geringen Abständen Türen.

Achselzuckend ging Jere von Baloy voran. Sie verteilten sich auf die Kabinen, die nicht viel größer als Hygienezellen waren. Zwei Stühle und ein kleiner Beistelltisch füllten den Verschlag zur Gänze aus. Auf einen setzte sich Solina; auf dem anderen erschien sogleich der Avatar. Die holografische Projektion war ohne technische Hilfsmittel nicht von ihrem Vorbild zu unterscheiden.

»Möchtest du etwas trinken?«, fragte der Avatar und schlug die Beine übereinander.

»Danke, nein. Nur so schnell wie möglich wieder hier raus.«

Achab ta Mentecs Ebenbild lächelte gewinnend. »Es liegt an dir. Wenn ich dir einen Tipp geben darf: Je mehr Zeit du dir nimmst und je entspannter du an die Sache herangehst, desto eher sind wir fertig.«

Im Klartext heißt das: Falls du dich widerspenstig zeigst, quäle ich dich bloß umso länger, dachte Solina. »Unser Kapitän hat bereits eine schriftliche Zusammenfassung abgeliefert, die auch meinen Bericht inklusive fachlicher Expertisen enthält.«

»Ein bestechend formuliertes und beispielhaft informatives Dokument«, lobte Achab. »Dennoch würde ich dich bitten, mir nochmals alles mit deinen eigenen Worten zu schildern.«

Solinas Nackenhaare stellten sich auf, als ihr zu Bewusstsein kam, dass sie gerade mit einer syntrongesteuerten Projektion zu diskutieren versucht hatte. Sie räusperte sich und begann zu erzählen. Der Avatar hörte interessiert zu, geduldiger als die meisten Männer, die Solina kannte. Sporadisch fragte er nach; erstmals, als sie beschrieb, wie sie in die NETHACK ACHTON eingedrungen waren.

»Wurde zu diesem Zeitpunkt von einem eurer Schiffe ein Hyperfunkimpuls aufgefangen?«

»Jetzt, wo du es sagst ... Ja. Alemaheyu Kossa, der Funker der PALENQUE, hat etwas Derartiges erwähnt. Wie kommst du darauf?«

»Hat er den Ausgangspunkt dieses Impulses lokalisiert?«

»Kossa sagte, sein Bordsyntron habe ihn als natürliches Phänomen des Ochent-Nebels eingestuft; er selber ist jedoch überzeugt, dass der Impuls künstlichen Ursprungs war und von der Arche stammte. Obwohl das eigentlich vollkommen unmöglich ist, schließlich beruht Hyperfunk auf fünfdimensionaler Technologie. Der technische Stand der Archen war weit davon entfernt. Und, ach ja, ein identischer Impuls ging von einem Wrackteil der gestrandeten LEMCHA OVIR aus.«

»Seid ihr, beziehungsweise die Terraner, insbesondere Rhodan, dem Phänomen nachgegangen?«

»Nein, wir erhielten keine Gelegenheit mehr dazu. Wieso?«

»Beim ersten Betreten der ACHATI UMA wurde ebenfalls ein solcher mysteriöser Impuls angemessen. Wir suchen seither in der Arche nach dem Sender, sind aber noch nicht fündig geworden. Du bist ganz sicher, dass Perry Rhodan nichts zu diesem Thema unternommen, auch keine diesbezüglichen Absichten oder Vermutungen geäußert hat?«

»Nein. Ich meine, ja, ich bin mir ziemlich sicher. Wir waren anderweitig mehr als genug beschäftigt.«

»Bitte setze deine Erzählung fort.«

Das tat Solina. Als sie zu der Stelle kam, wo der Datenspeicher aus der LEMCHA OVIR geborgen wurde, zögerte sie. Sollte sie ta Mentec überhaupt davon unterrichten, dass Rhodan die Geschichte der Archen erfahren hatte? Würden der Maphan und seine Vorgesetzten, wenn sie erführen, dass sich der geheimnisvolle Levian Paronn an Bord der ACHATI UMA aufgehalten hatte und wahrscheinlich immer noch aufhielt, Rhodan nicht erst recht den Zutritt zum Generationenschiff verwehren?

Achabs holografischer Stellvertreter nahm ihr die Entscheidung ab, wem gegenüber sie sich loyaler verhalten sollte: dem eigenen, nationalen Militär oder einem fremden Kosmopoliten. Der Avatar legte den Kopf schief, als lausche er einer inneren Stimme, dann sagte er beiläufig: »Soeben hat euer Erster Offizier Echkal cer Lemir ausgesagt, ihr hättet Hinweise darauf erhalten, dass sich eine eminent wichtige Persönlichkeit der Lemurer in der ACHATI UMA befinden könnte – ein biologisch unsterblicher Zellaktivatorträger. Entspricht das den Tatsachen?«

Solina schluckte. Dass sie damit nicht gerechnet hatte! Der syntronische Avatar stand selbstredend mit all seinen 47 »Kollegen« in Verbindung; sie glichen die Ergebnisse der einzelnen Verhöre permanent ab und bohrten, wenn sich andeutete, dass jemand etwas verheimlichte, gnadenlos nach.

Die Historikerin fühlte sich ertappt wie ein Schulkind

beim Schwindeln. Wurde wütend, gleichermaßen auf sich wie auf Echkal cer Lemir.

Das ist wieder einmal typisch für unseren ach so pflichteifrigen Ma-Techten! Der seinen zweifachen Minderwertigkeitskomplex, einerseits wegen seiner Kleinwüchsigkeit, andererseits aufgrund seiner provinziellen Herkunft, durch übertriebenen Ehrgeiz und Kadavergehorsam kompensiert.

Klar, dass Echkal sich ganz im Sinn der akonischen Mentalität – oder dessen, was er dafür hält – zu profilieren sucht. Indem er petzt!

»Ja«, sagte sie. »Gerade wollte ich darauf zu sprechen kommen ...«

Perry Rhodan blinzelte, dann rümpfte er die Nase. Die Luft in dem geheimen TLD-Stützpunkt schmeckte abgestanden, muffig, modrig. Die künstliche Schwerkraft lag bei nicht einmal einem halben Gravo; jede Bewegung wirbelte Staubknäuel auf. Im trüben Licht weniger, stark gedimmter Deckenlampen hielt er den schwankenden Mann vor sich zuerst für einen Greis. Erst auf den zweiten Blick erkannte Perry, dass er es mit einem kaum Dreißigjährigen zu tun hatte.

»Ich ... ich heiße Euler Fülöp«, sagte der junge Agent stockend, wobei er ungelenk salutierte. »Willkommen auf OUTLOOK XVIII, Resident. Bitte entschuldige, aber ... Wir haben keinen Besuch erwartet, schon gar keine Inspektion durch eine derart hochrangige Persönlichkeit ...«

Ihm versagte die Stimme. Seine Augen lagen tief in den Höhlen. Die Wangen wirkten eingefallen, die ganze Gestalt ausgezehrt. *Schlafdeprivation*, dachte Perry verwundert. *Dabei würde man annehmen, dass mangelnde Ruhezeit das geringste Problem in einem entlegenen Außenposten darstellt.*

»Dies ist keine Inspektion«, sagte er mit, wie er hoffte, beruhigendem Tonfall. Der dürre Junge sah aus, als würde er jeden Moment vor Aufregung kollabieren. »Ich benötige euren Transmitter, um unbemerkt nach Drorah zu gelangen. Das kannst du doch arrangieren, nicht wahr?«

Icho Tolot hatte ihn aus seinem Kugelraumer hierher abgestrahlt. Aber mit der Erwähnung des Haluters wollte Perry das sichtlich überforderte Nervenbündel nicht noch zusätzlich belasten; und mit seinen reichlich unausgegorenen Plänen, die ACHATI UMA betreffend, schon gar nicht.

»Ja, ja sicher. Obwohl dafür eigentlich Pi zuständig ist. Pi!«, schrie Euler nach hinten. Seine Rufe hallten von den gebogenen, schmutzbedeckten Wänden wider. »Pi! Das glaubst du nie, wer da ist. Nun komm schon, Pi!«

»Wenn du wieder einen deiner geschmacklosen Aprilscherze probierst«, ertönte eine träge Frauenstimme, »fordere ich zur Strafe drei Sexwünsche auf einmal ein. Du kannst dir denken, welche.«

»Pi! Ich flehe dich an, schweig und beweg dich sofort hierher. Hierher zu mir und ...«

»Perry Rhodan«, flüsterte die junge Frau tonlos, die in diesem Augenblick in einer eigentümlichen Mischung aus Spring- und Schwimmbewegungen um die Ecke des Verbindungstunnels gebogen war. »Ich werd nicht mehr!«

Sie war sehr hübsch; gewesen, vor wahrscheinlich noch gar nicht so langer Zeit. Nun glich sie, aufgeschwemmt und von dicken Fettwülsten verunziert, einer Werbefigur aus Perry Rhodans Jugend um die Mitte des zwanzigsten Jahrhunderts alter Zeitrechnung: einem Männchen, das als Symbol einer französischen Reifenfirma auf der Kühlerhaube vieler Lastwagen geprangt hatte.

»Resident, das ist meine Gemahlin, TLD-Agentin im zweiten Dienstjahr Pi Fülöp. Pi, das ist ...«

»Angenehm«, flötete sie und strich sich verlegen die verfilzten Haarsträhnen aus der Stirn. »Welche Ehre ...«

Perry wurde die Situation zunehmend peinlicher. Er hatte schon viel gesehen, seit er mit der ersten primitiven bemannten Mondrakete auf dem Erdtrabanten gelandet war, und auf seinen Reisen durch Zeit und Raum weit schlimmere Zustände vorgefunden als hier. Auch an Bord der PALENQUE konnte man nicht gerade überall vom Boden essen. Dennoch berührte ihn zutiefst, wie sehr dieses junge und gewiss hoffnungsvolle Paar verwahrlost war in der Zeit, da es diese Stellung gehalten hatte. Er notierte sich im Geiste, nach seiner Rückkehr ins Solsystem ein ernstes Wörtchen mit den Verantwortlichen des Liga-Geheimdienstes zu wechseln. Sicher, die Agenten wurden jahrelang dafür geschult, in schwierigen Umgebungen ihren Mann oder ihre Frau zu stehen. Derart unersprießlich erschweren musste man es ihnen freilich auch nicht, bloß um ein paar Galax einzusparen.

Er hatte vorgehabt, sich nicht länger aufzuhalten, als nötig war, um Maske zu machen und den Transmitter zu programmieren. Doch er sah in Eulers und Pis Augen und las darin eine verzweifelte Hoffnung, die zu enttäuschen er nicht übers Herz brachte.

»Ich muss bald weiter«, erklärte er. »Aber falls ihr mir vorher so etwas wie Kaffee oder ein Schlückchen Vurguzz anbötet, würde ich nicht Nein sagen. Im Gegenzug könnte ich mit ein wenig Klatsch und Tratsch aus der Hauptstadt Terrania dienen ...«

Schon bald würden sie sich unter den Strahlen der Heimatsonne erholen, hatte Achab ta Mentec verlautbart. *Der Maphan hat uns nicht belogen*, dachte Solina sarkastisch. *Die volle Wahrheit war's aber auch nicht gerade.*

Sie lehnte sich im Liegestuhl zurück, der unter der Belastung leise knarrte. *Etwa eins Komma vier Gravo*, schätzte sie. *Keineswegs gesundheitsschädlich, auch mittelfristig durchaus zu ertragen; dabei anstrengend genug für die Konstitution, um eine gewisse Mattigkeit hervorzurufen, dröge zu machen und die Internierten davon abzuhalten, lästig zu werden.*

Das tropische Klima steuerte sein Teil bei. Wie feuchte, klebrige Gaze lag die heiße Schwüle über den Bungalows, die den Swimmingpool umgaben. Bei voller Belegung hätten sie 400 Gästen Quartier geboten. Derzeit stand ein Großteil der Zimmer leer; die Besatzung der LAS-TOÓR hatte das »Regenerationszentrum für Stabsoffiziere der Siebenten Flotte«, wie auf der Stirnseite des größten Gebäudes zu lesen war, ganz für sich allein. Nicht einmal Bedienstete gab es, dafür ein Heer unterschiedlichster Roboter, die jeden Wunsch sofort erfüllten. Die Kehrseite dieser Medaille war deren Allgegenwart. Die Servos verhielten sich unaufdringlich, und nach Erledigung eines Auftrags zogen sie sich dezent wieder in den Hintergrund zurück; aber sie waren da, überall, und ließen ihre Schützlinge keinen Augenblick allein.

Schönes Ferienheim, dachte Solina. *Wohl eher eine Hochsicherheits-Heilanstalt, wo normalerweise Angehörige der militärischen Führungsebene in Behaglichkeit und Luxus sediert werden, bis sie ihre psychischen Störungen so weit auskuriert haben, dass man sie wieder auf Untergebene loslassen kann.*

Vor zwei Stunden, nach Beendigung ihres Verhörs, war sie hierher abgestrahlt worden, als eine der Letzten. Die meisten Crewmitglieder hatten bereits Zimmer in den Bungalows bezogen und lungerten nun, kleine Imbisse und bunte Mixgetränke neben sich, um den Pool herum. Schwimmen war wegen der erhöhten Schwerkraft kräftezehrender als gewohnt, wie überhaupt jede Regung einen sofortigen Schweißausbruch nach sich zog. Einzig Echkal cer Lemir vollführte auf dem Rasen neben der Bugolup-Bahn gymnastische Übungen. Vielleicht wollte er ja vor den anderen damit protzen, dass sein gedrungener Körperbau hier ausnahmsweise einmal von Vorteil war. Solina warf ihm einen giftigen Blick zu, dann senkte sie den Kopf wieder, damit die Krempe des Hutes ihr Gesicht abschattete.

Die Strahlen der Heimatsonne ...

Akon stand tatsächlich hoch am Himmel, deutlich größer als von Drorah oder Xölyar aus sichtbar. Daraus schloss

Solina, dass sich der ausgedehnte Freizeitkomplex auf dem dritten Planeten des Systems befand. Das »Erholungsheim« schwamm als eineinhalb Kilometer durchmessende Scheibe auf dem Lavaozean der lebensfeindlichen Gluthölle. Eine transparente Kuppel und ein schwach flimmernder Schutzschirm filterten die Strahlung der Sonne. Sonst wären sie wohl binnen weniger Minuten knusprig gegart worden wie Hähnchen am Grill ...

Solina musste eingedöst sein. Ein Hüsteln bewog sie, die Augen aufzuschlagen. An ihrem Liegestuhl stand Eniva ta Drorar. Die Netzwerk-Spezialistin war vollkommen unbekleidet, jedoch keineswegs nackt. Körperbemalung bedeckte ihre Blößen; drei winzige, schwebende Spraydosen sowie zwei ebensolche Pinsel umkreisten sie und zeichneten ständig neue, kunstvoll verschlungene, archaische Designs auf ihre Haut. Dem Geruch nach zu schließen enthielt die Farbe Parfüm, Deodorant und Antitranspirant. Das Haar war zu einer pilzförmig ausladenden Skulptur auftoupiert, die auch als Sonnenschutz diente.

»Beeindruckend«, sagte Solina und gähnte. »Aber ins Wasser kannst du damit nicht, oder?«

»Wer will ins Wasser? Ich bin doch kein Fisch. Und du? Willst du den ganzen Tag hier rumlümmeln und dich von unseren umsichtigen Betreuern mästen lassen?«

Etwas in ihrer Stimme weckte Solinas Aufmerksamkeit. Zudem hatte Eniva bei ihren letzten Worten bedeutungsvoll zu einem der Roboter geblickt.

Sie begriff. »Hast du einen Vorschlag, wie die Zeit besser totzuschlagen wäre?«

»Ich dachte mir, wir könnten uns vielleicht mit den altlemurischen Gedichten befassen, die du in der Arche gefunden hast. Wer weiß, wann wir wieder dazu kommen.«

»Die Gedichte ... Nun, wenn du meinst. In meinem Zimmer?«

»Lieber da drüben an der Bar. Lyrik macht durstig. Ich gehe schon mal vor. Bis gleich!«

Solina nickte und stemmte sich aus dem Liegestuhl hoch. Sie holte ihre Unterlagen aus dem Bungalow, dann gesellte sie sich zu Eniva an den Tresen. Ganz gegen ihre Gewohnheit hatte sich die Aristokratin, die sich üblicherweise vom »gemeinen Volk« absentierte und maximal noch mit Wissenschaftlern abgab, auf einen Hocker direkt neben einer Gruppe von Bordingenieuren gesetzt. Den fünf Männern war anzumerken, dass sie sich bereits ausgiebig an den leicht alkoholischen Mixgetränken gelabt hatten. Mäßig verhohlen bewunderten sie immer wieder Enivas Aufzug. Anzuquatschen hätten sie die exzentrische Schönheit freilich nicht gewagt. Stattdessen erzählten sie einander heitere Raumfahrer-Anekdoten und sorgten dafür, dass der vielarmige Roboter, der als Barkeeper fungierte, kaum einmal zur Ruhe kam.

»Gut gewählter Platz«, sagte Solina anerkennend zu Eniva.

»Ja, nicht wahr? Wesentlich anregender als eine stille Studierstube. Leg los, Yidari Tormas. Mein Lemurisch ist zwar lange nicht so perfekt wie deines, obwohl ich während meines Aufenthalts auf der PALENQUE fleißig geübt habe. Aber vielleicht kann ich dir ja doch eine gewisse Hilfestellung geben.«

»Davon bin ich überzeugt.«

Solina zog im Geiste den Hut vor der Netzwerk-Spezialistin, die sich ausgeflippt und abgehoben gab, in Wirklichkeit aber weit mehr war als das Modepüppchen, das sie gern und lustvoll darstellte. Wer sie näher kennen lernte, staunte über Enivas messerscharfen Verstand. Sie entstammte einem alten Adelsgeschlecht und war versessen darauf, sich mit ihrem Können und ihren Leistungen zu legitimieren. Denn sie konnte es partout nicht ausstehen, wenn Leute mutmaßten, sie hätte ihre Position vor allem ihrer Herkunft zu verdanken. Dies duldete sie nicht, genauso wie sie Personen verabscheute, denen es an Intellekt und Auffassungsgabe mangelte. Solina und sie würden nie dicke Freundinnen werden, dazu waren sie zu verschieden aufgewachsen. Aber sie schätzten einander.

Und sie hatten ein gemeinsames Ziel.

Die Gedichte bildeten nur einen Vorwand, um Pläne schmieden zu können, ohne dass die omnipräsenten Roboter es bemerkten. Zweifellos zeichneten sie Gespräche auf, in denen bestimmte Schlüsselwörter vorkamen, und leiteten eine Zusammenfassung an das Flottenkommando weiter, mit dem sie in regelmäßiger Hyperfunkverbindung standen. In diesem goldenen Käfig hatten alle Wände Ohren, beziehungsweise Mikrofone. Aber auch das beste Akustikfeld und die ausgeklügeltste Analyse-Software ließen sich überlisten. Zum Beispiel, indem man sich großteils auf Lemurisch unterhielt – und dies außerdem an einem Ort, wo zahlreiche verschiedene Hintergrundgeräusche die Verständlichkeit erschwerten. An der Bar klirrten Gläser, klickten Eiswürfel, plätscherten Flüssigkeiten, surrte der Mixer, zischte die Kaffeemaschine ... und fünf ausgelassen den unverhofften Urlaub feiernde Schiffsingenieure hatten eben begonnen, schlüpfrige Lieder abzusingen.

Gut so, Jungs!, dachte Solina Tormas amüsiert. *Hoffentlich haltet ihr noch eine Weile durch!*

Die beiden Akoninnen beugten sich über die Folien, die Solina auf dem Tresen ausgebreitet hatte, und steckten die Köpfe zusammen. Während sie vorgaben, uralte Poesie zu interpretieren, wogen sie, im wahrsten Wortsinn zwischen den Zeilen, ihre Chancen ab, sich und Rhodan Zugang zur ACHATI UMA zu verschaffen.

An eine unbemerkte Flucht aus der Kuppel war nicht zu denken. Ausgeschlossen, dass sie in dem als Regenerationszentrum getarnten Internierungslager Raumanzüge oder gar ein Gefährt auftrieben, in dem sie von dem Glutplaneten entkommen konnten. Das wäre wohl auch den Offizieren eingefallen, die sich hier sonst aufhielten, und bestimmt nicht immer freiwillig. Rettungsboote oder andere Vorkehrungen für Notfälle wurden überdies nicht benötigt, da sich vierhundert Insassen sowie deren behandelnde Ärzte problemlos binnen kürzester Zeit mit den reichlich vorhandenen Transmittern evakuieren ließen. Diese wiederum hatte man gewiss gegen Manipulationen geschützt. Wahrscheinlich konnten sie gar nicht von hier aus bedient werden, sondern wurden per Hyperfunk aus der nächstgelegenen Flottenbasis ferngesteuert.

Darauf zu spekulieren, dass sie in Persona einen Weg hinausfanden, war also illusorisch.

»Ziemlich traurige Aussichten«, meinte Eniva und tippte auf die Folie, als würde sie sich auf das Gedicht beziehen. »Frau könnte regelrecht melancholisch werden.«

»Das ist richtig. Aber der Verfasser bringt doch auch einen leichten Hoffnungsschimmer hinein. Hier: ›So bleibt denen, welche in der realen Welt nicht Freiheit erlangen, immerhin, selbige in virtuellen Gefilden zu suchen.‹«

»Wohlgesetzte Worte eines wahren Dichters. Glaubst du, er hatte eine bestimmte Gegend ins Auge gefasst?«

»Oh ja. Das wird durch die Alliterationen angedeutet. Ihre Position im Text verweist auf die Meta-Ebene. Ich führe übrigens einen Datenkristall mit mir, der uns die Traduktion erleichtern würde. Aber leider kann ich ihn nirgends abspielen.«

Man hatte ihnen ihr Gepäck belassen, ihnen jedoch neben den Waffen alle Ausrüstungsgegenstände abgenommen, in denen Syntrons integriert waren. Hevror ta Gosz, der Planetenökologe, hatte sich sogar von seinem geliebten, mit Messgeräten bestückten Gürtel trennen müssen.

»Es ist zum Haareraufen.« Eniva verdrehte die Augen nach oben, in Richtung ihres Frisurungetüms, und folgte dann mit dem Blick den Mini-Spraydosen und -pinseln, die unermüdlich neue Kunstwerke auf ihre Körperoberfläche applizierten.

Solina grinste verstehend. Sie verfügten sehr wohl über einen Syntron! Nämlich über den Pikosyn, der in Enivas Haarschopf versteckt war und die schwebenden Malutensilien steuerte, die zu ihrem avantgardistischen Strand-»Gewand« gehörten. Damit konnten eine Netzwerk-Spezialistin und eine mit Rechnern auch nicht ganz unerfahrene Wissenschaftlerin schon etwas anfangen ...

»Was meinst du, sollen wir eine Pause einlegen und uns zur Abwechslung ein wenig im Spielkasino vergnügen?«

»Aber kein Garrabo oder sonstiges Strategie-Zeug, bitte. Etwas Harmloses.«

»Etwas Harmloses«, bestätigte Solina.

Lächelnd, die Arme untergehakt, schlenderten sie wie zwei fröhliche Müßiggängerinnen zum Hauptgebäude.

Ein Schritt durchs Portal ...

... und Perry Rhodan bot sich ein atemberaubender Anblick.

Er stand scheinbar auf Luft, zwei Kilometer hoch über einem Talkessel; in Wirklichkeit wohl auf einem unsichtbaren Energiefeld. Diese Seite des Planeten Drorah war derzeit von der Sonne Akon abgewandt. Hier herrschte Nacht, doch beileibe keine Dunkelheit. Unter Perry funkelte ein Meer aus Licht, so hell und farbenprächtig pulsierend, dass er nach der Düsternis der Geheimstation, aus der er gekommen war, die Augen zusammenkneifen musste.

Veehraátoru, die Stadt, in der niemand schläft ...

Er war lange nicht mehr hier gewesen. Dieses Transmitter-Terminal zum Beispiel kannte er noch gar nicht. Perry besaß kein fotografisches Gedächtnis, wie einige seiner Freunde, doch an einen so spektakulären Ankunftsort hätte er sich erinnert. Interessanter Effekt: Seine Schritte auf dem Energiefeld verursachten keinerlei Geräusch, obwohl die Absätze der Stiefel hart aufsetzten und der vollkommen durchsichtige Boden nicht nachgab.

Er drehte sich um. Links und rechts von dem Bogen, in dem er materialisiert war, erstreckten sich im Abstand von jeweils etwa acht Metern weitere Transmitterausgänge, grünlich flammenden Arkaden gleich. Es mussten Tausende sein. Sie bildeten einen Ring um das ganze Tal. Fast pausenlos erschienen Reisende. Die meisten reagierten wie Perry, stoppten ergriffen, starrten fasziniert nach unten und oben, links und rechts, bevor sie zögernd weitergingen.

Das unsichtbare, ringförmige Band war rund 20 Meter breit und drehte sich langsam im Uhrzeigersinn, sodass die staunend stehen gebliebenen Besucher Neuankömmlingen nicht den Weg versperrten. Ein violett fluoreszierender Streifen markierte die Vorderkante. Dahinter schwebten, wie Staubpartikel in einem Sonnenstrahl, winzige Lichtpunkte. Wer über die Kante trat und sich ihnen anvertraute, wurde von einem Antigravlift erfasst und sanft nach unten getragen.

Während Perry Rhodan den bunten Leuchtreklamen der Stadt Veehraátoru entgegenschwebte, in der, wie es hieß, jeden Tag ein neues käufliches Laster erfunden wurde, dachte er dankbar und mitleidig zugleich an Euler und Pi Fülöp, die seine Passage hierher ermöglicht hatten. Unzweifelhaft begannen sie, da er seine baldige Rückkehr in Aussicht gestellt hatte, in OUTLOOK XVIII gerade mit dem Großreinemachen.

Ein Gutes hatte sein Besuch also wenigstens mit sich gebracht ...

Selbstverständlich hätte er den Heimatplaneten der Akonen auch einfacher erreichen können, auf offiziellem Wege. Ein entsprechender Wunsch wäre dem Terranischen Residenten sicher nicht abgeschlagen worden. Doch der Regierende Rat hätte ihn mit Empfängen und dergleichen kaltgestellt, ihn durch ein lückenloses Programm diplomatischer Anlässe matt gesetzt und zugleich unter wortreichen Entschuldigungen von den Sternenarchen fern gehalten. Das konnte er nicht brauchen. Wenn er überhaupt eine Chance besaß, in die ACHATI UMA zu gelangen, dann inkognito. Weshalb er sich in der Maskenkammer der Geheimstation bedient und auf deutlich älter geschminkt hatte. Eine dunkle Perücke verbarg seine blonden Haare; ein rasch wirkendes Pigmentpräparat verlieh seiner Haut einen hellbraunen Farbton. Auch akonische Uniformen waren reichlich vorhanden gewesen. Er hatte die Kluft eines einfachen Flottentechnikers gewählt. Seine eigene Kleidung, das Multifunktionsarmband und einige weitere Hilfsmittel trug er in einem kleinen Tornister auf dem Rücken.

Vor ihm entstanden pausenlos Hologramme, die Hotels, Restaurants und eine Fülle von Attraktionen bewarben. Wenn er mit der Hand darüber wischte, verschwanden sie, nur um sofort von neuen ersetzt zu werden. Ihm blieb nichts übrig, als sie zu ignorieren.

Seine Abwärtsbewegung erfolgte spiralförmig. Je näher er der Stadt kam, desto mehr offenbarte sie von ihrer Eigentümlichkeit. Gut drei Viertel der Bodenfläche nahmen Grünflächen ein, lang gestreckte Boulevards, in deren Mitte Personen-Beförderungsbänder verliefen. Fahrzeuge gab es nicht, dafür unzählige Vorgärten verschiedenster Lokale. Die Gebäude reckten sich viele Dutzend Stockwerke hoch in den Himmel; jedoch bestanden sie allesamt nur aus bombastisch verzierten, schreiend bunt blinkenden Fassaden. Das lag daran, dass die Grundstückspreise in Veehraátoru die höchsten des Planeten darstellten. Jeder Hauseingang war in Wirklichkeit ein Transmitter. Betrat man beispielsweise ein Hotel, so landete man in einer Lobby, die sich ganz woanders befand, vielleicht nicht einmal auf Drorah; jedenfalls an einem Ort, wo man ungleich weniger für den Quadratmeter bezahlte. Gleiches galt für die Theater, Sportarenen, Spielsalons und so weiter.

Die Stadt Veehraátoru besitzt ein aufwändig geschminktes Antlitz, entsann sich Perry einer akonischen Redensart, *eine imposante Front und perfekte Außenhaut, jedoch kein Profil, kein echtes Innenleben – und schon gar kein Herz. Alles hier ist schöner Schein und makellose Maske. Was dahinter liegt, fragst du lieber nicht ...*

Von den Fülöps hatte er den Namen eines Info-Maklers erhalten, der gelegentlich für den TLD arbeitete. Ein Doppel- und Dreifachagent, vermutlich; egal, Perry beabsichtigte nicht, sich zu erkennen zu geben. Er deutete einen Schritt zur Seite an. Das Antigravfeld reagierte sofort und setzte ihn an der Mündung einer der prachtvollsten Alleen ab. Die etwa 500 Meter bis zu der Adresse, die ihm das junge Agentenpaar genannt hatte, legte er im lockeren, vorfreudigen Trab eines Mannes zurück, der sein Ziel kennt und jede Sekunde seiner kärglichen Freizeit ausnützen will. Energisch schob er sich durch das Gewühl, achtete indes sorgfältig darauf, niemand anzurempeln. Der allgemeine Berauschungspegel war hoch in Veehraátoru; entsprechend locker saßen die Fäuste, Klauen und Tentakel.

Die Fassade, auf die er zusteuerte, war eine der kleinsten in der vergleichsweise wenig frequentierten Seitengasse, gerade drei Meter breit, doppelt so hoch und nicht einmal halb so tief. *Wie nannte man die Siedlungen, die einst im alten Russland aus Kulissen errichtet worden waren, um der vorbeifahrenden Zarin nicht vorhandenen Wohlstand der Landbevölkerung vorzugaukeln?*, ging es Perry durch den Kopf, während er vor dem kleinen Schaufenster neben der flimmernden Türöffnung wartete. *Ah ja: Potemkin'sche Dörfer.*

Hm. Aber was hatte der Panzerkreuzer damit zu tun?

Egal. Die Auslage schmückten zwei sich stetig verändernde Lichtskulpturen, wie sie Innenarchitekten gern zur Dekoration von Wohnbereichen einsetzten. Als Künstler wurde auf einem Kärtchen »Quartodezimus Filidor Edler von Homphé« angegeben. Wenn der Mann ähnlich aufgeblasen daherkam wie sein Name, wollte Perry ihn lieber nicht persönlich kennen lernen ... Gerüchten zufolge ließ das ausgesucht hübsche Personal dieser Galerie den interessierten, meist aus dem akonischen Adel stammenden Kunden eine individuelle Betreuung zukommen, die weit über kunsthistorische Informationen hinausging. Mit anderen Worten: Bezahlt wurde eigentlich die in den »Beratungs-Separeés« erbrachte Dienstleistung; dass man dabei auch ein Mitbringsel für den daheim gebliebenen Lebensabschnittspartner erwarb, stellte einen angenehmen Nebeneffekt dar.

Perry stand etwa drei Minuten, auf den Zehenspitzen wippend, immer wieder zwischen dem Schaufenster und der Tür hin und her sehend, als ringe er mit sich, ob er einzutreten wagte oder nicht. Schließlich nahm er hinter der Milchglas-Rückwand der Auslage eine Bewegung wahr. Einige Sekunden später erlosch das kaum sichtbare Flimmern im Türrahmen, und eine junge Frau kam zu ihm heraus.

»Täusche ich mich, oder erkenne ich in dir einen Freund der schönen Künste, Held des Weltraums?«, fragte sie freundlich und ein wenig mokant.

Sie hatte Stil; halblange brünette Haare, eine angenehme, auf unaufdringliche Weise verheißungsvolle Stimme; war gepflegt, schlicht und doch apart gekleidet. Wie die persönliche Assistentin eines Spitzenmanagers: kontrolliert, professionell, fast ein wenig blässlich; zugleich aber mit einem gewissen Zug um die vollen Lippen, und einem Funkeln in den Augen, das unwillkürlich das Sprichwort in Erinnerung rief, nach dem stille Wasser besonders tief waren.

»Ich bin nur ein einfacher Soldat«, antwortete Perry Rhodan. »Andererseits suche ich etwas recht Ausgefallenes.«

»Das wäre?«

»Eine Huq.«

»Eine Huq.«

»Das ist ein im Dorgshi-System gefertigtes, traditionelles Ziergefäß, in dem Huquar-Gras aufbewahrt beziehungsweise Gästen zur Inhalation angeboten wird.«

»Ich weiß, was eine Huq ist. Aber weißt *du*, ›einfacher Soldat‹, was ein solches Erzeugnis des dronischen Kunsthandwerks kostet? Wir führen keine billigen Imitationen. Vielleicht bist du besser beraten, wenn du einen der Märkte rings um den Zentralplatz aufsuchst, dort ...«

»Ich will keine Kopie«, unterbrach Perry, »sondern das Original.« Als die Galeristin unschlüssig den wohlgeformten Kopf wiegte, fügte er hinzu: »Und ich denke, es mir leisten zu können.«

Sie musterte ihn mit gesteigertem Interesse. »Dir ist bekannt, dass ein Entgelt für die Konsultation fällig wird, auch wenn du nichts erwirbst?«

»Ja.«

Ohne weiteren Kommentar drehte sie sich zum Eingang und bedeutete Perry, ihr zu folgen. Sowie er durch die Tür gegangen war, aktivierte sie die Transmitterfunktion erneut. Der winzige Aufenthaltsraum hinter dem Schaufenster bot gerade Platz für einen schmalen Diwan, einen Stuhl und ein Rechner-Terminal. »Eine Minute«, sagte sie, nachdem sie via Syntron eine Meldung abgesetzt hatte, und bot Perry Platz auf dem Diwan an. Er bedeutete ihr, dass er lieber stehen blieb. Kurz danach leuchteten Anzeigen auf, und ein holografisches Eingabe-Manual erschien. Sie berührte mit Zeige- und Mittelfinger zwei der Kontaktflächen. Lämpchen am Rahmen des Transmitters signalisierten, dass das Gerät umgepolt worden war.

Aus dem grünen Flimmern trat ein Dron.

Perry spannte sich an, obwohl er auf den Anblick vorbereitet gewesen war. Das Wortgeplänkel vorhin hatte letztendlich keinen anderen Zweck gehabt, als der Galeristin verschlüsselt mitzuteilen, dass er genau diesen Dron sprechen wollte, und zwar persönlich. Das erwähnte Huquar-Gras verwendeten die entfernt an aufrecht gehende Tyrannosaurier erinnernden Echsenwesen für die Eiablage, inhalierten es aber auch in zerriebener Form. Es verströmte einen harmlosen Duft, der angeblich ihre Sinne schärfte und die Entschlusskraft steigerte.

»Bist du Raqett?«

»Wer lässt fragen?«

Der Dron musste auch auf seinem Heimatplaneten als Ehrfurcht gebietende Erscheinung gelten. Über zwei Meter zwanzig groß, brachte er unter Standardschwerkraft gute hundertachtzig Kilogramm auf die Waage. Er trug eine Art knielangen Kilt und ein ärmelloses, über der breiten Brust offenes Wams aus erbsengroßen, knisternden Kettengliedern. Seine braunschwarze Lederhaut wurde durchsetzt von Hornplättchen und Verknöcherungen, die steinhart und zum Teil abgeschürft, ja verwittert wirkten; sein Volk häutete sich nicht wie andere reptiloide Lebensformen. Er stützte sich auf den kräftigen Schwanz wie auf ein drittes Bein. Beim Sprechen schwabbelte der runzlige Kehlsack. Ein rudimentärer, zusammengefalteter, fein beschuppter Halskragen, der von strahlig gestelltem Knorpel gestützt wurde, breitete sich ruckartig aus und zeigte ein feuerrot und gelbes Mosaikmuster, wann immer der »Kunsthändler« seinen Argumenten Nachdruck verleihen wollte. Und das kam häufig vor, denn er gehörte eher nicht zu den phlegmatischen Persönlichkeiten.

»Mein Name tut nichts zur Sache«, wich Perry aus.

»Was hier von Bedeutung ist oder nicht, bestimme immer noch ich!«, fuhr ihn Raqett an, wobei sich sein außerordentlich dehnfähiger Schlund bedrohlich weitete und eine kurze, plumpe, hellrote Zunge sowie zahlreiche kegelförmige, entlang der Kieferränder angeordnete Zähne sichtbar wurden. Die Galeristin verdrückte sich ängstlich in die hinterste Ecke, ein Indiz dafür, dass der Dron ein strenges Regiment führte.

»Ich könnte dir viele Namen nennen, doch meinen wahren wirst du nicht erfahren«, entgegnete Perry gleichmütig. »Die Bedingungen, unter denen ein Geschäft abgeschlossen wird, hängen von beiden Beteiligten ab. Und ein Geschäft ist es, das ich dir anbiete – ein für dich sehr einträgliches dazu. Genau genommen deren zwei.«

Der Dron blinzelte. In rascher Folge zog sich eine Nickhaut vom inneren Augenwinkel aus über den Augapfel mit der grüngelben Spaltpupille und wieder zurück. Ob dieser Gebärde eine spezielle Bedeutung zukam, blieb Perry Rhodan verborgen; er vermochte die Mimik dieses Volkes nicht besonders gut zu interpretieren.

»Geschäfte«, säuselte er. »Zwei Geschäfte. Ha! Ich schließe in mancher Nacht mehr und lukrativere Geschäfte ab als du in deinem ganzen Leben, kleiner Heroth!«

»Das wage ich zu bezweifeln. Einerlei, ich nehme an, dass deine Zeit ähnlich kostbar ist wie die meine. Also lass uns zur Sache kommen. Unter vier Augen.«

»Verschwinde«, knurrte der Dron barsch die junge Akonin an. Sie gehorchte prompt, schaltete den Transmitter ab und trat auf die Straße. Mit einer Geschicklichkeit, die man seinen Pranken kaum zugetraut hätte, programmierte Raqett den Lichtbogen wieder so, dass etwaige Eintretende in die eigentliche »Galerie« abgestrahlt wurden – wo auch immer diese liegen mochte.

»Mir eh auch lieber«, sagte er dann in verändertem, viel weicherem, regelrecht vertraulichem Tonfall, während er sich auf den Diwan fläzte. »Wenn sie weg ist, muss ich nicht immerzu den furchtbar wilden Kerl herauskehren. Aber die Weiber brauchen das nun mal; du weißt ja, wie das ist.«

Perry ließ sich nicht anmerken, dass er die Absicht hinter diesem plötzlichen Stimmungswechsel durchschaute. Der Dron wollte den Abgang seiner Bediensteten nutzen, um Intimität zu erzeugen. Indem er selbst scheinbar etwas von sich preisgab, versuchte er Perry zu verlocken, es ihm gleichzutun.

»Nein, weiß ich nicht«, erwiderte dieser trocken. »Wir sind in recht verschiedenen Professionen tätig.«

Schon stellte sich der flammfarbene Halskragen wieder auf, wenngleich nur halb. »Was willst du von mir?« Nun klang die raue Stimme neutral und leidenschaftslos.

»Keine Huq, und auch sonst keines deiner Exponate. Sondern Informationen und eventuell die Vermittlung einer Transportmöglichkeit.«

»Was zahlst du dafür?«

»Wenn deine Verbindungen so gut sind, wie mir verheißen wurde, wirst du um den Lohn etliche Huqs importieren können.«

»Ha! Wer sagt mir, dass du das Geld überhaupt hast?«

Wortlos öffnete Perry seinen Tornister, griff hinein und brachte einen Schutzbehälter zum Vorschein, wie man ihn zur Verwahrung von Howalgonium-Kristallen benutzte. Der Deckel war transparent; darunter ließen sich fünf der winzigen, doch überaus wertvollen Schwingquarze erkennen.

Der Dron musste merklich an sich halten, um nicht vor Gier zu sabbern. »Was immer du begehrst, Meister – ich bin dein Mann.«

9

Verrat

Manchmal gingen Aykalie ihre Männer auf die Nerven. Alle drei – sie zählte Großvater Mechtan mit, da er ihr Leben derzeit mindestens ebenso intensiv beeinflusste wie die beiden anderen – behandelten sie, wenn niemand sonst dabei war, als engste, ja einzige Vertraute. Dabei spürte sie ganz genau, dass jeder, der abgeklärte Admiral wie auch Jars, der verschrobene Wissenschaftler, und Achab, der karrierebewusste Geschwaderführer, ihr seine persönlichsten, privatesten Ansichten und Absichten vorenthielt. Sie alle spielten ihre Rolle; eine andere, differenziertere, ihrem wahren Wesen sicherlich nähere als gegenüber der Öffentlichkeit oder Kollegenschaft. Gleichwohl weihten sie Aykalie keineswegs vollständig in ihre Motive und Pläne ein, nicht einmal annähernd. Die Scharade, der permanente Bluff, das vertrackte Versteckspiel, welches die gesamte akonische Gesellschaft beherrschte und durchzog bis ins letzte, abgeschiedenste Hinterzimmer, fand bloß auf einer höheren Ebene statt, in engerem Kreis – was nichts an der Frustration änderte, die sie immer öfter dabei empfand, an dem schalen Nachgeschmack, den mit neuen Aktivitäten zu vertreiben ihr immer seltener gelang.

Aber durfte sie sich wirklich auf die drei Männer ausreden? Lag es nicht auch an ihr? War sie selbst Schuld? Bekam sie bloß *nicht* zurück, was sie ihrerseits *nicht* gab?

Auch sie täuschte diejenigen, die ihr am nächsten standen, nur marginal weniger als diverse Randfiguren, die ihr so gut wie nichts bedeuteten. Vielleicht litt ja die ganze akonische Elite unter demselben Syndrom. Von Kindesbeinen an dazu erzogen, gleichzeitig den Schein zu wahren und insgeheim den eigenen Eintopf am Köcheln zu halten, waren sie seit zahllosen Generationen zur ewigen Maskerade verdammt. Sie schmorten im eigenen Saft, als Individuen wie als Kulturnation.

Fünfzigtausend Jahre, dachte Aykalie. *Fünfzigtausend Jahre haben wir ohne entscheidende zivilisatorische oder technologische Einbrüche überstanden. Andererseits mussten wir in unserer Geschichte mehrfach tief gehende Niederlagen einstecken: die Zerschlagung des Großen Tamaniums durch die halutischen Bestien; die Schlappe im Zentrumskrieg gegen die Arkoniden; die Zerstörung des systemumspannenden blauen Energieschirms durch die Terraner; die Vernichtung unserer gewaltigen Streitmacht im Twin-System durch die Maahks.*

Diese einschneidenden Kränkungen hatten den aufgrund ihrer langen Geschichte durchaus berechtigten Nationalstolz der Akonen für lange Zeit in eine Art von kollektivem Dünkel umgewandelt. Sie betrachteten in ihrer Überheblichkeit über Jahrtausende hinweg andere Völker als minderwertig, insbesondere die Arkoniden und Terraner, in denen sie Emporkömmlinge sahen und deren Leistungen sie nicht anzuerkennen bereit waren. Zudem hatten die wiederholten Niederlagen die Selbstfixiertheit der akonischen Kultur und ihre noch auf die Erfahrung des Bestienkrieges zurückgehende Neigung zur Isolation bestärkt. Im Gegensatz zu anderen Milchstraßenvölkern beschränkten sich die Akonen lange Zeit überwiegend auf ihr Heimatsystem.

Wir haben zwar eine beachtliche Zahl von Kolonien gegründet, rief sich Aykalie von Taklir in Erinnerung, *hauptsächlich zur Rohstoffversorgung, haben diese aber gegenüber anderen Völkern streng geheim gehalten. Was vor allem dadurch begünstigt wurde, dass unsere Welten nicht durch Raumfahrtsrouten in Kontakt miteinander standen, sondern durch die hoch entwickelte Transmittertechnologie, zu der andere interstellare Reiche der Milchstraße lange Zeit keinen Zugang hatten.*

Isolation und Geheimhaltung. Akonische Schlüsselwörter, fundamentale, wenn nicht fundamentalistische Werte, die ihnen über die Jahrzehntausende in Fleisch und Blut übergegangen waren.

»Traue keinem Akonen!« Diesen Rat gab es als geflügeltes Wort in so gut wie jeder Sprache der Milchstraße. »Akonen lügen, wenn sie den Mund aufmachen, belügen sogar sich selber. Akonen legen Schminke auf und kleben falsche Wimpern an, *bevor* sie vor einen Spiegel treten.«

Und stimmt es denn nicht?

Wusste sie denn in ihrem Innersten, weshalb sie ihre eigenen Angehörigen bespitzelte? Sie verriet ihren Ehemann Jars genauso wie ihren Liebhaber Achab, verriet ihren Großvater Mechtan um nichts weniger als das Energiekommando. Dem sie zwar brav und regelmäßig Bericht erstattete – wobei sie aber geflissentlich ausließ, was ihr als ihrem eigenen, solitären Spiel abträglich dünkte. Sie verriet ihre Ausbildung und Liebe zur Kunst, indem sie diese als reinen Vorwand missbrauchte. Was sie hingegen wirklich bezweckte, wirklich anstrebte, sich wirklich wünschte, das verriet sie niemandem.

Nicht einmal sich selbst.

Im Zusammenhang mit der Politik der Zurückgezogenheit und der räumlichen Beschränkung stand seit Urzeiten der Trend zu einer geringen Bevölkerungszahl. Dadurch waren die Akonen im Vergleich zu anderen bedeutenden Mächten der Milchstraße stets ein sehr kleines Volk geblieben. Derzeit lebten auf Drorah nicht viel mehr als eine Milliarde Akonen.

Und wie? Gut isoliert, dachte Aykalie gallig, einen regional für einige Jahre recht berühmten Barden namens Hayn ta Ling paraphrasierend: *Wir sind alle gut isoliert –*

jeder und jede so grausam Einzelne, so grauenhaft Einsame von uns.

Immerhin hatte die reservierte bis feindselige Haltung der Akonen gegenüber anderen Nationen nur in den seltensten Fällen zu offenen Kriegshandlungen geführt. Splittergruppen wirkten immer wieder mal in Organisationen mit, die im Hintergrund gegen Arkon, Terra oder die USO agierten. Als berühmtestes Beispiel diente in den Geschichtsbüchern die so genannte »Condos Vasac«. Kurzzeitig veränderte die Erfahrung einer kollektiven Niederlage aller Milchstraßenvölker gegen das Hetos der Sieben die Haltung der Akonen und ermöglichte es ihnen, aktiv an der Gestaltung der GAVÖK und später des Galaktikums mitzuarbeiten, was mit einer gewissen Demokratisierung der akonischen Gesellschaft verbunden war. Aber später führte insbesondere das Wiedererstarken des Kristallimperiums dazu, dass sich die Akonen wieder überwiegend eigenen Interessen zuwandten und das Galaktikum lediglich zu deren Durchsetzung zu benutzen versuchten.

Was denken eigentlich momentan die Blues und die anderen im Forum Raglund zusammengeschlossenen Reiche über uns?

Nichts sonderlich Gutes, fürchte ich.

Mit der isolationistischen Politik ging jedes Mal wieder die Stabilisierung einer ständischen Gesellschaft einher, in der die Macht fast ausschließlich in der Hand der Aristokratie lag. Aykalie durfte sich als eine der obersten Zehntausend des Systems nicht ernsthaft darüber beschweren: Was sie war, was sich ihr für Möglichkeiten eröffneten, verdankte sie in weit höherem Maße ihrer Herkunft denn ihren Begabungen. Und, typisch akonisch, ihrem Talent zu tarnen und zu täuschen.

Du musst den Schein wahren!, hatte man ihr eingeimpft, lange bevor sie Lesen und Programmieren konnte. *Wir sind die Elite, die Auserwählten. Unsere Sitten und Gebräuche stehen Lichtjahre weit über denen der Primitiven, der Barbaren, der ekligen Unmenschen.*

Ach, waren sie toll! Was für eine unvergleichlich überlegene Fähigkeit, sich verstellen, verbiegen, verschrauben zu können! Sich die Welt zurechtzulegen, wie es gerade opportun erschien. Hier wir, unschuldig und unfehlbar, dort die anderen, Dreckigen, genetisch Verseuchten.

Herrlich!

Und *dämlich*. Das Korsett der überkandidelten Etikette schuf geistige Unbeweglichkeit bis hin zur Lähmung. Die Überbetonung der Oberfläche, der Wahrung von Reputation und Prestige um jeden Preis, der Tradition, Selbstbewusstsein fast ausschließlich daraus zu ziehen, wie gut man Konventionen erfüllte, trieb bizarre Blüten. Studienkolleginnen von Aykalie arbeiteten in dubiosen Galerien, die in Wahrheit nichts anderes als verkappte Bordelle waren. Hochnäsig auf sie hinabzuschauen, stand freilich gerade ihr nicht an. Auch sie war eine Hure, auch sie hatte sich verkauft: ans Energiekommando, an den von ihrer Familie ausgesuchten, standesgemäßen Ehemann, letztlich in ähnlicher Weise an den Liebhaber, mit dem sie längst mehr Zweckbündnis als Leidenschaft verband.

Vielleicht versetzten ja gerade die unvermittelt aufgetauchten Lemurer ihren Nachfahren einen Anstoß, verkrustete Strukturen aufzubrechen. Sehr optimistisch war Aykalie diesbezüglich nicht. Aber noch ließ sich nicht einmal ansatzweise absehen, welche Auswirkungen die Sternenarchen längerfristig für Akon mit sich brachten.

Wer weiß, was geschieht, wenn dieser Levian Paronn tatsächlich auftaucht? Ach, wahrscheinlich wird er genauso schnell vom System geschluckt wie alle anderen auch.

Ein akustisches Signal riss Aykalie aus ihrem melancholischen Brüten. Der Servo des Arbeitszimmers meldete eine mit höchster Dringlichkeit signierte Nachricht. Jemand wollte übers interplanetare Netzwerk mit ihr kommunizieren. Nachdem sie sich mit der Hand übers

Gesicht gefahren war, im untauglichen Versuch, die trüben Gedanken wegzuwischen, aktivierte sie den Holoschirm ihres Syntrons und nahm den Anruf an.

Das Holo zeigte eine Akonin. Aykalie erkannte die Frau mit den leicht schräg stehenden Wangenknochen, dem kupferfarbenen, im Nacken zu einem lockeren Knoten geschlungenen Haar und den matt graugrünen Augen, in deren blauschwarzen Pupillen goldfarbene Einschlüsse funkelten: Solina Tormas, Historikerin und Archäologin, derzeit wie alle Besatzungsmitglieder der LAS-TOÓR im »Regenerationszentrum für Stabsoffiziere der Siebenten Flotte« auf Eis gelegt.

Von wo aus sie eigentlich keinerlei Möglichkeit haben sollte, Netzwerk-Gespräche zu führen!

»Überrascht?«, fragte die Historikern und hob die Hand. »Hör mir kurz zu, bevor du die Syntron-Sicherheit der Flotte verständigst. Ohne Frage kannst du mich jederzeit wieder von der Außenwelt abschotten lassen. Das wäre aber ein grober Fehler, Hochgnädige Aykalie von Taklir, den du schmerzlich bereuen würdest.«

»Du drohst mir?«

»Ich weise dich in quasi kollegialer Verbundenheit darauf hin, dass wir, Eniva ta Drorar und ich, mehrere umfangreiche pseudo-autarke Datei-Konstrukte ins HistNet eingeschleust haben. Zeitbomben, wenn du so willst. Unauffindbar, zumindest innerhalb der nächsten Stunden, und momentan inaktiv. Noch. Sollten wir ihnen jedoch nicht in spätestens zehn Minuten einen entsprechenden Befehl zukommen lassen, öffnen sie sich und machen mit einem syntronischen Feuerwerk auf ihre Inhalte aufmerksam, dass die Wände wackeln. Dann verfügt mit einem Schlag die gesamte Galaxie über mein umfangreiches Datenmaterial, die Archen betreffend. Die Konsequenzen kannst du dir ausrechnen.«

Aykalie war, als hätte man ihr einen Hieb in den Magen versetzt. Sie rang nach Luft und nach Worten. Versuchte verzweifelt, Anhaltspunkte dafür zu finden, ob Tormas bluffte oder nicht.

Das HistNet war ihr natürlich ein Begriff, obwohl sie es während der Studienzeit selten genutzt hatte. Das war an der Fakultät nicht gern gesehen worden, da man diese galaxisweite, universitäre, nicht-kommerzielle Einrichtung als eine ursprünglich terranische Erfindung automatisch für potentielle Teufelei hielt. Außerdem kannte HistNet – eine schreckliche Vorstellung für die auf Exklusivität bedachten Akonen! – keinerlei Zugangsbeschränkungen. Man war darin alles andere als »unter sich«. Jeder Bewohner der Milchstraße konnte es benutzen, um seine Ansichten, Meinungen und Erkenntnisse mit anderen auszutauschen.

Dort platziert, stellten Solinas Dateien in der Tat eine Zeitbombe dar. Noch hielten sich die diplomatischen Verwicklungen in Grenzen, nicht zuletzt, wie Aykalie zugeben musste, dank Perry Rhodan. Der Terranische Resident hatte bisher die Bedeutung der Archen herunterspielen und größeres intergalaktisches Aufsehen um die Artefakte vermeiden geholfen. »Die Akonen haben einige alte Raumschiffe entdeckt? Na wenn schon, deren Problem.« Wurden aber die Mächte der Milchstraße, insbesondere die Arkoniden, mit der Nase darauf gestoßen, was ihnen der Regierende Rat alles an brisanten Details verschwiegen hatte – Zellaktivatoren, parapsychisch begabte Mutanten, früh-akonische Anti-Bestien-Waffen –, würde es unweigerlich zu schweren Verstimmungen kommen. Imperator Bostich schätzte es ganz und gar nicht, für dumm verkauft zu werden. Und wenn er mit der Faust auf den Tisch klopfte, bebte die Galaxis.

»Wie hast du ... habt ihr das zuwege gebracht?«, fragte Aykalie mit belegter Stimme.

»Betriebsgeheimnis. Aber ein Designer-Pikosyn, ein Spielautomat sowie das Backbone, über das unsere robotischen Wächter ihre Beobachtungen ans Flottenkommando weitergeben, haben dazu beigetragen. Dies nur für den Fall, dass du uns derlei nicht zutraust: Eniva ist Netzwerktechnikerin, und ich kenne mich mit Computern auch ganz gut aus.«

Das klang leider sehr glaubhaft. »Was verlangst du?«

»Einfluggenehmigung für LAS-TOÓR, PALENQUE und HALUT. Freien Zutritt zur ACHATI UMA. Beides offiziell vom Regierenden Rat bestätigt innerhalb von sechs Stunden. Sonst ...«

»... begeht ihr Verrat an eurer Heimat Akon!«, versuchte Aykalie, patriotische Gefühle bei ihrer Widersacherin zu wecken – ohne recht daran zu glauben, dass dies fruchten würde. Hatte sie nicht selbst gerade vorhin mit sich und ihrer akonischen Identität gehadert? Solina Tormas und Eniva ta Drorar waren offenbar bereits einen Schritt weiter.

»Wir sind überzeugt, im ureigenen Interesse unserer Heimat und unseres Volkes zu handeln«, sagte die Historikerin eindringlich. »Auch wenn das Establishment anderer Meinung sein mag. Ich weiß wohl, dass die meisten von euch sich nicht ernsthaft mit unserer Vergangenheit auseinander setzen wollen. Hab's oft genug am eigenen Leib verspürt, das darfst du mir glauben, *Hochgnädige*. Es ist schmerzlich und erschütternd, sich bewusst vor Augen zu halten, dass vor fünfzigtausend Jahren die Lemurer um ein Haar von den Bestien ausgelöscht worden wären – wodurch es heute keine Menschen mehr gäbe, weder Akonen, noch Terraner, noch Arkoniden, noch die vielen anderen von Lemur abstammenden Völker. Der Gedanke an die nur knapp vermiedene Katastrophe ist bedrückend und erweckt Urängste. Die Lemurer in den Archen erinnern uns daran, und sie rufen uns ins Gedächtnis, dass wir zur selben Familie wie ihre anderen Nachkommen gehören, die wir doch immer so misstrauisch und von oben herab betrachtet haben. Das gefährdet eine tragende Säule unseres Selbstverständnisses, nämlich unseren seit Jahrtausenden gepflegten Chauvinismus.«

»Solina«, sagte Aykalie leise, »ob du es mir glaubst oder nicht – ich persönlich stimme vielen deiner Aussagen zu.«

»So? Bis jetzt hatte ich nach dem, was ich von dir gehört oder gelesen habe, nicht diesen Eindruck. Für mich warst du immer eine von jenen dienstbaren Intellektuellen, die den Herrschenden nach dem Mund reden. Die die Geschichte so verfälschen, wie es gefällig ist. Die schmähliche Niederlagen in heroische Akte umdeuten, auch wenn dabei die historische Wahrheit auf der Strecke bleibt. Hauptsache, der Ruhm des akonischen Volkes wird besungen, und vor allem das glorreiche Wirken seines herausragenden, ach so weisen Adels.«

»Du klingst verbittert.«

»Ich habe meine Lektion gelernt. Unsere Gesellschaft, die von deinesgleichen geführt wird, entledigt sich missliebiger Störenfriede mittels sehr subtiler Methoden. Nicht nötig, Regimekritiker zu vergiften oder lebenslänglich auf Ödwelten zu verbannen. Nein, das wäre viel zu unakonisch plump. Es reicht, lästige Existenzen zu zermürben, indem man sie zum Beispiel auf monatelange Forschungsreisen in Gebiete schickt, in denen sie nach jedem menschlichen Ermessen völlig fehl am Platz sind. Und wenn sie dann dort durch einen dummen, unvorhersehbaren Zufall doch etwas Sensationelles entdecken, nimmt man ihnen diesen Fund einfach wieder weg, bootet sie aus, räumt sie aus dem Weg, schiebt sie in ein so genanntes Regenerationszentrum ab. Nein, das ist keine Inhaftierung, wer denkt denn so was! Nur ein kurzer, befristeter Sonderurlaub. Der gerade so lange andauert, bis andere, opportunere, systemkonforme Fachleute die ganze Sache derart beschönigt haben, dass sie den Tavakt'son, den dummen nichtadeligen Massen, zumutbar ist. Oder sollte dies etwa nicht die Aufgabe sein, die man dir, deinem Ehemann und den übrigen in den Archen tätigen Wissenschaftlern zugedacht hat?«

Insgeheim musste Aykalie sich eingestehen, dass sie Solinas flammendes Plädoyer fast Wort für Wort unterschreiben konnte. Dies der Historikerin gegenüber zuzugeben, fiel ihr jedoch unsagbar schwer. »Man kann viel Schaden damit anrichten, dass man den Leuten gewaltsam die Augen öffnet.«

»Mehr Schaden, als wenn man sie ihnen mit allen Mitteln verschließt?«

»Dir ist hoffentlich klar, dass ich nicht in der Position bin, eine solche Entscheidung zu fällen. Aber ich werde dein Ultimatum sofort an meine Vorgesetzten weiterleiten.« Sie schluckte. Die nächsten Worte brachte sie nur mit größter Anstrengung über die Lippen. »Und höre, Solina Tormas: Ich werde ihnen mitteilen, dass ich deine Vorgangsweise billige, deine Argumente verstehe und dein Anliegen unterstütze. Die Chance, dass sie darauf eingehen, ist dennoch denkbar gering. Viel wahrscheinlicher werde ich euch bald in diesem Regenerationszentrum Gesellschaft leisten.«

Solina runzelte zweifelnd die Stirn. »Die Botschaft höre ich wohl ... Wie auch immer. Du hast noch knapp sechs Stunden, Frau Kollegin. Nutze sie; oder die Bombe geht hoch.«

So viel stand fest: Der Mann war kein einfacher Flottentechniker. Die Hyperkristalle, die er aus seinem Tornister gezogen und Raqett gezeigt hatte, mussten ein mittleres Vermögen wert sein. Und er hatte behauptet, dass dort, wo die Schwingquarze herkamen, noch mehr darauf warteten, den Besitzer zu wechseln. Raqett war geneigt, ihm zu glauben.

Er kannte genügend kleine Gauner – hier in Veehraátoru, in Droff, der Spielermetropole seines Heimatplaneten, wo er sein Geschäft von der Pike auf erlernt hatte, und an anderen vergleichbaren Orten dieser wunderbaren Sterneninsel –, die mit einem solchen Kunden kurzen Prozess gemacht hätten.

Gib ihm eins über den Schädel, nimm seinen Ranzen und lauf! Wenn nur halb so viel drin ist, wie der Typ angedeutet hat, hast du ausgesorgt und kannst dir, wo immer du willst, ein hübsches kleines Landgut anschaffen, den ganzen Tag in der Sonne liegen, Huquar-Gras schnüffeln und die Puppen tanzen lassen.

Aber Raqett verstand sich nicht als Gauner, wenigstens nicht als kleiner. Beute, die so leicht zu ergattern schien, war praktisch immer vergiftet. Er lebte schon lange auf Drorah, hatte Mimik, Gestik und Körpersprache der Einheimischen zu deuten gelernt. Alles am Benehmen des Namenlosen wies darauf hin, dass er nicht zu den Befehlsempfängern, sondern zu den Befehlenden gehörte. Nicht unbedingt Militär, obwohl er sich damit zweifellos auskannte und die Uniform mit größter Selbstverständlichkeit trug; auch befand er sich für sein Alter in außerordentlich guter körperlicher Verfassung. Doch sein Gehabe wirkte nicht so martialisch, so lächerlich zackig-schmissig-schneidig, wie sich die aktiven Offiziere gaben, wenn sie Raqetts Kunstgewerblerinnen aufsuchten. Eher Privatwirtschaft, oder Politik, oder ... Medien.

Medien. Das könnte hinkommen.

Der Dron beglückwünschte sich zu seinem Riecher, als sein Gegenüber ihm unterbreitete, wofür er eine so hohe Summe auszugeben bereit war.

»Im hohen Orbit über Xölyar sind die beiden altlemurischen Sternenarchen geparkt; ich nehme an, du hast davon gehört.«

Raqett vollführte seinen kleinen Trick mit dem Halskragen, der bei humanoiden Gesprächspartnern gewöhnlich sehr gut ankam, und knurrte: »Willst du mich beleidigen? Informationen sind bares Kapital. Ich wäre ein schlechter Makler, wenn ich über so was nicht bestens Bescheid wüsste.«

»Kannst du mich hinbringen?«

»Zu den Generationenschiffen? Ha! Du träumst von heißen Eiswürfeln, Meister.«

»Genauer gesagt, zur ACHATI UMA. So schnell wie irgend möglich.«

»Ausgeschlossen. Die Siebente Flotte riegelt das Gebiet ab. Durch deren Kordon kommt kein Raumfahrzeug, nicht einmal eine Mini-Sonde, ohne sofort geortet und aufgehalten zu werden. Das haben schon mehrere Trivid-Teams probiert.«

»Per Transmitter?«

»Lediglich flotteninterne Verbindungen und Geräte. Streng geheime Koordinaten, nach allen Regeln der Kunst kodiert.«

»Kunst ist dein Fachgebiet.«

»Sehr witzig. *Diese* nicht.«

»Jars von Aburrir ist zu der Talkshow, die vor kurzem lief, direkt aus dem Orbit gesprungen.«

»Das wollten sie uns weismachen. Du kennst doch die Medienfritzen, oder etwa nicht? Tatsächlich ging die Reise über mindestens zwei Relais-Stationen.«

»Trotzdem wechseln immer wieder Raumsoldaten zwischen den Archen und Xölyar beziehungsweise Drorah hin und her. Das ist gang und gäbe, wenn die Flotte im Heimatsystem stationiert ist.«

»Richtig. Und jeder Einzelne wird mehrfach von Individualtastern überprüft. Falls du darauf abzielst, den Platz eines vom Landurlaub Zurückkehrenden einzunehmen – vergiss es. Die durchleuchten ihre Leute von den Haarspitzen bis zu den Bakterien in der Darmflora.«

»Jedes Sicherheitssystem lässt sich umgehen. Vielleicht nicht von außen, aber von innen. Wenn jemand im richtigen Moment wegsieht.«

»Du meinst, wenn er die Scanner kurzzeitig deaktiviert, die Syntrons mit Überrangbefehlen ruhig stellt ... Das ist eine Menge Aufwand, und gefährlich dazu. Warum sollte jemand sich das antun und dabei seine ganze Karriere aufs Spiel setzen? Oh.« Raqetts Blick war dem des Namenlosen gefolgt und auf dem Tornister gelandet, in dem sich das Howalgonium befand. »Kapiere.«

»Heißt es nicht, auf Drorah sei jedermann käuflich, es käme nur auf die Summe an? Oder auf die Umstände. Eine persönliche Notsituation ... Spielschulden, Drogensucht, eine Reihe fehlgeschlagener Börsenspekulationen ...«

»Wer an derart verantwortungsvoller Position eingesetzt wird, den überprüft der militärische Geheimdienst regelmäßig auf Erpressbarkeit. Wir haben es hier nicht mit Idioten zu tun, Meister, auch wenn sie oft genug diesen Eindruck erwecken, nach all dem Unsinn, den sie verzapfen.«

»Das ist mir klar. Aber es reicht ja, wenn einer der Verantwortlichen nicht selbst Mist gebaut hat und dringend eine sehr große Summe benötigt, sondern ein Familienangehöriger, ein alter Freund aus der Schulzeit, eine geheim gehaltene Mätresse ... Von hunderten Sicherheitsbeauftragten gibt es unter Garantie mindestens einen, bei dem man den Hebel ansetzen kann.«

»Da widerspreche ich dir nicht. Allerdings – den zu finden, kostet auch mich Tage, wenn nicht Wochen.«

»Ich bin überzeugt, er wurde bereits gefunden.«

»Hä?«

Der Fremde – er bekleidete ganz sicher eine Funktion im Mediengeschäft; nur wer Kameras und Rampenlicht seit längerem gewohnt war, tippte auf diese Weise die Fingerspitzen aneinander, bevor er seine Pointe servierte – neigte sich zu Raqett herab, verzog das Mündchen und sagte: »Was wetten wir, dass mehr als bloß ein Sender entsprechende Aufträge hinausgegeben hat, wenige Minuten, nachdem die Archen zum ersten Mal in den Schlagzeilen waren?«

»Du meinst ...«

»Irgendwo da draußen ist alles, was wir brauchen, bereits so gut wie eingefädelt. Den Hauptteil der Arbeit hat uns jemand freundlicherweise längst abgenommen. Und dabei Spuren hinterlassen, Wellen geschlagen, Staub aufgewirbelt. Nicht so viel, dass die Militärs oder das Energiekommando davon Wind bekommen hätten; sondern ganz wenig, und in Bereichen, die nicht deren Revier sind. Aber deines.«

»Alle Achtung. Das ist richtig fies, Meister.«

»Wie ich eingangs gesagt habe: Zwei Geschäfte. Erstens, lass deine Verbindungen spielen und bring in Erfahrung, welcher Journalist bei der Vorbereitung dieses Coups am weitesten fortgeschritten ist. Zweitens, verschaff mir die Gelegenheit, im entscheidenden Moment an seine Stelle zu treten. Welche Zeitspanne würdest du dafür veranschlagen?«

»Hm. Fürs Erste, wenn Geld keine Rolle spielt ...«

Der Namenlose nickte.

»Ich muss die Galerie zusperren und meine Mädels ausschwärmen lassen. Das bedeutet einen erklecklichen Verdienstausfall ...«

»Geschenkt. Weiter.«

»Nagle mich nicht darauf fest, aber das dürfte in weniger als einer Stunde zu schaffen sein. Alles Weitere ... vielleicht zwei, drei Stunden, vielleicht ein halber Tag. Hängt davon ab, wer, wo, wie. Jede genauere Angabe wäre unseriös.«

»Akzeptiert.«

»Wie sieht's mit Vorschuss aus?«

Dieser Punkt war erfreulich rasch erledigt. »Du bist ein echter Profi«, sagte Raqett, nachdem er die Kristalle eingesackt hatte. »Wie kommt es, dass ich noch nie von dir gehört habe?«

»Das hast du«, antwortete sein Geschäftspartner in bescheidenem, fast entschuldigendem Tonfall. »Sei versichert, das hast du.«

Er hatte viel zu tun. Doch das machte ihm nichts aus, im Gegenteil. Er erledigte ohnehin am liebsten alles Wichtige selbst. So gut er mit Raumadmiral von Taklir zurecht kam: Dass sich der Takhan dieser Tage mehr auf Pressekonferenzen und in Trivid-Studios aufhielt als bei seiner Flotte, störte Achab ta Mentec wenig. Solange Mechtan auch seinen Schwiegerenkel Jars von Aburrir mitnahm, diesen aufgeblasenen Schwätzer, und ihn dergestalt von dessen nervtötender Gegenwart befreite, dankte Achab seinem Oberkommandierenden von Herzen dafür.

Nein, er war nicht eifersüchtig auf Aykalies Ehemann. Dass Ranghöhere oder aus einflussreicheren Familien Stammende sich mit seinen Erfolgen schmückten, seine Errungenschaften unverfroren als die ihren ausgaben, hatte Achab im Lauf seiner Karriere so oft erfahren, dass er nur noch darüber lachen konnte.

Kurz.

Dann widmete er seine Zeit und Aufmerksamkeit wieder den anstehenden Pflichten. Und umso munterer, da er als Stabsoffizier vom Dienst, was das Tagesgeschäft betraf, durch die Abwesenheit des Takhans schneller und effektiver entscheiden konnte denn je.

Jeder akonischen Flotte oblag die Betreuung eines bestimmten Sektors der Volkswirtschaft. Seine, die ruhmreiche Siebente, überwachte den Rohstoffabbau auf den Kolonialwelten. Eine Meldung ging ein, dass die Verbindung zum 12.790 Lichtjahre entfernten Planeten Gorbas-IV, der erst vor wenigen Jahren erschlossen worden war und eines der bedeutendsten Schwingquarz-Vorkommen dieses Quadranten trug, seit dem Vortag unterbrochen war. Es konnte kein Kontakt mehr hergestellt werden, weder per Hyperfunk noch via Transmitter-Strecke.

Angesichts des allgemeinen Wirbels um die Lemurer hätte diese Nachricht wohl kaum jemanden tangiert. Erklärungen für das Schweigen von Gorbas-IV gab es zu Hauf: Hyper-Anomalien, Ausläufer von Strahlungs-Spitzen der benachbarten Dunkelwolke oder, am allerwahrscheinlichsten, menschliches Versagen, beispielsweise bedingt durch die Nachwehen einer feuchtfröhlichen Geburtstagsfeier im Camp der dortigen Minenarbeiter ... Admiral Mechtan von Taklir hätte gewiss nicht sofort darauf reagiert, zumal die Nachricht aus der Fernortungs-Abteilung in keinem Zusammenhang mit den Sternenarchen stand. Achab hingegen legte, überzeugt davon, dass er die Gipfel noch früh genug erobern würde, sein Augenmerk nach wie vor auch auf die Mühen der Ebene. Er veranlasste, dass ein Schiff seines Geschwaders sich in Richtung des Gorbas-Systems aufmachte, um sich dort umzusehen. Der Kordon würde den Abgang einer Einheit von Hunderten leicht verschmerzen. Auf der anderen Seite war es nie verfrüht, sich um den temporären Ausfall eines Standorts zu kümmern. Klärte sich das Ganze als Fehlalarm auf, umso besser; fanden auf oder um Gorbas-IV jedoch gravierendere Ereignisse statt, so konnte es sich nur als Vorteil erweisen, rechtzeitig einen Raumer vor Ort zu haben.

Kurze Zeit später wurde Achab von Aykalie kontaktiert. Sie berichtete ihm von dem Ultimatum, das Solina Tormas gestellt hatte. Eine äußerst unangenehme Situation, darüber waren sie sich einig. Keinesfalls durften die Erfahrungsberichte und Erkenntnisse der bockigen Historikerin nach außen dringen. Er versprach, unverzüglich den Raumadmiral zu verständigen.

»Auf dich hört er«, sagte Aykalie. »Wenn er dich um dein Urteil bittet – was wirst du ihm raten?«

Achab überlegte. »Er sollte einen Kompromiss mit der Forscherin anstreben. Eventuell gibt sie sich ja damit zufrieden, dass man sie ins Wissenschaftlerteam holt.«

»Hm. Sie ist ebenso klug wie eigensinnig. Sie steht mit dem Rücken zur Wand. Und sie ist felsenfest davon überzeugt, das Richtige zu tun.«

»Das klingt fast, als sympathisiertest du mit ihr.«

»Und wenn dem so wäre?«

»Sei vorsichtig, Aykalie. Lehn dich nicht zu weit aus dem Fenster.«

»Manchmal frage ich mich, ob ich nicht schon längst das stickige Zimmer hätte verlassen sollen.«

Damit beendete sie das Gespräch. Achab gab Auftrag, den derzeitigen Aufenthaltsort des Takhan zu ermitteln, dann beorderte er zwei seiner Syntroniker zu sich in die Zentrale der UMBERIA. Er schilderte ihnen das Problem der im HistNet versteckten »schlafenden« Dateien. Erwartungsgemäß sahen die Spezialisten wenig bis keine Chancen, die pseudo-autarken Konstrukte vor Ablauf der Frist aufzuspüren. Solange diese inaktiv waren, existierten sie für die Suchmaschinen nicht. Wenn sie jedoch »erwachten«, war es bereits zu spät ... Die einzige Hoffnung bestand darin, den Weg nachzuvollziehen, auf dem Solina und Eniva den Konstrukten in regelmäßigen Abständen »Entschärfungs«-Befehle zukommen ließen. Doch war das bedeutend schwieriger, als es klang. Die beiden Verschwörerinnen berieselten nämlich, von ihrem umfunktionierten Spielautomaten im Kasino des Regenerationszentrums aus, das HistNet mit einem unaufhörlichen Strom von harm- bis sinnlosen Postings und Anfragen. Es gab hunderttausend und zwei Möglichkeiten, darin die Befehlskodes zu verbergen, die ihrerseits auf unzählige verschiedene Arten quantenmechanisch verschlüsselt sein konnten. Ihnen blieb nur, diesen Datenwust auf gut Glück zu durchsieben, ohne zu wissen, wonach sie eigentlich suchten. Der Befehl mochte in ultrakurzen, minimalen Impulsschwankungen stecken, die von den Servern normalerweise gar nicht registriert wurden, oder als Metastruktur auf einen minutenlangen, scheinbar unzusammenhängenden Datenfluss verteilt sein; sich viren- oder wurmartig erst nach Befall einer Reihe von Knotenrechnern manifestieren, oder oder oder ... Die gesamte koordinierte Rechnerleistung der verbliebenen fünf Einheiten von Achabs kleinem Geschwader reichte nicht aus, um alle diese Eventualitäten in der gegebenen Zeitspanne systematisch durchzuexerzieren.

Manchmal hasse ich diese pervers hochgezüchtete Pikosyn-Technologie, dachte er. *Eine bessere Haarnadel genügt, um ein ganzes Reich in Schwierigkeiten zu bringen!* Und er ärgerte sich, weil er, ebenso wie seine Untergebenen, unterschätzt hatte, was Eniva mit dem scheinbaren Spielzeug, das zu ihrem extravaganten Aufzug gehörte, anzustellen vermochte.

Er schärfte den beiden Syntronikern ein, gleichwohl zu tun, was in ihrer Macht stand, und schickte sie an ihre Arbeitsplätze. Inzwischen war Mechtan aufgestöbert worden. Der Admiral vertrieb sich die Pause zwischen zwei Interviews in seinem privaten Fitnessstudio. Als Achab ihn davon unterrichtete, dass eine ernsthafte Krise drohte, verlangte er, dass sich der Maphan persönlich zu ihm begab, und nannte ihm die Transmitter-Kennung. Obwohl Achab in solchen Situationen ungern seinen Kommandostand verließ, fügte er sich widerspruchslos dem Wunsch des Takhans. Was sie zu besprechen hatten, war diffizil. Besser, sie standen sich dabei leibhaftig von Angesicht zu Angesicht gegenüber.

Im Studio, einem kuppelförmigen Raum, war die Schwerkraft auf etwa zwei Zehntel g reduziert. Mechtan von Taklir schwebte, von Zugstrahlen gehalten, drei Meter über dem Boden. Er trug Sportkleidung. »Zieh dich um, mein Junge«, rief er beschwingt, »und trainiere mit mir! So lässt sich das Unangenehme mit dem Nützlichen verbinden.«

Achab, der seinen Admiral kannte und daher Turnzeug mitgebracht hatte, tat ihm den Gefallen. Danach nannte er dem Syntron die gewünschte Trainings-Intensität und wurde unter die Kuppel gehoben.

Derlei Studios erfreuten sich hoher Beliebtheit, weil in ihnen sämtliche Muskelgruppen des Körpers perfekt getrimmt wurden, und das bei geringem Zeit- und Raumaufwand. Es gab keine Maschinen wie früher einmal, nur eine Reihe von Projektoren für Antigravfelder, Formenergie und Traktorstrahlen. Gemäß dem gewählten Programm zwangen sie einem sanft, aber energisch die idealen Bewegungsfolgen auf; erzeugten Druck, der mit exakt dem richtigen Gegendruck erwidert werden musste, um die einzelnen Muskeln optimal anzureizen. Eine schlampige Ausführung der Übungen, die zu Verletzungen hätte führen können, wurde dadurch unmöglich gemacht. Wenige Wiederholungen der jeweiligen Kontraktionen reichten aus, um den erreichten Grad der Fitness und Körperausbildung zu erhalten oder, so man das wünschte, zu steigern.

Achab teilte Mechtans Freude an dieser sehr mechanisch ablaufenden Ertüchtigung nicht. Er fühlte sich von den hochtechnisierten Trainingsapparaturen entmündigt; wenn er die Wahl hatte, zog er traditionelle Gymnastik vor. Doch das behielt er für sich.

Während sie, wie Hampelmänner oder Marionetten an unsichtbaren Fäden, in verschiedenste Stellungen manövriert wurden, informierte er den Takhan über Solina Tormas' und Eniva ta Drorars Alleingang. Mechtan war anzumerken, dass er vor Empörung an die Decke gegangen wäre, hätten ihn die Zugstrahler nicht daran gehindert.

»Was bilden sich diese Weiber eigentlich ein?«, donnerte er, als Achab geendet hatte. »Das grenzt an Meuterei. An Hochverrat! Denen gebührt ein Standgericht!«

Achab ließ ihn eine Weile toben und verzichtete darauf, ihn dahingehend zu korrigieren, dass man maximal von zivilem Ungehorsam sprechen konnte, da es sich nicht um Heeresangehörige handelte. Nachdem sich der Alte ausgeschrien und wieder leidlich eingekriegt hatte, gingen sie gemeinsam ihre Optionen durch.

»In der guten alten Zeit hätte das Energiekommando zwei aufsässige Hühner wie sie einfach aus dem Weg geräumt. Zack, und danke. Aktion ›Näher, mein Vehraáto, zu dir!‹«, murrte Mechtan.

»Ich fürchte, das ist nicht die Vorgangsweise, die du dem Regierenden Rat empfehlen solltest.«

»Was dann?«

Verhandeln, wollte Achab vorschlagen. Vielleicht gelang es ihnen, der lästigen, aber keineswegs dummen Tormas vor Augen zu halten, welche weit reichenden Konsequenzen es hätte, sollte keine gütliche Einigung zustande kommen und sie ihre Drohung wahr machen. Im Endeffekt hätte sie nichts erreicht, sondern alles bloß verschlimmert. Das galaktische Klima wäre vergiftet, die Archen aber für sie und ihre neu gewonnenen Freunde unerreichbarer denn je. Andererseits mussten Rat, Flotte und Energiekommando einsehen, dass gewisse Zugeständnisse an die beiden Rebellinnen unabdingbar waren, ob das den hohen Tieren schmeckte oder nicht.

So oder ähnlich hatte Achab argumentieren wollen.

Doch er kam nicht mehr dazu. Abrupt stellte der Syntron das Training ein und avisierte einen Anruf mit höchster Dringlichkeitsstufe. »Nur Tonübertragung!«, befahl Achab angesichts ihrer unstatthaften Gewandung.

»Gugulja Nitairos, Dienst habender Techten der Transmitterstation an Bord der ACHATI UMA. Takhan von Taklir, Maphan ta Mentec – wir haben soeben einen Eindringling festgenommen, der behauptet, er sei Perry Rhodan.«

Es sollte nicht der letzte Paukenschlag innerhalb weniger Stunden gewesen sein. Hätte Mechtan geahnt, was an diesem und den folgenden Tagen noch über ihn hereinbrechen würde, er hätte ernsthaft mit dem Gedanken gespielt, seinen Abschied aus dem Flottendienst zu nehmen und sich irgendeinem Trivid-Sender als Talkshow-Gastgeber anzudienen.

Achab und er verloren keine Zeit. So schnell sie konnten, schlüpften sie in ihre Uniformen und wechselten, verschwitzt wie sie waren, in die ACHATI UMA.

Die Transmitterstation war an deren Bug installiert

worden, in der Kegelspitze, die ein Observatorium sowie den Hangar für ein kleines Landungsboot barg. Beides hatte offenbar ausschließlich dem Kommandanten der Arche zur Verfügung gestanden, jenem geheimnisumwitterten Levian Paronn, von dem nach wie vor jede Spur fehlte. Was ihn betraf, differierten die bisher getätigten Aussagen der Archenbewohner stark. Manche hingen der fast religiösen Überzeugung an, der Naahk, wie sie ihren charismatischen Führer nannten, sei immer und allezeit im Schiff gegenwärtig. Nur ziehe er sich bisweilen über längere Zeiträume zur Meditation zurück und sei dann für die normalen Sterblichen unauffindbar. Andere, prosaischere Gemüter wiederum legten gewisse Überlieferungen dahin gehend aus, dass Paronn, zusammen mit dem »Hüter«, mehrmals während der langen Reise die UMA verlasse habe. Vom letzten Ausflug, zu dem sie vor etlichen Generationen aufgebrochen waren, seien sie nicht mehr zurückgekehrt.

Mechtan von Taklir, dem die leidige Ungewissheit schwer gegen den Strich ging, hatte vorgeschlagen, die Lemurer unter Anwendung bewährter Verhörtechniken in die Mangel zu nehmen. Zugleich sollte, unter Einsatz einer Tausendschaft von Soldaten, die Arche von Bug bis Heck durchsucht und notfalls jede einzelne Kabine auf den Kopf gestellt werden. Mit der nachdrücklichen Warnung vor der Gefahr, dass den Insassen anhaltende psychische Schäden zugefügt würden, hatte ihn Jars davon wieder abgebracht. Die »Archies« quasi mit Glacéhandschuhen anzufassen, lief Mechtans Naturell sehr zuwider. Er sah jedoch ein, dass dies noch einige Zeit lang geboten war.

»Rapport!«, blaffte er den Techten an, der sie in Empfang genommen hatte. So sehr ihn Aykalie wegen dieser, wie sie ätzte, affigen Brüllerei aufzog – ihm bereitete sie immer noch Spaß.

Nitairos salutierte stramm. »Takhan, vor zwei Minuten erschien ein Mann, aus Veehraátoru auf Drorah kommend, im Transmitter, dessen physische Merkmale stark von denen der erwarteten, vom Landurlaub retournierenden Person abweichen – weshalb automatisch Alarm gegeben wurde. Unter anderem besitzt der Verdächtige keine geschlossene Brustplatte, sondern Rippen.«

»Also ein Terraner, kein Akone.«

»Wiewohl als solcher verkleidet, Hochgnädigster. Er ergab sich widerstandslos, wobei er bekundete, der Terranische Resident zu sein, und uns riet, unser Oberkommando zu verständigen. Da in seiner linken Schulter ein Implantat lokalisiert wurde, bei dem es sich um einen Zellaktivator handeln könnte, kamen wir seiner Anregung nach.«

»Wo ist er?«

»Nebenan, Takhan.«

Sie folgten dem Offizier in den benachbarten Raum, eine Art Bibliothek voller altertümlicher Folianten. Zwei Raumsoldaten bewachten mit angelegten Strahlern einen Mann, der sich bei ihrem Eintreten erhob, die Arme ausbreitete und grüßend den Kopf neigte.

»Ich bitte um Vergebung für diese etwas unübliche Anbahnung eines informellen Freundschaftsbesuchs«, sagte Perry Rhodan lächelnd.

Er war es, kein Zweifel. An seinem markanten Kinn klebten Reste einer Biomolplast-Maske, und sein Teint wies eine etwas dunklere Färbung auf als bei ihrer letzten Begegnung. Doch das dunkelblonde Haar, das Glitzern in den graublauen Augen, die kleine, weißliche Narbe am rechten Nasenflügel, vor allem aber die *Ausstrahlung* des Terraners machte jede Identifizierung durch technische Hilfsmittel überflüssig.

Mechtan verfluchte im Geiste sämtliche Ahnen, die ihm auf die Schnelle einfielen.

Warum muss ausgerechnet mir das passieren? Verdammt, wie ziehe ich mich bloß aus dieser Affäre? Weiß Rhodan überhaupt, was er uns mit seiner Wahnsinnsaktion eingebrockt hat?

Er wusste es. Sein spitzbübischer Augenaufschlag sprach Bände. »Es tut mir aufrichtig Leid, dass ich dich in eine derart unerquickliche Lage bringe, Admiral von Taklir. Ich hoffe, du wirst sie nicht weiter verschärfen, indem du mich auf Drorah inhaftieren oder aber gegen meinen Willen aus dem System deportieren lässt?«

Mechtans Gedanken rasten. Obwohl die juristischen Grundlagen dafür zweifelsfrei gegeben waren, kam weder das eine noch das andere infrage, wollte man nicht die diplomatischen Beziehungen zu Terra und folgerichtig den Frieden in der Milchstraße auf eine harte Probe stellen. Rhodan hatte den Spieß umgedreht. Er hatte im Prinzip genau dasselbe gemacht wie sie, als sie sein Schiff und das des Haluters an der Peripherie des Blauen Systems festsetzten: vollendete Tatsachen geschaffen. Gegen welche die andere Seite zwar, im Einklang mit allen geltenden Gesetzen und bilateralen Vereinbarungen, vorgehen konnte – allerdings um den Preis, gerade dadurch, dass man auf sein gutes, verbrieftes Recht pochte, als der uneinsichtige, feindselige Part dazustehen und so die Schuld an einer Eskalation auf sich zu laden.

Achab ta Mentec räusperte sich diskret. Nicht zum ersten Mal war Mechtan heilfroh, ihn an seiner Seite zu haben. »Das kann sich zu mehr als bloß einem handfesten Skandal auswachsen«, sagte der Maphan ruhig.

»Oder auch nicht«, gab Rhodan ebenso unaufgeregt zurück. Er lehnte sich, beneidenswert entspannt, mit der Schulter gegen ein Wandregal und verschränkte die Arme vor der Brust. »Es kommt ganz darauf an, wie wir – gemeinsam – meine Anwesenheit in diesem außergewöhnlichen Raumfahrzeug bewerten.«

Was gibt es da herumzudeuteln? Du hast dich hier eingeschlichen wie ein Dieb und Betrüger!, wollte Mechtan auffahren. Er hielt sich gerade noch im Zaum.

»Wen juckt es, auf welchem Weg ich an Bord gelangt bin?«, fragte der legendäre Terraner, als hätte er seine Gedanken gelesen. »Ich bin da. Wir sollten versuchen, das für alle Beteiligten Beste daraus zu machen.«

Achab sagte: »Mit Verlaub, Takhan, ich empfehle, dieses ... Missverständnis unter sechs Augen zu bereinigen.« Er sah Mechtan fragend an.

Der nickte. Sehr wohl war ihm nicht in seiner Haut; immerhin, Achab schien, ganz im Gegenteil zu ihm selbst, einen möglichen Ausweg aus dem Dilemma erspäht zu haben.

»Waffen senken und sichern. Habt Acht, links um, wegtreten«, befahl der Maphan den beiden Wachsoldaten. Nachdem sie hinausmarschiert waren, lud er Rhodan und Mechtan mit einer Handbewegung ein, sich zu setzen. »Ich muss eingestehen, Resident, dass es dir gelungen ist, uns in verblüffend kurzer Zeit zu übertölpeln. Eine beachtliche Leistung, noch dazu in konzertierter Aktion mit Solina Tormas und Eniva ta Drorar.«

Rhodan hob die Augenbrauen. »Ich fürchte, ich kann dir nicht ganz folgen.«

»Die Vorgehensweise der Historikerin wurde nicht mit dir koordiniert?«

»Auch wenn ich dadurch eventuell meine Verhandlungsposition schwäche: Nein, ich habe keine Ahnung davon.«

Achab ta Mentec zögerte kurz. Unschwer war zu erkennen, dass die beiden physisch etwa gleichaltrigen Männer eine gewisse Sympathie füreinander entwickelten. Schließlich rang sich der Maphan, nach einer ermutigenden Geste Mechtans, dazu durch, Rhodans Offenheit zu erwidern, und klärte ihn in knappen Sätzen über das laufende Ultimatum auf.

»Ihr sitzt ganz schön in der Tinte«, kommentierte der Resident trocken und sichtlich amüsiert. »Warum springt ihr nicht einfach über euren Schatten und lasst uns an der Aufklärung des Archen-Rätsels teilhaben?«

Mechtan schnaubte nur.

»Es liegt, wie du dir denken kannst, weniger an uns beiden denn am Regierenden Rat«, erklärte Achab. »Ihm müssen wir eine Lösung anbieten, mit der er das Gesicht wahren kann.«

»Wenn die galaktische Öffentlichkeit erfährt, dass zeitgleich eine kleine Historikerin und ein einzelner, unbewaffneter Terraner die akonischen Hochsicherheitssperren überlistet haben, wird der Gesichtsverlust auf jeden Fall größer sein.«

Und ich bin meine Rangabzeichen los, dachte Mechtan. *Adieu, Traum vom sorgenfreien, geruhsamen Lebensabend, von Müßiggang, Jagdgesang und Hörnerklang, von Familienfeiern im Kreis der Ur- und Ururenkel! Niemand wird mehr etwas mit mir zu tun haben wollen, damit mein Versagen nicht auf ihn abfärbt. Als unehrenhaft Entlassener werde ich gemieden wie die Pest und in Einsamkeit und Armut dahinsiechen.*

»Muss es denn so weit kommen?«, fragte Achab.

»Von mir aus keineswegs«, sagte Rhodan. »Was haltet ihr davon: Wenn der Regierende Rat von Akon vor kurzem die Liga Freier Terraner um Hilfestellung bei der Erforschung der Archen angefragt hätte, inoffiziell, versteht sich, und unter Wahrung größtmöglicher Geheimhaltung gegenüber Dritten; wir im Gegenzug darum gebeten hätten, dass die Besatzung der LAS-TOÓR sowie der Haluter Icho Tolot ebenfalls eingebunden werden – dann wäre doch alles in schönster Ordnung.«

»Ja, wenn!«, stieß Mechtan hervor. »Wenn, wäre, hätte. Hat er aber nicht, der Rat, sondern ganz konträr ...«

Achab unterbrach ihn mit einer entschuldigenden Handbewegung. »Ich glaube, ich weiß, worauf der Resident hinauswill. Falls unsere Außenministerien zusammenspielen, könnte es eben *doch* so gewesen sein. Leider hat sich die Nachrichten- und Befehlsübermittlung ein wenig verzögert ...«

»... aufgrund von Kommunikationsproblemen, wie sie nun einmal auch bei hochentwickelten Technologien wie den unsrigen gelegentlich auftreten«, setzte Perry Rhodan fort. »Nun aber wurden alle Missverständnisse ausgeräumt, und wir können uns gemeinsam mit voller Kraft den Sternenarchen widmen. Die Oberhoheit über die Generationenschiffe bleibt selbstverständlich uneingeschränkt bei Akon. Meine Seite übersendet gern binnen kürzester Zeit eine entsprechende, wohl formulierte Depesche.«

Er schmunzelte. Achab ta Mentec tat es ihm nach.

Zwei Teufelskerle, dachte der Admiral. *So verschieden in Herkunft, persönlicher Geschichte, Lebenserfahrung – und doch vom selben Schlag.*

Natürlich zeigte er seine Bewunderung nicht. Grummelte, ätzte und feilschte stattdessen noch ein wenig herum, das war er seinem Image schuldig. Dann aber nahm er Verbindung mit dem Flottenoberkommando sowie dem Regierenden Rat auf und unterbreitete ihren Vorschlag zur Bereinigung der Krise. Natürlich bedeutete das im Prinzip, dass die akonische Seite klein beigab und Perry Rhodans wie auch Solina Tormas' Forderungen erfüllte. Doch sie tat dies aus einer Position der unangefochtenen Souveränität heraus, und sofern alle Beteiligten dichthielten, wovon man ausgehen durfte, blieb die für die Akonen so immens wichtige äußere Form gewahrt. Offiziell hatten *sie* die Initiative ergriffen, indem sie großzügig die Einladung an Rhodan und Tolot aussprachen. Wie das Ganze tatsächlich abgelaufen war, kümmerte schon morgen keinen mehr. Und Vokabeln wie »Erpressung«, »Ultimatum« und »unerlaubtes Eindringen« würden beide Seiten in diesem Zusammenhang sowieso nie und nimmer verwendet haben.

Nach dem üblichen Hin und Her, Hick und Hack mit einigen notorisch störrischen Ratsmitgliedern wurde letztendlich Takhan Mechtan von Taklirs Empfehlung Folge geleistet. Außerdem ernannte der Regierende Rat den Maphan Achab ta Mentec sowie den Ma-Yidari Jars von Aburrir zu »amtlichen Kontaktbeauftragten für den Umgang mit den von Terra freundschaftlicher Weise zur Verfügung gestellten Hilfskräften«, wie es in der öffentlichen Verlautbarung typisch bürokratisch-holprig und zugleich hochnäsig hieß. Niemand stieß sich daran.

»Herzlich willkommen auf der ACHATI UMA!«, sagte Achab strahlend und schüttelte Perry Rhodan die Hand.

Bald darauf gesellte sich auch Jars zu ihnen. Doch noch bevor sie die Modalitäten ihrer nächsten Schritte besprechen konnten, ereignete sich die nächste Sensation.

Ein dringender Anruf von der UMBERIA ging ein. Der Inhalt der Nachricht ließ Mechtans Blutdruck, der sich gerade erst normalisiert hatte, sofort wieder in die Höhe schnellen.

Die Spezialorter von Achabs Flaggschiff hatten soeben eine weitere lemurische Arche entdeckt, deren Bautyp von den drei bislang bekannten drastisch abwich.

Intermezzo:

Das Geisterschiff

Ich war so schockiert, dass ich mich beinahe durch eine unbedachte Äußerung verraten hätte. »Das kann nicht ...«

... *sein!*, wollte ich den Satz vollenden. *Der Hüter hat in all unseren Gesprächen über das zukünftige Geschehen keine vierte Arche erwähnt!*

Glücklicherweise behielt die Disziplin, die mir in den verschiedensten Epochen Bürde und Harnisch zugleich war, die Oberhand, und ich setzte fort mit »... von Nachteil sein.«

Mittlerweile glaube ich übrigens, dass dem tatsächlich so ist. Der Hüter erzählte mir viel von diesen ereignisreichen Tagen, jedoch selbstverständlich nicht alles. Unwichtiges ließ er beiseite. Ergo kam jener als vierte aufgefundenen Arche keinerlei Bedeutung zu!

Die Logik dieser Schlussfolgerung besänftigte mich, gab mir Ruhe und Sicherheit des Auftretens zurück. Ich denke nicht, dass den drei anderen meine kurzzeitige, leichte Irritation überhaupt aufgefallen ist. Und wenn doch, ließ sie sich als Reaktion auf die unerwartete Neuigkeit deuten.

Der Syntron der UMBERIA lieferte eine erste grobe Skizze des zufällig entdeckten Raumriesen. Augenblicklich erkannte ich die charakteristische, sehr ästhetische Grundform wieder: ein Rotationsellipsoid, dreieinhalb Kilometer lang, 1200 Meter dick. Betrachtete man es von vorn, fiel auf, dass zwei diagonal gegenüberliegende Viertel des kreisförmigen Querschnitts fehlten, wobei die Kanten der verbliebenen Segmente im Anschluss an die Mittelnabe abgerundet waren und sich auch am Perimeter nach innen wölbten. Somit ergaben sich in der Aufsicht ebenfalls wieder elliptische Kurvenstücke. Perry Rhodan verglich das Gebilde mit einem »amerikanischen Fußball« – was immer das sein sollte –, aus dem man der Länge nach zwei Spalten herausgeschnitten hatte. Er mutmaßte stracks, dass sich in diesen Zwischenräumen die Neutrino-Fangvorrichtungen befanden, angeordnet in Lamellen, welche sich permanent asynchron zur Rotation verschoben, sodass sich insgesamt eine ähnlich große Gitternetz-Oberfläche ergab wie bei den anderen Bautypen. Ich hätte die Richtigkeit dieser Überlegungen bestätigen können; hütete mich freilich, solcherart seinen Argwohn zu erwecken.

Die NEANN OCIS also.

Ausgerechnet die NEANN OCIS.

Von allen Archen, deren Geschichte mir bekannt ist, ereilte sie das vielleicht traurigste, tragischste Schicksal. Die LEMCHA OVIR zerschellte im Ichest-System, wie wir inzwischen wissen, doch gab es immerhin eine gewisse Zahl von Überlebenden. Die NEANN OCIS aber war schon vor vielen Jahrtausenden, bei meinem letzten und einzigen Besuch, ein Geisterschiff.

Dabei hatten wir gerade auf sie große Hoffnungen gesetzt. Das innovative, bestechend ausgewogene, wie manche meinten »feminin-elegante« Design mit den zwei nur durch die Mittelnabe verbundenen Lebensbereichen überzeugte damals alle Beteiligten auf Anhieb. Verkörperte dieser wunderschöne Raumflugkörper denn nicht die großen Gegensatzpaare, die unser Leben prägen? Männlich und weiblich, Zufall und Vorbestimmung, Aufstieg und Niedergang, Himmel und Hölle? Dass die Architektin, eine ausgebildete Raumfahrerin, zur Kommandantin berufen wurde, war nur konsequent. Ich selbst überreichte ihr das Gerät, das ihr biologische Unsterblichkeit verlieh, und entsandte sie und ihre 17.000 Köpfe zählende Besatzung hinaus in die Unendlichkeit des Alls. Nach menschlichem Ermessen waren sie bestens gewappnet für die lange Reise, die vor ihnen lag.

Doch sehr groß und weit ist das Universum, vorwiegend wundersam leer, aber auch voll der Schrecknisse. Als ich die NEANN OCIS, so wie andere Archen auch, in der Absicht besuchte, der Mannschaft Aufmunterung und Zuspruch zu geben sowie eventuelle Fehlentwicklungen der Bordgesellschaft zu korrigieren, fand ich niemand mehr vor, den ich hätte aufmuntern können; und nichts, das eine Korrektur noch gelohnt hätte. Dieselbe unbekannte Seuche, die einen Teil der Insassen der OVIR dahinraffte, hatte in der OCIS noch viel furchtbarere Ernte gehalten. Einzig die Naahkin, die ihr Zellaktivator geschützt hatte, war übrig; in überaus bedauernswertem Zustand, geistig verwirrt, dem Alkohol ergeben, den sie permanent in solch großen Mengen zu sich nahm, dass auch der Aktivator ihren aufgedunsenen Körper nicht völlig entgiften konnte.

Jetzt entsinne ich mich wieder, dass mich bei jener Visite der Hüter nicht begleitete, da er in unmittelbarer Nähe eine Reihe hochinteressanter, temporärer hyperphysikalischer Phänomene untersuchen wollte; er hatte mir ein Beiboot seines Schiffs zur Verfügung gestellt. Auf diese Weise blieb ihm die Begegnung mit der Naahkin der NEANN OCIS erspart. Ich selbst war hinterher zu niedergeschlagen, um ihm die Zustände an Bord zu beschreiben, äußerte mich stattdessen ausweichend und nichtssagend. Hätte ich ihm mitteilen sollen, dass ich sogar mit dem Gedanken gespielt hatte, den Autopiloten umzuprogrammieren und die OCIS in eine Sonne stürzen zu lassen? Vielleicht wäre es ja das Beste gewesen, auch für die

Naakhin, doch nichtsdestoweniger Mord, und einen solchen vermochte ich nicht zu begehen. So zog das Geisterschiff weiter seine Bahn ...

... und war nun von den Neutrino-Ortern der UMBERIA aufgespürt worden. Achttausend Lichtjahre vom Akon-System entfernt, in einem unbewohnten, da häufig von Hyperstürmen heimgesuchten Sektor. Die Schilde schienen weitgehend intakt, doch die Geschwindigkeit betrug nur noch rund 30 Prozent Licht. Ohne parapsychisch begabte Besatzungsmitglieder konnten unmöglich sowohl Dilatationsflug als auch Ortungsschutz aufrecht erhalten werden. Wer immer die Arche steuerte, die Naahkin oder der Bordrechner, hatte sich offenbar für Letzteres entschieden, und so hatte die Arche über Jahrhunderte hinweg an Fahrt verloren.

Admiral Mechtan von Taklir, wie immer leicht überfordert, wenn es um mehr als Fliegen und Schießen ging, erbat Vorschläge, was angesichts der schon wieder veränderten Situation zu unternehmen sei. Perry Rhodan stellte klar, dass er sich gleichwohl mit PALENQUE, LAS-TOÓR und HALUT nach Xölyar begeben wollte. Die »neue« Arche könne warten, meinte er; nach wie vor stelle die ACHATI UMA sein primäres Ziel dar. Warum, war mir völlig klar, auch wenn er es nicht dezidiert aussprach: Er hoffte, Levian Paronn darin zu entdecken, oder wenigstens Spuren, die zu dessen Aufenthaltsort wiesen.

Der Terraner ahnte nicht, dass er ihm Auge in Auge gegenüberstand ...

Ich gestehe, geliebtes Diarium, in diesem Moment ein Gefühl der Überlegenheit empfunden zu haben. Sogleich ermahnte ich mich zu erhöhter Vorsicht; und zu Demut, die mir besser ziemt, da doch die Stunden der Entscheidung unmittelbar bevorstehen. Hochmut kommt vor dem Fall, bewirkt ihn nicht selten erst; Hybris hat schon manchen scheinbar perfekten Plan zum Scheitern gebracht.

Der andere frisch ernannte »Kontaktbeauftragte«, mein sich so sicher fühlender Nebenbuhler um Aykalies und des Rates Gunst – als ob mir daran gelegen wäre! Er konnte beides mit Handkuss haben, die Frau und den Ratssitz! – regte an, dass wir erst einmal mit der UMBERIA die neu entdeckte Arche anfliegen, deren Zustand erkunden und danach zur UMA zurückkehren sollten. Ich willigte ein; konnte ja nicht gut enthüllen, dass wir dort nichts vorfinden würden als höchstens eine arme, trunksüchtige Geisteskranke.

Während ich dich, mein Diarium, in der Abgeschiedenheit der Kabine auf den aktuellen Stand bringe, befinden wir uns im Metagrav-Flug auf dem Weg dorthin. Muss mich sputen, die kurze Etappe wird bald beendet sein. Sorge, die Naahkin der OCIS könnte mich erkennen und enttarnen, hege ich nicht. Ich habe mein Erscheinungsbild verändert; habe mir, seit ich im Blauen System aktiv bin, auch ein anderes Auftreten angeeignet, eines, das zu meiner Rolle passt. Mit dem Levian Paronn von früher verbindet mich äußerlich wenig.

Und innerlich? Kann ich mit Bestimmtheit sagen, dass ich noch derselbe bin wie jener Mann, der sein Volk zu den Sternen führte? Der die Archen bauen ließ und auf Kurs brachte? Der selbst ebenfalls von Lemur startete und Jahrzehntausende später Akon erreichte – wenn auch nicht auf dem Weg, den er ursprünglich hatte nehmen wollen?

Ich weiß es nicht.

Sehr groß und weit ist das Universum, voller ungeahnter, unbegrenzter Möglichkeiten, und nur die Zeit kennt die Antwort auf alle Fragen.

10

Eine Verzweiflungstat

Zwei Tage vor Wintermondgleiche, im Garten Ehedem

Boryk litt.

Unter Einsamkeit sowieso. Seit Duani gestorben war, hatten sich ihm oftmals Frauen als Partnerin dargeboten. Mit einigen hatte er sich vergnügt, ein wenig getröstet, ganz gut unterhalten; und dann, nach kurzen Stunden oder Tagen, im schönsten Einvernehmen wieder getrennt. Keine kam an Duani heran. Und wenn doch die Gefahr bestand, eine Neue könnte seine Erinnerung an die Gefährtin mit den dunklen, fingerlangen, krausen Haaren, dem kantigen Kinn und den hübsch weit abstehenden Ohren zu überlagern beginnen, so gab er ihr keine Chance dazu.

Auch eine gewisse Langeweile hatte sich schon vor vielen Zyklen in sein im Wesentlichen immer gleich verlaufendes Leben eingeschlichen. Kinder kamen zur Welt – statistisch gesehen mehr denn je –, sorgten in ihrer kurzen, stürmischen Pubertät für Aufregung, bewältigten die Queste oder empfingen als Mädchen ihrerseits, vor ungestümer Lebenslust zitternd, die jugendlichen Abenteurer aus der Jenseite; um sich bald danach willig in den Alltagstrott einzufügen, die Felder zu bestellen oder den Silbernen Berg zu durchforsten, sich einigermaßen endgültig zu verlieben und wie nebenbei Kinder zu zeugen ... Womit alles wieder von vorn begann, während es sich zugleich für die ältere Generation langsam dem Ende zuneigte. Die Welt war rund, wohlgerundet wie ehedem Duanis Brüste. Und sicher; sicher nicht überraschend. Auch unter dieser Sicherheit litt Boryk.

Aber die vertrauten, ihm in Protein und Lebenssaft übergegangenen Leiden waren es nicht, die ihn beunruhigten.

Seit kurzem litt er *körperlich.*

Ungewohnte, fast vergessene Gefühle quälten ihn, suchten ihn plötzlich heim in der Stille der Nacht, raubten ihm als Stechen und Ziehen den Schlaf, als Drücken und Pochen. Wenn er den so oft mit Leichtigkeit begangenen Steig zum vertikalen Dorf noch nicht einmal zur Hälfte hinter sich gebracht hatte, musste er keuchend innehalten, und kleine grellweiße Punkte tanzten vor seinen Augen. Stieg er hinab zum Festplatz, weil eine Feier bevorstand, bei der seine Anwesenheit erwartet wurde, war er froh, wenn er sich, ohne erkennbar zu straucheln, bis zu einem der Lautsprecher-Menhire retten konnte; an ihn geklammert schnappte er dann nach Luft und wendete alle verbliebene Kraft dafür auf, sein Gleichgewicht und seine Selbstbeherrschung zurückzuerlangen.

Wurde er etwa *alt*? Wurde er etwa *krank*?

Unmöglich. Das Amulett der traurigen Göttin hatte ihn so erhalten, wie er gewesen war, als er die Naahkin, aus der Hölle kommend, im Engelland getroffen und besiegt hatte: kaum der Krippe entwachsen, nicht viel größer als ein Kind, mit einer Haut, glatt wie die Schale der blauen Paradiesfrucht. Vielleicht siebzehn Haare am ganzen Unterkörper. Keine einzige Falte, keine einzige ermüdete Faser im Leib. Jung, für immer jung.

Und doch ...

War es denkbar, dass das Amulett an Stärke verlor, und ihm deshalb ebenfalls die Kräfte schwanden?

Ja. Alles war denkbar.

Boryk fürchtete den Tod nicht. Dazu hatte er ihn schon

zu oft herbeigesehnt. Dass das Ende seiner Existenz plötzlich wieder Thema war, beflügelte ihn sogar. Er brachte die Zeremonie – irgendeine Einweihung irgendeines Erntetiers, inklusive Segnung aller anderen Roboter, wenn man schon dabei war – routiniert hinter sich. Dann ging er, sobald die Menge sich zerstreut und er die Mädchen abgewimmelt hatte, die ihm kokett ihre spärlichen Reize offerierten, los in Richtung Horizont. Vorbei an den Ställen, den Beerenhecken und Hainen; über Wiesen und Savannen, den trügerischen Sümpfen und Dünen ausweichend. Bis zum Strand.

Er grub sich eine Kuhle im Sand. Stellte sich vor, wie die kristallinen Körner damals in seine Lederhose rieselten, sich zwischen seinen Zehen einnisteten. Wie seine liebe Mama ihm einschärfte, nur ja nicht ohne Schwimmwülste am Rand des Wassers zu spielen, und sei es noch so seicht. Wie Gujnar ihn natürlich trotzdem hinauslockte, nur damit Rautsh ihn demütigen konnte. Wie er, unschuldig und sündig zugleich, ohne nachzudenken die Frage gestellt hatte, die ihn vollends zum Außenseiter machte.

Was liegt eigentlich hinter dem Horizont?

Boryk hatte vorgehabt, seinen schmerzenden Körper zu einer letzten Anstrengung zu verführen. Endlich die Antwort zu verlangen; gegen die Strömung zu schwimmen, so schwer es ihm auch fiel, bis zur Grenze der Welt. Doch jetzt fühlte er sich zu schwach dazu, schwächer als jemals in den vielen vergangenen Jahren. Er rollte sich in seiner Sandburg ein, vergrub die Füße in den Kieseln, genoss die Feuchte, die seine Qualen milderte. Betrachtete müde das Ufer, das Meer, die Himmelslinie.

In der sich eine Luke öffnete. Ein Geviert, dunkler als die Nacht, und dann unversehens gleißend hell.

Silhouetten schoben sich daraus hervor, hoben sich davor ab. Silhouetten von Riesen.

Und sie schwebten auf ihn zu.

Sein erster Gedanke war, dass ihn die Vergangenheit einholte. Spät, aber doch ereilte ihn die Strafe dafür, dass er die Naahkin in den Tod getrieben und sich ihr Amulett angeeignet hatte. Irgendwie hatten diese anderen Riesen davon erfahren, und nun waren sie gekommen, um Vergeltung zu üben.

Von Panik ergriffen, wühlte er sich in den Boden, so tief er nur konnte, schichtete einen Wall aus Sand und Geröll vor sich auf, bis auch sein Kopf zur Gänze dahinter verschwunden war. Wagte nicht zu atmen aus Furcht, das Rasseln seiner Lungen könnte ihn verraten. Hörte die sich rasch nähernden Riesen reden, in einer ihm unverständlichen Sprache. Nur einige Brocken schnappte er auf, die wie »Maffan«, »Majittri« und »Matekten« klangen. Das waren seine Titel. Kein Zweifel, sie suchten ihn! Er duckte sich noch tiefer, drückte das Gesicht gegen den Wall. Unwillkürlich formulierte er ein Stoßgebet an die Schöpfergottheit – bis ihm einfiel, dass keine Göttin mehr existierte in Himmel und Hölle, und dass er selbst Schuld daran trug.

Die Stimmen der Riesen entfernten sich wieder. Erst als er sie nicht mehr hörte, wagte Boryk, über den Rand seines Verstecks zu spähen. Die Grauen erregend großen Gestalten, vier an der Zahl, flogen auf das Dorf zu. Sie trugen kugelrunde Helme auf dem Kopf und weite Gewänder, die entfernt an jene der Tennoi erinnerten, waren also wohl ebenfalls Schutzmänner. Das passte zu ihrem Auftrag, den Verbrecher Boryk einzufangen und abzustrafen.

Was sollte er bloß tun? Die Riesen wirkten unbezwingbar. Furchtbar stark mussten sie sein, denn sie schleppten mühelos mehrere Kisten mit sich, die fast so groß waren wie manche der kleineren Hütten. Mit Sicherheit würden alle Dorfbewohner zusammen nichts gegen diese vier Giganten ausrichten können, selbst wenn Boryk seinen Leuten eingab, ohne Rücksicht auf Verluste zu kämpfen.

Die Fähigkeit, anderen seinen Willen aufzuzwingen, nützte ihm ebenfalls nichts gegen die Riesen. Er sprach ja ihre Sprache nicht – somit konnte er ihnen auch keine Befehle erteilen! Seit seiner Kindheit hatte sich Boryk nicht mehr so schwach und hilflos gefühlt.

Inzwischen hatten die hünenhaften Schutzmänner das Dorf erreicht, gingen nieder und verschwanden hinter Hügeln, Bäumen und Menhiren aus seinem Blickfeld. Boryk stand auf, klopfte mechanisch den Sand von seiner Kleidung. Was sollte er tun, wohin sich wenden? Kein Ort im ganzen Himmel fiel ihm ein, wo er sich hätte dauerhaft verstecken können. Im Silbernen Berg war er genauso wenig sicher wie in den Klippen. Nicht einmal, über den Vulkan ins Engelland oder auf die Jenseite zu fliehen, hätte etwas gebracht. Hatte die Naahkin nicht behauptet, die Welt sei von ihr und anderen ihrer Art erbaut worden? Es bestand kein Grund, an den Aussagen der Göttin zu zweifeln; auch die Worte der Heiligen Folie hatten sich schließlich als wahr erwiesen. Wenn sie aber zu den Schöpfern gehörten, dann kannten die riesenhaften Rächer jeden Winkel der Welt zehnmal besser noch als er selbst.

Was geschah wohl in diesen Augenblicken im Dorf? Trieben sie die Bewohner zusammen, brüllten sie seinen, Boryks, Namen? Bedrohten sie seine Leute, prügelten und folterten sie, weil sie nicht verrieten, wo der Gesuchte steckte? Durfte er derlei überhaupt zulassen? Sein armes Volk konnte ja nichts dafür, hatte nicht den geringsten Anteil an seiner Missetat! Sollte er sich nicht lieber stellen, um Schaden von Unschuldigen abzuwenden?

Unentschlossen, zögerlich wie zuletzt vor Ewigkeiten, als er seine Queste begonnen hatte, bewegte Boryk sich auf das Dorf zu. Da er sich noch zu keiner Entscheidung durchgerungen hatte, nutzte er jede Deckung aus, huschte von Fels zu Busch, von Stall zu Honigstock. Immerhin ertönten weder Schreie noch andere Geräusche, die auf

Kämpfe oder Züchtigungen hindeuteten. Stimmen allerdings vermeinte er zu hören, als er näher herangeschlichen war, auch die tiefen, dröhnenden der Riesen.

Und jetzt konnte er plötzlich verstehen, was sie sagten!

»... keine Angst vor uns zu haben, wir sind Freunde. Sogar in gewisser Weise Verwandte. Seht ihr, wir sehen ganz ähnlich aus wie ihr, sind nur doppelt so groß. Aber daran werdet ihr euch bald gewöhnt haben. Tretet näher, wir tun euch nichts. Ihr könnt uns auch gern berühren und betasten, wenn ihr wollt. Flößen euch unsere Raumanzüge Unbehagen ein? Wir würden sie ablegen, doch das dürfen wir leider nicht. Wisst ihr, ihr macht einen recht gesunden Eindruck; trotzdem könntet ihr Krankheitserreger an euch tragen, die für uns gefährlich sind. Später, wenn wir uns besser kennen gelernt haben, werdet ihr vielleicht erlauben, dass wir den einen oder anderen untersuchen. Aber wir wollen nichts überstürzen ...«

Dann kam, was Boryk die ganze Zeit befürchtet hatte. Einer der Riesen fragte: »Sagt einmal, befindet sich unter euch jemand, den ihr Naahk oder Naahkin nennt? Vielleicht lebt er oder sie ja nicht hier im Dorf, sondern anderswo, dort oben zum Beispiel?«

Und eine helle Stimme, die er als die einer Enkelin Gujnars identifizierte, antwortete: »Unser Maffan und Majittri, und auch Matekten der Leute vom Berg, ist Boryk der Ewigjunge. Den müsst ihr fragen, der weiß alles!«

Ach! Er fand es ja schön, dass sie so stolz auf ihn war und so große Stücke auf ihn hielt. Aber musste sie das den Riesen-Schutzmännern unbedingt auf die Nase binden?

»Wo finden wir diesen Boryk?«

»Vor kurzem war er noch hier. Er ist zum Strand gegangen, glaube ich. Ihr seid doch von dort hergekommen, habt ihr ihn denn nicht gesehen?«

Und dann schnatterten gleich ein Dutzend Bewohner des Gartens Ehedem durcheinander, prahlten mit Boryks

Klugheit und Umsicht, rühmten seine Taten, beschrieben ihn und die Hütte, die er bewohnte, auf halbem Weg zwischen hier und dem vertikalen Dorf im Berg ... Die Riesen hörten geduldig zu, fragten nur selten nach. Dass er viel länger lebte als alle anderen und überhaupt nicht alterte, schien sie allerdings brennend zu interessieren; auch sein Amulett ließen sie sich genauestens beschreiben. Es drehte sich also doch darum. Ganz, wie er vermutet hatte! Dennoch horchte Boryk auf; und je öfter die Riesen nachfragten, desto nachdenklicher wurde er. Verstellten sie sich, oder hatten sie tatsächlich nicht von vornherein über ihn Bescheid gewusst? Was sollte er bloß von alledem halten?

Wenigstens sah es derzeit so aus, als beabsichtigten die Schutzmänner nicht, irgendjemandem ein Leid zuzufügen. Sie übten auch keinerlei Druck auf die Dorfleute aus, waren sogar eher bemüht, diesen die Angst zu nehmen.

Sollte er sich ihnen offenbaren? Oder lieber noch ein Weilchen beobachten, abwarten, wie sich die ganze Sache entwickelte?

Ein neuerlicher Schwächeanfall enthob ihn der Entscheidung, übermannte ihn plötzlich und mit viel mehr Wucht als zuvor, raubte ihm beinahe das Bewusstsein. Seine Glieder wurden taub. Ihm war, als drohe sein Leib zu zerfallen, als hielte ihn nur noch die schiere Todesangst zusammen. Er sah und hörte nichts mehr, verspürte auch keinen Schmerz, jedoch konnte er sich des Eindrucks nicht erwehren, dass er kurz davor stand, sich aufzulösen. Grässlich war das, ungleich schlimmer noch als damals die Durchleuchtung im Korridor, der zur Göttin geführt hatte. Wie lange es dauerte, bis der Anfall nachließ und endlich ganz verebbte, konnte er kaum abschätzen; einige Minuten aber sicher.

Während er vorsichtig Finger und Zehen ballte und spreizte, die kribbelten, als wären sie eingeschlafen, kam ihm ein Gedanke. Hing sein Zustand möglicherweise mit dem Erscheinen der Riesen zusammen? Aber nein, er war schon einige Tage davor ausgelaugt und zerschlagen gewesen, obwohl er reichlich geschlafen hatte, länger sogar als sonst.

Nachdem er sich vergewissert hatte, dass sein Körper wieder passabel funktionierte, schlich er weiter. Er schlug einen Bogen um die Hütten und näherte sich, auf allen vieren durch den Ölbaumhain kriechend, dem Festplatz von der Bergseite her, sodass er das Geschehen aus einer leicht erhöhten Position überblicken konnte. Die gesamte Bevölkerung war ausgerückt, vom Wickelkind bis zum Greis, und stand in einem großen Kreis um die Riesen. Zwei von diesen sprachen, leiser jetzt, mit verschiedenen Dörflern. Beide hatten sich auf den Lehmboden gesetzt; einer hielt sogar ein Kind auf dem Schoß, ein Mädchen. Die beiden anderen Schutzmänner waren damit beschäftigt, ein merkwürdiges Bauwerk zu errichten. Aus absonderlich geformten Teilen, die sie den mitgebrachten Kisten entnahmen, setzten sie mit raschen, geübten Handgriffen eine Art übergroßes Portal zusammen, allerdings ohne Torflügel oder einen zugehörigen Zaun. Das ergab für Boryk keinen Sinn. Doch sie schienen zu wissen, was sie taten. Als sie, mit dem Ergebnis ihrer Arbeit zufrieden, zwei Schritte zurücktraten, flammte in dem Bogen ein seltsames, grünes Leuchten auf. Nie zuvor hatte Boryk etwas Vergleichbares gesehen. Er konnte seinen Blick kaum von dem unwirklichen Licht lösen, obwohl seine Augen zu tränen begannen.

»Die Verbindung zu Xölyar steht, Maffan!«

Boryk bemerkte, dass der Riese zweistimmig redete. Aus seinem Mund kam das Kauderwelsch, von dem er nur »Maffan« verstand. Aus einem Kästchen an seinem Gürtel aber erklang, etwas lauter, unmittelbar darauf der Satz in Menschensprache. Was er bedeuten sollte, blieb Boryk freilich verborgen.

»Ausgezeichnet, Maateechten«, antwortete der Maffan.

»Bring die gesammelten Proben zur Analyse ins Labor. Je eher wir wissen, ob diese Arche ebenfalls kontaminiert ist, desto besser.«

Auf einmal begriff Boryk. Maffan, Matekten ... Dann war der Dritte, der leise mit dem Mädchen plauderte, vermutlich der Majittri! Sie hatten früher, unten am Strand, gar nicht ihn gemeint, sondern sich mit ihren Amtstiteln angesprochen. Er hatte sich umsonst Sorgen gemacht.

Erleichtert erhob er sich, trat aus seiner Deckung und lief den Abhang hinunter.

Sein Volk jubelte ihm zu, als es seiner ansichtig wurde, und machte respektvoll Platz, damit er in den Kreis zu den Riesen treten konnte. Im selben Moment ging der Matekten-Gigant zum grün leuchtenden Bogen ... und verschwand, als hätte er sich in Luft aufgelöst!

»Was ... was ist das?«, stammelte Boryk.

»Ein Fern-Stoff-Sender«, kam die Antwort aus dem Kästchen am Gürtel des Majittri. »Durch dieses Tor gelangt man an einen völlig anderen, sehr weit entfernten Ort ... Du wirkst jugendlich, Boryk, doch deine Untertanen, die dich überaus schätzen, haben uns erzählt, du hättest schon ihre Großeltern gekannt.«

»Das ist richtig. Du musst nicht mit mir reden, als wäre ich ein Kleinkind.«

Der Riese lachte hinter seiner durchsichtigen, überhaupt nicht spiegelnden Helmscheibe. »Entschuldige bitte. Ich wollte dich nicht beleidigen. Mein Name ist übrigens Jars; meine Begleiter heißen Achab und Bront. Du verfügst also über gehörig Lebenserfahrung, hast auch die Jenseite besucht, wie uns berichtet wurde. Kannst du dir vorstellen, dass eure Welt nicht die einzige ist, dass es vielmehr unzählige andere, meist erheblich größere Welten gibt?«

»Darüber habe ich nie nachgedacht ... Aber ja, warum nicht?«

»Sehr gut. Siehst du, zu einer solchen anderen Welt, eigentlich einem Mond namens Xölyar, führt dieses Tor.«

»Dort befindet sich unsere Flottenbasis«, ergänzte der Maffan namens Achab, »eine Kaserne, der ein Heeresspital und mehrere militäreigene wissenschaftliche Forschungs-Institute angegliedert sind, unter anderem eines für biologische Kriegsführung.«

»Aha.« Dieser Riese verwendete viel mehr Wörter, die Boryk nur teilweise erfassen konnte. Deshalb mochte er ihn nicht so sehr; der andere, der sich Jars nannte, war ihm lieber. »Kann ich so ein Kästchen haben, das sowohl eure als auch unsere Sprache spricht?«, fragte er ihn.

»Einen Translator?« Wieder lachte der Majittri. »Gute Idee. Bront, wärst du bitte so nett, unserem Freund Boryk den deinigen zu überlassen, quasi als Gastgeschenk?«

Der dritte Schutzmann montierte das Kästchen von seinem Gürtel ab, tippte darauf herum, beugte sich zu Boryk herunter und reichte es ihm grinsend. Die Dörfler johlten und klatschten vor Begeisterung.

»Schönen Dank«, sagte Boryk.

Das Kästchen gab fast gleichzeitig Laute von sich, die gar nicht so viel anders klangen, nur irgendwie zerdehnt, viel weicher und dunkler. Dass eine Ähnlichkeit bestand, erschien ihm logisch. Menschen und Riesen waren verwandt, hatte einer von ihnen behauptet. Und stand nicht auch in der Heiligen Folie, dass die Bewohner von Himmel und Hölle nach dem Bild der Götter erschaffen worden waren? Die Naahkin hatte das bestätigt. An sie wollte Boryk jetzt aber nicht denken. Er befestigte das Kästchen an seinem Hosenbund, indem er die auf der Rückseite angebrachten, biegsamen Haken durch zwei Gürtelschlaufen fädelte.

»Ich nehme an«, ergriff wieder Achab das Wort, »du kannst mir nichts über den Hyperfunkimpuls sagen, der abgestrahlt wurde, unmittelbar nachdem wir eure Arche betreten haben?«

Wieder verstand er die meisten Vokabeln, doch im Satz ergaben sie für ihn keinen Sinn. Hilfe suchend sah er den Majittri an.

»Natürlich nicht. Du überforderst ihn«, sagte dieser mit, wie Boryk vorkam, tadelndem Unterton zum Maffan. Überhaupt schien zwischen den beiden eine gewisse Spannung zu herrschen. Das war ganz normal und früher auch im Dorf so gewesen, bevor er beide Ämter in seiner Person vereinigt hatte.

Oh nein, nicht jetzt!, schrie er im nächsten Moment in Gedanken auf. Ein schneidender Schmerz zwischen seinen Schulterblättern kündigte einen neuen Anfall an.

Zu allem Überdruss lenkten die Riesen nun auch noch das Gespräch auf jenes Thema, das ihm mit Abstand am unangenehmsten war. »Du verdankst deine Langlebigkeit dem Gerät, dessen Umrisse sich unter deinem Hemd abzeichnen, ewigjunger Boryk, nicht wahr?«, fragte Achab. »Magst du uns sagen, wie du dazu gekommen bist?«

Nein, das wollte er eigentlich nicht. Verzweifelt zermarterte er sich das Hirn, suchte nach einer Ausrede. Zugleich kroch die Schwäche sein Rückgrat hinab, begann sich im ganzen Rumpf auszubreiten, und panische Todesangst mit ihr.

»Lass dir Zeit«, sagte Jars, der Majittri. »Niemand drängt dich. Du musst jetzt auch gar nicht antworten, wenn du nicht willst.«

Das sollte wohl einfühlsam klingen. Für Boryk schwang dennoch eine unterschwellige Drohung mit: *Wenn du nicht auf der Stelle gestehst, dann eben später. Wir haben es nicht eilig, weil wir sowieso am längeren Hebel sitzen. Du entkommst uns nicht, kleiner Mann. Wohin könntest du schon flüchten?*

Die Panik und die Schwäche sanken in seine Oberschenkel hinab und wallten zugleich in seiner Brust hoch bis zum Hals. Nein, er hatte eben fast *keine* Zeit mehr! In Kürze würde ihn der Schwächeanfall niederwerfen, und das vor den Augen des ganzen Dorfes. Das musste er unbedingt vermeiden. Für sein Volk stellte er einen Fixpunkt dar, an dem es sich orientieren konnte, so zuverlässig wie die Gestirne am Firmament, immerwährend wie die Vulkanklippen, das Meer und der Horizont. Wenn er mitten unter einem Gutteil seiner Schützlinge zusammenbrach, das Bewusstsein verlor, vielleicht gar starb, würde sie das über alle Maßen verunsichern. Diesen Schock durfte er ihnen nicht antun, nicht jetzt, da ihr Weltbild ohnehin schwersten Erschütterungen ausgesetzt wurde.

Er musste sich zurückziehen, jetzt sofort, noch bevor der Anfall ihn vollends überwältigte. Doch das würden die Riesen, die begierig die Stelle auf seiner Brust angafften, wo das Amulett der traurigen Göttin hing, nicht zulassen. Ihrer Körpersprache, die der menschlichen erstaunlich glich, entnahm er, dass sie bereits ungeduldig wurden. Sie gaben zwar vor, tolerant und langmütig zu sein. Pah! In Wirklichkeit brannte ihnen die Zeit unter den Nägeln; sie wollten sich hier nicht mehr lange aufhalten, sondern möglichst bald wieder dorthin zurückkehren, woher auch immer sie gekommen waren. Nein, von ihnen war kein Verständnis zu erwarten, so sehr sie ihm das auch vorzugaukeln versuchten.

Er musste weg, weg von hier. Aber wie? Um aufzuspringen, loszusprinten, davonzulaufen, sich hinauf in die Klippen zu retten, sich wenigstens so lange in einem der Stollen des Silbernen Bergs zu verkriechen, bis der Anfall überstanden war, hatte er nicht einmal annähernd genug Kraft. Schon nach wenigen Metern würde er umkippen und niederstürzen. Und die Riesen würden ihm keine Ruhe lassen, würden weiter in ihn dringen, ihn nach der Naahkin fragen und nach dem Amulett. Es war ein Fehler gewesen, sich ihnen anzuvertrauen. Wer sollte sie daran hindern, ihm die Kette einfach abzunehmen, wenn er nicht mehr in der Lage war, ihnen eine befriedigende Antwort zu geben?

Boryk litt. Todesangst und bleierne Mattigkeit rauschten in seinen Knochen; die Lähmung fing an, seine Muskeln zu ergreifen. In seinen Adern und Venen aber begann das kalte Fieber aufzusteigen. Das Feuer.

Die Macht.

Er hatte sie lang nicht mehr eingesetzt. Die Angehörigen seines Volkes befolgten seine Anweisungen auch so, stellten die Weisheit seiner Entschlüsse schon seit vielen Jahren nicht mehr infrage. Vermochte er überhaupt noch kontrolliert damit umzugehen? Durfte, konnte er die Macht auf die Riesen anwenden?

Müßige Überlegungen, sinnlose Zweifel. Geschwächt und unter extremem Zeitdruck, erlaubte sich Boryk keine Skrupel. Er schlug zu, hart, gnadenlos, überfallsartig; mit allem, was er hatte.

Sie ächzten auf, leisteten Gegenwehr. Kurz. Wankten, und sofort setzte er nach, ergoss die Lava seiner Willenskraft über sie, sengte jeglichen Widerstand hinweg. Sein Blick trübte sich, der Anfall war schon ganz nahe, Boryk konnte die Riesen nicht mehr voneinander unterscheiden.

Egal. Jetzt oder nie.

»Steht auf!«, befahl er ihnen, und sie gehorchten. »Gebt mir, was ich benötige, um mich in der anderen, fernen Welt zurechtzufinden!«, forderte er. »Schenkt mir das Wertvollste, was ihr habt. Schnell!«

Die Riesen öffneten ihre Anzüge, stocherten darin herum. Einer entblößte seine Brust und griff nach einem Amulett, sehr ähnlich dem der traurigen Göttin.

»Nein, das nicht«, schrie Boryk. »Das habe ich schon. Besitzt ihr nicht etwas wie eine Heilige Folie, in der geschrieben steht, wie diese Welt beschaffen ist?«

Sein Gesichtsfeld verengte sich. Teerige Schwärze, lichtloser als jede Nacht, floss von den Rändern her gen Mitte. Die Riesen überreichten ihm kleine Gegenstände, welche er, ohne sie näher zu betrachten, in seine Taschen stopfte. Er trug ihnen auf, ihn und den ganzen Vorfall zu vergessen. Sie hatten ein Spital erwähnt, also eine Hütte, in der Heiler praktizierten. Er brauchte Hilfe, oder zumindest einen Schlupfwinkel.

Mit größter Anstrengung einen Fuß vor den anderen setzend, torkelte er auf den sirrenden Torbogen zu. Und fiel mehr, als er ging, in das grüne Leuchten hinein.

11

Tod einer Technikerin

27. April NGZ, Akon-System

»Der Hüter, der Hüter!«

Wohin sie auch kamen, Icho Tolot erregte gewaltiges Aufsehen. Die Archenbewohner, an sich vernünftige und disziplinierte Leute, folgten ihnen in Scharen. Jeder wollte den vierarmigen Koloss mit eigenen Augen sehen, obwohl sein Besuch im Bord-Fernsehen übertragen wurde und man im Vorfeld mehrfach betont hatte, dass es sich nicht um den »echten« Hüter handelte.

Aykalie von Taklir führte die terranische Delegation, zu der auch der Haluter gerechnet wurde, sowie ihre beiden ehemaligen Kontrahentinnen Solina Tormas und Eniva ta Drorar durch die Wohnbereiche der ACHATI UMA. Das Zusammentreffen mit der Historikerin und der ausnahmsweise einmal dezent gekleideten Netzwerkspezialistin war ein wenig unterkühlt vonstatten gegangen. Nach dem ersten Informationsaustausch hatte Solina aber offenbar eingesehen, dass hochadlige Abstammung und fachliche Kompetenz einander nicht ausschließen mussten, und es hatte sich ein kollegiales Verhältnis zwischen ihnen entwickelt. Inzwischen freuten sich beide, jemand gefunden zu haben, der die Faszination für die lemurische Frühgeschichte teilte. Freilich blieb ein Rest des unter Wissenschaftlern verwandter

Fachgebiete üblichen Argwohns und Konkurrenzdenkens spürbar.

Perry Rhodan und seine Begleiter verhehlten ihr Erstaunen darüber nicht, wie unspektakulär sich das Leben auf der ACHATI UMA gestaltete. »Man könnte meinen, durch eine Kleinstadt zu spazieren, die aus fünf großen Hochhäusern mit integriertem Einkaufs- und Freizeitzentrum besteht«, konstatierte der Terranische Resident kopfschüttelnd. »Kaum zu glauben, dass dieses Habitat vor fünfundfünfzigtausend Jahren erbaut wurde.«

»Du kannst dir gar nicht vorstellen, welche Fundgrube für uns Historiker gerade diese Arche darstellt«, schwärmte Solina. »Durch den dank der deutlich ausgefeilteren Technik viel problemloser verlaufenen Flug hat sich in der UMA die lemurische Kultur unverfälschter erhalten als in der NETHACK ACHTON oder der LEMCHA OVIR. Dieses Schiff zu betreten, kommt einer Zeitreise gleich.«

»Andererseits darf man nicht übersehen, dass die Gesellschaft an Bord relativ stark militärisch geprägt und also nicht unbedingt repräsentativ ist«, schränkte Aykalie ein. »Das Gros der ursprünglichen Besatzung rekrutierte sich aus der damaligen Raumflotte. Bis heute, rund fünfundzwanzig Generationen später, wurde eine klare hierarchische Struktur bewahrt. Allerdings fehlt seit langem der Mann an der Spitze.«

»Levian Paronn«, sagte Rhodan.

»Genau. Die Position des Kommandanten blieb seither unbesetzt, der höchste Rang war der seines Stellvertreters. Wie ihr es gewünscht habt, werden wir in Kürze mit dem Amtierenden, der übrigens keinen Zellaktivator trägt, und einigen weiteren Führungsoffizieren eine Konferenz abhalten.«

Sie durchquerten eine hohe, weitläufige Halle, die wie der Hauptplatz einer städtischen Fußgängerzone gestaltet war. Es gab Sitzbänke, Blumenrabatten, mehrere Springbrunnen ... und im Zentrum ein lebensgroßes

Denkmal aus marmoriertem Kunststoff, das den Hüter darstellte.

Einen Haluter.

In exakt demselben roten Kampfanzug, den Icho Tolot trug.

Die Ähnlichkeit war frappierend. Jedes Detail stimmte überein. Kein Wunder, dass die Menge, die sich um das Denkmal versammelt hatte, in Begeisterungsstürme ausbrach, als Tolot auf sie zu stampfte.

»Mir scheint, hier bist du ja sogar noch populärer als auf Terra, mein Freund«, scherzte Perry Rhodan.

»Aus dir spricht die Eifersucht, weil dich an diesem Ort keiner kennt und du daher für einmal nicht im Mittelpunkt stehst«, gab der Haluter zurück. Er machte gute Miene zum nicht bös gemeinten Spiel, winkte den Lemurern zu, berührte vorsichtig die ihm entgegengereckten Hände, ließ sich sogar Kinder reichen und schaukelte sie sanft auf seinen gewaltigen Armen.

»Du gäbst einen tollen Weihnachtsmann ab«, flachste Perry hinterher. »Den roten Anzug hast du eh schon, fehlen nur noch der weiße Bart und die Zipfelmütze ...«

»Ho, ho, ho.«

Die Konferenz fand in einem kleinen Mehrzwecksaal statt und brachte kaum Neues. Rhodan fragte wie erwartet nach dem Logbuch der Arche, doch dieses enthielt nur die trockenen technischen Flugdaten und keinerlei Hinweis auf den verschollenen Kommandanten. Einer der Offiziere gab an, seine Oma habe von deren Großmutter die Geschichte gehört, dass Levian Paronn eine Art Tagebuch geführt hätte. Aber dieses Diarium, das ihm sehr viel bedeutete, habe er immer bei sich getragen und mitgenommen, als er die Arche mit dem Hüter und dessen Schiff verließ.

Nachdem sie dem Stellvertretenden Kommandanten und seinen Offizieren gedankt und sich von ihnen verabschiedet hatten, bat Icho Tolot darum, die Kabine aufsuchen zu dürfen, die dem Hüter zur Verfügung gestanden war. Auch damit hatte Aykalie gerechnet. »Ich zeige sie euch gern. Ihr werdet jedoch enttäuscht sein, denn viel gibt es nicht zu sehen. Er hat den Raum kaum benutzt, da er ja in seinem eigenen Schiff gewohnt hat.«

»Das leuchtet ein«, grollte Tolot. »Ich würde es ebenso halten.«

Die Kabine lag im Zentralzylinder, am bugseitigen Rand des Wohnbereichs. Das spärliche Mobiliar war auf halutische Bedürfnisse zugeschnitten. »Es wurde nichts verändert oder gar entfernt. Die Archies schwören, dass dieser Raum seit dem Aufbruch versperrt war«, erklärte Aykalie.

»Die Mühe hätte man sich sparen können«, murmelte Perry Rhodan, nachdem sie die Läden und Schränke durchsucht hatten. »Hier ist nichts.«

»Im Privatbereich des Kommandanten sieht es übrigens genauso aus. Keinen einzigen persönlichen Gegenstand hat er zurückgelassen, kein Kleidungs- oder Ausrüstungsstück, keine Unterlagen, nichts.«

»Sie wussten, dass sie diesmal nicht wiederkommen würden«, stellte Tolot fest. »Aber woher? Und wohin sind sie geflogen? Was hatten sie vor? Weshalb flog der Hüter letztlich die LEMCHA OVIR an?«

»Weil er die ACHATI UMA nicht mehr hätte erreichen können?«, mutmaßte Rhodan. »Bei den anderen Fragen muss ich leider passen. Ich kann es einfach nicht hinnehmen, dass Paronn verschollen sein soll. Das sieht ihm nicht ähnlich! Er stellt ein derart monumentales Projekt auf die Beine und lässt es dann, nach all der langen Zeit, einfach im Stich? Nein.«

»Es sind schon Aktivatorträger gestorben«, sagte Icho Tolot. »Wir sind genauso verwundbar wie jeder andere auch.«

»Der eine mehr, der andere weniger.« Rhodan klopfte dem Haluter auf die Hüfte. »Aber hast du nicht auch das

Gefühl, Levian Paronn sei ganz nahe? Manchmal kommt mir vor, als gucke er mir heimlich über die Schulter!«

»Ich würde gern«, wandte sich Tolot an Aykalie, »hier an Bord bleiben, und zwar in dieser Kabine, falls ihr nichts dagegen habt. Das Zimmer ist leer. Dennoch hat es mir etwas zu erzählen. Ich bin nur noch nicht draufgekommen, was.«

»Das wird sich einrichten lassen, denke ich. Wir müssen die Zustimmung von Raumadmiral Mechtan von Taklir einholen, und auch die des Stellvertretenden Kommandanten der UMA. Nach meinem Dafürhalten stellt das hier wie dort eine reine Formsache dar.«

»Ich danke dir.«

Perry Rhodan wirkte nachdenklich, gab aber keinen Kommentar zum Entschluss seines halutischen Freundes ab. Er und Aykalie waren gerade wieder zu den anderen gestoßen, als ihr Armband-Kommunikator ansprach.

Es war Mechtan, vollkommen außer sich. »Eine Katastrophe!«, dröhnte er. »Ich brauche unverzüglich den gesamten wissenschaftlichen Stab in der Flottenbasis. Von der NEANN OCIS konnte einer der Bewohner entkommen und per Transmitter hierher gelangen. Unglaubliche Sauerei, das! Auf Xölyar ist die Hölle los. Unsere Analysen der Proben aus der Arche haben nämlich ergeben, dass deren Insassen aller Wahrscheinlichkeit nach zwar selbst immun, aber hochgradig infektiös sind.«

»Soll das heißen ...?«

»In der Tat. Dieser Kerl irrt auf Xölyar herum, dem wichtigsten Transmitterknotenpunkt des ganzen Reichs! Die Seuche, die die Besatzungen zweier Archen fast vollzählig ausgerottet hat, greift nach Akon.«

Manchmal hat man Pech und ist zur falschen Zeit am falschen Ort, dachte Vilgu Deponar bitter. *Eine Änderung im Dienstplan, weil sich jemand mit dem Gemüsehobel den halben Daumen weggefräst hat, du kommst unerwartet nach Hause, um die Uniform zu holen – und erwischst den werten Gatten mit deiner bis dahin besten Freundin.*

Bravo.

Sie fühlte sich verraten, beschmutzt, gedemütigt. Und war wütend auf sich selbst, weil es ihr nicht gelang, ihren Gedanken eine andere Richtung zu geben. Sie sollte sich auf die Aufgabe konzentrieren, doch stattdessen sah sie immer wieder die Szene in ihrem Schlafzimmer vor sich.

Vilgu hatte für den Kollegen einspringen müssen, der ein eher ungeschicktes Händchen mit Küchengeräten an den Tag gelegt hatte. Sie war Transmittertechnikerin im Dienst der Siebenten Flotte und von der Basis auf Xölyar angerufen worden, während sie der Freilichtaufführung einer altakonischen Schwertkampfoper beiwohnte. Kein Problem, sie kam gleich, hatte schließlich Bereitschaft; würde sofort auf dem Posten sein, hüpfte nur noch schnell daheim vorbei, sich umziehen.

Mhm.

Sie zwang sich, ihre Aufmerksamkeit dem Ferntransmitter zu widmen. Eine Verbindung über Tausende Lichtjahre war zu etablieren. Routine; trotzdem sollte man bei der Sache sein. Zwischen hier und dem transportablen Gerät der UMBERIA lag eine ganze Menge Weltall. Ah, da kam auch schon das Signal der Gegenstation herein. Ein bisschen schwach; der Syntron erhöhte die vorgesehene Sendeleistung. Vilgu gab noch ein wenig drauf; in jenem Sektor, so nahe am Milchstraßenzentrum, konnte man nicht vorsichtig genug sein.

Wenn die zwei wenigstens den Anstand gehabt hätten, sich irgendwo anders zu treffen. Aber nein, in ihrem eigenen Bett musste die eklige Sache stattfinden! Die Laken würde sie mit dem Thermostrahler verbrennen. Und die geschmacklose Reizwäsche, die ihr ihr baldiger Ex-Gatte zum letzten Hochzeitstag geschenkt hatte, gleich dazu.

Die Verbindung stand, blieb stabil. *Immerhin eine*, dachte Vilgu. Sie schickte die Klarmeldung ab. Wenig später kam ein Raumsoldat aus dem Lichtbogen, den Abzeichen nach der Ma-Tekten der UMBERIA. Er zwinkerte ihr zu, verschwand dann, einen Transportbehälter unterm Arm, in der Dekontaminationskammer.

Da sie Anweisung hatte, die Strecke offen zu halten, obwohl das mächtig Energie verschlang, vertröstete sie die aus anderen Sektoren eintreffenden Anfragen auf später. Takhan von Taklir maß derzeit den Lemurern absolute Priorität zu. Kein Wunder, die Medien feierten ihn seit Tagen als »Archen-Admiral«.

In der Transmitterzentrale der Flottenbasis herrschte ein reges Kommen und Gehen. Uniformierte traten aus einem der Lichtbögen, nur um Sekunden später wieder in einem anderen zu verschwinden. Dies waren fix eingestellte Geräte; ein-, zweimal »umsteigen«, um das gewünschte Ziel zu erreichen, war unterm Strich Zeit und energiesparender, als jeden Sprung frisch zu programmieren. Die Überwachung der Koppelungen oblag den Syntrons. Vilgu hatte im Grunde nicht viel zu tun.

Leider.

Ich hätte die zwei nicht bloß aus der Wohnung werfen sollen und seine stinkenden Socken hinterher, sondern davor die Personentrennung so verstellen, dass sie ineinander verbacken rematerialisert wären. Dann hätten sie einander gehabt für immer und ewig.

Noch jemand kam über die Fernverbindung. Vilgu erschrak bis ins Mark, sprang auf, rannte zum Bogen, dachte aufs Erste an einen Unfall, einen Rematerialisationsfehler. Die schwankende Gestalt maß nur einen knappen Meter, wovon der birnenförmige Kopf fast ein Drittel einnahm. Das Gesicht stellte ein Musterbeispiel für das dar, was Psychologen als »Kindchen-Schema« bezeichneten. Große, runde, schwarzblau schimmernde Augen starrten sie an. Entsetzliches Leid lag darin.

Aber auch entsetzliche Macht.

Etwas griff nach Vilgu, umfasste sie, hüllte sie ein.

»Bist du ein Heiler?«

»Nein«, antwortete sie. Zu lügen hätte sie nicht vermocht.

»Egal. Bring mich«, hauchte das Wesen mit dem kindlichen, so schutzbedürftig wirkenden Äußeren, »an einen Platz, wo uns keiner finden kann. Schnell.«

Noch nie hatte sich Vilgu Deponar unerlaubt vom Dienst entfernt. Sie war eine gute Soldatin, immer gewesen, mehr als ein halbes Jahrhundert lang. Einen Vertrauensposten wie den in der Transmitterzentrale einfach zu verlassen, war für sie gleichbedeutend mit Desertion. Dennoch gehorchte sie, ohne mit der Wimper zu zucken. Ein kaltes Fieber hatte sie erfasst, hielt sie fest wie in einem mentalen Schraubstock. Gab ihr Halt. Stützte sie. Befehle zu befolgen, machte das Soldatendasein aus, und selbst wenn sie den zuvor ergangenen widersprachen – wer war sie, dagegen aufzubegehren? Ein höherer Wille nahm ihr die Verantwortung ab. Sie unterwarf sich ihm gern, fast begierig.

Ein Platz, wo uns keiner finden kann ...

Vilgus Finger flogen über die holografische Tastatur. Im Nu war einer der kleineren Transmitter umprogrammiert. Sie nahm den Zwerg, ihren neuen Herrn und Meister, der ärger stank als eine wochenlang nicht abgestrahlte Biomülltonne, bei der wächsernen Puppenhand und zog ihn ins Entstofflichungsfeld.

»Wie kann so etwas passieren?«, donnerte Mechtan von Taklir. »Verdammt noch mal, wir haben gewusst, dass die Gefahr einer Kontaminierung bestand! Die Besatzung der LAS-TOÓR hat über die Seuche berichtet, die in der LEMCHA OVIR gewütet hat. Deshalb haben wir euch ja in die Schutzanzüge gesteckt, obwohl in der OVIR keine Keime mehr gefunden worden sind. Aber das Risiko war uns bewusst! Und dann schickt ihr einen Gnom über die Fernverbindung hierher, der bei jedem Ausatmen Krankheitserreger verteilt wie ein Trivid-Star Kusshändchen?«

»Wir haben ihn nicht geschickt«, sagte Jars von Aburrir kleinlaut. »Wir können uns ja nicht einmal an ihn erinnern.«

»Wollt ihr nochmals die Aufzeichnung der Sicherheitskameras aus unserer Transmitterzentrale sehen, ja? Aber bitte, gern! Hier kommt sie.«

Mechtan winkte dem Operateur. In der Holosäule erschien der Wicht mit dem überdimensionierten Schädel, stolperte aus dem Ferntransmitter, der Dienst habenden Technikerin entgegen. »Bist du ein Heiler?«, fragte er.

»Nein.«

»Egal. Bring mich an einen Platz, wo uns keiner finden kann. Schnell.«

Und dann entschwanden sie durch eines der lokalen Geräte.

»Heroth Deponar hat einen Privatfilter zwischengeschaltet, der die Koordinaten des Zielorts unleserlich macht. Wir werden sie trotzdem eruieren, aber das kann Tage dauern. Derweil verseucht uns diese Missgeburt das halbe System!«

»Er verfügt offenbar über suggestive Psi-Fähigkeiten«, sagte Achab langsam. Reden und Denken fiel ihm schwer, sein Kopf war wie in Watte gehüllt. »Ich kenne Vilgu Deponar, sie ist eine äußerst verlässliche und pflichtbewusste Frau. Sie hätte sich nie zu seiner Komplizin gemacht, wenn er sie nicht parapsychisch beeinflusst hätte. Auf dieselbe Weise muss er uns überwältigt haben.«

»Auch in der LEMCHA OVIR war es zu Mutationen gekommen«, sagte Solina Tormas. »Die nicht völlig abgeschirmte kosmische Strahlung ...«

»Ja, ja. Woher der Giftzwerg sein Talent hat, ist mir momentan egal«, polterte Mechtan. »Ich will wissen, was wir dagegen unternehmen können!«

Achab erinnerte an die PsIso-Netze, die von Terranern und Arkoniden zur Abwehr der mentalen Beeinflussung durch SEELENQUELL eingesetzt worden waren. Was gegen eine Superintelligenz geholfen hatte, sollte auch vor den Suggestivkräften des Lemurer-Mutanten schützen, meinte er. Zähneknirschend erteilte ihm Mechtan den Auftrag, Perry Rhodan einzuweihen und den Terranischen Residenten zu bitten, möglichst bald eine möglichst große Zahl der isolierenden Kopfbedeckungen von Terra anzufordern.

Achab verließ dazu die Krisensitzung. Das Gespräch mit Rhodan, der in der PALENQUE Daten aus den Archen auswertete, führte er von einer nahe gelegenen Funkzentrale aus. Der Resident sicherte rasche Hilfe zu. Einer der Funker machte Achab auf eine Meldung aufmerksam, die vor kurzem für ihn eingegangen war. Jenes Schiff seines Geschwaders, das er ins Gorbas-System entsandt hatte, war inzwischen dort angekommen. Vorläufig fielen keine Besonderheiten auf, wenn man davon absah, dass eine terranische Space-Jet geortet worden war. Sie beschränkte sich allerdings offenbar darauf, das System und den akonischen Raumer zu beobachten. Sonstige Aktivitäten von Terranern oder anderen Völkern waren nicht festzustellen. Nach wie vor kam jedoch keine Verbindung zu den Howalgonium-Abbaustätten auf Gorbas-IV zustande. Geistesabwesend befahl Achab, den Planeten anzufliegen, dabei aber erhöhte Vorsicht walten zu lassen, nicht zuletzt wegen der Space-Jet. Dann eilte er wieder in den Besprechungssaal.

Dort hatte man inzwischen beschlossen, Quarantäne über die gesamte Flottenbasis zu verhängen und das Tragen von Schutzanzügen anzuordnen, mit dem Auslösen einer Großfahndung aber noch zu warten. Zum einen wollte man nicht das gesamte System in Aufruhr versetzen; zum anderen erhoffte man sich von einer bereits laufenden Befragung der Freunde, Angehörigen und Arbeitskollegen Vilgu Deponars Anhaltspunkte dafür, wohin sie den Mutanten gebracht haben könnte.

Über die Erreger, die in den Proben aus der NEANN OCIS

gefunden worden waren, lagen erste Analyse-Ergebnisse vor. »Es handelt sich um eine bislang unbekannte, äußerst aggressive Krankheit, die alle Lemurer-Abkömmlinge befallen kann«, erläuterte der Leiter des Biolabors. »Die Erreger werden über Tröpfchen-Infektion verbreitet, und leider auch über die Atemluft. Die Inkubationszeit dürfte einige Stunden betragen. Nicht alle Befallenen erkranken, aber wenn, dann schwer. Den Simulationen unserer Epidemiologen zufolge werden die inneren Organe angegriffen, es kommt zu plötzlichen Veränderungen und Wildwuchs im Zellgewebe.«

»Lebensbedrohlich?«

»Akut. Vermutlich können wir hier im Spital die Symptome unter Einsatz verschiedener Methoden behandeln, sprich: den Verlauf verlangsamen und eventuell anhalten. Genau werden wir es erst wissen, wenn Fälle von Betroffenen vorliegen. Über ein Antidot gegen die Krankheit selbst verfügen wir jedoch nicht. Sie ist, wie gesagt, gänzlich unbekannt, jedenfalls exotischen Ursprungs. In unseren Archiven findet sich nichts Vergleichbares. Außer ... Aber das ist zu weit hergeholt und schlichtweg unmöglich.«

»Raus damit!«, dröhnte Mechtan.

»Nun ... Die Daten über die einzigen entfernt ähnlichen Erreger stammen noch aus der Zeit des Bestienkriegs. Damals wurde darin eine biologische Waffe der Haluter vermutet.«

»Eine Waffe der Bestien? Fehlt bloß, dass die auch noch auftauchen! Na, ich will's nicht verschreien, wir haben schon Sorgen genug.«

Warum dachte Achab bei diesen Worten seines Takhans an die schweigende Rohstoffwelt? Es ging ihm kalt über den Rücken. Leichter Schwindel erfasste ihn, und er verspürte Ansätze von Übelkeit. Wahrscheinlich Nachwirkungen der parapsychischen Beeinflussung. Obwohl niemand mit den Fähigkeiten des kleinen Lemurers hatte rechnen können, schämte sich Achab sehr, dass er so versagt und diese Krise heraufbeschworen hatte. Er machte sich Vorwürfe und große Sorgen, welche Auswirkungen das noch nach sich ziehen würde.

Mechtan von Taklir hob bald danach die Besprechung auf, nicht ohne abermals zu betonen, dass alle nur denkbaren Anstrengungen unternommen werden mussten, um den flüchtigen Archenbewohner dingfest zu machen. Achab suchte eine Toilette auf, wo er sich übergab. Danach fühlte er sich besser.

Manchmal hat man Pech und ist zur falschen Zeit am falschen Ort ... Vilgu verfluchte alle Gemüsehobel des Universums. Noch vor wenigen Stunden war die Welt für sie in schönster Ordnung gewesen. Und jetzt stand sie nicht nur vor den Trümmern ihrer Ehe, sondern wahrscheinlich auch ganz oben auf der Fahndungsliste der Militärpolizei.

Aber sie werden uns nicht finden ...

Der Zwerg, der sie mehr oder minder entführt und als Geisel genommen hatte, ruhte leise wimmernd auf einer Liege. Er hatte Vilgu befohlen, ihn zu bewachen und nicht von seiner Seite zu weichen, bis sein Schwächeanfall wieder abklang.

Das lag über eine Stunde zurück, und es sah nicht danach aus, als würde sich sein Zustand bessern. »Bist du krank? Was geschieht mit dir?«, fragte Vilgu zum wiederholten Mal. Der Zwerg gab keine Antwort. Sie war nicht sicher, ob er sie überhaupt hörte.

Sie selbst fühlte sich ebenfalls mies. Migräne pochte in Stirn und Schläfen, presste ihr den Schädel zusammen wie eine stählerne Zange. Sie war zugleich müde und hypernervös. Ihre Haut juckte, Muskeln zuckten unkontrolliert.

Mehr noch quälten sie ihre Gedanken. Sie hätte überlegen sollen, wie sie sich aus den parapsychischen Klauen ihres Entführers befreien oder wenigstens eine Positionsmeldung an die Flotte absetzen könnte. Aber ihr fiel nichts ein. Über ein Funkgerät verfügte sie nicht, sie trug nur leichte Innendienstkleidung. Der Zwerg führte einige Gegenstände mit sich, die die Taschen seiner Hosen ausbeulten, doch er hatte ihr verboten, sie anzufassen.

Sie war gefangen.

Ihr Denken kreiste unaufhörlich um die Szene in ihrem Schlafzimmer. Was hatte sie falsch gemacht, dass ihr Mann sie betrog? Hatte sie ihn zu der anderen Frau getrieben? Sie waren doch ganz gut miteinander ausgekommen, hatten einige sehr schöne Jahre gehabt. Gelegentlich Streit, ja; aber ihre Auseinandersetzungen waren niemals eskaliert, hatten keine Narben hinterlassen, die nicht bald wieder verheilt wären. Und ihre so genannte beste Freundin ... Wie konnte sie ihr das antun? Die Pest wünschte sie ihr an den Hals!

Nie hätte Vilgu gedacht, einmal solchen Horror durchleben zu müssen. Doch es sollte noch schlimmer kommen; viel schlimmer. Der Gestank, der von dem Zwerg ausging, wurde immer bestialischer, immer unerträglicher.

Als verfaule er bei lebendigem Leib, dachte Vilgu.

Und genau das tat er.

Sie musste zweimal hinsehen, traute ihren Augen nicht. Die Haut des kleinen Mannes mit dem großen Kopf bekam dunkle Flecken, brandige, schwärende Wunden. Binnen weniger Minuten hatten sie sich über die ganze Körperoberfläche ausgebreitet. Der Zwerg schwamm in einer Lache aus dunkelrotem, fast schwarzem Blut und schleimigem, graugelbem Eiter. Nun griff die Fäule auf das Muskelfleisch über, unter dem an manchen Stellen Knochen zum Vorschein kamen. Der Anblick des sich auflösenden, weich in sich zusammensinkenden Schädels raubte Vilgu beinahe den Verstand. Sie schrie, kreischte sich vor Grauen die Seele aus dem Hals, wollte sich abwenden, davonlaufen, doch das konnte sie nicht, der Befehl des Meisters hielt sie an ihrem Platz. Des Meisters, der vor ihren Augen regelrecht zerfiel, zerbröckelte, zerfloss zu einer Ekel erregenden Masse, einem gallertartigen Zellhaufen, auf dem, die Ärmel grotesk gefaltet, die Kleidung schwamm, und ein eiförmiges Amulett.

Vilgu Deponar saß stundenlang daneben und observierte, wie sie langsam wahnsinnig wurde. Sie lachte, lachte Tränen darüber, dass ein Gemüsehobel ihr Leben zerstört hatte. Von dem, was sie hier mitmachte, würde sie sich nie wieder erholen können. Kein Psychiater des Universums vermochte ihr die geistige Gesundheit zurückzugeben.

Auch körperlich wurde sie krank. Sie bekam Temperatur, und Schwierigkeiten beim Atmen, als hätte sich kratzender, kitzelnder, ätzender Staub in ihren Lungen eingenistet. Ihr Herz schlug unregelmäßig. Ihre Glieder zitterten. Plötzlich wusste Vilgu, dass sie sterben würde.

Und während sie starb, erwachte der Zwerg wieder zum Leben.

Es war unglaublich, absolut unfassbar: Der Auflösungsprozess kehrte sich um. Die Zellmasse gewann, ausgehend von dem eiförmigen Anhänger, wieder an Form und Konsistenz. Die Gestalt des Zwergs erwuchs von neuem, erst roh und unfertig wirkend, dann zusehends konkreter. Vilgu wollte schreien, doch kein Ton kam aus ihrem Mund, stattdessen blutiger Speichel.

Die großen, runden, schwarzblau schimmernden Augen, die sich gerade erst gebildet hatten, starrten sie an.

Sie sollten das Letzte sein, was Vilgu Deponar in ihrem Leben sah.

12

Hetzjagd durchs Blaue System

Er strotzte vor Kraft, barst geradezu vor Energie. Fühlte sich bestens ausgeruht, rundum erfrischt, wie neugeboren. Was er wohl auch war und unzweifelhaft dem Amulett der traurigen Göttin verdankte. Boryk sah an sich herab, betastete seine zarte, frisch verheilte Haut. Horchte in sich hinein: keine Anzeichen von Schwäche. Genoss, während er in Kleider und Schuhe schlüpfte, die Spannkraft seines jungen, gerade erst zum Mann gereiften Körpers.

Sein Geist aber war verwirrt. Panik überfiel ihn jäh, als er sich an seine Flucht aus dem Himmel erinnerte. Und Reue. Er hatte sein Volk verlassen, in einer Stunde, da es ihn so dringend wie nie zuvor benötigte. Er musste zurück nach Hause, keine Frage.

»Bring mich wieder in die Höhle mit den vielen grünen Weltentoren!«, wollte er zu der Riesin sagen, die neben seiner Bettstatt lag. Doch als er sie anstieß und umdrehte, bemerkte er, dass sie tot war. Er schloss ihr die Augen, erschüttert, da er ahnte, dass er ihren Tod verschuldet hatte, wenngleich er nicht wusste, wodurch.

Was jetzt? Wie sollte er ohne Hilfe den Rückweg finden?

Die Welt innerhalb der Welt außerhalb der Welt war ihm fremd; für Riesen gemacht, nicht für seinesgleichen.

Die Gegenstände, die ihm die drei Schutzmänner gegeben hatten, stellten keine Hilfe dar. Eine Art Zauberbrettchen mit vielen Schaltern, die er nicht zu berühren wagte. Ein Gerät, aus dem man zahlreiche verschiedene kleine Werkzeuge ausklappen konnte. Ein anderes, abgegriffenes, aus dem, kaum dass er es umfasste, eine tiefe Stimme erklang.

Das Kästchen an seinem Hosenbund übersetzte: »Sehr groß und weit ist das Universum, und vorwiegend schrecklich leer, aber auch voll der Wunder ...«

Boryk lauschte eine Zeit lang. Viel verstand er nicht. Er hatte die Riesen um etwas wie die Heilige Folie gebeten, ein Schriftstück, das Auskunft darüber gab, wie diese Welt beschaffen war. Aber sie hatten ihn enttäuscht. Ihre Geschenke hatten keinen Wert für ihn. Vielleicht vermochten ja die Schutzmänner sich damit zu orientieren; ihm boten sie keine Hilfe. Er erwog, die Objekte bei der Leiche liegen zu lassen. Steckte sie dann aber doch wieder ein, worauf die Stimme abbrach.

Er sah sich um. Nur sehr dunkel erinnerte er sich daran, auf welchem Weg sie hierher gelangt waren. Die Riesin hatte ihn wie ein Kleinkind durch einen nächtlichen Wald getragen. Dann waren sie in einem Boot gefahren; die Riesin hatte gerudert. Schließlich waren sie am Ufer eines Sees an Land gegangen, über den sich ein Firmament spannte, fast so ausladend wie im Himmel oder in der Hölle. Jedoch zogen hier keine Gestirne ihre Bahn, sondern steinerne Zapfen hingen, im spärlichen Licht der Bootslampe nur undeutlich erkennbar, davon herab.

Plätschern erfüllte die Grotte und entferntes, leises Wispern. Boryk begriff. Offenbar zogen sich Liebespaare hierher zurück, wenn sie unentdeckt bleiben wollten. Die Gebräuche der Riesen unterschieden sich also doch nicht so sehr von denen der Menschen.

Er stieß das Boot ins Wasser, das ihm bis zur Brust reichte. Kraulte hinterher, zog sich mit einiger Mühe hinein, ergriff die Ruder. Er musste seine Arme strecken, um beide auf einmal betätigen zu können. Daher kam er nur langsam voran. Zum Glück gab es keine Strömung, gegen die er ankämpfen musste. Von der Seegrotte führte ein Kanal ins Freie. Warmer Wind trocknete seinen Körper.

Nach einiger Zeit fand er die Stelle, an der das Boot vertäut gewesen war. Ein schmaler Pfad wand sich vom Steg in den Wald. Boryk folgte ihm. In großen Abständen standen Laternen, die ein mildes, oranges Licht verbreiteten. Boryk erschrak, als zwischen den Bäumen einige Dutzend Meter vor ihm Stimmen erklangen und das Kästchen an seiner Hüfte anschlug.

»... erst heute Morgen eingefallen, dass sie Heroth Deponar einmal von dieser verschwiegenen Liebesgrotte erzählt hat. Vilgu war selbst nie hier, aber ihre Kollegin hat ihr ein amouröses Abenteuer geschil... He, seid einmal still. Bleibt stehen. Habt ihr das gehört?«

Boryk war nahe daran, sich das Kästchen vom Leib zu reißen und es von sich zu schleudern. Aber dann hätte er notfalls nicht von seiner Fähigkeit Gebrauch machen können. Wenn er doch nur gewusst hätte, wie man es aus- und bei Bedarf wieder anschaltete! Aber das hatten ihm die Riesen nicht gezeigt.

»Das klang nach einem Translator, oder? Na klar, da, schon wieder! Er muss ganz in der Nähe sein. Ausschwärmen!«

Grelle weiße Scheinwerfer durchschnitten die Nacht. Boryk warf sich ins Dickicht, rollte ab und rannte, was seine kurzen Beine hergaben.

Levian Paronn raste. Sein über alles geliebtes Diarium!

Erst jetzt hatte er Zeit und Gelegenheit gefunden, eine neue Eintragung zu verfassen. Doch als er in die Tasche griff, in der er das Diarium gewöhnlich aufbewahrte, erwies sie sich als leer.

Er weigerte sich, es zu glauben. Durchwühlte sein Gewand, seinen Schutzanzug, sämtliche Behälter. Stellte die ganze Kabine auf den Kopf.

Nichts.

Es gab nur eine einzige mögliche Erklärung, wo er seines – abgesehen vom Zellaktivator – wertvollsten Besitzes verlustig gegangen war: in der NEANN OCIS! In jener Zeitspanne, an die ihm jede Erinnerung fehlte ... Unter einem Vorwand nahm Levian mit den beiden anderen, die mit ihm in der Arche gewesen und von dem kleinen Lemurer überwältigt worden waren, Kontakt auf. Er fragte beiläufig, ob sie ebenfalls persönliche Gegenstände vermissten. Tatsächlich. Jetzt, wo er sie darauf ansprach ... Es handelte sich um keine weltbewegenden Dinge: ein tefrodisches Offiziersmesser, als Souvenir mitgebracht von einem intergalaktischen Dagor-Wettkampf; und einen Impulsgeber, der selbsttätig Kodes bis zu einer nicht allzu hohen Sicherheitsstufe knacken konnte – nicht ganz legal, aber in gewissen Kreisen weit verbreitet. Man einigte sich darauf, Stillschweigen über die peinliche Angelegenheit zu bewahren. Selbst wenn sie unter dem Einfluss des Mutanten ihre Schutzanzüge geöffnet hatten, konnte nichts passiert sein, da sie unmittelbar nach ihrer Rückkehr dekontaminiert worden waren.

Nichts passiert? Wenn die wüssten!

Ohne sein Diarium fühlte sich Levian Paronn als halber Mensch. Als hätte man ihm den Boden unter den Füßen weggezogen, ihn seines einzigen Halts beraubt. Mehr noch: Sein ganzer Plan war mit einem Schlag in höchste Gefahr geraten! Nicht auszudenken, wenn das Diarium in die falschen Hände fiel, bevor er selbst es wieder an sich nehmen konnte. Seine Tarnung würde auffliegen, *pafff!*, platzen wie ein Luftballon. All seine Überlegungen waren darin festgehalten, all seine geheimen Absichten, bis ins kleinste Detail. Wie er Rhodan und Tolot manipuliert hatte und weiter zu manipulieren gedachte, damit ihn der Haluter unwissentlich an sein Ziel führte ... Wie er den

Hüter betrogen, ihre Freundschaft dem höheren Zweck geopfert hatte ... Wurde all dies publik, konnte er nicht länger aus dem Hintergrund agieren. Die Puppen würden sich gegen den Spieler auflehnen. Er würde verlieren, und die gesamte Menschheit mit ihm.

Dabei war er dem Endzweck schon so nahe, so nahe ...

Er musste den Mutanten als Erster finden und ihm das Diarium abnehmen. Unbedingt; koste es, was es wolle.

Als Jars von Aburrir in Veehraátoru eintraf, hatte Mechtan von Taklir bereits einen Tobsuchtsanfall hinter sich. Er, der so stolz auf seine Siebente Flotte und deren Führungsspitze gewesen war, argwöhnte mit einem Mal, von lauter Versagern umgeben zu sein.

»Sie hätten ihn praktisch schon mit Händen greifen können!«, klagte er Aykalies Ehemann, ohne sich mit einer Begrüßung aufzuhalten. »Und dann ist er ihnen doch wieder entwischt.«

»Er lief in eine Versorgungsröhre«, verteidigte sich einer der Soldaten, denen Mechtan gerade den Kopf gewaschen hatte. »Zu niedrig, als dass wir ihm aufrecht hätten folgen können, und zu verwinkelt und mit Kabeln durchzogen, als dass uns die Antigravs etwas gebracht hätten. Aus der Röhre gelangte er in eine Nebenzentrale mit einem Transmitter.«

»Und über diesen hierher nach Veehraátoru. Von allen Orten des Systems ausgerechnet nach Veehraátoru!« Mechtan raufte sich die Haare. »Ein besserer Platz, um die Erreger binnen Kürze im halben Reich zu verteilen, lässt sich gar nicht denken. Achab!«

Der Maphan hatte alle Soldaten, die sie hatten mobilisieren können, dazu eingesetzt, das Gelände weiträumig abzusperren und die Türsteher und Concierges sämtlicher Etablissements dieses Teils der Vergnügungsstadt zu befragen. Die Hand mit dem Funkarmband am Ohr, winkte er Mechtan zu. »Moment noch.«

»Der Lemurer ist im Foyer dieses Hotels rematerialisiert, das auch ein Reisebüro betreibt und Ausflüge zu der Liebesgrotte anbietet«, informierte Mechtan den Wissenschaftler. »Kam aus dem Transmitter und sprintete wie der Blitz raus auf die Straße. Bei dem Wirbel und den vielen Umweltangepassten beziehungsweise Außerakonischen fällt er natürlich nicht sonderlich auf. Aber wenn er in eines der Häuser gestürmt und durch einen Transmitter gegangen ist, sollte sich jemand an ihn erinnern können. Einstweilen haben wir alle Geräte abschalten lassen. Wenn er also noch in Veehraátoru ist, entkommt er uns nicht.«

»Sämtliche Passanten innerhalb der Absperrung müssen in die bereit stehenden Krankenhäuser gebracht und untersucht werden«, sagte Jars. Er räusperte sich. »Die Familie derer von Aburrir stellt zusätzlich ihre Privatsanatorien zur Verfügung. Das habe ich bereits in die Wege geleitet.«

»Ausgezeichnet«, lobte Mechtan. Wenn es darauf ankam, hatte der Junge also doch mehr im Kopf als bloß aufgebläht klingende Fremdwörter.

»Außerdem stelle ich, dein Einverständnis vorausgesetzt, hundert Mann unserer Spezialeinheiten als Eingreiftruppe ab. Sie alle sind bestens geschulte Sicherheitsleute, überwiegend ehemalige Raumsoldaten.«

»Jede Hilfe ist willkommen.« Mechtan kannte die Aburrirsche Privatmiliz und wusste um deren Qualitäten. Jars' Familie zahlte deutlich besser als die staatliche Flotte. »Sie sollen sich bereit halten, bis wir den Flüchtling lokalisieren können.«

Wie auf Stichwort rief Achab ta Mentec: »Wir haben ihn! Er ist in ein Wettbüro gelaufen und hat sich zum Rotodrom abstrahlen lassen.«

Zum Rotodrom. Mir bleibt auch nichts erspart, dachte Mechtan, während seine Offiziere sowie Aykalies Ehemann ihre jeweiligen Truppen in Bewegung setzten.

Perry Rhodan stocherte lustlos auf dem Frühstücksteller herum. Er war frustriert, weil sie keinen Schritt vorankamen. Die ACHATI UMA mochte einen steten Quell der Entdeckerfreuden für Solina Tormas und die anderen Wissenschaftler darstellen. Doch nach wie vor fehlte jede Spur vom ehemaligen Kommandanten, dem ersten Unsterblichen. Auch Icho Tolot hatte sich ratlos gezeigt. Wenn selbst dessen Planhirn zu keinen neuen Erkenntnissen gelangte, war so gut wie auszuschließen, dass sie etwas übersehen hatten.

Dabei konnte Perry sich des Eindrucks nicht erwehren, mit voller Absicht auf die Spur der ACHATI UMA gesetzt und ins Akon-System gelockt worden zu sein. Weshalb sonst hätte jemand den Datenspeicher der LEMCHA OVIR so justiert, dass er ausschließlich auf Rhodan ansprach? Dieser Jemand, in dem Perry niemand anders als Levian Paronn vermutete, musste ihn also gekannt haben!

Aber woher?

Oder hatte ihm der Hüter die Daten zur Verfügung gestellt? Falls Tolots Doppelgänger auch über dessen Wissen verfügte, war das natürlich denkbar. Warum aber tauchte Paronn jetzt nicht auf und gab sich zu erkennen, wenn er ihm die Geschichte der Archen mitteilen und ihn auf die UMA hinweisen wollte?

Was läuft hier ab?

Perrys Multifunktions-Armband stellte einen Anruf durch. Solina Tormas. »Ich bin mir nicht sicher, ob Admiral von Taklir dies billigt«, sagte sie aufgeregt, »doch ich wollte dich davon in Kenntnis setzen, dass der aus der NEANN OCIS geflüchtete Lemurer-Mutant aufgestöbert wurde. Oder hast du es schon gehört?«

»Nein. Ich bin eben aufgestanden. Selbst unsereins benötigt manchmal ein wenig Schlaf. Hat man ihn eingefangen?«

»Noch nicht. Offenbar hält er sich am Gelände des Rotodroms auf, eines großen Sportstadions. Dort findet gerade eine Veranstaltung mit fast hunderttausend Besuchern statt.«

»Hunderttausend ...« Perry unterdrückte einen Fluch.

»Auf engstem Raum. Das Finale des Gravoball-Pokals. Es wird auf jede einzelne Welt des akonischen Reichs übertragen. Deshalb zögert Mechtan noch, das Spiel sofort abzubrechen und das Stadion evakuieren zu lassen.«

»Er nimmt die Verseuchung in Kauf?«

»Hinterher sollen alle Zuseher gescannt und gegebenenfalls in Quarantäne-Kliniken geschafft werden. Aber ein militärischer Großeinsatz zu einem Zeitpunkt, da das Match auf des Messers Schneide steht ... Die Gefahr von Scharmützeln mit durchdrehenden Sportfanatikern und einer Massenpanik vor den Augen der Trividkameras ist einfach zu groß. Mechtan hofft, den Flüchtling relativ unauffällig festsetzen zu können, bevor mehr als ein vertretbar kleiner Prozentsatz des Publikums kontaminiert wurde.«

»Sind die PsIso-Netze eingetroffen? Sie wurden von Olymp aus über die Transmitterstraße nach Xölyar ...«

»Ja, aber es konnte erst ein Teil der Truppen damit ausgerüstet werden. Perry, ich dachte, dass vielleicht du als Mentalstabilisierter, und mit deiner Erfahrung ... Es ist uns gelungen, von der LAS-TOÓR eine Verbindung zum Rotodrom zu schalten.«

»Verstehe. Bin schon unterwegs.«

Boryk vermeinte zu träumen.

Bis jetzt hatte er sich durch Landschaften bewegt, die eine gewisse Ähnlichkeit mit vertrauten Umgebungen hatten: Höhlen und Stollengänge, wie er sie aus dem Silbernen Berg kannte, ein Wald mit dichtem Blätterdach, zuletzt eine Art Dorfplatz, wenngleich von mehr Leuten belebt, als er je auf einmal gesehen hatte, und umstanden von sehr merkwürdigen, hohen und zugleich schmalen Hütten.

Nun aber blickte er auf eine Szenerie, die so unvorstellbar fremd war, dass ihm der Atem stockte.

Diese Welt war nicht bloß doppelt so groß wie Himmel oder Hölle, nein, zehnmal, hundertmal, tausendmal. Am Firmament zogen Wolken – aber unsagbar viel mehr und unterschiedlichere, nicht die immer gleichen, gut bekannten vier oder fünf. Auch viel, viel höher und entfernter als ein paar Kilometer; desgleichen die blendend helle Sonne. Trotzdem glaubte Boryk, ihre Strahlen, die als silberner Fächer durch Lücken im Gewölk herabstachen, warm auf der Haut zu spüren. Seine Augen brannten, begannen zu tränen. Diese Welt verhielt sich zu seiner Heimat wie die echten Vulkanklippen zu deren Abbildung in einem Kinderbuch. In alle Richtungen erstreckte sie sich so unendlich weit, dass er die Distanz bis zum Horizont nicht in Wochen hätte bewältigen können. Blaue Meere schaute Boryk, in denen der Garten Ehedem und der See Geneset vielfach Platz gefunden hätten. Orange-violette Waldungen aus Bäumen ragten wie Felszinnen auf, jede einzelne mächtiger und weiter verzweigt als der gesamte Silberne Berg. Grün und golden wogten Äcker, mit deren Bewirtschaftung sämtliche Bewohner von Himmel und Hölle zusammen nicht nachgekommen wären. Unzählige Fluggeräte umschwirrten in sinnverwirrenden Bahnen Ansiedlungen aus Tausende Meter hohen Gebäuden, welche jeder Statik und Schwerkraft spotteten. Manche glichen funkelnden, gefrorenen Wasserfällen, andere Sträuchern mit Rispen aus farbenprächtigen Glasperlen, wieder andere netzartigen, sich in einem fort verändernden, schillernden Gespinsten, oder enormen, gleißend weißen Trichtern.

Am oberen Rand des größten Bauwerks war Boryk aus dem grünen Weltentor getreten. Eine Mauer, etwas höher als er selbst, verwehrte ihm den Blick hinab ins Innenrund. Ohrenbetäubender Lärm stieg daraus auf, Gebrüll aus Tausenden Kehlen.

Boryk zitterte. Furcht bemächtigte sich seiner. Nie, nicht einmal in der Krippe, war er sich so klein und unbedeutend vorgekommen. Die Unendlichkeit dieser Welt erschlug ihn, erdrückte ihn, stauchte ihn zusammen. Er sank auf die Knie.

Jemand hastete an ihm vorbei, ein Riese. Auf seinen Zuruf hin sagte das Kästchen an Boryks Hosenbund: »So ist es recht, Kleiner. Küss den Boden, bevor du das Rotodrom betrittst, das bringt deiner Mannschaft Glück. Aber spute dich, das Spiel hat schon begonnen!«

Der Riese hatte eine intensiv süßliche Duftfahne mit sich getragen. Boryk hustete, würgte, benötigte mehrere Atemzüge, bis er wieder auf die Beine kam und zur Barriere wanken konnte. Ein Tier, dessen Oberkörper ansatzweise dem eines Erntehelfers glich, dessen Unterkörper aber mit der Mauer verwachsen war, bellte ihn an. »Bitte die Berechtigung zum Eintritt vorweisen.« Bevor er reagieren konnte, piepste das Zauberbrettchen in seiner Tasche, und das Tier winkte freundlich, während eine Türe aufschwang.

Er kletterte eine steile Treppe hinab, den Kopf gesenkt, auf die hohen Stufen konzentriert. Blinkende Pfeile vor seinen Füßen schienen ihm den Weg weisen zu wollen. Er folgte ihnen, hinunter, nach rechts, einige Dutzend Schritte geradeaus, dann weiter hinunter in die von Getöse und Gebrüll erfüllte Schüssel. Nach links, in einen Gang, vorbei an Riesenschenkeln, bis zu einem freien Sitz. Erst, nachdem er diesen erklommen hatte, wagte er den Kopf zu heben.

Er blinzelte, rieb sich die Augen, schnappte nach Luft. Erneut musste er sich zwingen, als Realität zu akzeptieren, was ihm wie eine Halluzination erschien. Unvorstellbar viele Personen saßen in dem gewaltigen Rund. Sie produzierten nicht nur ein grausliches Mischmasch an Gerüchen, sondern auch einen derart infernalischen Lärm, dass Boryk um sein Gehör fürchtete. Keiner seiner

Nachbarn nahm Notiz von ihm. Aller Aufmerksamkeit galt dem Geschehen in der Mitte.

Dort befand sich ein Gebilde, viele Kilometer lang und etwa einen halben hoch, von der Form eines horizontal durchgeschnittenen, oben offenen, transparenten Abflussrohrs. Bunt gekleidete Gestalten befuhren die Innenwände auf flirrenden, nicht völlig stofflich wirkenden Kufen. Bald erkannte Boryk, dass die Spieler am Grund des Rohres deutlich mehr wogen als an dessen Oberkanten. Immer wieder rasten sie in mörderischem Tempo die Wölbung hinab, um Schwung zu holen und an der gegenüberliegenden Seite weit über den Rand hinauskatapultiert zu werden. In der Luft hielten sie für einen Moment inne, schwebten fast schwerelos; dann drehten sie sich behände, zündeten kleine Düsen an den Fersen ihrer Stiefel und stießen abermals in die Tiefe, ähnlich den blechernen Flugtieren, die die Felder Ehedems von Unrat säuberten.

Das Rohr als Ganzes rotierte langsam innerhalb des gigantischen Mittelkreises, sodass allen Zusehern gleich gute Einblicke geboten wurden. Würfel aus farbigem Licht waren entlang der Achse aufgefädelt, unterhalb der Kanten. Sie zeigten geisterhaft rasch wechselnd einzelne Szenen in Großaufnahme. Offenbar gehörten die Spieler – Riesen allesamt, doch zum Teil mit mehr als vier Extremitäten – zwei verschiedenen Horden an. Sie stritten unter großem Körpereinsatz und mit nicht geringer Brutalität um den Besitz eines leuchtenden Kürbisses, den sie sich über große Entfernungen zuwarfen. In der Mitte jeder Schmalseite, wenige Meter über der Talsohle der Röhre, flammte ein kreisrunder, grüner Ring. Wurde die Kürbisfrucht hineingeschleudert, flog sie im selben Augenblick aus seinem Pendant auf der anderen Seite wieder heraus. Zugleich ertönte ein durchdringend schmetternder Fanfarenstoß, und etwa die Hälfte des Publikums röhrte noch lauter als zuvor, sprang von den Sitzen hoch und riss jubelnd die Arme in die Höhe. Das geschah häufig, oft mehrmals pro Minute. Es war ein sehr schnelles Spiel, ein pausenloses, hektisches Gehetze und Gemetzel, das den Teilnehmern immense Kraft abverlangte und die Zuseher dermaßen mitriss, dass sie längst in einen tranceartigen Zustand verfallen waren.

Boryk war, winzig und verloren unter den fanatischen Massen, schwitzend, röchelnd, halb erstickt, Nase und Rachen verätzt und verschleimt, der Verzweiflung nahe. Er brauchte unbedingt jemand, der ihn zurück in seine überschaubare Heimatwelt führte, oder wenigstens in die Höhle mit den vielen grünen Toren. Doch wie sollte er hier, in diesem Hexenkessel, einen Helfer rekrutieren? Nicht einmal die unmittelbar neben ihm Sitzenden hörten ihn, und wenn er sie noch so laut anplärrte; sie ignorierten ihn, vollkommen in Bann geschlagen von dem, was auf, in und über dem rotierenden Spielfeld stattfand.

Und dann begann, anstatt dass Boryk jemandem seinen Willen aufzwingen konnte, die kollektive Raserei auf *ihn* überzugreifen.

Perry Rhodan ging durch den Transmitter. Er wurde sogleich von einem wachhabenden akonischen Raumsoldaten abgefangen, identifiziert und im Laufschritt zu Mechtan von Taklir geleitet.

Der brach zwar nicht gerade in überschwängliche Freudenbezeugungen aus, erhob jedoch keinen Einspruch gegen Perrys Anwesenheit. »Diesmal kriegen wir ihn!«, flüsterte er, obwohl sein mobiler Kommandostand deutlich mehr als einen Kilometer von dem Gesuchten entfernt war, wie Perry einem der zahlreichen Holodisplays entnahm. Weitere Kuben zeigten Bilder des gnomenhaften Lemurers aus verschiedenen Kamerapositionen. Der kleine Mann mit dem übergroßen, birnenförmigen Schädel hockte unscheinbar, teilnahmslos in sich zusammengesunken, am Rande einer der Zuschauergalerien im vierten Rang des prachtvollen Stadions.

»Ist schnurstracks zu diesem Platz gegangen«, erklärte Mechtan. »Bis jetzt wurden also, wie wir gehofft hatten, nur sehr wenige Zuschauer kontaminiert. Viel kann nicht mehr passieren. Wir haben ihn in den Fadenkreuzen von Dutzenden Scharfschützen. Was tust du da, wenn ich fragen darf?«

Perry hatte inzwischen mit seinem Multifunktions-Armband den Standort des Lemurer-Mutanten anvisiert. Dieser lag schräg rechts vom Kommandostand, der im Schutz eines Deflektorfelds auf den Dächern der Kommentatoren-Kabinen errichtet worden war. »Ich speichere die Individualdaten des Kleinen, um ihn rasch wieder aufspüren zu können«, antwortete er auf akonisch. Er war dieser Sprache seit langem mächtig und benötigte daher keinen Translator. »Nur für alle Fälle.«

Der Mikroorter des sechs Zentimeter breiten Geräts, das Perry an der Innenseite seines linken Unterarms trug, verfügte über die Möglichkeit der passiven Masse-, Energie-, Struktur- und Konturortung im konventionellen wie auch hyperphysikalischen Bereich. Seine Reichweite war auf etwa 100 Kilometer Radius beschränkt. Eine aktive Tastung inklusive Laser-Distanzermittlung bis etwa 2000 Meter eignete sich auch für diverse physikalische und chemische Standardanalysen wie Magnetfeldmessung, Druck- und Temperaturbestimmung, Untersuchung der Luftzusammensetzung sowie eine grobe Unbedenklichkeitsanzeige hinsichtlich des Giftgehalts von Nahrung und Flüssigkeiten. Unterstützt vom Piko-Syntron des Armbands kombinierte Perry alle diese Messmethoden so, dass sich in Summe ein unverkennbares parametrisches Profil des Lemurers gewinnen ließ; dieser unterschied sich hinsichtlich vieler Körperwerte doch deutlich von Akonen und anderen normal großen Humanoiden. Nicht zuletzt wies er auch eine Abweichung im ultrahochfrequenten Bereich des hyperenergetischen Spektrums auf, wie sie für ausgeprägt Psi-Begabte typisch war, plus einer in herkömmliche Termini nicht fassbaren Emanation, die auf einen Zellaktivator schließen ließ.

Der Vorgang nahm nur wenige Sekunden in Anspruch. Dann hatte Perry Rhodans Pikosyn eine Art Signatur des kleinen Mutanten gespeichert, die er im Umkreis von etwa 100 Kilometern wiederfinden konnte. Nicht berauschend angesichts eines ganzen besiedelten Sonnensystems, doch immerhin etwas.

»Warum habt ihr ihn noch nicht paralysiert?«, fragte Perry den Takhan.

»Meine Rede. Ist der Kerl erst mal betäubt, kann er kein Unheil mehr anrichten. Aber die Waffenmeister warnen vor einem Schnellschuss, wenn keine zwingende Notwendigkeit dafür besteht. Erstens springen ständig Leute um ihn herum hoch. Gut, das kriegen die synchronisierten Zielsyntrons der Scharfschützen wahrscheinlich in den Griff. Das Hauptproblem liegt darin, dass wir nicht wissen, welche Dosis an Paralyse-Strahlung er verträgt. Jars und seine Eierköpfe haben herausgefunden, dass es sich bei den Bewohnern der NEANN OCIS eigentlich um Klone handelt, mit stark verändertem lemurischem Erbgut. Uns liegen keine Vergleichswerte vor. Dosieren wir zu gering, ist er alarmiert und veranstaltet womöglich irgendeinen parapsychischen Schabernack. Bestrahlen wir ihn zu stark, könnte er schwere Schäden davontragen, eventuell sogar sterben. Das gäbe einen Sturm der Entrüstung in den Medien, der mich hinwegfegen würde, und manches Ratsmitglied gleich mit. Die verflixten Archies sind mittlerweile Popstars, absoluter Kult. Hast du gehört, dass die soeben erst gegründete ›Zurück zu Lemuria!‹-Partei, neuesten Umfragen zufolge, auf fast zwanzig Prozent der Wählerstimmen käme?«

Perry verneinte schmunzelnd. Er war recht froh, nicht in der Haut des bärbeißigen Admirals zu stecken. Obwohl ihn die Entdeckung, dass der Flüchtling höchstwahrscheinlich einen Zellaktivator trug, keineswegs kalt ließ.

Hatte er sich das lebensverlängernde Gerät unter Zuhilfenahme seiner Psi-Fähigkeit angeeignet?

Oder war vielleicht gar er der ...

»Nein«, sagte Mechtan, »solange er so schön brav und verdattert sitzen bleibt, warten wir bis zur nächsten Viertelpause. Die wird in knapp zwei Minuten eintreten. Dann schlagen wir zu, ohne großen Tamtam. Mit ein wenig Glück bekommt niemand außer den Leuten in seinem Sektor etwas mit, und die müssen wir ohnehin samt und sonders einkassieren. Für die Übrigen werden gerade Scanner an allen Ausgängen installiert, sodass uns auch garantiert kein Infizierter entgeht.«

»Guter Plan.«

»Dein Lob ehrt mich, Resident.«

Perry Rhodan horchte auf. Etwas im Rotodrom veränderte sich kaum merklich. Nach wie vor krakeelten die Fangruppen Gesänge wie »Wir sind die Tavakt'son, die Tavakt'son vom Block West!« oder skandierten im Chor Schlachtrufe der Sorte »Jagt sie, hetzt sie, zerstückelt und zerfetzt sie!«, doch mischte sich ins allgemeine Tohuwabohu allmählich eine andere, eigenartig unpassende Parole. Wenn er richtig verstand, dann schrien immer mehr der enthusiasmierten Anhänger auf den Rängen: »Bringt Boryk nach Hause!«

Boryk?, dachte Perry verdutzt. *Was soll das bedeuten? Und wer zum Teufel ist Boryk?*

Dann ging ihm ein Licht auf.

Aber da war es bereits zu spät.

Eisige mentale Wogen brandeten auf ihn zu und über ihn hinweg, schwappten wieder und wieder über ihm zusammen, versuchten Boryk in eine von zwei konkurrierenden Richtungen zu zerren, ihn auf die Seite einer der beiden Parteien zu ziehen.

Der Kampf, der Psycho-Krieg fand im gesamten gewaltigen Bauwerk statt. Nicht nur die Spieler befehdeten sich, sondern auch, unsichtbar, auf rein geistiger und akustischer Ebene, doch um nichts weniger unbarmherzig, das Publikum! Es war, wiewohl durcheinander sitzend, also räumlich keineswegs getrennt, in zwei verfeindete Lager gespalten. Beide feuerten ihre jeweiligen Repräsentanten auf dem Feld unablässig mit allen verfügbaren Emotionen an.

Und während sie auf diese Weise mitstritten, warben sie, wohl unbewusst, doch schmerzlich intensiv, um ihn, den einzig Neutralen.

Durch seine Gabe bedeutend sensibler für mentale Beeinflussung als andere, fühlte sich Boryk von titanischen Kräften erfasst. Jeden Moment drohten sie ihn in der Mitte entzweizureißen. Ihm blieb gar keine andere Wahl, als sich zu wehren, indem er das kalte Fieber beschwor. Mit aller Macht verteidigte er sich, stemmte sich dem ungeheueren Druck entgegen, stülpte sein hitziges Innerstes nach außen, in purer Todesangst, verschlungen und restlos vernichtet zu werden. Er registrierte, dass sich die entfesselten Energien binnen Sekundenbruchteilen gegenseitig aufschaukelten. Doch selbst wenn er gewollt hätte, hätte er dem keinen Einhalt zu gebieten vermocht. Er hatte nicht die geringste Kontrolle mehr über den einmal in Gang gesetzten Prozess.

Es hieß nur noch Sein oder Nichtsein, er oder sie.

Hunderttausend rangen gegen einen Einzigen. Doch dieser war Boryk, der Maffan, Majittri und Matekten, Duanis Mann und Fosses Sohn, Boryk der Ewigjunge, vor kurzem Wiedergeborene; und er, hunderttausendmal verzweifelter als alle seine riesenhaften Widersacher, gewann.

»Bringt Boryk nach Hause! Bringt Boryk nach Hause!«, schallte es durch das Rotodrom wie aus einem Mund. Alle anderen Chöre waren abrupt verstummt. Das Spiel in der gläsernen, sich drehenden, überdimensionierten

Halfpipe verlangsamte sich, kam zum Stillstand. Ein dreiarmiger, bulliger Umweltangepasster, der zuletzt den Angriff seiner Mannschaft geführt hatte, schwebte konsterniert im Niedriggravo-Bereich hoch über der Arena. Den eiförmigen, leuchtenden Ball hielt er in der Hand des ausgestreckten Brustarms, glotzte ihn an, als wisse er nicht, wie er dazu gekommen war und was er damit anfangen solle. Dabei war der gegnerische Torring in Schussweite und unbewacht, denn die Abwehrspieler hockten am Grund der Röhre und klatschten und schrien, ungeachtet der dort unten herrschenden erhöhten Schwerkraft, im Rhythmus der Massen mit: »Bringt Boryk nach Hause! Bringt Boryk nach Hause!«

Perry Rhodan reagierte als Erster. »Der Name des Mutanten ist Boryk«, rief er. »Er übernimmt das Stadion!«

Dünner, kalter, sehr schwarzer Nebel wollte sein Denken umfangen, fesseln, in eine andere Richtung lenken. Doch die Mentalstabilisierung hielt.

Neben ihm griff Mechtan von Taklir stöhnend an seinen von einem PsIso-Netz bedeckten Kopf. Die Augen des Admirals verdrehten sich, schielten in entgegengesetzte Richtungen. Dann schüttelte er sich wie ein nasser Hund. Er öffnete den Mund, japste, als wäre er gerade ums Haar ertrunken. Schweiß stand ihm auf der Stirn. Sein Blick klärte sich. Dennoch brachte er nur unverständliches Gestammel hervor. Achab ta Mentec, der die Psi-Attacke rascher überwunden hatte, wartete nicht ab, bis sein Vorgesetzter gänzlich wieder bei Sinnen war, sondern tat das einzig Richtige und gab den Scharfschützen Feuerbefehl.

Zu spät.

Zwei Wellen aus Tausenden und Abertausenden von Leibern rollten durchs Stadionrund auf den Sitzplatz des lemurischen Mutanten zu, türmten sich um Boryk auf wie meterhohe Brecher, schirmten ihn ab, begruben ihn unter sich. Dann wälzte sich die Menschentraube hinunter in Richtung Spielfeld.

»Paralysatoren umstellen auf Akonen-Standard!«, sagte Achab mit ruhiger, klarer Stimme in sein Funkgerät. Perry empfand Hochachtung vor dem Maphan, der inmitten des Chaos Nerven und Übersicht behielt, während sein Kommandant immer noch nach Worten rang. Von ihren Positionen am oberen Rand des Trichters aus feuerten die Scharfschützen auf den zehntausendköpfigen Pulk, der Boryk umgab wie Bienen ihre dem Stock entflogene Königin. Zu Hunderten glitten die Schlachtenbummler gelähmt zu Boden, doch ständig kamen neue daher und nahmen ihre Stelle ein. Dabei agierten sie erstaunlich rücksichtsvoll, geradezu gespenstisch kontrolliert, achteten trotz des irrwitzigen Trubels darauf, nicht auf die Bewusstlosen zu treten oder sich sonst wie gegenseitig zu verletzen.

»Bringt Boryk nach Hause!«, skandierten sie unisono, zackig, abgehackt, exakt wie Roboter: »Bringt Boryk nach Hause!« Als verfügten sie über eine Art kollektiver Wahrnehmung, wuselten sie kreuz und quer, ohne jemals zusammenzuprallen, hoben sich hoch, stützten sich, schichteten sich in mehreren Lagen übereinander. Blitzschnell schlossen sie die Lücken, die von den Paralysator-Strahlen geschaffen wurden, sodass niemals freie Schussbahn auf den Lemurer entstand. Langsam, fast träge, doch unaufhaltsam flossen sie, gleich einer Lawine in Zeitlupe, auf das Spielfeld. Sie füllten die Halfpipe mit ihren Körpern, verkeilten und verspreizten sich geschickt, wobei ihnen, je höher sie sich aufstapelten, die abnehmende Schwerkraft zugute kam.

»Bringt Boryk nach Hause! Bringt Boryk nach Hause!«

Das zielgerichtete, koordinierte, puppenhaft-mechanische Vorgehen der Menschenmasse verschaffte Perry Rhodan eine Gänsehaut. *Sportfans*, schoss es ihm durch den Kopf, *stellen ideale Objekte für einen derartigen Suggestor dar. In einer möglichst großen Menge aufzugehen, sich einem höheren Ganzen unterzuordnen, ist ja genau das, was sie anstreben! An-*

statt Widerstand gegen die Beeinflussung zu leisten, begrüßen sie freudig die Gehirnwäsche, wurde erst einmal eine bestimmte Schwelle überwunden, und verstärken deren Wirkung noch ins Unermessliche.

Trotzdem schien es nur eine Frage der Zeit, bis es den Raumsoldaten gelingen würde, die Mauer aus Leibern wegzuräumen und zu Boryk vorzudringen. Schließlich war ihm jeder Fluchtweg versperrt.

Es sei denn ...

»Die beiden ringförmigen Transmitter, die als Tore dienen!«, rief Perry Achab zu. »Von wo aus werden sie gesteuert?«

»Unter dem Spielfeld befindet sich die Technikzentrale des Rotodroms. Wieso ...?« Der Maphan stutzte, begriff. Die Ingenieure, die mit der Bedienung der Antigravs und sonstigen Anlagen des Stadions betraut waren, sahen und hörten selbstverständlich, was über ihnen geschah. Sie hatten noch nicht eingegriffen. Das war der beste Beweis dafür, dass sie ebenfalls bereits unter der Kontrolle Boryks standen, Teil seiner insektenhaften Armee geworden waren.

Achab beorderte sofort mehrere durch PsIso-Netze geschützte Trupps in die Untergeschosse. Noch bevor die Soldaten die Zentrale erreichten, gab Rhodans Armband einen Signalton von sich. Er blickte auf die Anzeige. Die Signatur war erloschen.

»Er ist weg«, sagte Perry lapidar.

13

Wer sich in Gefahr begibt

Zur selben Zeit, bei Gorbas-IV

An Bord der DIÖGU, jenes Kreuzers, den Maphan Achab ta Mentec ausgeschickt hatte, um im Gorbas-System nach dem Rechten zu sehen, befanden sich acht Raumkadetten.

Rikhil cer Hospt war einer von ihnen. Sie absolvierten das letzte Praktikum vor der großen Abschlussprüfung, die in wenigen Wochen über die Bühne gehen und über ihre weitere Karriere entscheiden würde. Entsprechend eifrig paukte Rikhil, wann immer er Gelegenheit dazu bekam. In den Freischichten sowieso. Aber auch wenn er, so wie jetzt, seine Dienstzeit als vierter Funker absaß, hatte er Datenträger und Lesegerät auf seinem Pult stehen und büffelte, büffelte, büffelte.

Seine Vorgesetzten – und das waren in der Funkzentrale alle übrigen Anwesenden, denn Kadetten wurden nie zugleich für Routineeinsätze herangezogen – tolerierten dies augenzwinkernd, sofern ohnedies kaum etwas zu tun war. Rikhil kam gut mit den Raumoffizieren aus. Er wollte bald selbst einer sein und bemühte sich, von ihnen zu lernen und von ihrer reichen Erfahrung zu profitieren. Nur schade, dass sich Achab ta Mentec, sein großes Idol, so selten auf der DIÖGU blicken ließ. Vielleicht, wenn sie diesen Auftrag glorreich hinter sich gebracht hatten ...

Träum nicht, lern!, ermahnte sich Rikhil.

Wenn nur der Stoff nicht so trocken gewesen wäre! Natürlich eigneten er und seine Kommilitonen sich das beim Examen gefragte Wissen auch per Hypnoschulung an, was viel schneller und buchstäblich im Schlaf ablief. Doch zum wahren Verständnis der Materie, und insbesondere, wenn man später verschiedene Fächer nach nexialistischen Methoden kombinieren sollte, waren Wiederholungen im Wachzustand unabdingbar. Da half alles nichts, da musste er durch.

Passend zu ihrem Ziel, dem derzeit schweigenden Howalgonium-Lieferanten Gorbas-IV, hatte er eine Datei über Hyperkristalle eingelegt. Also los: »Es handelt sich dabei um Minerale auf Quarzbasis, deren Einschlüsse hyperenergetischer Natur sind. Diese Strukturen haben mehr oder weniger stabile Stofflichkeit erlangt. Chemische und physikalische Messungen führen stets zu stark schwankenden Ergebnissen. Die Bandbreite des festgestellten ›Atomgewichts‹ pendelt beispielsweise zwischen Null und 1024; chemisch zeigt sich edelgasähnliche Reaktionsträgheit neben chlorgleicher Reaktionsfreudigkeit. Da sich die Einschlüsse nicht ins Periodische System der Elemente einordnen lassen, wurden sie von den zweckdienlich orientierten Arkoniden, die als erstes Milchstraßenvolk damit experimentierten, als ›hyperenergetisch-pseudomaterielle Konzentrationskerne‹ definiert.«

Bäh, dachte Rikhil. *Was für Wortungetüme! Das soll zweckdienlich sein?*

Andererseits hätte er auch nicht gewusst, wie man es noch einfacher hätte ausdrücken können. Letztlich vermochte sich sowieso niemand einen HPK bildlich vorzustellen. Wer – wozu die Bezeichnung »Kristall« verleitete – an etwas Kantiges, aus geometrischen Formen Zusammengesetztes dachte, lag jedenfalls gründlich daneben.

»Weiterhin klassifizierten die Arkoniden die Hyperkristalle über die Effektivität des nutzbaren hyperenergetischen Potenzials an Hand der Farbvarietät: Violette Criipas erweisen sich hierbei als am effektivsten, gefolgt von den blauen Mivelum und den grünen Skabol; gelbe Losol rufen nur katalytische Effekte hervor, während rote Khalumvatt ihre Hyperwirkung schon nach kurzer Verwendung verlieren. Im Gegensatz dazu lassen sich weißliche oder auch klare Kyasoo-Mischformen multifunktionell einsetzen. Ein besonders begehrter Hyperkristall ist Howalgonium. Als nicht synthetisch herzustellende Quarzform hat dieses überdies ein ungewöhnliches Silizium-Isotopenverhältnis: Es besteht zur Hälfte aus dem Isotop Si-30, das in der Natur nur rund drei Prozent des Siliziumbestandes ausmacht.«

Rikhil schreckte auf, als aus der Orterabteilung die Meldung eintraf, dass man die am Rand des Systems beobachtete Space-Jet aus den hyperenergetischen Augen verloren hatte. Vermutlich hatte sie sich in den Ortungsschutz der Sonne begeben.

»Sollen wir das nach Akon melden?«, fragte er, die Finger begierig über seiner Tastatur spreizend.

»Gemach«, brummte der Cheffunker. »So schnell schießen die Arkoniden nicht. Kann sein, dass die Jet bald wieder auftaucht. Falls sie überhaupt jemals verschwunden ist und es sich nicht nur um Fehlmessungen aufgrund des starken Hintergrundrauschens gehandelt hat. Die lieben Kollegen sind manchmal etwas übereifrig.«

Rikhil grinste. Zwischen Espejeln und Davron, Funkern und Ortern, bestand traditionell eine gewisse Rivalität, die sich in abfälligen, oft ganz schön bösen Bemerkungen niederschlug. Gelegentlich gab es sogar ordentlich Stunk in der Kantine. Um sein Taschengeld ein wenig aufzubessern, arbeitete Rikhil neben seinem Studium an der Raumakademie dreimal die Woche in einem superfeinen Restaurant auf Drorah, das »echtes« Personal Robotern und Androiden vorzog. Dort war das Verhältnis zwischen Köchen und Kellnern genau dasselbe ...

Während der Annäherung hatte die Wissenschaftsabteilung der DIÖGU herausgefunden, dass das Gorbas-System vor rund 50.000 Jahren in einer Dunkelwolke verborgen gewesen war. Mittlerweile hatten die Sonne und ihre Begleiter das System verlassen und standen nun knapp zwei Lichtjahre von deren Ausläufern entfernt. Aktuell war es in der Nähe zu einer kosmischen Katastrophe gekommen: Ein Stern hatte sich in eine Supernova verwandelt. Deren tödliche Emissionsfront näherte sich rapide. Entsprechende Schwankungen der Strahlungsintensität waren schon feststellbar und behinderten Hyperfunk- und -ortung ganz beträchtlich. Das hatte der Chef mit »Hintergrundrauschen« gemeint.

In frühestens vier bis maximal sechs Wochen würde die Sonne Gorbas ebenfalls zur Explosion angeregt werden. Dann würden ihre acht Planeten verbrennen. Aber wenn das eintrat, wollte Rikhil cer Hospt schon als frisch Diplomierter mit stolz geschwellter Brust durch Veehraátoru flanieren, links und rechts mindestens eine schöne, glutäugige Erstsemestrige im Arm ...

H-hm. Weiter: »Während der Kristallaufbau einem normalen Raumgitter entspricht, kann der eingelagerten Pseudomaterie zwar atomähnliche Feinstruktur zugewiesen werden, doch selbst exakteste Messungen erbringen ein zwischen 208 und 513 schwankendes ›Atomgewicht‹. In Abhängigkeit von der ›Pseudo‹-Masse variiert die natürliche Hyperstrahlung, weshalb von einer ›hyperenergetischen Vario-Konstante‹ gesprochen wird. Diese ist klar von jener zu unterscheiden, die sich durch äußere Anregung – konventionell und/oder hyperphysikalisch – ergibt. Howalgonium mit der Spezifikation RT-0066 bedeutet beispielsweise, dass die Bandbreite der Vario-Abweichung nicht mehr als 66 Kalup beträgt; ein kaum noch zu unterbietender Wert. Howalgonium mit ›überwertiger Drosselkonstante‹, ÜDK-Howalgonium genannt, wird dagegen für Anti-Temporale Gezeitenfelder wie weiland den Solaren ATG-Schirm benötigt.«

Pfui!, dachte Rikhil. *Mit der Zeit herumspielen, das tut man nicht. Genau so was hat ja dazumal die Bestien und Erstkonditionierten überhaupt erst auf den Plan gerufen!*

So viel er aufgeschnappt hatte, fanden sich auf Gorbas-IV fast alle Arten von Hyperkristallen, darunter auch in außergewöhnlich hoher Menge das seltene ÜDK-Howalgonium. Kein Wunder, dass die Minenarbeiter schürften, was das Zeug hielt, um schnell noch so viel wie möglich aus den Lagerstätten zu fördern, bevor das ganze System in der Hitze der Supernovae verging.

Vielleicht sind sie ja einfach zu beschäftigt damit, ein Vermögen aus der Planetenkruste zu buddeln, um ihren Hypersender zu reparieren ... Aber nein, dieser Gedanke war dumm und eines zukünftigen Flottenoffiziers unwürdig. Niemand schnitt sich mutwillig von der Heimatbasis ab, noch dazu in einer so exponierten und bedrohten Lage. Da musste schon etwas anderes, Schwerwiegenderes dahinter stecken.

Rikhils Gedanken wanderten zurück zu den Zeitexperimenten der Lemurer, über die aus gegebenem Anlass auch an Bord ihres Kreuzers oft und angeregt diskutiert wurde. Ihn persönlich faszinierte daran weniger die theoretische Möglichkeit, in die Vergangenheit zu gehen und Fehlentwicklungen zu »reparieren«, bevor sie noch entstehen konnten. Wer sich zu lange mit Zeitschleifen und -paradoxien befasste, dem verknoteten sich irgendwann unweigerlich die Gehirnwindungen. Spannender fand er es, sich die Frage zu stellen, ob er selbst in die Zukunft blicken würde, falls er die Chance dazu bekäme. Würde er es wagen? Bestand nicht eine allzu große Gefahr der Frustration, wenn man mit ansehen musste, dass aus den unschuldigen Träumen und hochtrabenden Plänen der Jugend nichts geworden war, beziehungsweise werden würde? Oder verlöre ein junger Mensch nicht umgekehrt jede Motivation, wenn er wüsste, dass im Großen und Ganzen alle seine Wünsche in Erfüllung gingen?

Eben.

Nein, lieber ließ er sich überraschen.

Rikhil hielt sich eher für einen Realisten denn für einen Schwarmgeist. Gleichwohl malte er sich seine Zukunft in leuchtenden Farben aus: in denen der Siebenten Akonischen Raumflotte. Er zählte zu den Besten seines Jahrgangs. Wenn er jetzt noch eine saubere Abschlussprüfung hinlegte, würde man sein Gesuch um eine sekundäre Ordonnanzstelle kaum abschlägig bescheiden können, obwohl seine Familie im Adelsregister unter »ferner liefen« rangierte. Dass er gleich zu Maphan ta Mentec berufen wurde, war illusorisch. Doch über die Jahre, Schritt für Schritt, Beförderung für Beförderung, würde er ihm durch herausragende Leistungen immer näher rücken. Achab war der kommende Mann, so viel stand fest. Und wie es aussah, würde die akonische Gesellschaft in derselben Zeit eine Horizonterweiterung widerfahren. Nicht nur theoretisch – Akonen wussten gewiss nicht weniger über das bekannte Universum als Terraner, Tefroder oder Arkoniden –, sondern auch in der Praxis. Die rund fünfzig Sonnensysteme, die ihr Kerngebiet ausmachten, und der durch Ferntransmitter erschlossene weitere Einflussbereich konnten unmöglich der Weisheit letzten Schluss darstellen. Jene uralte, verknöcherte Doktrin, dass Isolation notwendig sei, das so genannte »Erste Postulat«, musste endlich überwunden werden. Vielleicht versetzten ja gerade die Archies ihren Quasi-Nachkommen den letzten Anstoß dazu. Dann stand Rikhil der Kosmos offen.

Ferne Galaxien, Mächtigkeitsballungen unbekannter Superintelligenzen, vielleicht sogar andere Universen ... Er würde sie entdecken und erforschen, zuerst an der Seite Achab ta Mentecs, später als Kommandant seines eigenen Explorer-Geschwaders. Er träumte nicht von biologischer Unsterblichkeit, wie sie Perry Rhodan erlangt hatte, der Terranische Resident, oder Gaumarol da Bostich, der Imperator von Arkon. Rikhil wollte durch seine *Taten* unsterblich werden, durch die wertvollen Errungenschaften und Handelsbeziehungen, die er seinem Volk aus den unendlichen Weiten des Alls zuführte. Dann, wenn er überzeugt war, dass sein Leben einen Sinn gehabt hatte, würde er sich befriedigt aufs Totenbett legen und, umringt von seinen zahlreichen Familienangehörigen ...

Die Orterabteilung holte ihn unsanft in die Gegenwart zurück. »Unbekanntes Raumschiff, vermutlich von Gorbas-IV gestartet, nähert sich rasch auf Konfrontationskurs. Kugelform, knapp hundert Meter im Durchmesser, offenbar ein Haluter. Also neutral. Wenn die Herrschaften in der Funkzentrale bitte so freundlich wären ...?«

»Darf ich?«, fragte Rikhil. Der Cheffunker nickte gönnerhaft. Rikhil sendete ihre Kennung: *Leichter Schlachtkreuzer DIÖGU, Einheit 11-A-369 der Siebenten Akonischen Reichsflotte, auf Erkundungsflug im assoziierten Kolonialgebiet* ... und so weiter, streng nach Protokoll.

Der Kugelraumer antwortete nicht. Stattdessen schimpfte der Ortungsoffizier: »He, ihr Schlafmützen, habt ihr nicht gehört? Ihr sollt uns identifizieren! Der vierarmige Terranerkumpel fährt seine Waffensysteme hoch. Intervallkanonen, wenn mich nicht alles täuscht, und zwar ganz üble Kaliber. Wenn ihr nicht bald ...«

»Schutzschirme aktivieren!«, übertönte ihn die Stimme des Kapitäns; ungewohnt gepresst, wie Rikhil fand.

Dann erklang ein mattes, weit entferntes, stark gedämpftes Geräusch. Als berührte jemand mit dem Finger eine Seifenblase und brächte sie zum Platzen.

Im nächsten Moment erschütterte ein Donnerschlag die Schiffszelle. Ein Licht, heller und blauer als alles, was Rikhil je gesehen hatte, huschte durch die Funkzentrale. Vom Dienst habenden Cheffunker und seinen beiden Stellvertretern ließen sich nur noch, dünn wie Stiftstriche, die Skelette erkennen.

An Bord der DIÖGU befanden sich zu diesem Zeitpunkt 212 akonische Raumfahrer, davon acht Kadetten. Rikhil cer Hospt war einer von ihnen.

Gewesen.

14

Post von Paronn

28. April NGZ, Akon-System

Katzenjammer war angesagt.

Gut, Perry Rhodan hätte aus lang verschütteten Erinnerungen hervorkramen müssen, ob es den terranischen Felidae vergleichbare Tiere auf Akons Hauptwelt Drorah oder deren zwei ungleichen Monden überhaupt gab. Aber das tat nichts zur Sache. Die Gesichter der Mitglieder des Krisenstabs sprachen jedenfalls Bände.

Perry hatte selbstverständlich die in seinem Armband gespeicherte Signatur des abermals entwischten, infektiösen Lemurer-Mutanten sofort Mechtan und seinem Apparat zur Verfügung gestellt. Die Flotte betrieb ein das gesamte System durchziehendes Orternetz, mit dem der arme, in seiner Unbedarftheit so viel Schaden bewirkende Boryk eigentlich in wenigen Minuten aufgespürt werden sollte.

Tja. Wenn es da nicht gewisse Kompatibilitäts-Probleme gegeben hätte.

Durch und durch isolationistisch eingestellt von Alters her, verwendeten die Akonen ausschließlich eigene Betriebssysteme für ihre Syntrons. Zusätzlich schotteten sie die wichtigen, also unter der Fuchtel des Militärs stehenden Rechner unter Aufbietung einer Fülle hochkomplexer, vielfach ineinander verzahnter, virtueller Feuerwälle,

Eisberge, Teergruben, Panzersperren, Paratronschirme und was der Synonyme und Metaphern mehr war, gegen jede denkbare Infiltration von außen ab. Aufgrund dieser xenophoben Paranoia schufteten derzeit Legionen von Technikern daran, Perrys Daten soweit aufzubereiten, dass sie trotz ihres »terranischen« Ursprungs für harmlos erklärt und ins Flottennetz eingespeist werden konnten.

Inzwischen war die Situation im Rotodrom bereinigt worden, wenngleich keineswegs auf so unauffällige Weise, wie es Mechtan von Taklir vorschwebte. Auch Achab ta Mentec wirkte angeschlagen. Der Maphan hatte viel von seiner Souveränität eingebüßt. Geneigten Kopfes saß er da und überließ mit einer müden Handbewegung dem Einsatzleiter seiner Bodentruppen das Wort.

»Nachdem der Giftzwerg durch den umgepolten Tor-Transmitter entkommen war – wonach die ihm hörigen Techniker die Zieladresse gelöscht haben –, befiel die verbliebene Masse der Sportfanatiker eine Art Fluchtreflex. Sie stürmten die Ausgänge. Zwei Drittel davon waren von Soldaten besetzt, die rechtzeitig mit PsIso-Netzen ausgerüstet worden waren. Dort wurden die Kontaminierten problemlos aussortiert und in die Spitäler verbracht. Die zur Bewachung der restlichen Pforten und der daran anschließenden Transmitter abgestellten Sicherheitsorgane aber litten noch unter den Nachwirkungen des suggestiven Einflusses und waren daher nicht in der Lage, den anströmenden Mob aufzuhalten. Etliche verließen sogar ihre Posten und beteiligten sich an der Flucht.«

»Soll das heißen, rund dreißigtausend Personen, von denen ein unbekannter Prozentsatz bei dem Tumult auf dem Spielfeld infiziert worden ist, haben sich ungehindert aus dem Staub gemacht?«, fragte Mechtan von Taklir heiser.

»Nicht alle. Nach Einnahme der Technikzentrale konnten wir die betreffenden Transmitter abschalten. Doch da waren bereits etwa achttausend hindurchgegangen.«

»Die in diesem Augenblick die Krankheitserreger verteilen, wo auch immer sie daheim sind?«

»Ich fürchte, davon müssen wir ausgehen. Wenigstens haben wir im Rotodrom keine Toten zu beklagen, und nur eine relativ geringe Zahl von Schwerverletzten.«

Mechtan sackte in seinem Sessel zusammen. »Das ist schön, zählt aber nicht. Die Medien werden mich hinrichten«, sagte er tonlos. »Exekutieren, terminieren, mit einem pausenlosen Stakkato aus Schmähungen füsilieren. Dahilm Drschat macht mich in seiner Show wochenlang zum Gespött der Galaxis. Kann ihn schon fuchteln sehen und höhnen hören: ›Der Archen-Admiral mitsamt seiner ganzen Siebenten Flotte war nicht imstande, einen einzelnen, auf sich allein gestellten Lemurer-Wichtel unter Kontrolle zu bringen. Bravo, Mechtan von Taklir – dank deiner Inkompetenz breitet sich die Seuche über alle Welten des Reichs aus, fordert in Bälde Millionen von Opfern.‹ Kurz gesagt, ich bin erledigt.«

Perry Rhodan empfand Mitleid. Aber was hätte er tun sollen?

Der Admiral trug die Verantwortung. So wie Mechtan sich früher in Ruhm und Ehre gesonnt und den Lorbeer geerntet hatte, musste er nun auch die Schande ertragen und die Prügel einstecken. Das brachte die Position an der Spitze nun einmal mit sich. Immerhin sprach es für Mechtan, dass er nicht versuchte, die Schuld auf Untergebene abzuwälzen, sondern sich auch in dieser bitteren Stunde vor seine Leute stellte.

Endlich gaben die Syntroniker grünes Licht. Boryks Individual-Signatur wurde erfolgreich eingelesen, und bald darauf brachte die Orterfahndung ein Ergebnis.

Jars von Aburrir erbleichte, als es bekannt gegeben wurde. Achab schloss die Augen und atmete tief durch.

Mechtan lachte sarkastisch auf: »Das hat uns gerade noch gefehlt.«

Obwohl er seine Macht auf eine so große Zahl von Personen ausgeübt hatte, fühlte sich Boryk kaum erschöpft. Das lag vielleicht an den durch die Wiedergeburt neu gewonnenen Energien; wahrscheinlicher aber daran, dass die Menge in der gewaltigen Schüssel ihn nicht nur Kraft gekostet, sondern ihm ihrerseits Kraft *gespendet* hatte. Er verspürte auch weder Hunger noch Durst, nur etwas Appetit auf einen Süßriegel.

Zwei der Riesen hatte er sich zu Begleitern erwählt. Sie waren ihm als Rädelsführer ihrer Gruppen aufgefallen. Er kannte diesen Typ: Wichtigtuer, Breitmäuler, geborene Obmänner, so wie Gujnar einer gewesen war. Keine echten Führungspersönlichkeiten, aber gut darin, sich im kleinen Kreis vorzudrängen, im Brauchtumsklub, in der Kugelspielrunde, am Muschelsammler-Stammtisch als umständliche Organisatoren das große Wort zu führen – sich hingegen bedingungslos unterzuordnen, sobald wirklich Mächtige auf den Plan traten.

»Bringt mich nach Hause!«, hatte er seinen Gefolgsleuten angeschafft. Doch da er ihnen nicht verdeutlichen konnte, was er damit meinte, geschweige denn, wo es lag, beschrieb er ihnen die Höhle mit den vielen grünen Weltentoren. Der klobige Glatzkopf namens Zupat behauptete daraufhin strahlend, das Ziel zu kennen, und der spindeldürre Werch pflichtete ihm eifrig nickend bei. Also übermittelten sie den Herrot, die das Tor steuerten, ihren Wunsch, und ließen sich von den anderen Riesen durch den leuchtenden Ring hieven.

Aber sie kamen nicht dort heraus, wohin Boryk gewollt hatte. Hier sah es ganz anders aus. »Ihr habt euch geirrt«, sagte er enttäuscht.

»Was?«

»Was?«

Er musste den Satz wiederholen, denn an diesem Ort herrschte ein derartiger Krawall, dass man sein eigenes Wort nicht verstand. Schrille Musik erklang aus unzähligen verschiedenen Quellen. Überall trötete, schepperte und orgelte es um die Wette. Auch Dutzende Stimmen plärrten gegeneinander an. Boryks Kästchen kam gar nicht mit, stieß nur Satzfetzen aus wie: »... größte Attraktion der Galaxis ... beginnt demnächst die Frettchenparade ... dreht sich, alles bewegt sich ... Mordsspaß für die ganze Familie ...«

Grellbunte Lichtkaskaden und eine Fülle unterschiedlichster Essensgerüche verliehen dem Platz eine gewisse Ähnlichkeit mit dem Dorf im Silbernen Berg. Doch während sich Boryk dort trotz der Überfülltheit und des fröhlichen Durcheinanders immer wohl gefühlt hatte, stieß ihn dieser maßlose Rummel ab. Dabei schien vieles, was er sah, auf seine Größe zugeschnitten, vor allem die zahlreichen Tiere und Fahrzeuge. Auch überragten ihn hier bedeutend weniger Leute als auf den anderen Riesenwelten, die er besucht hatte. Die meisten der lachend und jauchzend Herumtollenden waren ... *Kinder!*

»Wir sind hier falsch«, rief er.

»Nein, nein, Meister, hab nur ein wenig Geduld, gleich kommen wir in die Höhle mit den vielen grünen Toren.«

»Grüne Tore. Ganz wie du gesagt hast, Meister!«

Skeptisch ließ sich Boryk von den beiden mitschleppen. Eine lächerliche Gestalt in einem dicken, braunen Fell hängte ihnen im Vorbeigehen Blumengirlanden um, die ekelhaft rochen. Dazu trällerte sie »Willkommen im Frettchenland!«

Angewidert fragte Boryk: »Sind wir bald da?«

»Nur noch ein paar Schritte. Da vorn liegt der Eingang.«

»Da gehen wir dann hinein, Meister.«

Das Zauberbrettchen in seiner Tasche piepste, als sie bei der Hütte ankamen, auf die Zupat gedeutet hatte. Der tierische Wächter vollführte eine Serie grotesk übertriebener Verbeugungen, dudelte eine Melodie und half ihnen in ein Wägelchen. Ruckelnd fuhren sie durch eine doppelte Schwingtür, dann neigten sich die Schienen nach unten.

»Siehst du? Ab geht's in die Höhle!«

»Die mit den Weltentoren, Meister.«

Am liebsten hätte er die beiden Riesenblödiane geohrfeigt, als sich herausstellte, wie gründlich sie ihn missverstanden hatten. Ja, sie zuckelten durch eine Höhle. Und ja, in den Wänden links und rechts von den Geleisen befanden sich grün gestrichene Tore. Sie waren mit Sonnen, Monden und Sternen verziert und öffneten sich knarrend, wenn das Wägelchen vorbeikam. Dahinter waren Figurengruppen aufgebaut, die wohl bekannte Sagen, Märchen oder historische Ereignisse darstellen sollten.

»Hübsch, nicht wahr? So viele Welten, gell?«

»Dioramen von allen Planeten des Reichs, Meister. Bist du zufrieden?«

»Haltet euren Mund!!!«

Sie fuhren schweigend weiter, bis sie wieder oben angekommen waren. Die ganze Zeit über pressten Zupat und Werch ihre Hände auf die Lippen, so fest sie nur konnten.

»Frettchenland. Eine Raumstation ungefähr in der Mitte zwischen Drorah und Xölyar«, erklärte Aykalie, während sie zu den Transmittern trabten. »Im Prinzip Veehraátoru für Minderjährige.«

»Ein Vergnügungspark im All?«, fragte Perry, dem Übles schwante. Er konnte sich vorstellen, was die technikverliebten Akonen mit den Mitteln von Antigravitation, Formenergie und so weiter auf dem Sektor der Belustigungsanlagen zu leisten imstande waren. Und was ein verwirrter Suggestor in einer solchen Umgebung anzustellen vermochte ...

»Ja. Fippo Frettchen ist eine beliebte TrickVid-Figur. Da oben tummeln sich zehntausende Kinder. Wenn es einen Ort gibt, an dem wir diesen Boryk noch weniger brauchen können als im Rotodrom, dann ist das Frettchenland. Armer Großvater Mechtan, derzeit scheint sich wirklich alles gegen ihn verschworen zu haben!«

Horrorbilder erschienen vor Perrys geistigem Auge, und wahrscheinlich nicht nur vor seinem. Ein Massaker am HiTec-Rummelplatz ... Er sprang hinter der Akonin durch den Lichtbogen, orientierte sich, lief zu Mechtan von Taklir. »Takhan, auf ein Wort.«

»Resident.«

»Ich möchte mich keineswegs in deine Belange einmischen. Doch in Anbetracht der ernsten Lage ...«

»Falls du mir einen Rat erteilen willst, nur zu. Du bist uns allen an Erfahrung überlegen. Ich höre.«

Perry warf einen raschen Blick auf sein Multifunktions-Armband. Der Mikroorter hatte Boryks Standort bereits eruiert. »Dies ist kein Umfeld für einen groß angelegten Militäreinsatz.«

»Da stimme ich dir zu. Doch ich muss verhindern, dass die Seuche noch weiter verbreitet wird.«

»Lass alle Transmitter in die Quarantänekliniken umleiten. Postiere *dort* deine Leute, um die Ankommenden in Empfang zu nehmen und zu betreuen.«

»Wenn aber Boryk ...«

»Speist seine Signatur in die Syntrons der Abstrahlgeräte, sodass er diese nicht benutzen kann. Dann sitzt er hier fest.«

Achab ta Mentec sah den Admiral an; der nickte. Der Maphan trat beiseite, um alles Nötige in die Wege zu leiten.

Mechtan fragte: »Wie verhindern wir, dass er wieder einen Menschenschwarm in seine Gewalt bringt?«

»Indem wir ihn nicht unter Druck setzen. Ich glaube, dass er im Rotodrom nicht vorsätzlich gehandelt, sondern instinktiv auf die entfesselte, aggressive Stimmung reagiert hat. Im Grunde will er nur zurück auf seine Arche.«

»›Bringt Boryk nach Hause!‹«

»Genau. Wir sollten uns ihm so annähern, dass er nicht wieder vor Schreck durchdreht. Also in einer möglichst kleinen Gruppe.«

»Gut. Du, Jars und Aykalie. Achab soll sich in der Nähe halten, mit einigen wenigen Spezialisten vom Aburrir-Sicherheitsdienst. Die sind besser für Geiselnahmen und dergleichen geschult als meine Raumsoldaten.«

»Danke, Takhan.«

Ihre Blicke trafen sich. »*Ich* habe zu danken.«

Perrys Armband piepste. Er fürchtete schon, der Orter hätte die Signatur verloren, doch es war ein Anruf.

»Soeben habe ich eine Botschaft gefunden«, sagte Icho Tolot. »Von Levian Paronn.«

Ihm blieb keine Wahl.

Die DIÖGU meldete sich nicht mehr. Sobald er das erfahren hatte, stand für Levian fest, dass die erwarteten, ja geradezu herbeigesehnten Ereignisse ihren Anfang genommen hatten. Alles passte zusammen: Die Dunkelwolke, die Howalgonium-Vorkommen, der Ausfall des Hypersenders auf dem vierten Planeten und nun auch das Schweigen der DIÖGU.

Dennoch durfte er kein Risiko eingehen, indem er auf eigene Faust dem zweiten Instrument nachjagte, das er zur Verwirklichung seines Jahrzehntausendplans benötigte. Wenn jemand zeitgerecht dessen Standort fand, dann Tolot. Also musste Levian den Haluter nach Gorbas bringen.

Er sprang in die ACHATI UMA. In dem Durcheinander, das die Flucht des lemurischen Mutanten quer durchs Akon-System bewirkt hatte, und bei den vielen Ortswechseln des Krisenstabs fiel seine kurze Abwesenheit nicht auf. Icho Tolot war gerade an Bord seines eigenen Kugelraumers, sodass Levian eine Folie in der Kabine des Hüters deponieren konnte. Sie enthielt die Einladung zu einem Treffen und die astronomischen Koordinaten des Gorbas-Systems. Unterzeichnet hatte Levian Paronn mit seinem richtigen Namen und dem aktuellen Datum. Das sollte reichen, um den Haluter dorthin in Marsch zu setzen, wo er ihn haben wollte.

Blieb nur noch das Problem Boryk, beziehungsweise Diarium. So Leid es Levian tat, er musste seine geliebten Aufzeichnungen notfalls vernichten, damit Rhodan sie nicht zu lesen bekam.

Und er wusste auch schon, wie.

Ihm war zum Heulen, also heulte er. Boryk stützte seinen Kopf auf die Hände und ließ den Tränen freien Lauf.

Die beiden Riesen schwiegen betreten. Wahrscheinlich schämten sie sich ihrer Nutzlosigkeit. Boryk schämte sich ebenfalls, und er verwünschte den Tag seiner Geburt. Er hatte immer nur das Beste im Sinn gehabt, wollte ein braver Junge sein, Gutes tun – und doch hatte er grobe Verfehlungen begangen, schwere Schuld auf sich geladen. Das Schicksal der Naahkin belastete sein Gewissen ebenso wie der Tod der freundlichen Riesin, die ihn in der Liebesgrotte versteckt hatte. Und was in dem gigantischen Ballspiel-Trichter angerichtet worden war, vermochte er nicht einmal zu erahnen.

Niemand sollte mit einer Fähigkeit geschlagen sein wie der meinigen, dachte er. *Das ist viel zu viel Macht für einen Einzelnen, weniger eine Gabe denn ein Fluch.*

Nun erfasste ihn doch eine Art Kater, wenngleich ohne körperliche Symptome. Boryk fühlte sich leer, mutlos, verzagt. Auf einmal konnte er nachvollziehen, wie der Göttin zumute gewesen sein musste. Er verspürte Todessehnsucht; erkannte, dass auch das Amulett auf Dauer kein Glück brachte, sondern vielmehr Leid und Verzweiflung.

Er hörte seinen Namen. Konnte es erst fast nicht glauben. Jemand hatte ihn angeredet. In seiner Sprache, oder jedenfalls einer, die ganz ähnlich wie seine eigene klang!

»Boryk, verstehst du mich? Bitte erschrick nicht. Wir wollen dir helfen, zurück nach Hause zu gelangen.«

Er hob den Kopf. Der Riese war hellhäutiger als die anderen, hatte dunkelblondes Haar und graublaue Augen.

Einen Schritt hinter ihm stand eine Riesin, die eine netzartige Kopfbedeckung trug, so wie auch der Mann neben ihr ... der Majittri!

Die Flucht war zu Ende. Sie hatten ihn eingeholt.

Beinahe empfand Boryk Erleichterung darüber.

Zupat und Werch waren aufgesprungen, wollten sich schützend vor ihn stellen. Er winkte ab. »Geht«, sagte er zu ihnen, »ich entlasse euch. Verzeiht mir, dass ich euch missbraucht habe.«

»Aber Meister, wir möchten bei dir bleiben.«

»Ja, bei dir, Meister.«

Sie wirkten verwirrt, vor den Kopf gestoßen. Wie Kinder, die nicht verstanden, warum sie nicht länger mitspielen durften. Er hatte ihnen etwas gegeben, und nun nahm er es ihnen wieder weg, ohne Begründung, einfach so.

Noch ein Fehler, noch eine Sünde.

»Sucht das Weite«, sagte er leise. »Bitte.«

»Das Weite, na klar!«

»Toll, gute Idee. Das Weite suchen. Wird sofort gemacht, Meister.« Sie trollten sich zufrieden.

»Bist du bereit, mit uns zu kommen, Boryk?«, fragte der Hellhäutige. »Wir bringen dich in deine Heimat.«

»Ja.«

Der Majittri räusperte sich, ein wenig verlegen, wie Boryk schien. »Ich habe Grund zur Annahme, dass du bei unserer letzten Begegnung einen Gegenstand an dich genommen hast, der mir gehört. Magst du ihn mir wieder zurückgeben?«

Boryk griff in seine Taschen, holte das Zauberbrettchen, das Werkzeug und das abgegriffene Gerät heraus. Er hielt die Gegenstände dem Hellhäutigen hin, weil dieser näher stand.

Der Riese streckte die Hand danach aus. Doch bevor er zugreifen konnte, durchschnitt ein zorniges Summen die Luft, und die Welt explodierte.

Perry Rhodan bemerkte das silberne Aufblitzen aus den Augenwinkeln. Er reagierte ohne nachzudenken, stieß Jars zur Seite, hechtete nach vorn, riss Boryk mit sich zu Boden. Dann gab es einen lauten Knall.

Als er die Besinnung wiedererlangt hatte, stellte Perry fest, dass er nur leichte, oberflächliche Verletzungen davongetragen hatte. Boryk aber war übler getroffen worden. Er lag in einer Blutlache. Die Explosion hatte ihm einen Unterarm abgerissen. Jars und Aykalie war nichts passiert, wenn man vom Schock absah. Sie standen eng umschlungen da, nach Atem ringend.

Ehe jemand anderer die Initiative ergreifen konnte, sprach Perry ins Minikom seines Armbands: »Rhodan an PALENQUE. Ich komme in Kürze mit dem schwer verletzten Lemurer-Mutanten an Bord. Bereitet alles für eine Notoperation sowie Dekontaminierung beziehungsweise Quarantäne vor.«

Achab ta Mentec tauchte auf, keuchend vom Laufen. »Moment. Sollte er nicht in eines unserer Hospitäler ...«

»Nein. Bei allem Respekt, Maphan – hier geht es nicht mit rechten Dingen zu. Das war ein gezielter Anschlag. Bis aufgeklärt wurde, wer dahinter steckt, bleibt Boryk bei mir.«

Er sammelte rasch an Trümmerstücken ein, was er finden konnte, hob dann den Bewusstlosen vorsichtig hoch und trug ihn zum nächst gelegenen Transmitter. Die Proteste von Jars, Achab und Aykalie ignorierte er brüsk. Jemand trieb ein falsches Spiel. Perry war zornig und nicht gewillt, sich das noch länger bieten zu lassen.

Nachdem der Lemurer in der Medo-Sektion der PALENQUE erstversorgt und in künstlichen Tiefschlaf versetzt worden war, ging Perry Rhodan daran, mittels der Aufzeichnungsfunktion seines Armbands das Geschehen zu rekonstruieren. Es stellte sich heraus, dass eine Mini-Drohne mit eingebautem Sprengsatz eines der Geräte aus Boryks Taschen angesteuert hatte. Sowohl der winzige Flugkörper als auch die drei Gegenstände waren dabei zerstört worden. Drohnen dieses Typs gehörten laut TLD zur Ausrüstung von Spezialeinheiten wie jenen, die Jars von Aburrir unterstanden und zuletzt von Achab ta Mentec kommandiert worden waren. Weitere Hinweise darauf, wer den Flugkörper losgeschickt hatte, fand er nicht.

Icho Tolot kam von der HALUT herüber und zeigte Perry die Folie mit Levian Paronns Botschaft, die erst vor kurzem in der Kabine platziert worden sein musste. Sie informierten Sharita Coho sowie Jere von Baloy, den Kapitän der LAS-TOÓR. Man entschied einstimmig, unverzüglich mit allen drei Schiffen ins Gorbas-System aufzubrechen. Eile war geboten. Noch einmal sollte ihnen Mechtans Flotte nicht zuvorkommen.

Als sie die erste Metagrav-Etappe eingeleitet hatten, machte sich Perry Rhodan zusammen mit Kurd Brodbeck, dem Cheftechniker der PALENQUE, und dem Physiker Hartich van Küspert über die Fragmente der Gegenstände aus Boryks Taschen her. Er glaubte nicht ernsthaft, den kleinen Trümmersplittern noch irgendwelche Geheimnisse entlocken zu können. Allerdings hegte er den unbestimmten Verdacht, dass nicht Boryk, sondern eines dieser Geräte das eigentliche Ziel des Anschlags dargestellt hatte. Des kleinen Mutanten hätte man sich schließlich nun, da er jeden Widerstand aufgegeben hatte, auch einfacher entledigen können. Also zahlte es sich vielleicht ja doch aus, sich mit den Bruchstücken abzuquälen.

»Hauptsächlich sind das Bestandteile zeitgenössischer akonischer Syntron-Anwendungen«, stellte Brodbeck nach der mikroskopischen Untersuchung fest. »Aber einige der Überreste gehörten zu einem viel älteren Utensil.«

»Du meinst ...«

»Lemurische Fabrikation, ja. Wenn du mich fragst, war das eine Art Diktaphon. Und das Tolle daran – die Daten wurden noch analog aufgezeichnet. Auf einem nichtflüchtigen, biopositronischen Speichermedium.«

»Sie sind nicht vollständig verloren?«

»Na ja, viel werden wir nicht mehr abspielen können. Außerdem müssen wir erst eine Vorrichtung dafür improvisieren. Hartich, du bist doch Nostalgiker und sammelst archaischen Krempel. Vielleicht können wir davon etwas verwenden?«

Perry spürte, wie seine Finger zu kribbeln begannen. Er wagte seine Hoffnung nicht auszusprechen, nicht einmal in Gedanken zu formulieren ... Ihre Mühe wurde belohnt. Kurz, bevor die drei Raumschiffe das System der Sonne Gorbas erreichten, präsentierten ihm Brodbeck und Küspert, was sie hatten retten können.

»Voilá«, sagte der Physiker und überreichte Perry einen Speicherkristall. »Wie Kurd schon gesagt hat, es ist nur ein sehr kleiner Teil der ursprünglichen Aufzeichnungen, und selbst der ist lückenhaft. Wie einige wenige, einzelne Fetzen der Leinwand eines antiken Gemäldes, ja? Aber unzweifelhaft handelt es sich um die Reste von Levian Paronns Tagebuch. Wir haben die Eintragungen chronologisch geordnet, soweit wir einen Timecode lesen konnten. Viel Spaß damit!«

Intermezzo:

Das Opfer des Hüters

Ich bin überrascht. Er ist wieder da!

Seine Erscheinung flößt mir fast noch mehr Schrecken ein als bei unserer ersten Begegnung. Damals war er ein Monster von vielen, namenloses Unheil, das wir nicht als Individuum wahrnahmen, sondern als Teil einer grauenvoll perfekten Kriegsmaschinerie. Erst mit der Zeit gelang es ihm, uns zu überzeugen, dass er die Seiten gewechselt hatte und sich gegen Seinesgleichen stellte. Wir trauten ihm nicht. Er aber erwies sich als Freund, ja als für meine Sendung ebenso wichtig wie jener andere, mit dem alles begonnen hat. Ich wüsste nicht zu sagen, wem ich mehr verdanke.

Es gibt also keinen Grund, sich vor ihm zu ängstigen. Dennoch kostet es mich immer wieder Überwindung, zu ihm aufzublicken. Er ist so groß, so mächtig ... An Bord der ACHATI UMA kommt seine körperliche Überlegenheit noch viel stärker zur Geltung als auf Lemur oder dem Planeten Torbutan. Einfühlsam und rücksichtsvoll, wie es seiner Art entspricht – korrigiere: ihm *als Einzigem* seiner Art entspricht –, hält er seine ungeheuren Kräfte im Zaum, vermeidet hastige Bewegungen, kommuniziert in einer Lautstärke, die für ihn einem Flüstern gleichkommen muss. Und trotzdem: Ich kann nicht gegen das Trauma an, kann die kreatürliche Furcht nicht völlig unterdrücken, die sich mir von Kindheit auf eingeprägt hat.

Ich beneide meine Besatzung, der dies erspart geblieben ist und hoffentlich für immer erspart bleiben wird ...

Er hat, bevor er die UMA gefunden hat, bereits andere Sternenarchen aufgesucht. Dort ist soweit alles in Ordnung, berichtet er. Wir kommen überein, in Zukunft weiteren Generationenschiffen Besuche abzustatten. Das wird die Moral der Bewohner heben und uns außerdem die Möglichkeit schaffen, etwaige Fehlentwicklungen zu korrigieren. Zeit haben wir ja mehr als genug. Er meint, der kugelförmige, hundert Meter durchmessende Raumer sei zwar beschädigt, werde aber wohl noch eine Weile durchhalten ...

Heute bin ich zum ersten Mal mit ihm an Bord seines Schiffes gegangen. Oh geliebtes Diarium, das war ein Erlebnis, bei dem meine gesamte Selbstbeherrschung gefordert wurde! Wir hatten zwar – selten genug! – Technologie der Bestien erbeutet. Sie allerdings in Aktion zu erleben, bedient von einem derjenigen, auf die sie zugeschnitten wurde, ist etwas völlig anderes.

Ich halte mich für einen gefestigten, abgebrühten Charakter, habe auch wahrlich in meinem Vorleben genügend Schlimmes gesehen. Doch wie er da in seinem Kommandostand agiert, verschmolzen mit dem Schiff, das er ganz allein beherrscht, selbst mehr Killermaschine als Lebewesen ... Er ist so schnell, so aufmerksam, uns auch geistig so weit voraus. Kein Wunder, dass wir gegen sein Volk letztlich chancenlos waren. Sie sind zum Kämpfen und Siegen geboren, zu keinem anderen Zweck gezüchtet.

Wir Lemurer hielten uns früher für die Krone der Schöpfung. Welch pathetische Arroganz!

Wenn es Überwesen gibt in unserer Galaxis, dann sind *sie* es.

Seine Anwesenheit wirkt sich erstaunlich positiv auf die Stimmung an Bord aus. Die Jungen nennen ihn den »Hüter«. Auch auf der NETHACK ACHTON, sagt er, hätte man ihn mit diesem Beinamen angesprochen. Offenbar gibt seine kolossale Präsenz Halt und Sicherheit. Das Universum da draußen ist so groß und weit, so schrecklich leer ... Unser Schiffchen, obwohl das grandioseste, das Lemurer bis zu diesem Zeitpunkt erbaut haben, hat dem fast nichts entgegenzusetzen. Da tut es gut, ihn unter uns zu wissen, ein Wesen, das sogar dem interstellaren Vakuum für eine gewisse Zeit zu trotzen vermag. Er schützt, behütet, fördert uns, als wären wir seine Kinder. Klinge ich schwärmerisch? Mag sein. Aber ich übertreibe nicht.

Er ist ein Segen für die Arche, ein Segen für die ganze Menschheit.

Wir diskutieren oft. Er erzählt mir viel von dem, was war und sein wird. Nicht alles, glaube ich. Manchmal gewinne ich den Endruck, dass er mir bewusst Dinge vorenthält. Nun, er wird seine Gründe dafür haben. Ich bedränge ihn nicht, bin mir seiner Loyalität mittlerweile hundertprozentig sicher.

Umgekehrt muss ich dir, o Diarium, gestehen, dass ich meinerseits drauf und dran bin, mich ihm gegenüber unlauter zu verhalten.

In unserem letzten Gespräch hat er mich nämlich auf eine Idee gebracht, die mir nicht mehr aus dem Kopf will ...

Es muss sein. Ich werde umdisponieren.

Der erste, ursprüngliche Plan war und ist gut. Nach wie vor halte ich im Wesentlichen daran fest. Jedoch werde ich ihn erweitern, um eine zweite, ungleich tiefgreifendere, nachhaltig den Ausschlag gebende Komponente.

Ein großes Wagnis ist damit verbunden, weshalb ich den Hüter nicht einweihen darf.

Obwohl er es war, der mich dazu inspiriert hat.

Er hat mir beiläufig von einer militärischen Forschungsstation berichtet, situiert in einem Sonnensystem, dem man viel später den lemurischen Namen »Ichest«, Zwischenstopp, geben wird. In dieser Station wurde an der Entwicklung einer ganz speziellen Waffe gearbeitet. Wäre sie rechtzeitig fertig gestellt worden, sie hätte den Krieg entschieden; zu unseren Gunsten, versteht sich. Doch dazu kam es leider nicht mehr.

Wie bitter. Das ist es wohl, was man als »Ironie der Geschichte« bezeichnet: Während für uns in den Archen durch den Dilatationsflug nur Wochen vergingen, liefen da draußen die dunklen Jahrzehnte und Jahrhunderte ab, fand das Drama der Vertreibung der Menschheit aus ihrer Heimatgalaxis statt, unter entsetzlichen Opfern und der Zerstörung fast aller Tamanien. Die Milchstraße schwamm im Blut der Lemurer. Unbeschreiblich ist das Ausmaß des Leids, das die Offensiven der Bestien über uns gebracht haben. Und unabänderlich das grausame Schicksal.

Es sei denn, die Waffe aus der Station im Ichest-System könnte *doch* früh genug eingesetzt werden.

Viel früher. Bereits zu Beginn des Krieges – der dann wohl rasch wieder beendet wäre ...

Es ist vollbracht.

Die Waffe – oder genauer gesagt ihre Konstruktionspläne, was aber dasselbe ist – befindet sich in meinem Besitz.

Es hat meiner ganzen Überredungskunst bedurft, ihn dazu zu bringen, das Ichest-System anzufliegen. Bei Veéhrato, es war nicht leicht und kostete mich viel Überwindung, den Hüter zu betrügen. Nach allem, was er für mich, die Sternenarchen und die gesamte Menschheit getan hat, fiel ich ihm in den Rücken, brach ihm die Treue. Ich fühlte mich schlecht dabei, das darfst du mir glauben, geliebtes Diarium, als ich ihn seinem Schicksal überließ. Noch heute schrecke ich mitten in mancher kurzen

Nacht auf, weil ich geträumt habe, er stünde an meiner Liegestatt und sähe mich an, mit seinen drei übergroßen, unergründlichen Augen.

Muss ich mir Vorwürfe machen deswegen, dass ich seinen Tod in Kauf genommen habe? Ja. Er hatte eine solche Behandlung nicht verdient; nicht er, nicht das auch moralisch imponierendste Wesen, dem ich je begegnen durfte. Und nein: Verglichen mit dem, was auf dem Spiel steht, vermeine ich meine Tat rechtfertigen zu können. *Dieser* Zweck heiligt jedes Mittel. Ich bedaure zutiefst, dass ich ihn opfern musste; doch die Geschichte wird mich freisprechen, spätestens wenn mein Plan in Erfüllung gegangen ist.

Ja, ich bilde mir sogar ein, er selbst würde mir nachträglich beipflichten, würde meine Handlungsweise verstehen und gutheißen, hätte er die Gelegenheit dazu. Obgleich ich ihn logischerweise nicht ins Vertrauen ziehen konnte, hatte ich manchmal den Eindruck, er ahne, zumindest ansatzweise, was ich vorhabe. Schlussendlich aber ließ er sich überzeugen und ging, möglicherweise sehenden Auges, in sein Verderben …

Gerade in der Einsamkeit der verlassenen Station habe ich dich, mein Diarium, erst so richtig schätzen gelernt. Sie ist groß, weitläufig, schrecklich leer. Wunderlich könnte man werden als einziger Bewohner. Selbst ich liefe Gefahr, den Verstand zu verlieren, besäße ich nicht dich – und die Gewissheit, dank meines Zellaktivators die lange Wartezeit überstehen zu können, bis zu jenen fernen Tagen, an denen sich die Entwicklung ihrem Höhe- und Wendepunkt zuneigen wird. Aber da werde ich bereits auf Drorah weilen, der verschont gebliebenen Hauptwelt des 87. Tamaniums, und unter dem Deckmantel einer anderen Identität alles vorbereitet haben für das Finale, welches zugleich, ja *gleich-zeitig*, die Ouvertüre darstellt.

Ich warte, übe mich in Geduld und Disziplin. Auch ich bin jetzt zu einem Hüter geworden, zu einem Hüter der Zukunft. All mein Sinnen und Trachten wird von nun an darauf gerichtet sein, andere dazu zu bringen, genau das zu tun, was getan werden muss – damit sich erfüllt, was eigentlich schon geschehen ist.

Und dann, in dem einen, kurzen, entscheidenden Moment, werde ich eingreifen und alles ändern. Buchstäblich alles – nämlich nicht mehr und nicht weniger als die galaktische Geschichte der letzten 50.000 Jahre.

15

Die Gerechten der Zeit

29. April NGZ, Gorbas-System

Garm Hesset war 50 Tage alt. In diesem, seinem zweiten Leben hatte er erst fünf anderen Intelligenzwesen persönlich gegenübergestanden – und sie unmittelbar darauf getötet.

Garm empfand deswegen weder Stolz noch Reue. Hass lag ihm so fern wie Mitleid. Auch wenn er, was nicht sehr oft geschah, seinem Ordinärhirn Vorrang gegenüber dem Planhirn einräumte, gestattete er sich keine derartig pervers übertriebenen Emotionen. Schon gar nicht im Zusammenhang mit den zweiarmigen Zwergen. Der leiseste Anflug eines Gedankens, jenes Ungeziefer, die Pest der Galaxie, wäre einer solchen Regung würdig, entsprach der Verschwendung von geistigen Ressourcen und war daher aus Gründen der ökologischen Vernunft abzulehnen. Jede noch so kleine Einheit von Zeit oder konzeptueller Kapazität wurde anderweitig benötigt. Es galt, den Arsenalplaneten zu erschließen, die industrielle Produktion anzukurbeln, die Aufzuchtsprogramme zu betreuen.

Und, nicht zuletzt, das *Gebilde* betriebsfertig zu stellen und seiner Nutzung zu übergeben.

Als vor 50 Tagen der Impuls eintraf und Garm Hesset zu seinem neuen, zweiten Leben erweckte, wusste er nichts außer seinem Namen und, dass er zu den Zeitgerechten gehörte. Doch mit jedem Schlag seiner Herzen floss ihm über dieselbe Anlage, die das Kryoplasma in seinem langsam auftauenden Körper durch Blut, Lymphe und Gewebeflüssigkeit ersetzte, geballtes Wissen zu: über den Sinn seiner Existenz im Allgemeinen, sowie im Speziellen seine Mission hier und jetzt, an ausgerechnet diesem Ort und zu just dieser Zeit. Höchste Priorität musste, das wurde ihm alsbald klar, dem Gebilde eingeräumt werden. Es stellte das Kernstück des Arsenals dar, wie auch die Rückendeckung im Rahmen der Strategie, der diese und alle anderen Zeugwelten dienten. Je eher es seine Funktion erfüllte, desto höher lag die Wahrscheinlichkeit eines durchschlagenden Erfolgs.

Wer das Gebilde, ein unersetzliches Unikat, entworfen und ursprünglich errichtet hatte, entzog sich Garms Kenntnis. Die verwendete Technik entsprach zum Großteil dem Wissensschatz seiner Vorfahren, also konnte er sie bedienen. Mehr hatte ihn nicht zu interessieren. Mit zusätzlichen Spekulationen hielt er sich und das Projekt nicht auf. Für den Betrieb wurde ein seltener Typ von Schwingquarzen benötigt, Hyperkristalle mit überwertiger Drosselkonstante. Dass dieser Planet anomal reiche Vorkommen der raren Bodenschätze barg, war wohl der Grund dafür gewesen, dass man ihn als Zeugwelt auserkoren und hier das elfte, wichtigste Arsenal angelegt hatte.

Nachdem sie aus dem Kälteschlaf erweckt worden waren und die volle Einsatzfähigkeit ihrer Körper, sowohl in der fleischlichen wie in der strukturumgewandelten Form, wiedererlangt hatten, gingen Garm Hesset und die übrigen neunzehn Gerechten ans Werk. Jedem oblag ein exakt umschriebener Aufgabenbereich. Ihre zwanzig Enklaven lagen über den ganzen Planeten verstreut. Sie hielten so viel Rafferfunk-Kontakt, wie nötig war, um ihre Tätigkeiten fehlerfrei zu koordinieren, doch trafen sie sich dazu kein einziges Mal persönlich. Als ausgeprägte Individualisten schätzten sie die Nähe anderer Wesen nicht, selbst wenn sie kooperierten und von derselben Art waren.

Entsprechend hart traf Garm und seine Kameraden daher die Erkenntnis, dass die elfte Zeugwelt mittlerweile von Ungeziefer befallen worden war. Zwar beuteten die viergliedrigen Wichte die Lagerstätten offensichtlich erst seit relativ kurzer Zeit aus. Ihre Stützpunkte waren klein, schwach besetzt und auf wenige Regionen beschränkt. Auch drohte vorerst keine Entdeckung der bestens abgeschirmten Arsenal-Enklaven. Dennoch störten die Lemuroiden; weshalb Garm und drei weitere Gerechte sie eliminierten, sobald alle übrigen Vorbereitungen ausreichend weit gediehen waren. Einer Gruppe Ungeziefer gelang es, die erste Angriffswelle zu überstehen und zu fliehen, doch die Jagd auf sie währte nicht lange. Immerhin musste Garm dazu seine Enklave verlassen, was er nicht begrüßte. Aber wegen der nahenden Strahlungsfront der Supernova durfte er keine weiteren Verzögerungen riskieren. Eine Viertelmillion junger Krieger reifte in den Aufzuchtsanlagen heran, Tausende Schlachtschiffe harrten in den subplanetaren Werften ihrer Fertigstellung. Sie mussten in Einsatz gehen, ehe das Sonnensystem den Hitzetod starb.

Nach Beseitigung der Störenfriede erzielten die Gerechten, die nun ungehindert ihre volle Kapazität entfalten konnten, weitere schöne Teilerfolge. Bald lagen sie über dem Plansoll. Die Arbeiten schritten gut voran, ohne gravierendere Zwischenfälle. Der für die Systemüberwachung primär zuständige Pilot fing einen Pest-Raumer ab, der ihre Zeugwelt aufsuchen wollte, und pulverisierte ihn mit seinen Intervallgeschützen, bevor er einen Hyperfunkspruch absetzen konnte. Die Gefahr einer vorzeitigen Enttarnung schien damit aufs Erste gebannt, da das abgelegene System und der Stützpunkt der Ungeziefer laut deren Aussage nur einmal monatlich angeflogen wurden. Garm Hesset erlaubte sich ein kurzes Gefühl der Zuversicht.

Doch nur einen Tag später näherten sich schon wieder fremde Schiffe dem Arsenalplaneten ...

»Warum lockt er uns hierher?«, fragte Perry Rhodan nicht zum ersten Mal. »Nichts an diesem todgeweihten Sonnensystem deutet auf eine weitere Arche hin, beziehungsweise auf andere mit den Lemurern in Zusammenhang stehende Dinge. Oder, Omer?«

Der angesprochene junge Ortungsspezialist antwortete in der ihm eigenen gedehnten, phlegmatischen Sprechweise: »Wenn dem so wäre, hätte ich bereits Bescheid gegeben, oder? Tiefer im System treiben ein paar Wrackteile. Doch die sind eindeutig einem Akonenschiff der Jetztzeit zuzuordnen. Ansonsten nur energetische Aktivitäten auf Gorbas-IV, teilweise im höherdimensionalen Bereich. Aber dass dort unter Hochdruck Howalgonium gefördert wird, wissen wir ja aus den Sternenkarten.«

»Die Ortung könnte lückenhaft sein, wegen der Schwankungen im Energiefeld, die vermutlich auf die Supernova zurückgehen«, warf Hartich van Küspert ein.

»Willst du damit andeuten, ich mach' meinen Job nicht ordentlich?« Das kam vergleichsweise aus der Pistole geschossen. Wenn jemand seine Fähigkeiten infrage stellte, war es mit Omer Driscols stoischer Ruhe schlagartig vorbei.

»Reg dich nicht auf, ich meinte doch nur ...«

»Ist gut, Jungs«, fuhr Sharita Coho scharf dazwischen. »Haltet einfach die Klappe und konzentriert euch auf eure Aufgaben!«

Auch der Kommandantin merkte Perry die Anspannung und Nervosität an. Die PALENQUE war ein Prospektorenraumer; insofern bedeutete ein als Rohstofflieferant genutzter, ansonsten unbewohnter Planet für sie vertrautes Terrain. Unter normalen Umständen hätte die Besatzung wohl damit geliebäugelt, sich den einen oder anderen wertvollen Fund unter den Nagel zu reißen.

Aber diesmal suchten sie keine Bodenschätze, sondern ...

»Levian Paronn könnte in dem zerstörten Schiff gewesen sein«, raunte Solina Tormas Perry zu. Die akonische Historikerin wich wieder einmal nicht von seiner Seite, fühlte sich bei den Terranern merkbar wohler als in der LAS-TOÓR. »Er hat in seinem Diarium etwas von einem großen Finale geschrieben. Was, wenn dieses bereits stattgefunden hätte und wir es haarscharf verpasst haben?«

»Glaubst du das?«

»Ehrlich gesagt, nein.«

»Ich auch nicht. Zu dumm, dass wir nur einen Bruchteil seiner Aufzeichnungen ...«

»Ortung! Drei Schiffe ohne Kennung«, rief Omer. »Verdammt, die sind wie aus dem Nichts aufgetaucht. Schwarze Kugelraumer ... könnten Haluter sein.«

»Anfunken, höflich um Identifikation bitten«, ordnete Sharita Coho an.

»Schon dabei«, erklang es von Alemaheyu Kossas Funkpult.

Perry Rhodan hatte die Distanz zur Orterstation mit drei großen Sätzen zurückgelegt und las hastig die Zahlenwerte ab, die unter den holografischen Darstellungen eingeblendet wurden. Ihm stockte der Atem. Er hatte schon mit kompakten, gleichwohl waffenstarrenden Kampfschiffen genau solchen Typs zu tun gehabt.

Aber nicht in den letzten 50.000 Jahren.

»Paratronschirm hochfahren«, schrie er, ohne sich noch einen Deut um die offizielle Bordhierarchie zu scheren. »Volllast! Fragt nicht, tut es!«

Der Ton machte die Musik. Kurd Brodbeck und Harriett Hewes, die Waffenmeisterin, reagierten ohne Zögern.

Keine Sekunde zu früh.

Ohne jegliche Vorwarnung eröffneten die Bestien das Feuer.

Denn um Raumer seiner von den Lemurern so bezeichneten Vorfahren handelte es sich, daran ließen die Auswertungen von Icho Tolots Bordrechner keinen Zweifel. Moderne Haluterschiffe wie dasjenige, das er selbst steuerte, wiesen ein eindeutig messbar anderes Verhältnis von Offensiv- zu Defensivbewaffnung auf. Damals, in den schrecklichen Kriegen um die Vorherrschaft in der Milchstraße, hatten die Humanoiden über kein Mittel verfügt, die zu dieser Zeit neuartigen Paratron-Schutzschilde der Bestienraumer zu knacken. Auch deren schweren Intervallkanonen hatten sie wenig entgegenzusetzen gehabt.

Mittlerweile waren beide Technologien galaktisches Allgemeingut geworden. Dieser Umstand rettete den Besatzungen der PALENQUE und der LAS-TOÓR das Leben.

Sie waren in Dreiecksformation geflogen, mit Icho Tolots HALUT an der Spitze. Seine mehrfach gestaffelten Schirme blockten die erste Salve der Bestien problemlos ab. Das terranische Prospektorenschiff kam ebenfalls ungeschoren davon, wenngleich mit deutlich größerer Mühe, obwohl sich sein einfacher Paratron fast zeitgleich aufgebaut hatte. Er flackerte bedenklich, hielt aber. Dass sie überhaupt so schnell reagiert hatten und damit der Vernichtung entgangen waren, stellte unzweifelhaft ein Verdienst Perry Rhodans dar, der seinem Ruf als Sofortumschalter wieder einmal Ehre gemacht hatte.

Die LAS-TOÓR errichtete ihren Schutzschild mit der fatalen Verspätung von fast zwei Sekunden. Zwar fiel sie am weitesten von den Angreifern entfernt durchs All und führte gerade eine Kurskorrektur durch, sodass sie nur einen Streifschuss abbekam. Dennoch mussten die Schäden beträchtlich sein. Man konnte von Glück sprechen, wenn sie einigermaßen manövrierfähig geblieben war.

Die Bestien-Kugeln rasten in hohem Tempo vorbei, teilten sich auf und wendeten, um aus drei Richtungen erneut zu attackieren. Perrys Stimme erklang aus der Funkanlage: »Wie bei Karrjon, Tolotos!«

Mehr sagte er nicht; aber der Haluter erinnerte sich und verstand. Sie hatten sich in mäßiger Fahrt dem vierten Planeten des Systems genähert. Nun gab er Vollschub, nutzte alle zwölf Impulstriebwerke im unteren Polbereich der HALUT, beschleunigte quasi aus dem Stand mit über 900 Kilometern pro Sekundenquadrat. Er riskierte es sogar, die Schirmstaffel für kurze Zeit zu schwächen, um noch mehr Energie aus den Metagrav-Speichern dem Unterlicht-Antrieb zuführen zu können. Sein Schiff sprang förmlich auf die feindlichen Kugelraumer zu, würde bei gleichbleibendem Kurs genau in der Mitte zwischen den Flugbahnen zweier von ihnen durchstechen. Er war noch nicht nah genug heran, um Wirkungstreffer erzielen zu können. Dennoch feuerte er seine multivariablen Hochenergie-Geschütze ab, je zwei im Impuls-, Thermo- und Desintegratormodus: Er wollte zeigen, was er drauf hatte.

Inzwischen hatte auch die PALENQUE Fahrt aufgenommen, wenngleich nur mit etwa 300 Kilometern pro Sekundenquadrat Sublicht-Beschleunigung. Sie schien fliehen zu wollen, ihren angeschlagenen Kollegen feige im Stich zu lassen. Obwohl viel zu weit von dem dritten Bestienschiff entfernt, das sich anschickte, ihr den Weg zu verlegen, löste sie dennoch ebenfalls MVH-Geschütze aus, vier lächerlich wirkungslos bleibende Sublicht-Desintegrator-Strahler.

Die Bestien, die immer noch keinen Piep über Funk von sich gegeben hatten, reagierten genau wie gänzlich andere, doch ähnlich überlegene Angreifer bei einem vergleichbaren Raumgefecht, in das Perry Rhodan und Icho Tolot vor vielen Jahrhunderten verwickelt gewesen waren. Aus Sicht der Aggressoren musste sich die Situation folgendermaßen darstellen: Ein Schiff der Gegenseite war bereits getroffen und trotz des noch intakten Schutzschirms kernschussreif. Ein zweites, schwach Bewaffnetes, versuchte sich abzusetzen, mit keineswegs beeindruckender Triebwerksleistung. Das dritte war zwar nur halb so groß wie die beiden anderen, doch eindeutig der ernstzunehmendste Widersacher; darüber hinaus wies es große Ähnlichkeit mit den eigenen Kugelraumern auf. Statt sich oder seine beiden minder bemittelten Begleiter zu verteidigen, griff es an mit allem, was es hatte – auch das eine Haltung, die sie nachvollziehen konnten.

Üblicherweise gingen Haluter – und die Bestien der Frühzeit stammten ebenfalls vom Planeten Halut – im Nahkampf eins gegen eins, zumindest wenn die beteiligten Kontrahenten ungefähr gleichwertig waren. Das entsprach ihrer individualistischen Mentalität. Demzufolge hätten sie sich auch bei der zweiten Attacke je einen Gegner vorgenommen, was für PALENQUE und LAS-TOÓR übel ausgegangen wäre. Andererseits lehnten sie jegliche Kräftevergeudung ab und scheuten umgekehrt, aufgrund ihres eiskalt kalkulierenden Verstands, ein zu hohes Risiko. Daher wandten sich die zwei Kugelraumer, zwischen deren Angriffskurs-Vektoren Tolot die HALUT jagte, hoffentlich gemeinsam gegen ihn, den gefährlichsten, und überließen die deutlich unterlegenen Schiffe zum Abschuss dem dritten.

Dieser verfolgte nicht etwa die PALENQUE, sondern schwenkte in Richtung der LAS-TOÓR ab. Er würde zuerst den schwächsten Feind erledigen; sein Planhirn hatte die Wahrscheinlichkeiten berechnet und ausgeworfen, dass er den anderen danach immer noch problemlos einholen, stellen und vernichten konnte. Es war nur mehr eine Frage von Sekunden, bis er den flügellahmen akonischen Forschungsraumer buchstäblich pulverisiert haben würde.

Icho Tolot schlug derweil, kurz bevor er in die Schussweite der Intervallkanonen geriet, einen Haken und zog gleich darauf die HALUT schräg nach oben. Das war der erste kritische Moment. Nun kam er einer der Bestien deutlich näher als der anderen. Würde die zweite dennoch ebenfalls ihm nachsetzen?

Ja! Wie er den georteten Emissionen entnahm, zweigte sie mehr Energie für die Triebwerke ab, um möglichst rasch aufzuschließen; ihr Paratronschirm wurde schlierig. Auch Tolot rekonfigurierte seine Systeme. Jedoch durfte er noch nicht zuschlagen, musste erst Rhodan sein überaus riskantes Ding durchziehen lassen ...

Der holte inzwischen aus der PALENQUE heraus, was wirklich in ihr steckte: nicht die Welt, aber immerhin eine Beschleunigung von 650 km/s². In einer Art sich erweiterndem Looping kam sie plötzlich zurück zur LAS-TOÓR. Nahe genug, um die Transformkanone einzusetzen. Die PALENQUE besaß bloß eine einzige, von schwächstem Kaliber. Ein Geschütz, mit dem man, wie Feuerleitoffizierin Hewes gerne flachste, »heutzutage keinen Blumentopf gewinnen« konnte; wie auch, sie flogen schließlich einen privaten Explorer, kein Ultraschlachtschiff der Liga-Flotte.

Doch wenn ihre Gegner tatsächlich, worauf alles hindeutete, so genannte Bestien waren, die aus irgendeinem Grund, auf irgendeine Weise die Jahrzehntausende überdauert hatten – dann rechneten sie mit diesem Waffensystem nicht, weil sie es schlichtweg nicht *kannten*. Die Transformgeschütze waren von der Roboterzivilisation der Posbis entwickelt und später von den Terranern übernommen worden. Ihr Funktionsprinzip ähnelte dem eines Fiktivtransmitters. Das Geschoss, meist eine Fusionsbombe, wurde als zeitverlustfreier Impuls abgestrahlt, am Zielort durch Aufbau eines »Transformfeldes« in seinen Normalzustand zurückverwandelt und gleichzeitig zur Explosion gebracht. Dabei konnten im Fall eines Direkttreffers auch Paratronschirme durchschlagen werden.

Was in diesem Augenblick geschah. Fast gleichzeitig setzten die PALENQUE und die LAS-TOÓR ihre jeweils einzige Transform-Ladung ins selbe Ziel. An Stelle des Bestien-Raumers trieb eine sich rasch entfaltende Feuerblume durchs All.

Nur Sekundenbruchteile später drückte auch Icho Tolot auf den Auslöser. Seine HALUT verschoss zwei Transformbomben mit der Sprengkraft von je tausend Gigatonnen Vergleichs-TNT, beide auf den weiter entfernten Gegner. Er verging in einer Glutwalze.

Der Dritte drehte ab, raste mit extremen Werten Richtung Gorbas-IV davon. Tolot verzichtete auf eine Verfolgung, funkte ihn stattdessen auf allen Frequenzen an. Er sandte ein Livebild mit, das ihn selbst in seinem Pilotenstand zeigte, und eine Botschaft auf halutisch, nebst einem kurzen Abriss der jüngeren Geschichte seines Volkes. Vergeblich. Der Kugelraumer blieb stumm, verschwand schließlich abrupt aus der Ortung.

»Danke, Tolotos.«

»Gut gemacht, Rhodanos. Der alte Bluff ist ein weiteres Mal aufgegangen.«

»Also, wenn hier jemandem Lob gebührt, dann der Mannschaft der PALENQUE.« Im Hintergrund der Funkübertragung brandete vielstimmiger Jubel auf.

»Ich danke euch allen.« Das war Jere von Baloy aus der LAS-TOÓR. Seine Stimme klang rau. Er wusste sehr gut, dass sie soeben, wie es die Terraner umschrieben, dem Tod von der Schippe gesprungen waren.

»Wie sieht's bei euch aus, Maphan?«

»Weniger schlimm als befürchtet. Ich würde sagen, wir humpeln, aber wir können noch laufen. Was jetzt?«

»Der Gegner ist gewarnt. Wenn wir nachsetzen und einen Rest von Überraschungseffekt ausnützen wollen, sollten wir es gleich tun. Mit der HALUT«, schlug Icho Tolot vor.

»Dafür. Die Gefahr bleibt präsent, ob wir wegen Paronn warten oder nicht«, sagte Perry Rhodan. »Die LAS-TOÓR und PALENQUE sollen sich zum äußersten Rand des Systems zurückziehen, sobald ein Einsatzkommando zur HALUT übergewechselt ist. Jere?«

»Einverstanden.«

»Schön. Tolotos, wir kommen!«

Garm Hesset flog sein Schiff in den Hangar des orbitalen, von Deflektor- und Antiortungs-Schirmen verborgenen Raumforts. Er war so aufgewühlt, dass er ernsthaft erwog, sein Ordinärhirn eine Zeit lang gänzlich zu deaktivieren. Aber dann hätte er jede Kreativität eingebüßt, und sich überdies der Chance beraubt, den erlittenen Schock zu verarbeiten.

Sie waren aufgestiegen, um die Eindringlinge kurz und trocken auszuschalten, bevor diese noch Meldung an ihre Basis erstatten konnten. So, wie es ihnen beim Ungeziefer-Stützpunkt und gestern bei dem einzelnen Schlachtkreuzer gelungen war. Stattdessen waren zwei von nur zwanzig aktiven Gerechten mit ihren Kugelschiffen untergegangen. Woran ein Angehöriger seines Volkes entscheidend beteiligt war!

Dessen Funksprüche hatte Garm nicht beantwortet, jedoch sehr wohl empfangen. Er spielte sich die Botschaft, die ihn so sehr erschütterte, ein weiteres Mal vor.

»Mein Name ist Icho Tolot, und ich stamme vom Planeten Halut, nach dem auch mein Schiff benannt ist. Wie zu ersehen ist, bin ich von eurer Art. Bitte haltet ein und kommuniziert mit mir! Glaubt mir, ihr seid unzureichend informiert und irrgeleitet. Ihr begeht einen schweren Fehler, wenn ihr meint, den unseligen Krieg fortführen zu müssen, der diese Galaxis vor fünfzigtausend Jahren in Bann gehalten hat. Ja, so viel Zeit ist seither vergangen. Mittlerweile leben wir in friedlicher Koexistenz mit den Lemur-Völkern.«

Garm traute seinen Ohren nicht, obwohl er die Sprache, ungeachtet einiger unbedeutender Lautverschiebungen, perfekt verstand. Koexistenz mit der Pest?

Niemals!

Der Kampf gegen die Lemurer war der einzige Daseinszweck der Gerechten. Sie waren dazu erschaffen worden, als unbesiegbare Krieger gezüchtet, durch genetische Manipulationen am Erbgut der Skoars. 300 Millionen von ihnen hatte die Erste Schwingungsmacht aus der Materiebrücke zwischen den Magellan'schen Wolken in die Galaxis Milchstraße entsandt, damit sie den überaus gefährlichen Zeitexperimenten der hiesigen Humanoiden ein Ende setzten. Denn die Erstkonditionierten fürchteten, dass ihre Rasse mittels der Schaffung eines Zeitparadoxons vollständig ausgelöscht werden sollte.

Die Gerechten ließen sich auf Halut nieder und richteten galaxisweit Stützpunktwelten ein. Dann begannen sie die erste Offensive gegen das lemurische Tamanium, der noch 86 weitere folgen sollten – bis Lemuria untergegangen und fast alles Ungeziefer vertilgt oder durch den galaktozentrischen Sonnentransmitter nach Andromeda vertrieben war.

»Ich weiß nicht, aus welcher Phase ihr stammt«, fuhr der Abtrünnige unerbittlich fort. »Aber jedenfalls habt ihr das Kriegsende nicht miterlebt. Es wurde durch eine lemurische Erfindung herbeigeführt, den so genannten Psychogen-Regenerator, einen Formungsstrahl-Projektor, der es uns erlaubt, von unserer genetisch bedingten Aggression gegen die Humanoiden Abstand zu nehmen. Freiwillig! Dies entspricht mitnichten einer Gehirnwäsche, da unsere Fähigkeiten und Persönlichkeiten unangetastet bleiben; eher der Reparatur eines kaputten Schaltelements: also einer Bewusstseinserweiterung, wonach wir in weniger festgefahrenen Bahnen zu denken vermögen. Ich kann mir vorstellen, dass ihr derlei ungern hört ...«

Er hatte Recht, wenn auch nur in diesem Punkt. Garm Hesset schaltete ab. Er fühlte den Drang in sich aufsteigen, etwas zu zerschlagen, mit seinen Fäusten zu Brei zu zermalmen. Doch er beherrschte sich, führte nur seinem Konvertermagen etwas mineralische Nahrung zu.

Dann fiel ihm die Erklärung ein. Es musste sich um eine besonders raffinierte Form von psychologischer Kriegsführung handeln. Ja genau, das war es! Die Ungeziefer hatten inzwischen gelernt, Schiffe der Gerechten nachzubauen, und diese strahlten das schlecht gemachte Trickfilmchen aus, das er gerade gesehen hatte.

Er lachte. Frieden mit Lemur? Was für ein Schwachsinn! Niemals brächte ein Gerechter diese Worte über die Lippen. Garm schalt sich einen unausgeschlafenen Frischling, dass er beinahe darauf hereingefallen wäre, wenn auch nur für einen kurzen Augenblick.

In der subplanetaren Kommandozentrale seiner Enklave angelangt, versetzte er die Verteidigungsanlagen der Zeugwelt in höchste Alarmbereitschaft. Eine Invasion stand bevor, weit früher als erwartet. Doch der Arsenalplanet war gewappnet.

Sie sollten nur kommen. Die Gerechten der Zeit würden sie mit ausgebreiteten Armen empfangen, in jedem davon eine Mordwaffe.

16

Sechs und ein Halber gegen Gorbas

Der Abschied von Aykalie gestaltete sich kurz und schmerzlos. Natürlich band ihr Levian Paronn nicht auf die Nase, dass er hoffte, nicht mehr wiederzukehren.

In den letzten Wochen hatten sie sich öfter gesehen als sonst, doch sie waren seltener zusammengewesen. Das lag nicht nur am anderen Mann, oder den sich überschlagenden Ereignissen seit Entdeckung der Sternenarchen. Levian spürte, dass er nun, da die Entscheidung unmittelbar bevorstand, kaum mehr Interesse an anderen Dingen aufzubringen vermochte. Er identifizierte sich auch immer weniger mit der Rolle, die er jahrzehntelang verkörpert hatte. Jedoch zwang er sich, seine Tarnung intakt zu erhalten, mit sämtlichen notwendigen Begleiterscheinungen. Die Disziplin, die er sich über die lange Zeit des Wartens angeeignet hatte, kam ihm dabei zugute. So sehr er sich auch danach sehnte, die stählernen Reifen, die seine Brust und seine Persönlichkeit einengten, endlich sprengen zu dürfen, so sehr fürchtete er, im letzten Moment aus Überschwang einen Fehler zu begehen, der den ganzen genialen Plan doch noch zunichte machte.

Die fünf Schlachtkreuzer von Achab ta Mentecs restlichem Geschwader Richtung Gorbas-System in Bewegung zu setzen, fiel nicht schwer. Immerhin vermissten sie ihr sechstes Schiff. Mechtan von Taklir hatte nichts dagegen einzuwenden; der Takhan war rund um die Uhr damit beschäftigt, Schadensbegrenzung zu betreiben, tourte wieder von einem TriVid-Auftritt zum anderen, nur diesmal als etwas weniger strahlender Held. Levians Nebenbuhler flog natürlich mit nach Gorbas, das war klar gewesen. Wahrscheinlich argwöhnte er, sein Kollege als »Kontaktbeauftragter« wolle sich vor der medialen Schelte drücken und auf dem vermeintlichen Nebenschauplatz Bonuspunkte sammeln, um sich doch noch einen Ratssitz, und vielleicht auch Aykalie, sichern zu können. Sollte er. Wenn es darauf ankam, würde der Karrierist rasch aus dem Weg geräumt sein. Ein Gutes hatte die Sache: Aykalie musste an ihrer beider Statt bei den Archen bleiben; Levian würde also nicht in die Verlegenheit kommen, notfalls die Hand gegen sie erheben zu müssen.

Sie brachen einige Stunden nach Perry Rhodans kleiner Flotte auf. Absichtlich ließ er dem Terranischen Residenten einen Vorsprung. Er hoffte, dass Rhodan und die übrigen Störfaktoren den Zugang freimachten, quasi die Drecksarbeit erledigten, selbst aber im Konflikt mit den Bestien auf der Strecke blieben. Dass er Icho Tolot, auf den allein es ihm ankam, aus den Augen verlieren würde, brauchte Levian nicht zu fürchten. Die Folie, die er in der Kabine des Hüters deponiert hatte, war mit unsichtbaren Nano-Maschinen präpariert gewesen. Im Zusammenspiel mit dessen Zellaktivator konnte er so den Haluter nahezu punktgenau orten und sich von ihm an sein Ziel führen lassen.

Ja, die Bühne war bereitet. Alle wesentlichen Protagonisten hatten ihre vom Schicksal – und von ihm – vorbestimmten Plätze eingenommen. Gewiss, es würde weitere Opfer geben. Das war leider unvermeidlich. Auch beim Garrabo-Spiel mussten Leichtfiguren fallen, damit der Endsieg errungen werden konnte.

Doch letztlich würden sie auf diese Weise ihren Beitrag zu einem Bravourstück geleistet haben, gegen das sogar die mythischen Heldentaten Veéhratos verblassten.

»Ich will den Hellhäutigen sprechen«, brüllte Boryk, so laut er konnte. »Den Blonden, Grauäuigen, hört ihr? Den mit der kleinen Narbe auf der Nase!«

Endlich wurde jemand auf ihn aufmerksam. Schatten erschienen auf der anderen Seite der milchigen Glasscheibe. Getuschel und Gemurmel erklangen, hastige Schritte. Dann verschwand die gläserne Wand, wurde durch ein kaum sichtbares Flimmern ersetzt, und inmitten einiger weiß gekleideter Riesen stand der, nach dem Boryk verlangt hatte.

»Du hast mich rufen lassen«, sagte er. »Mein Name ist Perry Rhodan, du kannst Perry zu mir sagen. Bitte verzeih, aber ich bin sehr in Eile. Wie kann ich dir helfen?«

»Ich will hier raus.«

»Das verstehe ich gut. Doch du solltest einsehen, dass es zu deinem Besten ist, wenn du dich noch ein wenig in unserer Medo-Station auskurierst. Du bist sehr schwer verletzt worden, hast deinen Unterarm verloren.«

»Der Stumpf ist verheilt.« Boryk zeigte dem Hellhäutigen die Narben. »Auch die übrigen Blessuren.«

Perry drehte sich zu dem Riesen, der neben ihm stand, hob in einer verblüffend menschlichen Gebärde die Augenbrauen.

»Wir stehen vor einem Rätsel«, sagte der Weißgekleidete. Er war deutlich untersetzter, hatte ebenfalls helle Haut und eine Halbglatze. »Eigentlich sollte er noch im Tiefschlaf liegen. Aber er ist plötzlich von selbst aufgewacht und hat angefangen, nach dir zu schreien.«

»Das ist Doktor Hyman Mahal, der Bordmediker dieses Schiffes«, stellte Perry vor. »Äh ... der Oberste Heiler dieser Hospitalshütte.«

»Hallo, Boryk. Er hat eine höchst erstaunliche Konstitution. Sein Metabolismus ist offenbar in noch weit höherem Maß selbstregenerativ als bei anderen Aktivatorträgern. Möglicherweise aufgrund der genetischen Veränderungen, aber so genau kann ich das jetzt noch nicht sagen.«

»Ist er wieder gesund?«

»Allen uns verfügbaren Werten nach ja. Aber er braucht eine Prothese.«

»Nicht nötig, ich kann mit einer Hand leben. Ich will hier raus!«

»Boryk, hör mir kurz zu«, sagte Perry langsam und ruhig, wie man mit störrischen alten Personen redete: »Wir sind derzeit weit von deiner Heimat entfernt. Deinen Leuten geht es gut. Soviel ich von Denetree gehört habe, die sich bis zu unserem Aufbruch intensiv um sie gekümmert hat, sind alle wohlauf. Auch du wirst bald wieder nach Hause kommen, das verspreche ich dir.«

Der Hellhäutige, der seinem Gehabe nach ebenfalls eine Art Maffan darstellte, war reichlich schwer von Begriff. Also musste ihm Boryk wohl oder übel ausführlich erklären, was ihm vorhin im Halbschlaf durch den Kopf gegangen war.

»Ich will hier nicht länger eingesperrt bleiben«, sagte er in genau demselben eindringlichen Tonfall, nur eine halbe Oktave höher. »Heim in den Garten Ehedem möchte ich auch, klar. Aber erst, nachdem ich meine Sünden abgebüßt habe. Ich habe schwere Schuld auf mich geladen, obwohl es nicht mit bösem Vorsatz geschah. Die will ich sühnen. Leuchtet dir das ein?«

Perry lächelte, wobei seine Augen aufblitzten. »Bitte verzeih, dass ich den Eindruck erweckt habe, dich nicht für voll zu nehmen. Es ist schwer, sich von deinem für uns kindlichen Aussehen nicht dazu verführen zu lassen. Dein Ansinnen ehrt dich, und ich glaube deine Motivation nachempfinden zu können. Doch zur Buße besteht momentan keine Gelegenheit.«

»Wieso nicht?«

»Weil wir gerade zu einem Risikoeinsatz auf einem fremden Planeten aufbrechen, der mutmaßlich von Bestien okkupiert wurde. Das sind Wesen, gegen die *wir* wie Zwerge aussehen und ...«

»Ich kenne Bestien und fürchte mich nicht vor ihnen. Nicht mehr, obwohl ich um ihre Gefährlichkeit weiß. Und fremdartiger als die Welten, durch die ich vor kurzem gehetzt wurde, kann diese auch nicht sein.«

Er legte Perry, dem der Zweifel ins Gesicht geschrieben stand, seine Beweggründe dar. Mit der seltsamen Fähigkeit, anderen seinen Willen aufzuzwingen, hatte er unabsichtlich eine Menge Schaden angerichtet. Das wollte er wieder gutmachen – indem er dasselbe Talent zur Verfügung stellte. Aber es musste unter der Führung von jemand geschehen, der mehr Übersicht besaß als er selbst, der sich außerhalb von Himmel und Hölle zurecht fand und Gut von Böse zu unterscheiden wusste. Obwohl er ihn nur kurz kennen gelernt hatte, war Boryk sicher, in Perry so jemanden gefunden zu haben. Ihn umgab eine ganz besondere Aura. Instinktiv wusste Boryk, dass er an der richtigen Adresse war.

»Ich fürchte, deine Fähigkeit würde uns auf Gorbas-IV wenig nutzen«, sagte Perry nachdenklich. »Haluter, wie die Bestien auch genannt werden, sind aufgrund ihrer besonderen Gehirnstruktur normalerweise nicht parapsychisch beeinflussbar.«

»Was ist schon normal in diesen Tagen? Lass es mich wenigstens versuchen!«

»Es gibt noch ein weiteres Problem, Boryk. Du trägst die Erreger einer Krankheit in dir, einer sehr gefährlichen noch dazu. Sie bricht bei dir nicht aus, doch du steckst andere damit an.«

»Du meinst ... die Seuche? Aber ich war unter so vielen Leuten, in den Dörfern, in der gewaltigen Kugelspielschüssel, auf der Welt der Riesenkinder ... Habe ich da etwa ...« Seine Stimme versagte.

Perry Rhodan nickte. »Du kannst nichts dafür, aber du hast Tausende infiziert, und wegen des akonischen Transmittersystems breitet sich die Seuche schnell über die Planeten des Reichs aus.«

Nun wusste er auch, woran die freundliche Riesin gestorben war. »Gibt es viele Tote?«

»Leider ja, und es werden stündlich mehr. Bei unserem Abflug bestand noch keine Hoffnung auf ein Gegenmittel.«

Boryk wünschte sich, dass ihn der Boden verschlingen möge. Seine Schuld war um ein Vielfaches größer, als er angenommen hatte! Gab es einen grässlicheren, dümmeren Unhold als ihn? Ach, hätten sie ihn doch schon als Neugeborenen in den Vertilgerschlund geworfen!

Maffan Perry sah ihn mitleidig an. Er schien zu ahnen, was in Boryk vorging. »Du willst wirklich Buße tun, nicht wahr? Eine Handlung setzen, die anderen nützt. Wenigstens ein Teil der Schande abwaschen, und sei es bloß durch die Bereitschaft, dich in den Dienst einer anderen Sache zu stellen.«

»Ja.«

»Hm ... isolierende Raumanzüge müssen wir ohnehin tragen, da wir nicht wissen, was uns auf Gorbas-IV erwartet. Sollten wir einen finden, den wir kurzfristig für dich adaptieren können, nehme ich dich mit. Aber«, setzte Perry fort, bevor Boryk ihm überschwänglich danken konnte, »du musst versprechen, ihn keinesfalls zu öffnen und dich auch sonst strikt an meine Anweisungen zu halten.«

Boryk versprach es hoch und heilig.

Solina Tormas staunte nicht schlecht, als Perry Rhodan mit dem Mutanten im Schlepptau daherkam. Boryk steckte in einem Schutzanzug, der um seinen Körper schlabberte wie die Faltenhaut mancher Hundewelpen, dessen Helm aber zwei Nummern zu klein für ihn wirkte.

»Erklärungen folgen später«, sagte Perry. »Machen wir uns auf zur HALUT.«

Außer dem Residenten, dem Lemurer und ihr selbst bildeten drei Terraner das aus Freiwilligen zusammengesetzte Einsatzkommando: Hartich van Küspert, der Hyperphysiker, war als Austausch-Geisel auf der LAS-TOÓR gewesen und hatte sich dort, trotz einer gewissen Neigung zum weitschweifigen Dozieren, rasch Freunde gemacht. Er war sehr tolerant, Kosmopolit durch und durch, ein kumpelhafter Typ; zugleich eine Koryphäe auf seinem Fachgebiet. Dass er sich statt an einer angesehenen terranischen Universität auf einem schmuddligen Prospektorenraumer herumtrieb, erklärte er damit, dass ihn schon immer die Sterne gereizt hätten. Er wollte sich, wie er es formulierte, »den Sonnenwind um die Nase wehen lassen und weiß Gott nicht in einer tranigen Lehranstalt versauern«. Irgendwann, wenn er sich im fortgeschrittenen Alter nach Ruhe sehnte, konnte er sein Wissen immer noch weitergeben. Beispielsweise, indem er Programme für »lebensnahe« Hypnoschulungen schrieb. Solina mochte den 76-jährigen, kernigen Mann mit dem schütteren Haupthaar; vielleicht nicht zuletzt deshalb, weil er als »Terra-Nostalgiker« ebenfalls ein Faible für vergangene Epochen besaß.

Isaias Shimon, der Exobiologe, hatte sich schon im Einsatz auf Mentack Nutai bewährt. Er war fünfunddreißig, von normaler Statur, wenngleich mit 180 Zentimetern etwas kleiner als durchschnittliche Akonen, trug dichtes, gelocktes Haar und einen dunkelblonden Schnauzbart. Um seine Herkunft rankte sich ein Geheimnis oder wenigstens eine spektakulär klingende Geschichte. Im Alter von fünf Jahren war er, so viel ließ sich nachweisen, vor einer terranischen Handelsniederlassung in der Großen Magellan'schen Wolke als Findelkind hinterlegt worden. Er behauptete, seine Eltern seien bei einem Schiffsunglück ums Leben gekommen, als er wenige Monate alt war; danach sei er von einem unbekannten, spinnenartigen Fremdvolk gerettet und aufgezogen worden. Manche an Bord der beiden inzwischen befreundeten Raumer glaubten Isaias. Andere bezeichneten seine Story als hanebüchenen Unsinn, mit dem er sich nur wichtig machen wolle, und hänselten ihn als »Spinnen-Tarzan«, »Arachno-Mogli« oder »der erstaunliche Spinnenmann«. Shimon, der hart austeilen, aber auch einstecken konnte, nahm das gelassen hin. Jedenfalls gab die Geschichte eine gute Erklärung dafür ab, warum er Exobiologe geworden war. Allerdings hatte er mehrfach die Ausbildungsstätten gewechselt und sein Studium nie mit einer Promotion abgeschlossen, war überhaupt ein unruhiger Geist, offenbar immer auf der Suche nach etwas, das er vielleicht nie finden würde. Richtig warm mit ihm wurde niemand. Auch Solina stand ihm auf persönlicher Ebene, nun ja, ambivalent gegenüber.

Den Dritten konnte sie schlichtweg nicht leiden. Womit sie keineswegs die Einzige war.

Hayden Norwell, mittelgroß, kräftig, ja ungeschlacht, galt als Choleriker, der gern aus einem Swoon einen Dolan machte. Unter seinen dunklen Augen lag immer ein fahler Schatten, als hätte er zu wenig Schlaf erwischt. Sein glattes schwarzes Haar hing ihm in fettigen Strähnen in den Nacken. Das bleiche, speckige, aufgedunsene Gesicht zeugte nicht gerade von gesundem oder gar sportlichem Lebenswandel. Die rechte seiner buschigen Augenbrauen war nach außen hin verschoben, was ihm etwas Dämonisches verlieh, die Haut dort sichtbar vernarbt. Irgendwann war wohl die Braue abgerissen worden und nicht ideal wieder angewachsen, es musste also zum Zeitpunkt der Verletzung keine medizinische Betreuung greifbar gewesen sein. Auch der Nasenrücken war sichtlich mehrfach gebrochen. Beides passte zu den Spekulationen über Haydens wilde Vergangenheit. Auf der PALENQUE nahm er den Rang eines einfachen Prospektors ein; er gehörte zur Besatzung von Kriecher XII. Wie es die beiden anderen in der Enge des mobilen Analyse-Labors mit ihm aushielten, vermochte sich Sharita nicht vorzustellen, auch nicht, was ihn eigentlich für diese Tätigkeit qualifizierte. Seine Teamfähigkeit und seine Umgangsformen konnten es jedenfalls nicht sein. Er kam von irgendeinem terranischen Kolonialplaneten; von welchem, verschwieg er geflissentlich. Möglicherweise gab es da einen dunklen Punkt in seiner Vergangenheit. Laut Alamaheyu Kossa kursierten gewisse Gerüchte, hinter Norwell stecke mehr, als er vorgäbe. Aber Solina wollte sich damit nicht abgeben, wie sie dem finsteren Mann überhaupt am liebsten aus dem Weg ging. Dass Perry einen erfahrenen Prospektor in die Einsatzgruppe berief, machte Sinn auf einem Bergbauplaneten. Aber musste es unbedingt Hayden Norwell sein?

Icho Tolot, der das Team vervollständigte, hatte im variablen Passagierbereich der HALUT aus Formenergie einen einfachen, zweckmäßigen Aufenthaltsbereich für sie geschaffen. Nur Perry Rhodan hätte zu ihm in die Zentrale gedurft, doch der hatte dankend abgelehnt, weil er bei Boryk bleiben wollte. Der kleine Mutant in dem schlecht sitzenden Raumanzug hockte wie ein Häuflein Elend in einer Ecke und jammerte Perry leise etwas auf lemurisch vor. Hartich van Küspert stand vor einem Holoschirm und verfolgte Datenketten und schematische Darstellungen, die Tolot für ihn permanent nach den eintreffenden Ortungsergebnissen aktualisierte. Eine weitere Möglichkeit zur Außenbeobachtung gab es nicht, weil niemand danach verlangt hatte. Isaias Shimon und Hayden Norwell lümmelten sich, die Stiefel auf den Tisch gelegt, in ihren Stühlen; vielleicht ließen sie sich von ihren Anzug-Syntrons irgendwelche Unterhaltungsprogramme in die Innenseiten der Helme projizieren.

Solina sah dem Kommenden mit gemischten Gefühlen entgegen. Einerseits jubilierte die Wissenschaftlerin in ihr darüber, dass nun nach den Lemurern auch noch Bestien aufgetaucht waren, die offenbar aus ungefähr derselben grauen Vorzeit stammten. Eine veritable, an sich unglaubliche Sensation! Wäre ihr das noch vor wenigen Monaten von jemandem prophezeit worden, sie hätte ihn für verrückt erklärt. Beide Konfliktparteien, die einen der bedeutendsten, wenngleich tragischsten Abschnitte der galaktischen Geschichte geprägt hatten, quasi »live« studieren zu können – dafür hätte sie sich einen Fuß abhacken lassen.

Andererseits lag es durchaus im Bereich des Möglichen, dass ihr demnächst genau das, oder noch Schlimmeres, widerfahren konnte. Die »Bestien« hatten diesen Namen schließlich nicht von ungefähr erhalten. Jeder kannte und liebte Icho Tolot. Sich seinesgleichen aber als Feind vorzustellen, wobei die geradezu mütterlichen Gefühle, die der Eingeschlechtliche den Akonoiden entgegenbrachte, durch kalte, unerbittliche Verachtung ersetzt wurden – das sorgte für deutlich erhöhte Transpiration. Solinas Unterwäsche klebte an ihrem Körper, trotz der automatischen Temperatur-Regulierung durch den Pikosyn.

So hielten sich Vorfreude und Bangigkeit die Waage, addierten sich zu einer gar nicht angenehmen emotionalen Melange. Solina zitterte innerlich, als hätte sie eine Überdosis des schauderhaften Kaffees erwischt, der auf der PALENQUE gebraut wurde.

Wir haben Tolot, versuchte sie sich zu beruhigen, *und die HALUT, die den Bestien-Raumern deutlich überlegen ist, wie sich gezeigt hat. Sowie nicht zuletzt Perry mit seiner immensen Erfahrung. Der ist noch immer von überall zurückgekommen.*

Tja, er schon, gab sich sie gleich darauf selbst zur Antwort. *Aber gilt das auch für seine Begleiterinnen und Begleiter?*

»Das ist aber interessant«, murmelte Hartich.

»Was?«

»Die Strahlungsintensität auf Gorbas-IV, das wir übrigens bald erreicht haben werden, nimmt seit Wochen zu, und zwar in Form einer geometrischen Kurve. In den letzten Stunden hat sie sich steil nach oben gekrümmt. Die Emissionen kommen aus dem Planeteninneren. Ein Ablegen unserer Anzüge wäre nicht empfehlenswert, Leute.«

»Schade. Dabei hatte ich mich schon auf ein kleines

Sonnenbad mit unserem Solinchen gefreut.« Hayden Norwell lachte dreckig.

Solina wollte ihm gerade erwidern, dass sie die in den letzten Wochen erfolgte Annäherung der beiden Crews zwar begrüßte, aber sicher nicht in Bezug auf seine Person, als eine leichte Vibration durch Boden und Wände lief, wie der erste Vorbote eines Erdbebens.

Zugleich schrie Hartich auf. »Wir werden angegriffen!«

»Nur die Ruhe, meine Kleinen«, ertönte Tolots Stimme, zugleich aus der Gegensprechanlage und aus Solinas Kopfhörer. »Ein getarntes Orbitales Fort hat uns ins Visier genommen. Unsere Schutzschirmstaffel wird aber leicht damit ...«

Es krachte dreimal ganz kurz hintereinander, dann war das Erdbeben da.

Sie wurden herumgeschleudert wie Puppen. Schmerzensschreie und Flüche mischten sich ins dumpfe, in rascher Folge an- und abschwellende Dröhnen, das den Raum erfüllte. Solina stürzte zu Boden, schaffte es im letzten Moment, einer Tischkante auszuweichen, fing sich ab. Die Erschütterungen ließen nicht nach, wurden eher noch stärker.

Au weia, dachte Solina. *Wenn in einem modernen Schiff wie der HALUT, die zweifellos auf dem letzten Stand der Technik ist, Treffer derart stark in die Passagierbereiche durchschlagen, hat's aber ordentlich geraschelt.*

Merkwürdigerweise empfand sie weniger Furcht als zuvor. Sie war zu sehr damit beschäftigt, den herumfliegenden Trümmern auszuweichen und sich nicht zu verletzen, wenn sie von einer Ecke in die andere kollerte.

»Da sind auch planetare Forts«, schrie Hartich van Küspert, der sich am Holoprojektor festklammerte. »Sie haben uns im Kreuzfeuer. Wenn mich nicht alles täuscht, unter anderem mit Kontrafeldstrahlern.«

Sofort klinkte Solinas Gehirn ein, heilfroh, sich nicht mit Themen wie Lebenserwartung und dergleichen befassen zu müssen. Kontrafeldstrahler waren in der Endphase des Bestienkriegs auf dem Planeten Scimor entwickelt worden, also eine lemurische Waffe, welche Paratronschirme destabilisierte und für den Beschuss mit anderen Systemen aufbereitete. Wenn die Bestien auf Gorbas-IV sie verwendeten, konnte es sich nur um Beutetechnik handeln. Was wiederum ein deutliches Indiz dafür war, dass sie frühestens aus ungefähr der Zeit stammten, in der Lemur gefallen und der Kontinent Lemuria versunken war.

»Meine Kleinen, ihr steigt besser aus. Perry wird euch mit der Raumlinse nach unten bringen, das ist sicherer für euch. Die Andruck-Neutralisatoren drohen auszufallen. Ich werde versuchen, die HALUT notzulanden. Rhodanos, wir treffen uns an der Absturzstelle, so uns dies möglich ist. Hals- und Beinbruch!«

Die Möbel verschwanden, die Wände krümmten sich, und eine lang gezogene Trichterröhre entstand, durch die Solina und die anderen schräg nach unten rutschten. Wobei *unten* ein sehr relativer Begriff war. Soviel sie wusste, stand die Linse in einem Hangardeck *oberhalb* der Zentrale. »Hojotoho!«, brüllte jemand, Hayden Norwell vermutlich. Dann purzelten sie übereinander, rappelten sich auf und zwängten sich in die Kabine des etwa fünfzehn Meter durchmessenden Beiboots.

Perry Rhodan schob Boryk wortlos in Solinas Arme, rannte nach vorn und übernahm das Steuer. Er hatte sich kaum auf den für ihn viel zu hohen Sitz vor den Kontrollen gewuchtet, als sie auch schon in den freien Raum hinauskatapultiert wurden.

17

Vielen Dank für die Blumen

Icho Tolot kommunizierte mit dem Bordrechner der HALUT vermittels einer multisensorischen Verbindung, die in ihrer Effektivität der terranischen SERT-Technologie ebenbürtig war. Sein Planhirn hatte direkten Zugriff zu sämtlichen Daten, egal ob interne oder externe Messungen. Sein Ordinärhirn konnte die verschiedenen Aggregate des Schiffs über das Rechnernetzwerk ebenso unmittelbar und uneingeschränkt beeinflussen wie seine eigenen Körperfunktionen über das Nervensystem.

Das war durchaus nicht immer lustig. Momentan fühlte es sich an, als hätte ihm jemand die Haut abgezogen, mit einer Kreissäge die rechte Hüfte aufgeschnitten und wühlte nun mit Lanzen darin herum, an deren Spitzen Widerhaken angebracht waren. Virtuelle Gedärme hingen heraus; etliche innere Organe waren in Mitleidenschaft gezogen worden.

Die Raumlinse hatte den Hangar verlassen und drang in spitzem Winkel in die oberen Atmosphäreschichten des Planeten ein. Die Bodenforts schossen auch auf sie, verfehlten sie aber, wenngleich denkbar knapp. Mit Sicherheit hatte Perry das Beiboot in Handsteuerung genommen und spielte nun seine Intuition gegen die Rechenroutinen der Geschützbatterien und Planhirne aus; vorerst mit Erfolg.

Die Linse verschwand aus Tolots Erfassungsbereich. Er hätte ihr ohnehin nicht helfen können, hatte mehr als genug damit zu tun, dem Trommelfeuer auszuweichen und die Schirme, die immer wieder für Sekundenbruchteile zusammenbrachen, so gut wie möglich zu stabilisieren. Es gelang ihm, eine der Raumbastionen zu orten, anzuvisieren und mit seinen Transformkanonen zu vernichten, doch die verbliebenen stellten immer noch eine gewaltige Übermacht dar. Tolot hatte knifflige Sekunden zu überstehen, bis er endlich so nahe am Planeten war, dass die Raumforts ihr Feuer einstellen mussten. Er drückte die HALUT weiter nach unten, riss sie zur Seite, sodass ein Strahlenbündel aus einer der Bodenstellungen knapp an ihm vorbeifuhr, hielt dann direkt darauf zu. Die Wahrscheinlichkeit, die sein Planhirn dafür auswarf, dass er das Fort ausschalten konnte, bevor er selbst letal getroffen wurde, war alles andere denn ermutigend. Doch er hatte keine andere Wahl, nur diese eine Chance.

Die waidwunde HALUT schlingerte, war im Atmosphäre-Flug kaum auf Kurs zu halten. Ichos Transformsalve lag weit neben dem Bodenfort, dessen tödliche Strahlenfinger ihn in der nächsten Sekunde erfassen mussten.

Zeit für letzte Worte, dachte er.

Aber ihm fiel nicht mehr ein als: *Danke, das war's.*

Da stach in wahnwitzigem Tempo eine flache Scheibe aus dem Himmel herab, fünfzehn Meter hoch, fünfunddreißig im Durchmesser. Eine terranische Space-Jet! Neuester Bauart, dank ihrer Stealth-Beschichtung kaum zu orten, bewaffnet mit einer Transformkanone und zwei MVH-Geschützen. Die sie jetzt simultan auslöste – und an Stelle des Forts gähnte ein hunderte Meter tiefer Krater.

Die Space-Jet beschrieb eine Haarnadelkurve und raste knapp über der Hügelkette davon. Unzweifelhaft hatte ihr Pilot ihm das Leben gerettet.

»Danke«, funkte Icho Tolot.

»Gern geschehen«, funkte Icho Tolot zurück.

Er durfte sich jetzt nicht aufregen, daher regte er sich nicht auf. Unzweifelhaft erlebten sie gerade gewisse Rückschläge. Doch das bedeutete noch lange nicht, dass das Projekt als Ganzes ernsthaft gefährdet war. Man hätte nicht ausgerechnet sie für diese Spezialmission erwählt, wenn sie mit einer solchen Misslichkeit nicht binnen kurzem fertig würden.

Auch, wenn sie nur noch 16 waren.

Schon bald würden sie *250.016* sein.

Über Funk ehrten sie ihre beiden jüngst gefallenen Kameraden, die Kommandanten der zerstörten Forts. Nach dieser Gedenksekunde wandte sich Garm Hesset wieder seiner Hauptaufgabe zu.

Das Gebilde war in einem der höchsten Gebirge der Zeugwelt verborgen gewesen, unter Erdreich, Schuttgestein und ewigem Eis. Garms Roboter hatten es mit Desintegrator- und Traktorstrahlern freigelegt. Das Zusammensetzen der einzeln verpackten Module hatte er aus nächster Nähe überwacht. Zwei je fünf Meter hohe Trichter bildeten die Hauptbauteile; am Boden durchmaßen sie zweieinhalb Meter, an der Oberkante das Doppelte. Sie mussten so nebeneinander aufgestellt werden, dass ihre oberen Ränder exakt 110 Zentimeter auseinander lagen. Demzufolge waren die unteren Ränder an der Bodenfläche 360 Zentimeter voneinander entfernt.

Aus dem Zentrum jedes Trichters – von oben gesehen ergab sich in der Tat eine Einwölbung, die jedoch nicht weit nach innen reichte – wuchsen drei schlanke Spitzkegel empor. Jeweils die beiden äußeren waren anderthalb Meter hoch; der mittlere reichte 220 Zentimeter über die Trichterkante hinaus und wurde von einer durchsichtigen, nicht einmal daumendicken Spirale umlaufen. Die drei Kegel eines Trichters standen hintereinander, genau auf der Verbindungslinie der beiden Trichtermittelpunkte. Sie waren mattgrau, während das Äußere der Trichter wie stark aufgeraute Silberfolie wirkte.

Garm Hesset hatte keine Sekunde nachdenken müssen, während er die einzelnen Teile zusammensetzte, obwohl das Innenleben des Gebildes überaus komplex war und aus sehr komprimierten, mikrominiaturisierten Modulen bestand. Doch alles Wissen, das er benötigte, war seinem Planhirn während der Aufwachphase eingeflößt worden. Er ließ die Roboter auf Antigravschlitten vier übergroße Energiespeicher aus der Enklave hierher transportieren und aufstellen. Die Anschlüsse montierte er selbst im unteren Drittel der Trichter. Zusätzlich installierte er, wie es der Plan in seinem Gehirn vorsah, eine Apparatur zur drahtlosen Energieübertragung.

Während dieser Arbeiten, die mehrere Tage in Anspruch genommen hatten, war Garm aufgefallen, dass das Gebilde keineswegs neuwertig war. Es zeigte im Gegenteil deutliche Gebrauchsspuren; einige Module erweckten sogar den Eindruck, als hätten sie repariert werden müssen, ehe man sie versiegelt hatte. Dies kümmerte ihn nicht. Auch sein eigener Körper wies Spuren der Abnutzung auf. Er schätzte die Dauer seines ersten Lebens, an das er sich nicht erinnerte, auf etwa 2000 Jahre. Garm zweifelte nicht daran, dass dieses Leben überwiegend aus Kampf und der Vorbereitung darauf bestanden hatte.

Kurz vor dem ersten Probelauf des Gebildes hatte er seine Tätigkeit unterbrechen müssen, um die Raumabwehr zu verstärken. Bei seiner Rückkehr hatte er die angeforderte Lieferung an ÜDK-Howalgonium vorgefunden. Er überprüfte die Hyperkristalle genauestens. Was er seinen Messinstrumenten entnahm, stellte ihn zufrieden. Seine Kollegen in den Minen und Raffinerien hatten, wie nicht anders zu erwarten gewesen war, hervorragende Arbeit geleistet. Garm fügte die Behälter mit den Schwingquarzen an den vorgesehenen Stellen in die Trichter ein. Dann errichtete er einen Paratronschirm um die gesamte Anlage und aktivierte die Energiezufuhr. Damit war seine Aufgabe so gut wie erledigt.

Ein Funkanruf kam herein. Der für die planetare Luftraumüberwachung zuständige Gerechte informierte ihn darüber, dass das kleinere, diskusförmige, unvermittelt aufgetauchte fremde Flugobjekt, das die Bodenbastion zerbombt hatte, wieder aus der Ortung verschwunden war. Der größere, pseudo-halutische Kugelraumer hatte einen weiteren Treffer hinnehmen müssen und war daraufhin abgestürzt, an einem Ausläufer derselben Gebirgskette, in der sich Garm und das Gebilde befanden, allerdings mehr als 100 Kilometer entfernt. Unmittelbar bestand also kein Grund zur Sorge, selbst falls jemand den Absturz überlebt haben sollte – was sogar bei Wesen mit halutischer Konstitution sehr unwahrscheinlich gewesen wäre. Dennoch einigten sie sich in einer kurzen Funkkonferenz darauf, dass acht weitere Gerechte den Standort des Gebildes großräumig abschirmen sollten, davon drei in schweren Kampfgleitern. Die anderen sieben kümmerten sich weiterhin um die Werften, Aufzuchtsstationen und sonstigen Industriebetriebe sowie um die Nah- und Fernbeobachtung. Da alle mit tragbaren Transmittern ausgestattet waren, konnten die Kräfte in einem Krisenfall rasch verschoben werden.

Die Besprechung war beendet. Garm Hesset verspürte ein geradezu verwerflich prickelndes Gefühl, als er an das frei in der Luft schwebende, würfelförmige Kontrollsegment trat und das Gebilde einschaltete.

»Vielen Dank«, hatte Icho Tolot gefunkt, und seine eigene Stimme hatte ihm aus der Space-Jet geantwortet: »Gern geschehen.«

Er war wie vom Donner gerührt; versteinert, als hätte ihn der Eishauch der Ewigkeit gestreift.

Dann veranlasste er den keuchenden und ächzenden Bordrechner, obwohl dieser wegen der vielen Notmaßnahmen schwerstens überlastet war, eine Stimmanalyse des kurzen Funkeingangs zu erstellen. Mit genau dem Ergebnis, das Tolot erwartet hatte: Aufgrund der Klang-Parameter, Hüllkurven, An- und Ablautwerte sowie sonstigen charakteristischen Eigenschaften konnte zweifelsfrei ausgesagt werden, dass es sich bei dem Sprecher um den Haluter Icho Tolot gehandelt hatte.

»Wie ist das möglich?«, fragte er über die nach wie vor offene Verbindung. »Niemand kann in derselben Zeit doppelt existieren. Oder doch?«

»Du wirst verstehen, Ichos«, kam es zurück. »Mehr darf ich nicht sagen, da ich nicht mehr gesagt habe.«

Ein gerafftes Datenpaket langte noch ein, dann verschwand die Space-Jet aus seiner Ortung, als hätte es sie nie gegeben. Was natürlich auch an den nur noch eingeschränkt funktionierenden Schiffssystemen liegen konnte. Tolot öffnete die Datei. Eine großformatige, dreidimensionale Darstellung des Planeten Gorbas-IV erschien, wobei eine auffällige Gebirgsformation auf einem der Kontinente der Südhalbkugel farbig markiert war.

Diese Welt war in den Sternkatalogen als lebensfeindlich verzeichnet. Wenn Icho seinen Instrumenten trauen konnte – und das durfte er beim jetzigen Zustand der HALUT nicht unbedingt –, dampfte sie geradezu vor Vegetation. Er donnerte wenige 1000 Meter über den höchsten Erhebungen dahin, beobachtete fasziniert, wie ihm riesige Lianen entgegenpeitschten. Er war zu schnell für sie, daher schlangen sie sich um die Rauchwolke, die er kometengleich hinter sich herzog. Zweimal umrundete er den Planeten, bis er sicher war, die Formation wiedererkannt zu haben. Dann übergab er an den Autopiloten und stieg aus.

Er hatte sich, mittels der Antigravs seines Kampfanzugs abbremsend, kaum zwei, drei Kilometer von der HALUT wegbewegt, als ein kombiniertes Strahlenbündel aus einer bisher inaktiven Bodenstellung in sie einschlug. Das Kugelraumschiff geriet ins Trudeln, stürzte ab und bohrte sich in eine Felsflanke. Explosionen erschütterten die Berghänge, lösten Lawinen und Murenabgänge aus.

Icho Tolot fand sich etwa 100 Kilometer von dem Ziel entfernt, das ihm der *andere* Icho Tolot angegeben hatte.

Sein erster Gedanke war: *Wo ist Perry?*

In einem wahren Teufelsritt brachte der Terranische Resident die Raumlinse unversehrt durch das Strahlengewitter, das ihnen von der Oberfläche des Planeten Gorbas-IV entgegenschlug.

Solina Tormas bewunderte die Ruhe, mit der Perry Rhodan die Kontrollen handhabte. Zwischendurch hatte er sogar noch Zeit, seine Passagiere zu beruhigen: »Das sieht schlimmer aus, als es ist. Die automatischen Geschützstellungen wurden auf größere Objekte abgestimmt. Wir sind zu klein, zu gut abgeschirmt und zu flink, als dass sie uns in der Zielerfassung behalten könnten.«

Sie tauchten durch die Wolkendecke und schossen über der bizarren Landschaft dahin, die sich unter ihnen ausbreitete.

Boryk staunte mit offenem Mund und Solina nicht minder. Sie war immer gern gereist und hatte manchen exotischen Planeten besucht. Obwohl sie persönlich ein trockenes Klima bevorzugte, waren ihr feuchtheiße Dschungelwelten nicht fremd. Was allerdings Gorbas-IV an entfesselter Flora und Fauna aufzubieten hatte, sprengte den Rahmen des Vorstellbaren. Die Pflanzen- und Tierwelt des Planeten schien völlig aus den Fugen geraten, so grotesk überdimensioniert, als blicke man nicht durch die Bullaugen des Beiboots, sondern durch die Linsen eines Mikroskops. Blässliche, viele Kilometer lange Ranken schlängelten sich ihnen entgegen. An den Enden turmhoher, braun glänzender Stängel bildeten sich Samenkapseln von der Größe einer Korvette, schwollen in Sekundenbruchteilen an, platzten und spieen 1000 violette Kugeln über das wogende, in allen Schattierungen von Grün und Blau schillernde Inferno. Blüten vom Ausmaß eines Tennisplatzes entfalteten sich, überschwemmten ihre Umgebung mit rotgolden gesprenkeltem Glibber und waren schon Augenblicke später wieder verfaulter Nährboden für neue, wütend hervorsprießende Gewächse.

»Das ist krank. Widerlich. Widernatürlich«, sagte Isaias Shimon kopfschüttelnd. »Mit Sicherheit nicht das Produkt einer ungestörten Evolution. Derart abnormer Riesenwuchs kommt in keiner noch so extremen Ökosphäre vor, muss also künstlich angeregt worden sein. Das sind keine Pflanzen, sondern Geschwulste.«

»Könnte es mit der aus dem Planeteninneren dringenden Strahlung zusammenhängen, die wir angemessen haben?«, fragte Hartich van Küspert.

»Gut möglich. Was wir hier beobachten, sind in irrem Tempo, praktisch im Zeitraffer ablaufende Mutationen ohne Maß und Ziel – wenn man davon absieht, dass bestimmte Wachstumsgene systematisch forciert werden. Lange kann das noch nicht so gehen, und lange *wird* es auch nicht mehr gehen, weil die Bodenkrume bald ausgelaugt sein wird. Ekelhaft.«

»Wenn diese Vergewaltigung der Natur von den Bestien initiiert wurde«, sagte Solina, »was bezwecken sie dann damit?«

»Biologische Kriegsführung, Mädchen.« Hayden Norwell grinste anzüglich. »Der ungangbare Dschungel stellt ihre erste Verteidigungslinie gegen eine Invasion mit Fußtruppen dar. In einer solchen Umgebung sind sie unsereinem noch ein schönes Stück überlegener als sowieso schon. Betet, Freunde, dass wir die Raumlinse nicht verlassen müssen. Sonst erwartet uns eine Landpartie, die ich nicht unbedingt als gemütlich bezeichnen würde.«

Sie mochte den Prospektor nicht, musste ihm aber Recht geben. Auch das Wetter spielte verrückt. Sie flogen durch tropische Regengüsse, über Zonen, in denen Wirbelstürme tobten, sahen immer wieder dicke Rauchsäulen von Waldbränden ... Nein, hier wollte Solina um nichts in der

Welt aussteigen, nicht in dem dünnen Raumanzug, der vom Leistungsvermögen und von der Ausstattung her keineswegs mit einem SERUN vergleichbar war. Wobei ihr klar war, dass auch das Beiboot nur trügerische Sicherheit bot.

Etwas wie ein schwarzer Egel, größer als PALENQUE, LAS-TOÓR und HALUT zusammen, sprang plötzlich aus der grünen Hölle empor, immer höher und höher, erreichte beinahe die Raumlinse; fiel dann doch wieder hinunter, bevor Perry ausweichen musste. Boryk schrie auf und klammerte sich an Solina. Sie wusste nicht recht, wie sie ihn beruhigen sollte; tätschelte ihm unbeholfen die Schulter, summte eine leise Melodie. Schließlich lockerte sich der Griff seiner Hand ein wenig.

»Wie kann uns dieses Ding trotz des Deflektorschirms wahrnehmen? Und wie kann ein derart massiger Körper so hoch springen?«, wunderte sich Hartich. »Hat das Vieh ein natürliches Ortungs- und Antigravorgan eingebaut, oder was?«

»*Natürlich* ist hier gar nichts«, sagte Isaias angewidert, »und möglich fast alles. Vielleicht reagiert es auf Luftbewegungen oder Restemissionen, vielleicht produziert es im Körperinneren Gase, die leichter als Luft sind, vielleicht wird es von einem biologischen Katapult weggeschnellt ... Darf ich bei dieser Gelegenheit fragen, Perry, wohin wir eigentlich fliegen, und was wir dort wollen?«

»Unser erstes Ziel ist der Landeplatz der HALUT. Wenn wir Icho Tolot gefunden haben, sehen wir weiter.«

Nebelschleier trieben auf sie zu, hüllten sie ein. Rhodan löste das Thermogeschütz der Raumlinse aus. Einer der Schleier glühte auf, wirbelte davon, doch drei andere nahmen seine Stelle ein. Die Tiere – wenn es sich denn um solche handelte – hatten die Form von schmutzig weißen, mehr als einen Kilometer durchmessenden Vielecken, dünn und sich im Sturmwind bauschend wie Segeltücher, an deren Eckzipfeln milchige Schleimbatzen hingen. Perry fluchte leise, schoss erneut, drückte dann die Linse steil nach unten. Ruckelte hin und her, dass sich Solinas Magen zu heben drohte; gab Dauerfeuer, bis endlich die letzte Schleierkreatur abgeschüttelt war. Fing das Beiboot ab, das dem Dschungel schon bedenklich nahe gekommen war.

Und den Egeln. Der Luftraum war plötzlich voll von ihren nachtschwarzen, zuckenden Leibern. Sieben, acht, neun der Biester sprangen die Raumlinse an. Sie vergingen unter gespenstischen Leuchterscheinungen im Schutzschirm, der regenbogenfarben zu flackern begann. Jetzt schrie nicht nur Boryk. Einzig Perry behielt die Nerven, riss das Schiffchen wieder hoch – mitten hinein in eine Wolke aus Schleiern. Und runter; und rauf, und runter ... Obwohl sie kreuzweise angeschnallt waren, wurden sie durchgebeutelt, dass Solina Hören und Sehen verging. Wie Sirenen heulten die Triebwerke. Immer hin und her pendelten sie zwischen den Segeltieren und den Sprungwürmern, und oben wie unten kamen bei jedem Mal mehr dazu. Solina konnte vor den Fenstern nur noch wirbelndes Schwarz und Schmutzigweiß erkennen, dazwischen grelle Blitze. Es stand zu befürchten, dass auch Perry längst nicht mehr auf Sicht fliegen konnte.

Der Schirm brach zusammen, baute sich sofort wieder auf, nur um erneut flackernd zu verlöschen. Mit einem Mal begriff Solina, dass sie gegen diese Untiere den Kürzeren ziehen würden. Todesfurcht erfasste sie. Nun war sie es, die sich an Boryk festhielt, als könne ausgerechnet der Zwerg ihr Trost oder gar Schutz bieten.

Ich will nicht sterben! Nicht hier, nicht jetzt ...

Ein Geräusch erklang, so grauenvoll bestialisch, dass es ihr durch Mark und Bein ging. Boryk brüllte. Sie vernahm seine Stimme nicht nur mit den Ohren, sondern mit jeder Faser ihres Körpers, ja sogar mitten in ihrem Gehirn. Boryk brüllte. Er brüllte, und die Scheusale, die zu Dutzenden außen an ihrem Gefährt klebten, antworteten ihm.

Dann war die Sicht schlagartig wieder frei. Sie rasten geradewegs auf eine Felswand zu. Im letzten Moment gelang es Perry, die Raumlinse hochkant zu stellen und durch einen schmalen Einschnitt zu steuern, ohne links oder rechts zu touchieren. Der Spalt wurde zu einem engen, gewundenen Canyon, dem Perry mit reduzierter Geschwindigkeit folgte. Von Heulkrämpfen geschüttelt, hing Solina in ihren Sicherheitsgurten. Als sie sich so weit gefangen hatte, dass sie sich umsehen konnte, registrierte sie, dass es den anderen nicht viel besser erging. Erst langsam ließ der Druck auf ihren Kopf nach.

»Warst du das, Boryk?«, fragte Perry so gleichmütig, als erkundige er sich nach der Uhrzeit.

»Ja. Es tut mir Leid, ich, ich wollte das nicht, ha-hatte nur solche Angst ...«

»Ganz ruhig, Kleiner. Alles ist gut, und zwar dank dir. Ich war mit meinem Latein am Ende. Diese Viecher hätten uns mitsamt der Linse den Garaus gemacht. Du hast uns gerettet, Boryk. Danke.«

»Schönen Dank aber auch«, knurrte Hayden Norwell. »Mein Schädel fühlt sich an, als hätte mir der Zahnarzt bis hinauf ins Mesezephalon gebohrt.«

Der Lemurer strahlte dennoch übers ganze Kindchengesicht, obwohl ihn seine Gurten halb strangulierten. Solina schloss die Augen, ließ die Luft aus ihren Lungen, wischte sich Tränenflüssigkeit von den Wangen. Ihre Knie schlotterten. Mit welcher instinktiven Botschaft auch immer Boryk die Biester verscheucht hatte – die Intensität seines mentalen Ausbruchs hatte die Leute in der Kabine ebenfalls in Mitleidenschaft gezogen, und das trotz der PsIso-Netze unter ihren Helmen. Nur der mentalstabilisierte Perry war dagegen gefeit.

»Wird schon wieder!«, munterte er seine Passagiere auf. »Nächste gute Nachricht: Ich konnte soeben Kontakt zu unserem halutischen Freund herstellen.«

Icho Tolot bedauerte die Havarie seines Schiffes. Ihn hätte brennend interessiert, wie stark es im Rahmen der Raumgefechte und bei der anschließenden Bruchlandung beschädigt worden war, und ob es jemals wieder in der Lage sein würde, die Weiten des Weltalls zu durchstreifen. Aber die Klärung dieser Fragen musste derzeit zurückgestellt werden. Es gab Wichtigeres. Erste Priorität hatten Perry und die Besatzung des Beiboots.

Und dann ...

»Du wirst verstehen, Ichos«, hat er gesagt.

In dieser Anrede lag ein Hinweis verborgen. Haluter verhielten sich gegenüber anderen Intelligenzwesen, auch ihrer eigenen Art, im Allgemeinen sehr distanziert. Das schlug sich in ihren Umgangsformen nieder, die von höflicher Reserviertheit geprägt waren. Nur ganz engen, langjährigen Freunden wurde eine gewisse Intimität zugestanden, was sich darin äußerte, dass man an deren Nachnamen die Silbe -os anhängte. Es galt als große Ehre und höchste Stufe der Vertraulichkeit, von einem Haluter mit beispielsweise »Rhodanos« angesprochen zu werden, und diesen im Gegenzug »Tolotos« nennen zu dürfen.

Eine informelle Verwendung des Vornamens aber war nur in einem einzigen Fall gestattet: vom Älteren gegenüber dem blutsverwandten Jüngeren; oder, wie die Terraner gesagt hätten, vom Vater zum Kind.

»Ichos«, hatte er gesagt, der *andere* in der Space-Jet. In – aller Wahrscheinlichkeit nach – derselben Space-Jet, mit welcher der Hüter vom Eisplaneten Mentack Nutai geflohen war. »Ichos« – als wäre er Tolots *Elter*. Dies hätte auch die fast hundertprozentige Gleichartigkeit der äußeren Erscheinung und der Stimme erklärt. Allerdings lebte Icho Tolots unmittelbarer Vorfahr seit Jahrtausenden nicht mehr. Haluter waren autogame Wesen. Die Entstehung eines Embryos und die folgende Geburt eines Kindes führten sie durch Kontrolle ihrer Körperfunktionen bewusst herbei. Dies geschah ausschließlich, wenn sie spürten, dass ihr eigener Tod nahte, oder wenn ein Angehöriger ihres Volkes überraschend verstorben war. Denn seit sich die letzten 100.000 Haluter, 37.500 Jahre vor Beginn der Alten Terranischen Zeitrechnung, auf den Planeten Halut zurückgezogen hatten, hielten sie ihre Bevölkerungszahl stabil. Das hatten sie damals, kurz nach ihrer Befriedung, geschworen, und dabei waren sie bis heute geblieben.

Wenn also der Hüter, der völlig überraschend mit der entwendeten Space-Jet eingegriffen und die HALUT vor der Totalvernichtung bewahrt hatte, ihn trotzdem »Ichos« nannte, obgleich er unmöglich sein Elter sein konnte – was wollte er ihm auf diese Weise mitteilen?

Dass er zwar nicht sein Elter, jedoch sehr wohl sein *Älterer* war? Nicht sein leiblicher Vorfahr, sondern ... eine Art älteres Ich?

Und warum drückte er sich so verschlüsselt aus?

»Du wirst verstehen, Ichos. Mehr darf ich nicht sagen, da ich nicht mehr gesagt habe.«

Falls in die Vorgänge um die Sternenarchen eine Zeitschleife involviert wäre ... Haluter waren gegenüber Zeitexperimenten seit eh und je negativ eingestellt. Sie glaubten nicht an ein Weiterleben nach dem Tode. Weder hofften sie auf endlose Seligkeit, noch fürchteten sie ewige Verdammnis. Die unter Humanoiden häufig anzutreffende Vorstellung eines allmächtigen Gottes jagte ihnen genauso wenig Schrecken ein wie die eines diesem ebenbürtigen, doch merklich aktiveren teuflischen Antagonisten. Wenn es eine Nemesis gab, vor der sie ihre Brut warnten, dann diese:

Zeitparadoxon.

Tolot der Ältere hatte Tolot dem Jüngeren ein Ziel gegeben, und zugleich eine Erklärung. Welche nicht mehr und nicht weniger implizierte, als ...

Es summte. Der Pikosyn vermeldete, dass endlich eine Anpeilung der Raumlinse erfolgt war. Da Perry und er in derartigen Gefahrensituationen nur ultrakurze Impulse niedrigster Intensität verwendeten, bedeutete das, dass sich das Beiboot ganz in der Nähe befand.

Gut!

Icho hatte sich in Richtung des vom *Älteren* markierten Punkts bewegt und dabei zahllose Angriffe des kurzlebigen Gekreuches und Gefleuches abgewehrt, das die offensichtlich manipulierte Natur des Planeten ihm entgegenwarf. Wäre er nicht so auf seine Überlegungen fixiert gewesen, hätte er das harmlose Gemetzel sogar genossen. Dies war eine Welt, wie geschaffen für eine Drangwäsche. Unzweifelhaft hatten die zuständigen Bio-Designer bei ihren Entwürfen für das Planetoforming von Gorbas-IV auch daran gedacht, dass sich Haluter – oder »Bestien« – in gewissen Abständen austoben, ihren aufgestauten Aggressionen freien Lauf lassen mussten. Tolot spürte die Verlockung, sich ins wogende Dickicht fallen zu lassen, das völlig von seinem Willen abhängige System seiner Zellen auf molekularer Basis strukturell so umzuformen, dass sein Körper die Konsistenz und Durchschlagskraft eines Terkonit-Stahlblocks gewann, und dann einfach drauflos zu stürmen, alles niederzuwalzen oder zu zerschlagen, was sich ihm in den Weg stellte, eine Spur der Verwüstung hinter sich herzuziehen, eine Schrift in diese Welt zu gravieren: *Tolot war hier ...*

Stattdessen vergewisserte er sich, dass die von den mutierten Bioformen des Planeten emittierte Streustrahlung das Gespräch überdecken würde, und funkte dann an Perry Rhodan: »Wir müssen viel höher hinauf ins Gebirge.«

»Aha. Und warum?«

»Das weiß ich nicht, aber *ich* weiß es.«

»Äh ... Bist du okay, Tolotos?«

»Ja doch. Ich werde dich informieren, vermutlich schon bald. Ich sende dir jetzt die Zielkoordinaten.«

»Sind eingetroffen. Was gedenkst du dort zu finden?«

»Die Lösung des Rätsels, Rhodanos. Aller Rätsel um die Sternenarchen, den Hüter und Levian Paronn.«

Sein Wissen und seine Absichten hinter derlei kryptischen Andeutungen zu verschleiern, sah Icho Tolot gar nicht ähnlich. Zweifellos hatte er gewichtige Gründe dafür. Deshalb bezähmte Perry seine Neugier und ließ es vorläufig dabei bewenden.

Sie vereinbarten, bis auf Weiteres getrennt vorzudringen, jedoch in regelmäßigen Abständen Verbindung aufzunehmen. Mit den Strukturtastern hatte Perry den weiteren Verlauf des Canyons erkundet. Er wollte der mehr als drei Kilometer tiefen Kluft, die sich ungefähr in Richtung des Zielpunkts schlängelte, so weit wie möglich folgen, auch wenn er die Linse immer wieder in die Senkrechte kippen musste, weil die Felsmauern bis auf zehn Meter zusammenrückten. Aber diese unbequeme Flughaltung nahm er gern in Kauf, wenn sie dafür von weiteren Attacken der Pflanzen- und Tiermonstrositäten verschont blieben. Am Boden der Schlucht wimmelte und wuselte, wucherte und waberte es zwar ähnlich wie draußen auf der Ebene; doch nicht bis zu ihnen herauf, und die nicht selten oben überhängenden Wände waren erfreulich kahl und glatt. Bänder in verschiedenen Rottönen durchzogen sie. Perry hätte nicht gedacht, dass er sich einmal derart über den Anblick nackter Felsen freuen würde.

Zu früh – wie er bemerkte, nachdem er um die nächste Biegung gekurvt war.

Die Außenmikrofone übertrugen ein fernes, jedoch rasch näher kommendes Rauschen. Dann waren die Fluten da. Der Bach am Grund des Canyons schwoll zu einem reißenden Strom an, als wäre die Schleuse eines gewaltigen Staubeckens geöffnet worden. Binnen Sekunden hatte die breiige Flüssigkeit das untere Drittel der engen Klamm gefüllt. Laut Ortungsanalyse handelte es sich nicht um Wasser, sondern um eine giftige, radioaktiv verseuchte, viskose Brühe, deren Spiegel immer höher stieg.

Zugleich wuchsen über der Raumlinse die Felswände zusammen.

Perry erkannte, dass sie in eine gigantische Falle geflogen waren. Wodurch der Abwehrmechanismus ausgelöst worden war, kümmerte ihn wenig, desgleichen, ob der Vorgang von den Bestien gesteuert wurde oder vollautomatisch ablief. Er hielt das Beiboot in der Schwebe, drehte es nach oben und setzte den fix im Bug montierten Thermostrahler ein. Aussichtslos. Die rötlichen Kristalle wuchsen schneller, als er den Hitzestrahl schwenken konnte. Er gab das frustrierende Unterfangen auf und flog weiter. Vielleicht fand sich am Ende der Kluft eine Möglichkeit zu entkommen.

Der Giftbrei erreichte die Linse, umspülte sie, füllte den Canyon bis zur sich immer tiefer senkenden Decke. Dem Prallschirm konnte er nichts anhaben. Perry wagte nicht, zusätzlich den HÜ- oder den Paratronschirm einzuschalten: Die permanenten Entladungen an 100 Prozent der Schirmoberfläche hätten rasch zu einer Überhitzung und in Folge zu einem Totalausfall der Projektoren geführt. Aus dem Bei- war ein U-Boot geworden, das nun deutlich langsamer vorankam; doch voran kam es immerhin.

Bis die Orter anzeigten, dass sich die Flüssigkeit rapide abkühlte. Und zu grünlichem Eis erstarrte, welches die Raumlinse einschloss. Wieder trat der Thermostrahler in Aktion, und wieder war er zu langsam.

»Sorry, Leute«, sagte Perry Rhodan, »aber hier ist vorläufig Endstation.«

18

Über Glück

Icho Tolot hielt sich nahe an den Berghängen, um etwaiges Radar zu unterfliegen. Die Deflektor- und Anti-Ortungs-Einrichtungen seines Kampfanzugs, wie auch die des HALUT-Beiboots, waren der Jahrzehntausende alten Bestien-Technologie zwar mit Sicherheit überlegen, doch gänzlich unterbinden ließen sich die Emissionen eines Antigravs nie. Er hatte sich mit bloßen Fäusten aus einem Erzbrocken eine Art Machete gehämmert, mit der er diverse Tentakel und meterdicke Dornenranken, die ihn einfangen wollten, durchtrennte. Auf diese Weise vermied er verräterische Strahlschüsse und machte zwar nicht besonders schnell, jedoch stetig Boden gut.

Er war noch etwa 70 Kilometer von seinem Ziel entfernt, als er am Horizont einen Punkt bemerkte, der rasch zu einem gepanzerten Kampfgleiter heranwuchs. Tolot ließ sich in das Gestrüpp an der Bergflanke fallen und wühlte sich tiefer in Erdreich und Geröll. Er deaktivierte sämtliche Anzug-Aggregate bis auf die Passivortung, verhärtete seine Körperstruktur und wartete. Bis der kreisende Gleiter endlich hinter den schneebedeckten Gipfeln verschwand, wurde Tolot von drei verschiedenen Riesentieren verschluckt und als unverdaulich wieder ausgeschieden – ein durchaus interessantes, wenngleich wenig erbauliches Erlebnis. Nachdem er sich notdürftig gesäubert hatte, setzte er seinen Weg fort.

Als es an der Zeit war, wieder Kontakt mit Perry aufzunehmen, bekam er kein Signal der Raumlinse herein. Eventuell war Rhodan gerade gezwungen, sich in ähnlicher Weise zu verbergen, wie Tolot es zuvor getan hatte. Er wies den Pikosyn an, ab nun alle fünf Minuten nach dem Beiboot zu peilen.

Ungehindert überquerte er den mit Schnee und Eis bedeckten Hauptkamm des ausgedehnten Gebirgszugs. Hier, in über 5000 Metern Höhe, war die Belästigung durch die Pflanzen- und Tierwelt minimal. Armlange, fliegende Käfer umschwirrten ihn, doch ihre Mandibeln konnten seinem Schirm nichts anhaben. Einmal wölbte sich ihm ansatzlos eine etwa 60 Meter durchmessende Schneewechte entgegen: wie sich herausstellte, eine Art alpiner Stachelrochen. Tolot durchschlug das fladenförmige Tier wie eine Kanonenkugel. Der peitschende, Funken sprühende Stachel verfehlte ihn, dann fuhr der weiße Rochen schrill kreischend inmitten einer Lawine zu Tal.

Aus der hoch aufgewirbelten Schneewolke stach ein Kampfgleiter direkt auf Tolot zu.

Sich zu verstecken, blieb keine Zeit mehr. Auch wenn der feindliche Pilot ihn wegen des Deflektorschirms nicht sehen konnte, verriet ihn doch der eindeutig erkennbare Ausgangspunkt der Lawine. Somit wusste die Bestie, auf welchen Bereich sie die Feinorter des Gleiters konzentrieren musste. Tolot holte das Letzte aus seinem Flugaggregat heraus, schlug Haken, überließ bewusst dem Ordinärhirn die Steuerung, wie es ein Haluter in einer solchen Situation normalerweise niemals tat. Vergebliche Mühe, wie ihm die auf ihn einhagelnden Orterimpulse bewiesen. Der andere hatte ihn in der Zielerfassung.

Und jetzt schoss er.

Er drückte den Daumen fest auf den Feuerknopf, als könne er damit die Leistung des Thermostrahlers erhöhen. Was natürlich blanker Unsinn war. Doch es zerrte an Perrys Nerven, wie langsam sich der Hitzestrahl durch das überaus kompakte Gifteis fraß.

Er hatte abgewartet, bis der Canyon zur Gänze vereist war und keine Brühe mehr nachkam. Die Decke wuchs jetzt nur noch sehr langsam nach unten, verdichtete dabei das Eis, sodass der Druck auf den Prallschirm der Raumlinse immer größer wurde. Die Außenmikros übermittelten ein Ächzen und Knistern, ein Qietschen und Knacken, das nicht dazu angetan war, die Stimmung in der Kabine zu heben.

»Ängstigt euch nicht, wir kommen hier schon wieder raus«, sagte Perry zu den Mitgliedern seines Einsatzteams. »Allerdings werden wir zu Fuß gehen müssen.«

Ein kollektiver Seufzer antwortete ihm.

Der Thermostrahl fräste einen schnurgeraden, einen Meter durchmessenden Stollen durch Eis und Fels. Die Wände schienen zu halten. Notfalls würden sie sie mit den Handstrahlern stabilisieren müssen. Perry Rhodan hatte das subplanetare Staubecken geortet, von dem die giftigen Fluten abgelassen worden waren, und das Beiboot in diese Richtung gedreht, bevor die Eismassen sie immobilisierten. Bis zum Becken waren es viereinhalb Kilometer. Den Stollen dahingehend zu erweitern, dass die Raumlinse hindurchpasste, hätte Tage gedauert.

»Okay, Leute«, rief Perry, sobald der Hitzestrahl endlich die Stahlwand des Staubeckens durchbohrt hatte. »Ich fliege voraus, Hayden macht das Schlusslicht. Solina, kannst du dich weiter um Boryk kümmern? Am besten synchronisierst du eure Pikosyns.«

»Schon geschehen.«

»Ausgezeichnet. Und raus!«

Er öffnete die Luke, schwebte durch die Luftblase, die das Beiboot innerhalb des Prallschirms umgab, und mit dem Kopf voran in die enge Röhre. Sobald Hayden meldete, dass alle hinter ihm waren, schaltete Perry die Strukturlücke per Fernsteuerung wieder ab, damit die Festigkeit des Schirms nicht noch zusätzlich beansprucht wurde. Nicht, dass viele Chancen bestanden hätten, die Raumlinse je wieder aus dem Eis befreien zu können. Aber man sollte die Hoffnung niemals aufgeben.

Er beschleunigte auf 100 Stundenkilometer, vertraute darauf und dass er trotz des hohen Tempos noch reagieren würde können, falls die Wände nachgaben. Den Handstrahler hielt er feuerbereit vor sich, den anderen Arm an die Hüfte angelegt. Irgendwie erinnerte ihn diese Flughaltung an eine Comicfigur seiner Jugend ...

Es waren sehr lange, sehr bange drei Minuten, bis sie das Staubecken erreichten. Obwohl es zwei Kilometer breit und ebenso hoch war, hatte der Thermostrahl es nur haarscharf nicht verfehlt.

Gut gezielt, dachte Perry. *Oder eher: Schwein gehabt.*

Das Glück des Tüchtigen, nannten die Terraner so etwas.

Es gab bei ihnen allerdings auch das konträre Sprichwort vom Glück, das der Dumme hatte; und ein Lied des Inhalts, dass das Glück ein scheues Vögelchen sei, schwer zu fangen, aber rasch wieder davongeflogen ...

Haluter kannten nichts dergleichen. Sie waren hochintelligent, doch nicht sehr phantasievoll. Trotz ihrer überragenden geistigen Fähigkeiten wiesen sie eine relativ geringe Kreativität und Innovationsgabe auf. Allgemein wurde das auf ihre synthetische Herkunft zurückgeführt, von manchen auch als Folge einer gezielten Sicherungsmaßnahme ihrer ursprünglichen Schöpfer, der Okefenokees, beziehungsweise der Ersten Schwingungsmacht interpretiert.

War Icho Tolot deshalb auf Anhieb derart von den Terranern fasziniert gewesen? Weil sie, ganz un-halutisch, ein Gutteil ihrer Zeit mit Kunst und leichter Unterhaltung scheinbar vergeudeten?

Er bewunderte, ja beneidete sie gewissermaßen dafür, dass sie sich so ungeniert dem Kulturgenuss und der Zerstreuung hingeben konnten. Ihm selbst gelang das kaum. Einzig manchen Spielarten ihrer Musik, die nach hartem Fels oder Schwermetallen benannt waren, vermochte er etwas abzugewinnen, und auch das nur, wenn er sie in einer Lautstärke hören konnte, die selbst er als ohrenbetäubend empfand.

Was einem alles durch den Schädel ging, wenn man gerade dem Tod ins Auge gesehen hatte ... Aber Tolot, egal ob aus Dummheit oder Tüchtigkeit, hatte Glück gehabt.

Und einen sehr guten Bekannten in einer terranischen Space-Jet.

Denn wer oder was sonst sollte es gewesen sein? Gesehen oder geortet hatte Icho nichts, doch von selbst war der Kampfgleiter mit Sicherheit nicht explodiert, unmittelbar nachdem die Bestie den ersten Schuss abgegeben und Tolots Schirm zum Erlöschen gebracht hatte.

Er nahm sich vor, in Zukunft wieder öfter sein Leben zu genießen und sehr laute terranische Musik zu hören ...

Sein Ziel war nur noch 15 Kilometer entfernt. Icho Tolot konnte die charakteristische Gebirgsformation mit freiem Auge ausmachen – und den Paratronschirm, der sich wie eine dünne, jedoch für Handwaffen undurchdringliche Blase über eine Ansammlung niedriger Gebäude wölbte. Nun, mit diesem Problem würden sie sich befassen, wenn sie davorstanden. Der Pikosyn unternahm einen weiteren Versuch, die Raumlinse anzupeilen; vergeblich.

Aber dafür meldete sich Perry Rhodan über sein Multifunktions-Armband.

Sie glichen ihre Positionen ab. Icho Tolot schlug einen Höhleneingang als Treffpunkt vor, der laut den Angaben seiner Taster über ein ausgedehntes Stollensystem mit dem Staubecken verbunden war. Beides war vermutlich von den akonischen Minenarbeitern angelegt worden.

Nach Perrys Schätzung würden sie etwa eine halbe

Stunde dorthin benötigen. In den Bergbaustollen und -schächten nützten ihnen die Antigravs nur bedingt. Sie konnten sich damit den Aufstieg über Leitern und Treppen erleichtern, aber kaum oder nur sehr langsam fliegen.

»Abbau von Hand mittels Laser und mikrogenauer Desintegratoren«, erklärte Hayden Norwell kurzatmig. »Im Prinzip dieselbe Methode wie vor Jahrtausenden mit Pickel und Pressluftbohrer. Das Zeug ist so verdammt heikel, dass größere Maschinen nur zum Stollenvortrieb eingesetzt werden können. Aber Mann, hat das hier eine Qualität ... Leute, ist euch klar, dass wir gerade durch ein Vermögen stiefeln?«

Solina Tormas war das herzlich egal. Sie hatte Mühe, mit Boryk Schritt zu halten. Der Kleine schien in seinem Element. Und er plapperte pausenlos, erzählte ihr von seiner Heiligen Queste, vom vertikalen Dorf im Silbernen Berg ... Als lege er eine Art Lebensbeichte ab, breitete er seine Geschichte vor ihr aus. Und diese konnte durchaus an Abenteuerlichkeit mit vielen anderen mithalten.

Isaias Shimons Story von seinen spinnenartigen Zieheltern fiel Solina ein. Vielleicht konnte Boryk herausfinden, was damals wirklich geschehen war, indem er Isaias in Tiefenhypnose versetzte?

Gleich darauf verwarf sie den Gedanken wieder. Wie sie ihn inzwischen kannte, würde der Exobiologe das schlichtweg ablehnen. Vielleicht lebte es sich ja mit zweifelhaften Erinnerungen im Endeffekt doch besser als mit einer wie auch immer gearteten Gewissheit.

Dank der Dauerberieselung durch Boryk wurde Solina von den Strapazen des Aufstiegs abgelenkt, und die Zeit verging rasch. Am Ausgang der Höhle wartete Icho Tolot. Sie alle umsprangen ihn trotz ihrer Erschöpfung ausgelassen wie Kinder, auch Hayden Norwell und sogar, wenngleich gelassener, Perry Rhodan.

»Wir haben's fast geschafft, nicht wahr?«, sagte der Resident.

»Am angegebenen Ort befindet sich ein Stützpunkt der Bestien«, dämpfte Icho Tolot die allgemeine Euphorie. »Ich konnte keine schweren Geschützstellungen anmessen, doch spannt sich über das Gelände ein Paratronschirm, gegen den wir kein probates Mittel mitführen.«

»Du bist sicher, dass dort unser Ziel liegt?«

»Absolut.«

»Hm.«

Sie blickten auf die Schnee- und Eiswüste hinaus. Ein hausgroßes Knäuel aus grauen, armdicken Schläuchen wurde vom Wind in ihre Richtung getrieben. Solina erkannte, dass es sich um eine Hydra handelte, ein vielköpfiges Schlangenwesen. Es stellte keine Gefahr dar, war lange tot und ausgedörrt, offenbar verhungert, weil es sich in ein Revier begeben hatte, für das es nicht geschaffen war.

Eine Warnung?, dachte Solina. *Bis jetzt sind wir ganz gut davongekommen, wenngleich wir sowohl die HALUT als auch deren Beiboot eingebüßt haben. Aber letztlich sind wir hier so fehl am Platz und zwergenhaft unterlegen wie Boryk auf Drorah. Einzig Tolot kann den neuen Herren dieses Planeten auf Augenhöhe entgegentreten. Nur: Was soll er allein gegen sie ausrichten?*

Blitze zuckten über den Himmel, dann ging im Nordosten eine zweite Sonne auf. Sekunden später erreichte sie der Donner einer gewaltigen Explosion.

»Was ist das?«, fragte Hartich van Küspert, der unwillkürlich den Kopf eingezogen hatte.

»Ich vermute: die Kavallerie«, sagte Perry.

19

Das Finale

Alle Messungen ergaben, dass die volle Einsatzfähigkeit des Gebildes gegeben war.

Die Zentralkegel beider Trichter glühten nun feuerrot, als bestünden sie ausschließlich aus reiner Energie. In der gläsernen Spirale kondensierte Nebel. Zwischen jeweils zwei kleinen, einander gegenüberliegenden Spitzkegeln spannte sich ein Lichtbogen, und zwischen den beiden Trichtern war ein brodelndes, am Boden über drei Meter breites und fast fünf Meter hohes Energiefeld entstanden, ähnlich dem Abstrahlfeld eines Transmitters. Die fiktiven Koordinaten für den Probelauf hatte Garm unverändert gelassen. Der Kontakt mit dem Empfangsteil blieb stabil, es wurden keinerlei Fehlfunktionen angezeigt. Energieversorgung, Speicherringe, Frequenzwandler, Antennensysteme und Projektoren arbeiteten höchst zufrieden stellend.

Ansonsten gab es für Garm Hesset wenig Grund zur Freude. Die Invasoren, wiewohl nur ein kleiner Trupp, hatten bis hierher vordringen können. Das diskusförmige Fluggerät, das trotz seiner geringen Größe über hochgezüchtete Schirme und Garm bislang unbekannte, äußerst durchschlagskräftige Waffensysteme verfügte, hatte ihnen den Weg freigemacht. Dabei waren alle drei Kampfgleiter sowie zwei bemannte Bodenstellungen zerstört worden. Fünf weitere Gerechte waren gefallen. Ihre Zahl hatte sich auf elf reduziert. Das bekümmerte Garm noch am wenigsten. Die beschleunigten Zuchtprogramme würden schon bald zum Abschluss kommen und den Planeten mit jungen Gerechten überschwemmen.

Bis dahin musste er diesen Stützpunkt halten, das Gebilde unbedingt verteidigen. Es hatte sich eine Pattstellung ergeben. Der feindliche Stoßtrupp hatte offenbar keine Möglichkeit, den kugelförmigen Paratronschirm zu knacken, der den Stützpunkt lückenlos umspannte. Aus nicht eruierbaren Gründen hielt sich auch der sicherlich in der Nähe befindliche Diskus zurück, der sehr wohl über entsprechende Waffen verfügte. Garms Planhirn errechnete eine Wahrscheinlichkeit von über 40 Prozent dafür, dass er das Risiko scheute, dabei auch das Gebilde zu beschädigen. Umgekehrt hatten die Invasoren ihre den Paratrons vergleichbaren Individualschirme zusammengeschaltet. Dabei kam der größte Anteil von dem roten Kampfanzug jenes Wesens, das wie ein Gerechter aussah – jedoch unmöglich einer sein konnte, wenn es gemeinsame Sache mit Ungeziefer machte und diese sogar aktiv in Schutz nahm. Jedenfalls waren die kombinierten Schirme zu stark für Garms Handstrahler, und mit stärkeren Waffen war dieser Stützpunkt nicht ausgerüstet, da ja in unmittelbarer Nähe die Kampfgleiter stationiert gewesen waren. Deshalb hatte Garm über Funk um Verstärkung durch einen der noch verfügbaren Kugelraumer gebeten.

Auch der Pseudo-Haluter funkte Garm Hesset an, auf allen Frequenzen. Wieder appellierte er an das, was er Vernunft nannte.

»Du bist verblendet«, behauptete er, »und das ist nicht deine Schuld. Es resultiert aus deiner Einschläferung und Erweckung. Du konntest dir die Welt, in die hinein du zum zweiten Mal geboren wurdest, nicht aussuchen, durftest nicht im Mindesten mitbestimmen, wann, wo und als was du beginnen würdest; sondern du warst determiniert durch Ort und Zeit deiner Wiedergeburt. Aber glaube mir: Wer du wirst, und wie du lebst bis zu deinem Tod – dies zumindest liegt in deiner Hand. Das genetische Programm, das dich zu unversöhnlicher Feindschaft gegenüber den Menschen zwingt, die doch ebenso intelligent und im Grunde friedliebend sind wie wir, lässt sich verändern. Nenne mir deinen Namen, reiche mir deine Hand, dann beginnen wir damit, einen historischen Irrtum zu korrigieren.«

Garm Hesset dachte nicht daran, auf das verlogene Gewäsch zu antworten. Neben dem leise summenden Gebilde stehend, wartete er auf den Kugelraumer, der mit dem Ungeziefer und der lächerlichen Witzfigur im roten Anzug aufräumen würde.

Doch nicht die erhoffte Verstärkung kam, sondern eine Abfolge schlechter Nachrichten.

Fünf kugelförmige Schlachtschiffe fielen auf Höhe der Bahn des siebenten Planeten aus dem Hyperraum. Sie flogen auf Gorbas-IV zu. Die vorläufig letzten beiden Raumer der Gerechten stiegen auf. Im folgenden Gefecht gelang es ihnen, zwei der Feinde abzuschießen, bevor sie beide vernichtet wurden.

Nun waren sie nur noch zu neunt ... und gleich darauf zu sechst, denn auch ein Raum- und zwei Bodenforts fielen der Zerstörung durch die furchtbaren, in Nullzeit wirkenden Bomben anheim, sowie ein gegnerischer Raumer.

Dann standen die beiden Schiffe über dem Stützpunkt. Garm schloss mit seinem Leben ab, das ein kurzes gewesen war, jedoch in jeder Sekunde dem Dienst an der Zeitgerechtigkeit gewidmet.

Er wurde angefunkt. Eine Translatorstimme sagte im Idiom der Gerechten: »Du hast genau dreißig Sekunden, den Paratron abzuschalten, Bestie. Tust du es nicht, fährst du zur Hölle, zusammen mit deinem Heiligtum.«

Garm Hesset horchte in sich hinein. Das Wissen, das dem Planhirn zusammen mit seinem Blut zugeflossen war, beinhaltete, dass das Gebilde unter allen Umständen funktionsfähig zu bewahren war. Keinesfalls durfte eine Destruktion in Kauf genommen werden. Eher noch ließ sich vertreten, dass es kurzfristig in Feindeshand fiel. In Bälde, wenn die Viertelmillion der jungen Gerechten erwacht war, würden sie es zurückerobern. Die Chance dafür lag bei weit über 90 Prozent. Nochmals dachte und rechnete Garm Hesset alles durch und kam zu exakt dem selben Ergebnis.

28 Sekunden der Frist waren verstrichen, als er die Fernsteuerung ergriff und den Paratron-Schutzschirm deaktivierte.

»Zusammenbleiben«, rief Perry Rhodan.

Dieser Order hätte es für Solina Tormas nicht bedurft. Freiwillig würde sie die Nähe zu ihm und dem Haluter auf gar keinen Fall aufgeben.

Sie rückten im Gleichschritt, fast gemächlich zwischen schneebedeckten Felsblöcken in Richtung auf die seltsame, transmitterähnliche Konstruktion vor. Die daneben stehende Bestie legte die Strahlwaffen, die sie in dreien ihrer Arme trug, nicht ab, senkte sie aber immerhin. Icho Tolot fragte sie etwas auf halutisch, wahrscheinlich, worum es sich bei dem Gerät handelte, das sich offenbar im Standby-Modus befand. Die Bestie antwortete nicht. Äußerlich war kaum ein Unterschied zwischen ihr und Tolot zu erkennen. In den drei handtellergroßen Augen allerdings funkelte rote Mordlust; aber vielleicht bildete sich Solina das auch bloß ein.

Am Himmel tat sich etwas. Solina legte den Kopf in den Nacken, wollte ihre Augen mit der Hand abschirmen. Unnötig, denn der Pikosyn ihres Anzugs war schneller und aktivierte in der Helmscheibe einen Filter gegen die direkte Sonneneinstrahlung. Ein kastenförmiger Normbehälter wurde aus einem der beiden akonischen Schlachtkreuzer ausgeschleust und schwebte langsam herunter.

Da schoss ein diskusförmiger Schatten hinter einem Berggipfel hervor. Eine terranische Space-Jet! In wenigen Augenblicken war sie heran und stoppte, 20 Meter über dem Boden schwebend, und vielleicht das Doppelte von Tolot, der Bestie und der fremdartigen Konstruktion entfernt.

»Jetzt, meine Kleinen, ist es so weit«, sagte der Haluter fast feierlich. Er breitete alle vier Arme aus, ging auf die Space-Jet zu.

Und wurde plötzlich wie von einer unsichtbaren Hand erfasst. *Traktorstrahlen!*, konstatierte Solina. Sie schoben Icho Tolot zurück, in Richtung der beiden Trichter. Er schrie auf, für einmal nicht mit seiner üblichen Zurückhaltung, sondern so laut, dass der gefrorene Boden erzitterte.

Dann jedoch schien er sich in sein Schicksal zu ergeben. »Aber natürlich. Ich verstehe«, sagte er. Den letzten Schritt in das wallende Abstrahlfeld tat er aus eigener Kraft und freiem Willen.

Er verschwand.

Perry hatte schon zuvor seinen Kombistrahler entsichert und auf die Bestie angelegt. »Nicht auf dumme Gedanken kommen, mein verhinderter Freund«, sagte er jetzt. »Glaub mir, ich wäre schneller als du. Und die Jet hat dich ebenfalls im Visier, von den beiden Schlachtkreuzern da oben ganz zu schweigen.«

Bevor Solina noch Tolots Abgang verdauen konnte, setzte der Standardcontainer, welcher der Beschriftung nach zur UMBERIA gehörte, weich auf. Was sich darin befand, war ihr klar. Schiebetüren glitten geräuschlos zur Seite, gaben den Blick auf einen grün leuchtenden Transmitterbogen frei.

Heraus trat ...

Levian Paronn hatte Mühe, das Gleichgewicht zu wahren. Er spürte den Boden unter seinen Füßen nicht, fühlte sich körper- und schwerelos, leicht- und scharfsinnig, durch- und hellsichtig. Doch mit der ihm eigenen stählernen Disziplin hielt er sich gerade, auf Kurs, im Zaum.

Er war am Ziel. Zum Greifen nahe stand der Zeittransmitter vor ihm, das zweite der Instrumente, die er benötigte, um die Menschheit zu retten und die Bestiengefahr ein für alle Mal zu bannen. Das erste, die Konstruktionspläne der im Ichest-System entwickelten Anti-Bestien-Waffe, trug er bei sich.

»Sieh einer an«, sagte der terranische Resident, ohne dabei das abscheuliche vierarmige Monstrum außer Acht zu lassen, das er mit gezückter Waffe in Schach hielt. »Levian Paronn, nehme ich an?«

Fast bedauerte er, sich Perry Rhodan nicht vollständig offenbaren zu können. Der Mann hatte sich als ihm durchaus ebenbürtig erwiesen. Gern hätte Levian mit ihm ausgiebig seine Beweggründe diskutiert, ihm seinen Plan erläutert, und warum es keine Alternative dazu gab. Doch er durfte sich hier nicht länger aufhalten als unbedingt nötig. Also nickte er nur, schritt langsam an der restlichen, dicht aneinander gedrängt stehenden Gruppe vorbei, auf den schwebenden Kontrollwürfel des Zeittransmitters zu.

Eine Bewegung, die er aus dem Augenwinkel wahrnahm, ließ ihn innehalten und herumwirbeln. Die Space-Jet war gelandet. Das Kuppeldach öffnete sich, und heraus stieg der Hüter.

Icho Tolot.

»Nein«, sagte er, deutlich weniger verhalten als üblich. »Halt ein, Levian Paronn. Diesen Wahnsinn kann ich nicht dulden.«

»Du wirst müssen.« Mit schnellen Sprüngen war Levian bei der Terranergruppe, schnappte sich den Erstbesten und riss ihn mit sich, setzte ihm den Strahler an die Schläfe.

»Der Feuerleitoffizier der UMBERIA hat Anweisung, jeden auszuschalten, der eine Waffe gegen mich erhebt oder mich sonst wie angreift. Das hier ist nur eine weitere Vorsichtsmaßnahme.« Rückwärts gehend, näherte er sich dem Kontrollsegment. »Es tut mir Leid, dass es so enden muss. Ich habe die Zeit mit dir genossen, Hüter, und wäre lieber in Freundschaft geschieden. Aber egal. Ich kenne dich gut. Du wirst nichts riskieren, denn du ehrst das Leben, kannst den Tod dieses unschuldigen Mannes nicht verantworten. Ich schon. Sein Opfer wäre ein kleiner Schritt für mich, aber ein großer für die Menschheit.«

»Von der du unzählige Generationen dazu verurteilst, niemals existiert zu haben. Wenn du das Zeitparadoxon herbeiführst, und damit die galaktische Geschichte derart gravierend veränderst, wird es keine Arkoniden geben. Keine Tefroder. Keine Terraner.«

»Die nicht; da hast du Recht, wie fast immer. Aber allerorten Lemurer. Lemurer, die sich über unsere und die benachbarten Sterneninseln ausbreiten werden, ohne von den Bestien in ihrer Entwicklung gehemmt und brutal zurückgeworfen zu werden. Indem ich durch den Zeittransmitter gehe und die Waffe baue, bevor die ersten von euch die Milchstraße stürmen, verhindere ich unsägliches Leid und bringe all diesen Galaxien Frieden auf immerdar. Den Frieden Lemurias und Veéhratos. In dessen Sinn ich handle, wie du weißt, Hüter Tolot, und in seinem persönlichen Auftrag.«

Er erreichte den schwebenden Würfel, überflog kurz die holografische Oberfläche mit den großen Symbolen, fing mit fliegenden Fingern der linken Hand zu programmieren an. Hayden Norwell hielt er nach wie vor im Würgegriff des rechten Arms, den Strahler an die Schläfe des schreckensstarren Prospektors gedrückt.

Solina verstand, verstand jetzt fast alles. Was Paronn immer gewollt hatte, war dieses Gebilde, das er einen Zeittransmitter nannte. Tolot war gerade eben davon in die Vergangenheit abgestrahlt worden, wo – oder besser:

wann – er den lemurischen Wissenschaftler treffen und sich später zum Hüter der Sternenarchen-Bewohner entwickeln würde. Irgendwann, irgendwie würde er, wie es in Paronns Diarium angedeutet worden war, von diesem ausgetrickst werden, mit Müh und Not die LEMCHA OVIR erreichen und im Kälteschlaf überdauern, bis er, zurück im Ichest-System, aus den Trümmern des Wracks steigen und mit der Space-Jet davonfliegen würde.

Warum?

Klar – weil er, wie alle Haluter, ein Zeitparadoxon unbedingt vermeiden wollte. Er durfte Perry Rhodan nicht aufklären, damit die Zeitschleife nicht unterbrochen wurde. Damit alles so geschah, wie er es in Erinnerung hatte – da es für ihn bereits geschehen war. Sein »jüngeres Ich« musste vom Residenten zu Hilfe gerufen werden, alle Ereignisse mussten ganz genau so ablaufen, damit Tolot letztlich hierher nach Gorbas-IV gelangte und *von sich selbst* in das Abstrahlfeld geschubst wurde.

Levian Paronn aber scherte sich einen Dreck um Zeitparadoxa. Er war fest entschlossen, Geschichte zu schreiben, intergalaktische Geschichte.

Siedend heiß fiel Solina ein, dass sie in wenigen Sekunden, wenn Paronn ebenfalls in die Vergangenheit entschwunden war, keine Erinnerung mehr an all das besitzen würde. Möglicherweise existierte sie dann gar nicht, und falls doch, unter völlig anderen Umständen. Ohne Terraner gab es keinen Terranischen Residenten Perry Rhodan, keine PALENQUE, keinen »Geiselaustausch« mit der LAS-TOÓR. Es würde auch keine Sternenarchen geben, denn wenn Levian Paronn vor fünf Jahrzehntausenden mithilfe der Waffe von Ichest schon den ersten Ansturm der Bestien zurückschlug, entbehrte das ganze gewaltige Projekt jeglicher Notwendigkeit. Die ganze Galaxis würde *Lemuria* heißen, und die benachbarten ebenso.

Und war das denn nicht ein erstrebenswerter Ausgang? Verstand sich Solina denn nicht im Grunde ihres Herzens als Lemurerin, so wie alle Akonen? Machte es einen Unterschied, ob in diesem Reich, dem größten und prosperierendsten, das die betroffenen Sterneninseln je gesehen hätten, die akonische oder die lemurische Flagge wehte?

Nein.

Aber es machte einen Unterschied, ob ein Terraner namens Perry Rhodan geboren wurde oder nicht. Und das hatte wenig bis gar nichts damit zu tun, dass Solina – wie sie sich in diesem Moment eingestand – in den Residenten verliebt war.

Die Bestien hatten Entsetzliches angerichtet. Doch sie waren bei weitem nicht die Einzigen. Lemuria würde nicht einfach in Frieden und Wohlstand die lange Zeitspanne überdauern. Wer aber sollte die Milchstraße gegen die anderen, oftmals technisch weit überlegenen Aggressoren verteidigen, wenn nicht Perry Rhodan? Etwa Levian Paronn? Er besaß ebenfalls einen Zellaktivator, wie auch immer er dazu gekommen war. Er hatte ihn überdies mehrfach nachgebaut, was eine bemerkenswerte Leistung darstellte. Diese Geräte funktionierten sogar, wenngleich mit gewissen Einschränkungen, wie sie nicht zuletzt aus Boryks Erzählung wusste.

Doch würde Paronn, wenn es darauf ankam, Perry Rhodans Format beweisen? Würde er, um nur ein Beispiel von vielen zu wählen, am Berg der Schöpfung die Größe haben, umzukehren und sich der Antwort auf die dritte ultimate Frage zu verweigern? Er, der Forscher, der vieles wusste, doch *alles* wissen wollte?

Nein. Levian Paronn suchte das Paradies, aber er würde die Hölle finden. Und eine wahre Hölle, nicht ein paar nette Hütten mit überwiegend weiblicher Bevölkerung an einem kleinen, idyllischen See, so wie Boryk.

Paronn hatte den Kontrollwürfel programmiert und ging nun, Hayden Norwell weiter mitschleifend, zum Zeittransmitter. Icho Tolot war aus der Space-Jet gestiegen und stampfte langsam auf den Lemurer zu. Er machte keine Anstalten, sich auf seine Laufarme niederzulassen, und somit war klar, dass er die beiden nicht mehr rechtzeitig erreichen würde.

Warum attackierte er nicht? Er hätte die Distanz in nicht viel mehr als einer Sekunde überbrücken können, und es stand sehr zu bezweifeln, dass der Feuerleitoffizier der UMBERIA rechtzeitig reagiert hätte. Durfte das wahr sein? Um das Leben ausgerechnet des verlotterten, nichtsnutzigen Prospektors zu schonen, ließ Tolot ein derart fatales Zeitparadoxon zu! Hemmten ihn seine eigenen, extrem hohen Moralvorstellungen? Offenbar; dem Grollen, das er ausstieß, war tiefe Verzweiflung anzuhören, und das Wissen darum, dass er gegen den deutlich skrupelloseren Lemurer verloren hatte.

Aber Moment.

Wenn Paronn die Haluter ausrottete – dann konnte es auch keinen Icho Tolot geben. Und somit keine Zeitschleife, durch die der Lemurer überhaupt erst zur Anti-Bestien-Waffe und zum Zeittransmitter gelangt war!

Oder doch?

Oder ... sollte das drängende Grollen gar nicht Wut und Kummer ausdrücken, sondern stellte es vielmehr eine Aufforderung dar, eine Erinnerung? Und weshalb verhielt sich Perry Rhodan so still und passiv? Wieso machte er nicht wenigstens den Versuch einzugreifen?

Etwas pochte in Solinas Hinterkopf. Tock, tock. Da war doch noch was; ein Faktor, mit dem Levian Paronn nicht gerechnet hatte, nicht gerechnet haben konnte! Nicht beim ersten Mal, und auch jetzt nicht.

Er trägt kein PsIso-Netz. Warum sollte er? Er hat Boryk als tödlich verwundet abgehakt.

Boryk, den Paronn im Vorbeigehen nicht einmal gesehen hatte, weil er sich wie ein verschrecktes Kind an Solinas Schenkel drückte. Boryk, den sie nun leicht anstieß, in dessen Kulleraugen sie blickte und zu dem sie, ganz leise, in jenem Dialekt, der auf der NEANN OCIS aus dem Altlemurischen geworden war, sagte: »Nur du kannst ihn aufhalten, Kleiner. Tu's!«

Boryks Schädel schwirrte. Längst war alles viel zu viel für ihn. Ja, er hatte seine Untaten sühnen wollen. Aber diese Welt war ihm buchstäblich über den Kopf gewachsen, viele Kilometer hoch.

Die Riesin, die freundlichste von allen, denen er begegnet war, verlangte etwas von ihm. Aber Boryk wollte nur seine Ruhe, wollte heim in den Garten Ehedem, dort seine Angelegenheiten ordnen, und hernach das Amulett der traurigen Göttin ablegen. Die Querelen dieser Großen in dieser grässlich großen Welt betrafen ihn nicht. Er hatte nicht vor, sich nochmals in sie einzumischen.

Erneut wurde er gestupst. »Wenn dieser Mann durch dieses Tor geht«, flüsterte die Riesin hastig, »dann gibt es deine Heimat nicht, hat es sie nie gegeben. Nicht dich, nicht Fosse und deine Mama, nicht Duani. Er wird sie alle auslöschen, als ob sie nie existiert hätten.«

Der dicke Fosse, ja. Und seine liebe Mama. Lang, lang war es her.

Und Duani ...

»Tu's«, zischte die Riesin. Mit Duanis Stimme.

Boryk rief das kalte Fieber, und es kam. Er griff nach dem Geist des Schutzmannes, den er schon einmal überwunden hatte. Schrie: »Bleib stehen!«

Die Überraschung des Großen währte nicht lange. Er sah Boryk an, bewegte seine Hand nur ein klein wenig, dann schoss ein glühheißer Strahl auf Boryk zu und sengte ihm das rechte Bein ab, weit über dem Knie.

Er fiel um wie ein Stein, wälzte sich in Agonie.

»Jeder auf seinen Platz, Klon«, sagte der Riese spöttisch. »Das hier ist mehr als eine Nummer zu groß für dich. Leg dich an, mit wem du willst, aber nicht mit mir.«

Er hätte ihn nicht verhöhnen sollen. Boryk hatte sich inzwischen damit abgefunden, dass er nicht in diese Welt gehörte. Dass er ein Außenseiter war, ein Fremdkörper, ein wegen seiner Vergehen Geächteter. Dennoch verlangte er, der Maffan, Majittri und Matekten des Gartens Ehedem und des Silbernen Bergs, Respekt. Die Riesin namens Solina, und vor allem Perry Rhodan, hatten ihm Respekt erwiesen.

Dieser da nicht. Er verweigerte ihm das Letzte, was Boryk noch geblieben war: das Gefühl, ein Mensch zu sein. Ein Mensch, der trotz all seiner Beschränktheit und unverzeihlichen Irrtümer ein Recht auf sein kleines, mickriges Zwergenleben hatte. Wie auch Fosse. Und Mama. Und Duani.

Die Schmerzen in seinem blutsprudelnden Beinstumpf drohten Boryk die Besinnung zu rauben. Er wusste, dass er demnächst in Ohnmacht fallen würde. Aber davor ...

Davor entsann er sich des Fiebers, wie es am See Geneset über ihn gekommen war. Das fast schon verloschene, von den körperlichen Qualen ausgeblasene Flämmchen seiner Willenskraft wurde nochmals angefacht. Die Hitze kochte hoch, die Lava pulsierte in seinen Venen. Die *Macht* glühte in ihm, und so wie damals ließ er sich von ihr überwältigen.

»Bleib stehen«, befahl Boryk der Ewigjunge. »Lass das fallen, was du in der Hand hältst, und gib den schwitzenden Mann frei. Tritt zurück von dem Weltentor. Setz dich hin und halt den Mund.«

Der Riese, die Augen geweitet und verdreht, sodass nur das Weiße sichtbar war, gehorchte.

Er knickte um, fiel in sich zusammen. Alle Spannung verließ mit einem Schlag seinen Körper. Er hockte sich tatsächlich hin, als wäre nichts gewesen, und bedeckte sein Gesicht mit beiden Händen.

Hayden Norwell taumelte, torkelte, plötzlich frei, ein paar Schritte weiter. Um ein Haar wäre er in das Abstrahlfeld geraten, schwindelte sich gerade noch daran vorbei.

Die Eröffnungen der letzten Minuten hatten ihn weit nachhaltiger überwältigt als der Akone. Oder Lemurer. Levian Paronn, alias Achab ta Mentec. Oder was der Teufel. Hayden hielt sich an einem Felsklotz fest, konzentrierte sich darauf, seine Atmung von Hyperventilation wieder auf normal zu bringen.

Wenn der Haluter losgerannt wäre ...

Gar nicht dran denken, schärfte er sich ein. *Gar nicht dran denken, was alles hätte sein können.*

Tolot zog ruhig und beherrscht die schwere Kombiwaffe aus dem Halfter am Gürtel seines Kampfanzugs und paralysierte die Bestie. Dann desintegrierte er das Kontrollsegment und, sobald alle Funktionen erloschen waren, den Zeittransmitter. Solina Tormas entnahm ihren Anzugtaschen ein Erste-Hilfe-Set, beugte sich über den winselnden Boryk. Isaias Shimon machte sie darauf aufmerksam, dass mittlerweile höchstwahrscheinlich bereits Sporen und Keime von Gorbas-IV in die Blutbahn des Mutanten geraten waren. Daraufhin verabreichte Solina ihm, unterstützt von Perry Rhodan und Hartich van Küspert, was sie an Breitband-Gegenmitteln in ihrer Ausrüstung finden konnten.

»Täusche ich mich«, krächzte Hayden, als er sich wieder dazu imstande fühlte, »oder hat dieser Knilch gerade die Welt, wie wir sie kennen, gerettet?«

»Scheint so«, antwortete Rhodan. Seine Stimme klang belegt. »Ich gestehe, auf ihn gesetzt zu haben, so wie Icho Tolot auch; zuletzt war ich mir allerdings keineswegs mehr sicher.«

Und mit einem Seitenblick zu dem am Boden zerstörten Levian Paronn sagte er: »Doch wie es geschrieben steht: Sehr groß und weit ist das Universum und vorwiegend schrecklich leer. Aber auch voll der Wunder.«

Anhang

Unsterblichkeit
oder: Wie dem Tod in der Science Fiction der Stachel gezogen wird

von Hartmut Kasper

Dauerten wir unendlich
So wandelte sich alles
Da wir aber endlich sind
Bleibt vieles beim Alten.

BERTOLT BRECHT

Perry Rhodan, Jesus Christus, die Seegurke und andere Vertreter der Unsterblichkeit

Wie würde sich das Leben von Leo Lukas ändern, wenn er unsterblich wäre? »Kaum. Ich meine, die meisten von uns ändern ihr Leben ja nicht einmal, obwohl sie ganz sicher wissen, dass es relativ bald zu Ende gehen wird, oder?«

Also hätte die Unsterblichkeit keinen Einfluss auf Leben und Lebensführung? Und – was ist überhaupt Unsterblichkeit?

Gibt man das Stichwort in Google, die beinahe allwissende Suchmaschine für's Internet, ein, so findet man auf der Seite kraeuter-und-gewuerze.de folgenden erhellenden Beitrag: »Bedingt durch den Stoffwechsel und der damit einhergehenden

Alterung ist diese Eigenschaft eigentlich keinem Lebewesen zu eigen, daher ist die Unsterblichkeit eher in Mythen und Sagen zu Hause. Bekannte Vertreter der Unsterblichkeit sind Götter, Elfen, der Highlander, Perry Rhodan, oder in eingeschränktem Sinne auch Jesus Christus. Es gibt jedoch auch Berichte über Lebewesen, die der natürliche Tod nie ereilt (z.B. Seegurken).«

Zumindest Letzteres erstaunt, denn so sehr man diesen sympathischen Stachelhäutern auch die Unsterblichkeit gönnt, so fragt man sich doch, ob sie sich diese auch wirklich verdient haben. Oder sollte Unsterblichkeit gar kein Verdienst sein, sondern eine Bürde?

Sicher ist, dass die schiere Sterblichkeit keinen von uns so richtig glücklich macht, und so gehört die Befreiung vom Tod zu den ältesten Menschheitsträumen von einem angstlosen, idealen, irgendwie höheren Leben. Seit alters her sind denn auch unsere Statthalter in jenen fernen, paradiesischen Sphären, die Götter, unsterblich, oft allerdings nur aufgrund einer speziellen Diät: Sie speisen Nektar und Ambrosia, die Nahrung der Unsterblichkeit, die in aller Regel nur ihnen vorbehalten ist und selten Menschen gewährt wird. Ursprünglich waren Nektar und Ambrosia dasselbe. Bei der Differenzierung in Speise und Trank ist Ambrosia meist Speise, Nektar der Trank. Außerdem wird Ambrosia gelegentlich als Salbe verwendet.

Auch die mosaisch-christliche Religion entwickelte im Laufe der Zeit die Vorstellung von einem jenseitigen, ewigen Leben. So heißt es im Glaubensbekenntnis, Jesus Christus sei »gekreuzigt, gestorben, begraben, hinabgestiegen in das Reich des Todes, am dritten Tage auferstanden von den Toten, aufgefahren in den Himmel«. Als Pionier des ewigen Lebens allen Menschen vorangegangen, zeigt sein Weg allerdings auch die Crux dieser Art von Unsterblichkeit: Sie muss, anders als bei den todlosen Göttern Griechenlands, durch den Tod gehen wie durch ein Tor.

Wann genau nach solchem Übertritt ewiges Leben einsetzt, darüber haben sich die Kirchengelehrten durchaus heftig gestritten. Als Papst Johannes XXII (1316–1334) in Avignon lehrte, sogar die Seelen der Auserwählten (sprich: Heiligen) kämen erst nach der allgemeinen Totenauferstehung am Jüngsten Tage und nach dem allgemeinen Gericht zur beseligenden Schau Gottes, kam es nicht nur zu einem theologischen Eklat, sondern zu handgreiflichen Auseinandersetzungen. Wenn nämlich die Heiligen bis auf Weiteres tot wären, dann taugten sie wenig als Ansprechpartner im frommen Bittgebet. Und das war schlecht für die Wallfahrtsorte, die sich ja als Begegnungsstätte zwischen dem hilfebedürftigen Menschen und dem jeweils ortsansässigen Heiligen verstanden, der für die Nöte der Bittsteller ein funktionstüchtiges, offenes Ohr haben sollte. Johannes musste aufgrund des öffentlichen Protestes seine Meinung revidieren, und sein Nachfolger, Papst Benedikt XII, verkündete verbindlich, die Seelen der Heiligen »waren, sind und werden sein im Himmel und im Paradies sofort nach ihrem Tod«.

Und das zu wissen tat nicht zuletzt dem Wallfahrtswesen gut.

Wallfahrten nach Wanderer und andere Wege zur »relativen« Unsterblichkeit im PERRY RHODAN-Kosmos

1. Ahasver

Zu den ältesten europäischen Legenden gehört die vom Ahasver, dem ewigen Juden. Dieser soll, da er den kreuztragenden Jesus zu größerer Eile angespornt hatte, von diesem verflucht worden sein, ruhelos über die Erde zu wandern bis zum Tage seiner, Christi, Wiederkehr. Alle einhundert Jahre nun verjünge sich Ahasver seitdem in einen Dreißigjährigen, längst zum Christentum konvertiert und fleißig missionierend.

Die Leser dieser immer wieder neu verfassten und variierten Legende interessierte bald besonders der Aspekt der Langlebigkeit Ahasvers. Der ewige Wanderer kommt halt viel herum, in M. Wilsons »History of Israel Jobson, the Wandering Jew« (1757) reist er sogar zu einem anderen Planeten. Auch Goethe fand die Geschichte anregend, kam aber mit seinem Versuch der Nacherzählung über ein Fragment nicht hinaus. Über fünfzigmal wurde das Motiv allein in der deutschen Literatur verarbeitet. E. Sue verfasste einen zehnbändigen Erfolgsroman »Le juif errant«, in dem der Wanderer allerlei historischen Figuren begegnet. Bei M. Haushofer gelangt der durch die Geschichte wandernde Jude bis in die Gegenwart.

Karl-Herbert Scheers erster Roman heißt »Stern A funkt Hilfe« (1948). Die Handlung: Irdische Raumfahrer finden auf dem Mond die Hinterlassenschaft einer fremden Zivilisation. Roboter entführen einige Expeditionsteilnehmer auf einen Irrstern, wo sie in den Besitz einer märchenhaften Hochtechnologie gelangen, die es ihrem Anführer ermöglicht, den nuklearen Holocaust auf der Erde zu verhindern, die Menschheit zu einigen und so weiter. Der Name des technologieliefernden Sternes ist A – eine Abkürzung für »Ahasver«.

Als mit dem ersten Jubiläumsband der Serie eine neue Figur eingeführt werden soll, notiert Scheer auf seinem Konzeptpapier: »Rhodan nimmt den Ewigen, genannt AHASVER, in seine Spezialmannschaft auf.« Handschriftlich wird eine Namensalternative erwogen: »Atlan?«

Atlan ist – wie es im Exposé für Heftroman 50 dann heißt – der »Einsame in der Zeit«, der »beim Untergang des Erdteils ATLANTIS biologisch einbalsamiert wurde ... ein gewisses Mysterium«. Zunächst agiert er als Centurio der Prätorianergarde, dann »geht ATLAN durch die Jahrhunderte ... Er fungiert von da an als nächster Freund berühmter Männer ... Während seines langen Wanderns durch die Geschichte wusste er immer sehr genau, ob er nach Hofnarren-Art die Wahrheit sagen durfte oder nicht ... Überall Andenken an sein zweitausendjähriges Wandern unter den Menschen« – womit der doch eigentlich viel ältere Arkonide zeitlich das korrekte auf Ahasver-Format gebracht wird.

Man sieht, wie die überlieferten Elemente der alten, religiös inspirierten Legende – zweitausendjährige Wanderschaft, Bekanntschaft mit den Großen der Geschichte – in den Rhodan-Kosmos übertragen und eingepasst werden: Aus der Bekehrungs-Mission Ahasvers ist eine zivilisatorische Entwicklungshilfe für die Menschheit geworden; die Langlebigkeit findet eine technische Erklärung.

He's got the whole world in his hand … Der Unsterbliche auf seinem Weg durch schemenhaft vorüberhuschende Jahrhunderte

2. Unter der Zelldusche von Wanderer

Stellen wir uns vor, es wäre so gewesen: »Als Perry Rhodan nach mancherlei Irrfahrt endlich Wanderer, den Planeten der Unsterblichkeit, betreten konnte, erschollen Hörner und Trompeten von allen Seiten und es war ein großes Hallo. Crest gratulierte dem Terraner, Thora setzte ihm einen Lorbeerkranz auf. ES, der Herr dieser Insel der Seligen im Leerraum, lachte sein Lachen besonders herzlich, und der halborganisch-intotronische Diener in Livree verneigte sich vor dem wagemutigen Raumpiloten und sprach: ›Ich bin Ihnen zugeteilt worden. Verleihen Sie mir bitte einen Namen. Wenn Sie sich ihre Zellen nun ein wenig frisch machen wollen, Sir, die Zelldusche steht bereit. Hinterher serviere ich Ihnen gern einen Cognac.‹ Rhodan legte seine Raumfahrermontur ab, betrat nackicht das Physiotron und rekelte sich wohlig im Schauer der Unsterblichkeit.«

Ja, so schön hätte es sein können. Tatsächlich jedoch ging es ganz anders zu an jenem utopischen 17. Januar 1976 auf Wanderer, schmerzvoller, düsterer. Und der eigentliche Zeremonienmeister und Drahtzieher im Hintergrund, Karl-Herbert Scheer, verfolgte ziemlich unfeierliche, kühl kalkulierte Interessen: »Bei jedem Abenteuer der Helden ist Zeit vergangen und wird Zeit vergehen. Rhodan wird älter! Er hat *sofort* nach dem Mittel zu greifen, welches ihm die unerlässliche Jugend und Spannkraft erhält. Schon im Hinblick auf jugendliche Leser *darf* der Held nicht älter als 40 Jahre werden. Für Jugendliche ist das bereits beängstigend«, heißt es im Exposé zu Heftroman 19 »Der Unsterbliche«, einem Schlüsselroman der PERRY RHODAN-Serie. Und so bleibt Rhodan, um nicht zum Jugendschreck zu werden, auf ewig 39 (Scheer selbst ist übrigens 1927 geboren, am Erstverkaufstag des Romans 33 Jahre alt und damit knapp jünger als sein Titelheld). Der Weg nach Wanderer war für Rhodan eine Abfolge mörderischer Prüfungen, zuletzt drohte einem ganzen Sonnensystem, dem der Wega nämlich, der Untergang. Übrigens war schon die arkonidische Expedition, die auf dem Mond notlanden musste und Raummajor Rhodan später die märchenhafte Technologie des Großen Imperiums in die Hände spielte, auf der Suche nach dieser Welt des ewigen Lebens gewesen. Nun aber wird Crest und Thora die Zelldusche verweigert. Scheer erläutert: »Thora und Crest müssen eines Tages sterben. Unter Rhodan wird ein neues Imperium entstehen. Andere Personen tauchen auf. Es ist nicht angebracht, Crest und Thora für ewig zu erhalten. Außerdem liegt es in der logischen Natur der Handlung, dass der Unbekannte von nun an auf die versagenden Arkoniden verzichtet. Eine neue Rasse tritt auf – die TERRANER!«

Rhodan erhält die Lizenz, bewährte Mitstreiter zur Zelldusche anzumelden; Scheer dazu: »Damit gewinnt Rhodan eine ungeheure Macht, die ihm die Treue *aller* Mitarbeiter sichert. Nur er kann das ewige Leben geben« oder verweigern – eine unüberbietbare Loyalitätsprämie.

Ursprünglich hatte Scheer im Anschluss an die biologische Konservierung auch noch eine eigenartige »Hypnoschulung« für Rhodan vorgesehen: »Seine suggestive Fähigkeit wird damit zum Machtfaktor. Niemand kann mehr seinem Willen widerstehen. Er wird zum künstlich gezüchteten Mutant.« Doch im Roman entfällt die Hypnomutation, dort heißt es nur: »Rhodans Blick überflog die plötzlich gespannten Gesichter der Anwesenden. Mit einem bitteren Gefühl erkannte er, welche Gier in ihren Augen lag ... Rhodan erkannte in dem Augenblick, dass er seinen Mitarbeitern niemals mehr zu misstrauen brauchte.«

Übrigens wirkt die Zelldusche im so genannten Physiotron zunächst nicht besonders erfrischend: »Es war ein kurzer, greller Schmerz gewesen«, dann wurde Rhodan »entstofflicht«, »in ein hauchzartes Nebengebilde verwandelt«, bewusstlos.

Es scheint, als ließe Scheer hier das ferne Echo eines immer bitteren Todes nachklingen, durch den allein, christlichem Glauben gemäß, der Weg zur Unsterblichkeit führt. Rhodan »erwachte nach der Prozedur im gleichen müden und zerschlagenen Zustand, in dem er die Maschine betreten hatte ... ›War das eine Verjüngung?‹, erkundigte er sich argwöhnisch.« Rhodan fliegt ab, ziemlich überhastet, und der Wunsch, einen Namen zu erhalten, wird dem intotronischen Butler erst später erfüllt: Homunk soll er heißen.

Anfangs müssen Rhodan und seine ihm nunmehr besonders

Im Physiotron – der Jungbrunnen als hygienische Einrichtung bei den Unsterblichen

treu ergebenen Mitstreiter alle zweiundsechzig Jahre nach Wanderer, um sich dort die relative Unsterblichkeit erneuern zu lassen. Diese periodischen Wallfahrten zur Zellduschenauffrischung enden für Rhodan erst in Heftroman 116 (»Duell unter der Doppelsonne«), als er einen eiförmigen Zellaktivator erhält. Später – im Heftroman 150 – schüttet ES fünfundzwanzig dieser »taubeneigroßen« Geräte aus, die mit einer Kette »in Herzhöhe« getragen werden, wie Rainer Castor 1984 in seinem Beitrag zum PERRY RHODAN-Report 110 den Stand der Forschung zusammenfasste; das Zellduschbad wird geschlossen.

Aber wenn der Aktivator auch dafür sorgt, dass – laut Castor – »der Träger vielfach größere Alkoholmengen (verträgt) als normale Menschen«, so bewirkt er doch keine absolute, sondern nur eine relative Unsterblichkeit: Der konservierte Leib ist nicht gegen alle Krankheiten immun oder gegen Verletzungen gefeit. Außerdem neigte das komplizierte Gerät, wie Reginald Bull und Ovaron erfahren mussten, zu Fehlfunktionen.

Vielleicht auch deswegen wurden die eiförmigen Kleinstmaschinen in Heftroman 1599 durch noch kleinere Zellaktivator-Chips ersetzt. Die eineinhalb mal zwei Zentimeter großen Gebilde lassen leider jene Sinnfälligkeit vermissen, die ihre

Vorgänger auszeichnete: Erkannte man doch in der Zelldusche den nur leicht modernisierten und hygienisch auf den neusten Stand gebrachten Jungbrunnen und darin das Symbol des Wassers, das ja Leben bedeutet und gegebenenfalls – wie in der Taufe sichtbar – Wiederauferstehung. (Ich erinnere daran, dass in der alten Kirche bevorzugt am Ostertag getauft wurde. So spielte die Taufe Jesu Auferstehung am dritten Tage nach. Gladiatoren, Prostituierte, Lehrer u.a., die einer anrüchigen Tätigkeit nachgingen, mussten, wenn sie getauft werden wollten, ihren Beruf aufgeben.) Auch das Ei ist mit dem christlichen Auferstehungsglauben verbunden, demonstriert es doch in Form des Ostereis überschäumende Lebensfreude und Fruchtbarkeit.

Stattdessen nun der Chip.

Seit den Tagen des Physiotrons sind allerlei unsterbliche Wesen durch den Rhodan-Kosmos gezogen, einzeln oder gruppenweise, und ihre relative Unsterblichkeit, das heißt: extreme Langlebigkeit verdanken sie durchaus unterschiedlichen Strategien und Instrumenten: Die Meister der Insel erfreuten sich eines (zunächst vorgeblich selbst gebastelten) Zellaktivators; manche – wie die Koltonen, die Initiatoren des Konzils der Sieben – haben sich vergeistigt oder lagern sich – wie die so genannten Alt-Mutanten – in metaphysisches PEW-Metall ein; wieder andere erschaffen – wie Ordoban – ungeheure und unvergängliche Kunstkörper, lassen – wie die Algorrian Curcaryen Varantir und Le Anyante – ihre Seelen wandern und reinkarnieren sich von Zeit zu Zeit, oder sie sind – wie die Cynos – dem Sterben überhaupt irgendwie abgeneigt, vielleicht entwöhnt. Und wenn man Titel liest wie »Tote leben länger« (Heftroman 2220) oder »Wiedergeburt« (Heftroman 2232), dann scheint es manchmal, als wandelte die Unsterblichkeit im PERRY RHODAN-Kosmos sich allmählich vom seltenen Privileg zum Regelfall.

Im Werkstattband berichtete Ernst Vlcek von apokryphen Plänen und Handlungsentwürfen für die PERRY RHODAN-Serie: Nach einer nie verwirklichten Idee von Peter Terrid fliegt eine goldfarbene SOL durch eine jahrmillionenferne Zukunft; die Menschheit ist untergegangen; selbst von Rhodan sind nur ein paar Körperzellen übrig. Diese werden geklont, allerdings nicht ganz korrekt: Aus Perry wird eine Perrine. Anschließend reist man in die Vergangenheit, um der Ursache des zukünftigen Elends nachzugehen. Dort/damals nun hat eine »schlitzohrige Kauffrau« eine Flotte von 50 unbemannten Raumschiffen entdeckt, und auf deren Gängen, in ihren Räumen, Schränken und Spinden haufenweise Zellaktivatoren – 500 Millionen Stück. Das Chaos bricht aus ...

Ganz so wohlfeil ist die Unsterblichkeit denn doch nicht geworden, und der Rhodan-Kosmos verlief weiter in geordneten Bahnen.

Zwischenspiel mit Tina oder »Sie fühlte sich gar nicht so an wie eine 154-Jährige!«

Das Motiv der Unsterblichkeit stammt, wie gesagt, ursprünglich aus religiösen Zusammenhängen und wird dann ins Repertoire der Science Fiction überführt. Was einst göttliche Eigenschaft, für den Menschen allenfalls göttliches Geschenk war, erscheint hier als Produkt einer fortschrittlichen Technologie; entsprechend avancieren seine Erzeuger oder Anbieter zu irgendwie »höheren«, verjenseitigten Wesen wie ES oder grenzenlos überlegenen Aliens wie den Qax, die in Stephen Baxters gedankenreicher Erzählung »Wirklichkeitsstaub« im Stile alter griechischer Götter menschliche Dienstbarkeit mit Unsterblichkeit honorieren. Sind es Wissenschaftler, rücken auch sie – wie wir später im Fall Adam Tesler sehen werden – gerne eine Stufe höher auf dem Treppchen ins Transzendente.

Die nicht-phantastische Literatur untersagte sich nach dem Ende des Idealismus in der Mitte des 19. Jahrhunderts jede Rede von Unsterblichkeit. Zwar konnte Heine noch 1853 in seinem Buch »Die Götter im Exil« erzählen, wie diese unter dem Druck des Christentums und seines eifersüchtigen Vatergottes vom Olymp emigrierten und zu Dämonen mit dubiosen Lebensläufen degradiert wurden: Mars wird zum Landsknecht, Apollo lebt als Viehhirt in Niederösterreich, Dionysos in Tirol, und der einst große Jupiter hat sich auf eine Insel am Nordpol zurückgezogen und handelt dort mit Kaninchenfellen. Doch der heraufziehende Realismus trieb der Literatur die Götterschar endgültig aus – worauf sich die Frage anschließen ließe, ob diese metaphysische Gesellschaft nicht überhaupt und unter anderem Namen in der Science Fiction Asyl gefunden hat.

Wer übrigens eine modernisierte, rabenschwarze Version dieser Heine'schen Götter-im-Exil-Idyllen im Gewand der Science Fiction lesen möchte, dem sei Neil Gaiman und sein Roman »American Gods« empfohlen, in dem die germanischen Götter, der Pantheon der ägyptischen Religion, slawische Göttinnen der Dämmerung und afrikanische Spinnengötter in die US-amerikanische Provinz eingezogen sind – und das nicht unbedingt, um dort ein Heilswerk zu verrichten.

Aber in der Mainstream-Literatur? Weitgehend Götterpause. Immerhin hat der große Arno Schmidt im Jahr 1958 gezeigt, wie sich so ein gottverlassenes Elysium der Neuzeit, wie sich Unsterblichkeit unter den Bedingungen der Aufklärung vorstellen ließe. Das betreffende Werk heißt »Tina/oder über die Unsterblichkeit«. Darin wird der Erzähler durch eine Litfaßsäule, in der die Zeitungsverkäuferin Tina einen Stand hat, in die Unterwelt geführt. In der Litfaßsäule ist ein Fahrstuhl installiert, der für eine bequeme Verbindung zwischen beiden Sphären sorgt.

Im Elysium nun findet Schmidt (denn wir wollen annehmen, dass er dies alles selbst erlebt hat und also der Erzähler seiner Geschichte ist) eine Gesellschaft von Unsterblichen, von denen die meisten allerdings ihrer Unsterblichkeit im Laufe der Zeit müde geworden sind. Dabei macht die Unsterblichkeit auf den ersten Blick einen ganz angenehmen Eindruck: Wer ins Elysium gelangt, darf sich zunächst seinen Körper aussuchen; meist wählt man eine junge, in voller Blüte stehende Version. Auch Tina, so stellt Schmidt bei Gelegenheit fest, »fühlte sich gar nicht so an wie eine 154-Jährige!«

Allmählich aber ermüdet das jenseitige Dasein doch. Einer ersten Zeit voller Paarungseifer folgt eine Zeit der Einsiedelei. Dann sucht man sich Arbeit und resigniert. Zu essen gibt es gehärtete Luft, die ein wenig nach Ingwer schmeckt; Verdauung und Entleerung entfallen; das Wetter wird von einem einfallslos-bürokratischen Ausschuss entworfen. Man sehnt das Ende der Ewigkeit herbei.

Unsterblich wird der Mensch übrigens, wenn, weil und solange auf Erden noch seiner gedacht wird, solange der eigene Name erinnert, das heißt genannt, geschrieben oder gedruckt steht. Schlechte Karten also für alle, die sich ins Gedächtnis der Menschheit gedichtet oder gemetzelt haben. Und so wünschen sich diese Insulaner der Insel der Seligen nichts mehr, als bei uns in Vergessenheit zu sinken.

Wer möchte mal unsterblich sein? Kuriose Science-Fiction-Ideen

Nicht immer garantieren große Themen große Literatur. Und wenn Autoren, die nach Höherem streben, ungewollt zum Tiefflug ansetzen, dann entstehen daraus hin und wieder Werke, die so schlecht sind, dass sie schon wieder erheitern.

In der deutschen Literatur ist die liebenswürdige Friederike Kempner (1836–1904) so zu einem Genie der unfreiwilligen Komik aufgestiegen, mit Versen wie diesen auf Paris: »Ihr wisst wohl, wen ich meine, / Die Stadt liegt an der Seine, / Entschieden ist's die schönste Stadt, / Die man wohl je gesehen hat«.

Dergleichen hat mittlerweile auch die Science Fiction zu bieten. Huldigen wir an dieser Stelle also Clifford D. Simak wegen seines verschrobenen Romans »Geschäfte mit der Ewigkeit«. In dieser Utopie beherrscht ein einziger, titanischer Konzern die Welt der Zukunft: das Ewigkeits-Zentrum. Die Geschäftsidee des Zentrums ist so einfach wie genial: Sie verkauft ihren Kunden Unsterblichkeit – oder, um genauer zu sein: das Versprechen, sie irgendwann in nächster (oder fernster) Zukunft, sobald sie eine Technologie zur Wiedererweckung, Heilung aller gängigen Krankheiten, fleischlichen Rundumerneuerung, Lebensverlängerung und so weiter entwickelt haben würde, mittels dieser Maschinen auferstehen zu lassen.

Natürlich greift die Menschheit auf dieses vage Versprechen hin begeistert – oder besser: wie von allen guten Geistern verlassen – zu. Um es im zweiten Leben besser zu haben als im ersten, spart man, was das Zeug hält, schleudert sein Erspartes dem Ewigkeitsinstitut in den Rachen und investiert in Briefmarken, da diese bekanntlich stets im Wert steigen, oder in Kunstwerken aus Jade. Warum Jade? Warum nicht! Da in Zukunft viele Milliarden glücklich auferstanden sein werden, wird der Lebensraum etwas beengt ausfallen, weshalb man an Zeitreisemaschinen arbeitet, mit deren Hilfe die Vergangenheit kolonisiert werden soll.

Was ja ein an sich geradezu surreales Bild hätte abgeben können: Milliarden von untoten Vergangenheitspionieren auf ihrem Trek ins Paläozoikum ... Aber geblendet von seinem Einfall stellt sich Simak nicht einmal die Frage, ob dank der Völkerschaften von Unsterblichen und ihren Nachkommen nicht eher ein zusätzliches Bevölkerungsproblem aus der proppevollen Historie würde erwachsen sein werden können. Oder so.

Wie auch immer: In Simaks Welt kursiert der ja nicht ganz fern liegende Verdacht, das ganze Unsterblichkeitsunternehmen könnte auch ein Schwindel sein! Zu allem Überfluss findet die Chefmathematikerin des Ewigkeits-Zentrums durch Mathematik heraus, dass Zeitreisen gar nicht gehen. Dafür sind Dialoge möglich wie dieser: »›Tod ist Umwandlung des Lebens in eine andere Form. So wie Materie in Energie und Energie in Materie verwandelt werden kann.‹ – ›Dann leben wir immer weiter, in einem ewigen Kreislauf?‹ – ›Wer sind wir?‹, fragte sie. Und das stimmte, dachte er.«

Immerhin erwächst dem Zentrum für Unsterblichkeitsverleih ein Gegner im »Hirten«, einem katholischen Priester, Mann der Kirche also, denn die Kirche »war das Symbol für das Geheimnis der Seele, für die Ekstase des Gefühls, für das scharfe, klare intellektuelle Licht«. Schade, dass dann der letzte Satz des Buches lautet: »Wir sind verlassen ..., Gott hat uns im Stich gelassen.« Und so wirkt das scharfe, klare intellektuelle Licht in diesem Roman reichlich gedimmt.

Ähnlich frustrierend endet die witzige Geschichte »Elixier der Unsterblichkeit« von Arthur Sellings, in der ein 38-jähriger Chemiker (also, wie wir bei Perry Rhodan gelernt haben, im besten Unsterblichenalter) im Jahr 1820 zwar ein Unsterblichkeitsserum erfunden hat, es aber einfach nicht an den Mann bringen kann – niemand glaubt ihm. Selbst ein Auftritt im Zirkus Barnum wird ihm verwehrt. Endlich schließt er sich der

Expedition zum System Proxima Centauri an; er landet im Jahr 2304 als einziger Überlebender auf der fremden Welt und freundet sich mit den dortigen Eingeborenen an. Diese schließlich nehmen ihm ab, dass er ein Unsterblicher ist, und dies mit geringem Erstaunen – warum auch, auf ihrer Welt ist der Tod schlicht unbekannt.

Fröhlicher stimmt da ein Film wie *Cocoon* (USA 1985), in dem Aliens vom Antares den Swimming-Pool eines Betagtenheims in einen Jungbrunnen verwandeln und die alten Damen und Herren einladen, mit ihnen auf ihre Heimatwelt zu fliegen und dort in Ewigkeit zu leben. »Selten«, vermeldet mein Filmlexikon, »verliefen die Dreharbeiten zu einem Film in einer solch entspannten und harmonischen Atmosphäre« – Arbeit für die Unsterblichkeit kann eben doch auch schöne Seiten haben.

Klassiker der Unsterblichkeit: Ubik, Necroville und Richard Morgans Unsterblichkeitsprogramm

Neben den Kuriosa stehen die großen Klassiker, in denen die Unsterblichkeit zum Hauptmotiv wird: Philip K. Dicks »Ubik« (1969), »Necroville« (1994) von Ian MacDonald und Richard Morgans Roman »Das Unsterblichkeitsprogramm« (2002).

Unter diesen verdient Dicks Werk noch einmal hervorgehoben zu werden: »Ubik« wurde 1966 geschrieben. Held des Romans ist Joe Chip, Angestellter der Firma Runciter. Diese engagiert Personen mit der parapsychischen Begabung, Gedankenleser oder Hellseher zu blockieren, die sich als Firmenspione bei Runciters Konkurrenten und Intimfeind Ray Hollis verdingt haben.

»Ubik« spielt in einem utopischen Jahr 1992. Raumfahrt ist Tagesgeschäft, die Mode oriental-mexiko-schottisch inspiriert, und besonders hoch entwickelt ist die Totentechnologie. So ist Ella, Runciters Gattin, längst verschieden, führt aber im Kältesarg des Moratoriums Unserer lieben Anverwandten, betrieben von Herbert Schönheit von Vogelsang, in der Schweiz eine postmortale Existenz und steht ihrem Gatten gelegentlich als Beraterin zur Verfügung. Sonst ruht Ella, wenn auch nicht ge-

»Sein Wesen sank in sich selbst zurück, es war, als könnte er nur durch ein Periskop in die Welt hinaussehen, als befände er sich in einem U-Boot.« – Anne Dick über Philip.

rade in Frieden, wird sie doch von ihrem Nachbarn, einem früh verstorbenen Knaben, bedrängt.

Eines Tages nun gerät Runciter mit seiner ganzen Belegschaft in einen Hinterhalt der Firma Hollis. Runciter stirbt, der Rest überlebt. Wie es scheint. Aber ab jetzt scheint eben alles nur noch, nichts ist, wie es scheint, und niemand weiß mehr, was ist – am allerwenigsten der Leser. Denn nun zerfällt Chips Welt zusehends, Oldtimer machen sich auf den Straßen der Gegenwart breit, fabrikneue Dinge sind wie verwittert, und sein verstorbener Chef meldet sich über Zigarettenpackungs- und Dosenaufschriften bei Chip, um ihm mitzuteilen, dass nicht er, Runciter, sondern Chip und der Rest des Teams dem Attentat zum Opfer gefallen sind.

Außerdem beginnt auf allen möglichen Dingen des täglichen Bedarfs ein gewisses UBIK für sich Reklame zu machen – eine neue Sorte Kaffee, Rasiermesser, Schlafmittel, Bier, Bankkredit, Büstenhalter und immer so weiter – ubiqu(itious) bedeutet bekanntlich ›allgegenwärtig‹. Und eines Tages behauptet derdiedas UBIK: »Ich war, bevor das Universum war. Ich habe die Sonnen und die Welten gemacht. Ich erschuf das Leben ... Ich werde UBIK genannt, aber das ist nicht mein Name. Ich bin. Ich werde immer sein.«

Wer doppelbödige Geschichten liebt, sollte sich hier vorsehen: Mit nur zwei schwankenden Böden gibt sich Dick nicht zufrieden. »Ubik« trug Dick die Ernennung zum Ehrenmitglied des Collège du Pataphysique ein, dem Orden zur Erforschung unerforschlicher Dinge; 1978 schrieb er: »Jeder ... könnte durch puren Zufall & reines Glück ... auf den echten, verschleierten Gott stoßen, den *deus absconditus*, indem er seltsame Kombinationen von Dingen & Orten ausprobiert; er könnte wie ein

Computer, der mit Hochgeschwindigkeit alles verarbeitet, sogar einen wachsamen Gott austricksen.« Dicks grandioses Mysterienspiel von Tod und Todlosigkeit, Leben, Schein- und Nachleben sprengt vielleicht schon die Grenzen der Science Fiction und der Literatur überhaupt, es weist ihn als einen Gottsucher aus mit ganz eigener, zeitgenössischer Stimme. Verlässliche Botschaften oder Dogmen sind von ihm nicht zu erwarten, wohl aber eine schauerlich-schöne, wohltuende Erschütterung unserer Bilder vom Dies- und Jenseits.

Szenenwechsel: Wir befinden uns in der Mitte des 21. Jahrhunderts. Die Ära der elektronischen Datenverarbeitung ist Geschichte, Nano-Technik hat die Welt verändert, und diese Welt hat mit unserer kaum noch etwas gemein. Der Albert Einstein/Bill Gates dieser neuen Epoche heißt Adam Tesler, seine Erfindung ist revolutionär: Mithilfe nanotechnischer Maschinen, der so genannten Tektoren, ist es ihm nicht nur gelungen, alles aus allem herzustellen, die eine Materie in die andere umzubauen, sondern auch die Toten zu erwecken.

»Seit vierzig Jahren wandelten die Toten auf Erden«, und das geht so: Die Leiche wird in einen so genannten Jesus-Tank gelegt. Der Deckel schließt sich, Myriaden von Tektoren gehen an die Arbeit, die – wie nach christlicher Überlieferung – drei Tage und drei Nächte dauert. Sie lösen die biochemische Masse auf, rekonstruieren die DNS, die Zellen des Gehirns und all ihre besonderen, persönlichen Vernetzungen, in Folge dessen Gedächtnis und Geist des Verstorbenen, und lassen ihn in einem artefaktsynthetischen, unzerstörbaren, unsterblichen Tektoren-Körper wieder erstehen. Die Toten sind immer schön, immer jung, oft sind sie Schauspielern und Künstlern aus dem Gesicht geschnitten, den Stars ihrer Gegenwart und der Filmgeschichte. Sie schlafen niemals, leben zu Milliarden in den Necrovilles, den Toten-Gettos, sie zelebrieren ihre absonderlichen Feste, den Totenkarneval, sie haben den großen Totenhäusern, den nanotechnisch betriebenen Wiederauferstehungswerken, zu dienen, und sie sind völlig rechtlos. Auf ihren Händen tragen sie das Totensiegel und täglich müssen sie zu gegebener Zeit in ihre Necroville zurückgekehrt sein. Viele verehren Adam Tesler als Gott, halten ihn »für ihren Schöpfer, Erlöser, Heiland, Freund, Messias«, denn die Toten empfinden sich »ohne Sündenlast, als Vollkommene, Unsterbliche«.

Ian MacDonald erzählt in seinem Roman »Necroville« auf knapp 500 Seiten einen Tag aus der Geschichte dieser schönen neuen Welt und lässt den Leser an einer Orgie von Ideen, einer Schwindel erregenden Sturzflut von Bildern teilhaben. Der Tag, den MacDonald wählt, wird zum Wendepunkt in der Menschheitsgeschichte. Die Fleisch-und-Blut-Menschheit hat nach einem Krieg den Toten den Weltraum überlassen müssen; nun hat die Totenflotte Kurs auf die Erde genommen, um ihren auferweckten Brüdern und Schwestern die Freiheit zu erkämpfen. An Bord sind die verwandelten Toten, »die wahre Menschheit«, die den Flug zu den Sternen tot überstehen, also zeitlos, deren Leiber nach Belieben den unwirtlichsten Umweltbedingungen angepasst werden kann, die in den Tiefen der Ozeane ebenso gut existieren können wie zwischen den Ringen des Saturn.

In der Totenstadt Saint John tobt inzwischen der Karneval zum Allertotentag; einige Freunde haben sich im »Café Terminal« (so auch der Originaltitel des Buches) verabredet. Eine von ihnen, Rechtsanwältin, wird von einer ermordeten Toten engagiert; einer leidet unter einer tödlichen Krankheit: seine Geliebte war eine Tote, deren Auferstehungsleib defekt war; von ihren schadhaften Tektoren angesteckt, deformiert sich sein Leib, und er versucht, im Umgang mit einer wiedererweckten Prostituierten in Erfahrung zu bringen, was und wie der Tod ist und das Leben danach. Sie sagt: »Ich sehe, wie sich die Kontinente verschieben. Ich höre, wie die Berge abgetragen und zu Staub werden. Ich beobachte, wie die Sternenbilder ihre Konstellationen verändern. Ich fühle auf meiner Haut, wie die Sonne abkühlt, und spüre, wie sich unter meinen Füßen die Galaxis dreht ... Die Sonne wird die Erde verschlingen, Jupiter fortpusten wie Zuckerwatte in einem Plasmastrahl, und ich werd's erleben ... Diese Art von Wesen sind wir Toten.«

Und am Ende wird die Gesellschaft der Toten anerkannt; sie baut im Orbit der Erde einen Raumhafen »Himmelstor«, durch das die Toten ihre Besiedlung der Galaxis beginnen können, eine Gesellschaft der »Transhumanen«, »Völker, Nationen, die wie Engel, wie *águilas*, im Sonnenwind vom heimischen Zentralgestirn fortflogen, hinaus ins Universum.« Auch hier konvertiert sich unüberhörbar religiöses Vokabular in phantastische Rede. Aber nicht nur das Vokabular: Befreiung von Sklaverei gehört zu den Uranliegen der mosaisch-christlichen Religion; dass sich Tote diese Freiheit erkämpfen, macht sie menschlich.

So erscheint am Ende dieses chaotisch-bunten, detailüberschwemmten Romans das nanotechnische Nachleben fast wie ein Heilsbezirk.

Völlig heillos dagegen ist die Vision, die Richard Morgan in seinem »Unsterblichkeitsprogramm« entfaltet: Takeshi Kovacs, Morgans Ich-Erzähler, wird gleich zu Beginn der Geschichte erschossen. Zu sterben kann zwar auch im 25. Jahrhundert noch lästig sein, aber gar so tragisch ist es nicht. Die Menschheit siedelt nicht nur längst in fernen Sonnensystemen, sie hat auch die Technologie der Datenspeicherung zu einer ultimativen Meisterschaft hochgezüchtet. Da nun auch des Menschen Geist grundsätzlich nichts anderes ist als ein komplexer Datensatz, hat sich – wie schon in älteren Science-Fiction-Werken – der alte Traum erfüllt, rechnergestützt und digitalisiert Unsterblichkeit zu erlangen. Der Geist, die Seele, die Person wird in einem Hirnrinden-Magazin von Zigarettenkippenformat gespeichert und regelmäßig abgedatet. Ganz reiche Zeitgenossen legen auch noch regelmäßig aktualisierte Sicherheitskopien ihrer selbst in sicheren externen Datenbanken an.

Auch sonst lässt sich mit dem Datensatz Seele ebenso praktisch wie raumsparend verfahren: Die Persönlichkeit von Kriminellen beispielsweise wird virtuell inhaftiert; von Planet zu Planet reist man überlichtschnell als Seelen-Datei im »Needlecast«; am Zielort schlüpft man dann, wie man in einen Ärmel schlüpft, in einen Ersatzkörper, den Sleeve.

Diese Sleeves können Klone sein, oder Körper, deren Geist sich gerade im digitalen Hochsicherheitstrakt einer Justizvollzugsanstalt befindet, oder Leiber, die auf andere Art und Weise gerade seelenlos und damit frei geworden sind. Man trägt Sleeves wie unsereins Hut oder Schal. In einen solchen Sleeve kehrt Kovacs von den Toten zurück und findet sich auf einer ihm fremden Welt wieder: der Erde. Er wird von Laurens Bancroft, einem Milliardär, engagiert, um einen Mordfall aufzu-

Philip K. Dick meets Raymond Chandler in Richard Morgans »Unsterblichkeits-programm«

klären, und zwar den Mord an Bancroft selbst. Der ist zwar ermordet und wiedererweckt worden, leider fehlt ihm aber ein entscheidendes Erinnerungsfragment: die Identität und das Motiv seines Mörders.

Und so macht sich Privatdetektiv Kovacs an die Arbeit in einer Welt, gegen deren Düsternis das Los Angeles des Blade Runners so hell und freundlich wirkt wie Disneyland zur Mittagsparade: dämonische Methusaleme wie Bancroft halten die Welt fest im Griff, steinreiche, jahrhundertealte Greise in frisch geklonten Leibern oder Sleeves; Künstliche Intelligenzen sind zu Hoteliers abgesunken; die Nervensysteme kampflustiger Menschen werden neurochemisch frisiert und steigern die Metzelkompetenz ihrer Inhaber beträchtlich. Und so watet Kovacs bald von einem Blutbad zum nächsten; er wird in den Leib einer jungen Frau gesleevt, vergewaltigt, gefoltert, zu Tode gequält – aber, wie gesagt, der eigene Tod ist längst kein Einzelfall mehr. Auch die Entspannung der Krieger geschieht auf dem neusten Stand der Technik: die psychopharmakologisch angereicherten, luststeigernden Vaginalsekrete fließen in Strömen, sodass der sowieso schon bunten Story ein Touch von Pornographie verliehen wird.

Nebenher treibt eine kuriose und Kovacs völlig unbekannte Sekte ihr Wesen, so genannte Katholiken, die sich der mechanischen Wiederauferstehung verweigern; erst vor ein paar Jahrhunderten hatte, wie Kovacs erfährt, ihre Zentrale, der Vatikan, wie zu Olims Zeiten eine kleine Flotte von Kryoschiffen finanziert und darin Auswanderer auf die Reise geschickt zu den nächsten Sonnen. Als Kovacs kurz darauf auch noch herausfindet, dass der Sleeve, in dem er augenblicklich steckt, einem gewissen Elias Ryker gehört, den irgendwie alle kennen, kaum aber jemand in angenehmer Erinnerung hat, gewinnt das Spiel zusätzlich an Fahrt.

Und wer war nun der Mörder? Schließen wir mit dem Hinweis, dass »Das Unsterblichkeitsprogramm« mit dem Philip K. Dick Award als bester Roman des Jahres ausgezeichnet wurde. Und das muss ja seinen Grund haben.

Computer der Unsterblichkeit – Nachspiel

Es fällt auf, dass die Science Fiction seit einiger Zeit davon abgekommen ist, ambrosische Seren zu verabreichen, um ihren Helden die Unsterblichkeit zu gewähren, Wunderdrogen oder Lebenswasser. Der Rechner soll es richten.

So machte im Jahr 1994 Frank J. Tipler (geb. 1947) von sich reden, der als Professor für mathematische Physik ausführlich über »Die Physik der Unsterblichkeit. Moderne Kosmologie, Gott und die Auferstehung der Toten« meditierte. Seine Idee: In nahezu omnipotenten »Computern der fernen Zukunft« werden alle jemals gelebt habenden Personen samt ihrer Umwelten wieder ent- und in Ewigkeit bestehen – unsterbliche Datenfiguren, die mit uns identisch, aber nun in eine immaterielle, endlose Daseinssphäre hinübergerettet sind.

Was einerseits sehr schön ist, andererseits, Euer Ehren, zwei Überlegungen geradezu herausfordert:

Erstens: Philosophen kennen zwei Sorten von Identität – die Selbstidentität und die Indifferenzidentität. Die Selbstidentität sagt schlicht: Ich bin ich. Wenn ich aufhöre, bin ich nicht mehr. Die Indifferenzidentität ist ein wenig schwieriger. Sie sagt, dass zwei Dinge einander so gleich sein können, dass sie voneinander nicht mehr zu unterscheiden sind. So könnte ich von meinem Auto zunächst die Reifen austauschen, dann die Felgen erneuern, die Scheibenwischer, den Motor, den Fahrersitz, das Lenkrad, das Getriebe, die linke Tür, den rechten Kotflügel und immer so weiter. Am Ende wäre dieser Wagen immer noch mein Wagen, ja, eine gute Werkstatt vorausgesetzt, vom ursprünglichen Wagen nicht zu unterscheiden. Aber alle seine Elemente rotteten auf einem Autofriedhof vor sich hin. Also, Herr Unsterblichkeitsphysiker: Sind Ihre Zukunftsmenschen wirklich wir selbst, oder handelt es sich nur um Simulationen, die sich von uns nicht unterscheiden können, während wir selbst auf einer Art Autofriedhof ...

Zweitens: Keiner von uns hat ja je in einer Simulation gelebt, und vielleicht ist es dort wunderbar, großartig und phantastisch. Aber: In seinem Roman »Neuromancer« lässt William Gibson Case, den Datencowboy, mit seinem alten Bekannten Dix

Mit dem Rechner auf du & Draht – ewiges Leben dank Digitalität

plaudern, einer so genannten Flatline, einem Toten, der nur noch als ROM-Persönlichkeitsmatrix im Cyberspace existiert: »›Wie geht's, Dixie?‹ – ›Bin tot, Case. Hatte genug Zeit ..., um das herauszukriegen.‹ – ›Was ist das für ein Gefühl?‹ – ›Keins.‹ – ›Plagt dich das?‹ – ›Was mich plagt, ist, dass mich nichts plagt ... Tu mir 'nen Gefallen, Case.‹ – ›Was denn, Dix?‹ – ›Dieses gottverdammt Ding, lösch es, wenn du fertig bist!‹« Eine, wie wir bald sehen werden geradezu sibyllinische Antwort.

Interessant übrigens, dass die Unsterblichkeits-Science-Fiction nicht nur häufig die vokabulatorische Nähe zu Christentum und Katholizismus sucht, sondern bei Gelegenheit den Vatikan ins Spiel bringt, den Staat in der ewigen Stadt Rom.

Unternehmen wir abschließend aber einen kleinen Ausflug in eine andere ewige Stadt: Wien.

Leben im Leo-Lukas-Park oder: Doch lieber unsterblich sein im Universum der Kunst?

In Wien lebt nämlich Leo Lukas. Ich fragte ihn, was ihm selbst persönliche Unsterblichkeit wert wäre?

Seine Antwort: »Das käme sehr darauf an. Ständige Schwertkämpfe, wie bei *Highlander*, oder die bekannten Unannehmlichkeiten eines Vampirdaseins möchte ich eigentlich nicht auf mich nehmen. Die Zellaktivatoren des Perryversums wären da schon ein deutlich verlockenderes Konzept; aber auch erst, seit sie nicht mehr an einer Kette um den Hals baumeln und die Begehrlichkeit aller anderen Bewohner der Galaxis wecken. Ob ein derart langes Leben für die geistige Gesundheit zuträglich wäre, sei mal dahin gestellt. Als Gedankenexperiment ist es jedenfalls immens reizvoll, sicher eine der zentralen Ideen der PERRY RHODAN-Serie. Ich spiele auch immer wieder gern damit. Im ODYSSEE-Zyklus lasse ich zum Beispiel Fran Imith, die in den biologisch unsterblichen Reginald Bull verliebt ist, darüber sinnieren, ob der Typ nicht eventuell ihr Urururururururururururururururgroßvater ist.«

Aber muss Unsterblichkeit pures Gedankenexperiment bleiben? Schließlich gibt es doch einen gangbaren Königsweg wenigstens zu einer Prise Unsterblichkeit, wie das Beispiel von Arno Schmidt und seiner ewig lebenslustigen Tina zeigte – die Kunst!

»Davon halte ich relativ wenig. Auf posthumen Ruhm pfeife ich – ich will lieber *jetzt* ein bissel Anerkennung für meine Arbeit. Deshalb habe ich mich auch einer Bürgerinitiative in meinem weststeirischen Heimatort Köflach angeschlossen (na schön, der Wahrheit die Ehre: ich bin das einzige Mitglied), welche fordert, dass der dortige Stadtpark noch zu meinen Lebzeiten in ›Leo-Lukas-Park‹ umbenannt wird. Hinterher kommt das unweigerlich, aber da hab ich nix mehr davon. Muss nicht sofort sein, erst wenn ich gebrechlich und senil bin, also in etwa fünf, sechs Jahren. Ich verlange keine große Zeremonie, und die Statue des Heimatdichters, nach dem der Park derzeit heißt, braucht nicht durch eine von mir ersetzt zu werden – für die Tauben tut's der Kollege auch. Nur das Schild hätte ich gern, und vielleicht einen kleinen Geschenkkorb mit ein paar Flaschen Trinkalkohol.«

Wird es Kunst in Zukunft überhaupt noch geben, zumal im PERRY RHODAN-Universum? »Ich denke, manche Formate werden sich nie mehr gravierend ändern, nur die technischen Kinkerlitzchen drumrum. ›Talkshows‹ gab es schon im klassischen Altertum, ›Hofnarren‹ in jeder Epoche der Menschheit. Daher findet sich im vorliegenden Roman auch eine kleine Verbeugung vor einem Großen unserer Zunft ...«

Die Großen der Zunft – welchen Künstlern würde Lukas in aller Kollegialität Unsterblichkeit gönnen? »Allen. Wenn's nach mir ginge, könnten sowieso alle Menschen ewig leben und immerfort glücklich sein. Aber auf mich hört ja wieder mal keiner.«

Sollte man nicht wenigstens Laurel & Hardy klonen, mit einer leichten Prise Arkoniden-Gen? »Klonen möchte ich eigentlich niemanden. Ich verstehe auch die von mir im jüngsten Rhodan-Heftzyklus eingeführten Nebenfiguren Stentral und Oltran, die damit gemeint sind, nicht als Wiederbelebung von Laurel und Hardy. Nicht einmal als Hommage, höchstens als Paraphrase: Meine etwas trotteligen arkonidischen Agenten sind ja keineswegs so ›unschuldig‹ wie Stan und Ollie, sondern sogar ziemlich fiese Typen, nach dem Motto ›Dummheit schützt vor Gemeinheit nicht‹. Auch Spezialagent 707 Corg Sonderbon war kein James Bond der Zukunft, sondern im Gegenteil eine Dekonstruktion dieses Mythos.«

Die Kunst – das ist eine Welt voller Anspielungen, Anregungen und Bezüge. Welche Autoren schätzt Leo Lukas besonders? »Heinrich Böll hat ein paar grandiose Dinger abgeliefert, desgleichen Erich Kästner, sowie die Satiriker und Kaffeehaus-Literaten vom Anfang des vorigen Jahrhunderts, besonders Kurt Tucholsky, Egon Friedell, Leo Perutz. Die sehe ich auch alle insofern als Vorbilder an, als sie sich in verschiedensten Genres und Stilen bewegt haben. P. G. Wodehouse war und ist eine Klasse für sich, Tom Sharpe vielleicht noch sein legitimster Erbe. Was Zeitgenossen betrifft, habe ich gerade Eduardo Galeano für mich entdeckt, eine ganz wichtige Stimme Lateinamerikas. Ansonsten liebe ich es, wenn Zeitkritik in Form von spannenden Geschichten geübt wird, also als Krimis oder Thriller. Meine Favoriten diesbezüglich sind jedenfalls Carl Hiaasen, Ian Rankin, Wolf Haas, Andrew Vachss, Manuel Vázquez Montalbán, Kinky Friedman und Ben Elton.«

Und welche Autorinnen und Autoren aus dem Bereich der Science Fiction? »Jegerl, da gibt's so viele ... Abgesehen vom Perryversum, zuallererst Stanislaw Lem und Kurt Vonnegut, aber auch Ursula K. Le Guin, Frederik Pohl, Philip K. Dick, Ray Bradbury, Michael Moorcock, Larry Niven (obwohl ich etliche seiner Ansichten nicht teile) und natürlich Douglas Adams. Von den Jüngeren Rudy Rucker, Bruce Sterling, Neal Stephenson, Colin Greenland, Andreas Eschbach, Alan Moore und Iain M. Banks. In der Shadowrun-Reihe sind ebenfalls einige sehr gute Schreiber zugange, ich persönlich mag am liebsten Nyx Smith. Mit Neil Gaiman geht's rüber zur Fantasy, da regiert Terry Pratchett – aber Walter Moers wird, wenn er mit Zamonien so weitermacht, bald an dessen Thron rütteln. Große Verbeugung und aufrichtigen Dank an alle Erwähnten (und die vielen, die ich vergessen habe): Meine Welt wäre schrecklich karg ohne sie.«

Kunst bereichert die Welt, und wenn sie das Leben schon nicht (und schon gar nicht über den Tod hinaus) verlängert, so kann sie es doch intensivieren. Auf jeden Fall sollte man sich, bevor man ins Physiotron steigt, die Vor- und Nachteile der relativen Unsterblichkeit noch einmal gründlich vor Augen führen. Vielleicht sehen wir ja Leo Lukas, den Kabarettisten, einmal als Moderator einer Podiumsdiksussion mit Jesus Christus, Perry Rhodan und einer Seegurke zum Thema »Unsterblichkeit – Pro und Contra«. Bis dahin hören wir als Experten ES, der seinerzeit den Unsterblichkeitsaspiranten Rhodan fragte: »Sie erwarten Großes und Schönes von der Unsterblichkeit? Alle organischen Lebewesen erwarten es, bis die fürchterliche Enttäuschung kommt«. Und der ewige WANDERER prognostiziert: »Einmal werden Sie froh sein, Ihren Geist aus der Hülle des Körperlichen befreien zu können« (Heftroman 19, Seite 60). ES kennt sich eben aus. Ob die Mühen der Unsterblichkeit wirklich für uns Durchschnittsbürger lohnen? Wie oft haben die Objekte unseres Begehrens, wenn sie uns erst zur Verfügung standen, fade geschmeckt.

Schon Ovid erzählt in seinen »Metamorphosen« die Geschichte der Sibylle von Cumae, welcher Apollo, da er in sie verliebt war, einst einen Wunsch freigegeben hatte. Die Sibylle griff kurz entschlossen zu: »Da raffte ich vom Boden ein Häuflein Staub, wies darauf hin und sprach in eitler Verblendung, so viele Jahre zu schaun, als Körner im Staube enthalten.« (Buch XIV) Leider vergaß sie, zugleich um ewige Jugend zu bitten, und so altert sie siebenhundert Jahre, ihr Körper schrumpft und schrumpelt immer weiter dahin, sie wird so winzig, dass sie schließlich in eine Flasche passt. Dazu sind dem Satiriker Petronius jene berühmten Sätze eingefallen, die uns heute klingen wie ein früher Vorgriff auf den Dialog zwischen Case und Dixie: »Nam Sibyllam quidem Cumis ego ipse oculis meis vidi in ampulla pendere, et cum illi pueri dicerent: ›Sibylla, ti theleis?‹, respondabat illa: ›Apothanein thelo.‹«

Also: »Denn die Sibylla habe ich in Cumae mit eigenen Augen gesehen, sie hing in einer Flasche und schaukelte. Und als die Knaben sie fragten: ›Sibylle, was willst du?‹, antwortete sie ihnen: ›Sterben.‹«

Tipps zum Weiterlesen:

Stephen Baxter: Wirklichkeitsstaub, in: Unendliche Grenzen, Bergisch-Gladbach 2003

Philip K. Dick: Ubik, München 2003

Neil Gaiman: American Gods, München 2003

Ian McDonald: Necroville, München 1996

Richard Morgan: Das Unsterblichkeitsprogramm, München 2004

Arthur Sellings: Elixier der Unsterblichkeit, München 1969

Clifford D. Simak: Geschäfte mit der Ewigkeit, München 1967

Frank J. Tipler: Die Physik der Unsterblichkeit. Moderne Kosmologie, Gott und die Auferstehung der Toten, München 1995

Frederik Pohl
Die Gateway-Trilogie

Ein um die Sonne kreisender Asteroid, der einer längst verschwundenen außerirdischen Spezies als Weltraumbahnhof diente. Gespickt mit zahllosen Raumschiffen, die auf bestimmte Ziele irgendwo im Universum programmiert sind. Ziele, die unvorstellbaren Reichtum bedeuten können. Oder einen grausamen Tod.

Frederik Pohls mehrfach preisgekrönte Gateway-Trilogie in vollständig überarbeiteter, ungekürzter Neuausgabe.

3-453-87905-8

HEYNE